日本文学の光と影

荷風・花袋・谷崎・川端

バルバラ・吉田＝クラフト
吉田秀和編　濱川祥枝・吉田秀和訳

藤原書店

写真・©木之下晃

1950年代中頃、東京で

1976年3月、京都で夫・吉田秀和と

2002年12月

日本文学の光と影

目次

I 日本近代の文学者たち

II 日本文学のとらえた光と影

Ⅲ　日本文学、いくつかの発見

バルバラの肖像

日本文学の光と影

荷風・花袋・谷崎・川端

凡例

一　原文でイタリック体あるいは〝　〟の部分については、書名・作品名・新聞・雑誌名などは『　』、強調の場合は傍点、あるいは「　」とした。

一　必要によって、（　）で原語を付記した。

一　原文の［　］は［　］のまま、（　）は（　）のままとした。

一　原文の《　》は「　」とした。

一　原註は該当する語の右に（1）、（2）、……で示し、それぞれの文章末にまとめた。

一　訳者による註の挿入は〔　〕とし、長いものについては該当する語の右に〔1〕、〔2〕、……で示し、それぞれの文章末にまとめた。

一　ドイツ語原文における、日本語の人名等のローマ字表記については、該当する漢字表記を用い、必要に応じてルビをふった。

一　日本語の文学作品の引用については、ドイツ語原文においては筆者の手で独訳したものが使われているが、この訳書では能うる限り本来の日本語原文の復元を図り、全集等の原典にあたり、それにならった。但し、旧仮名遣いは新仮名遣いに改め、旧漢字は新漢字に改めた（『枕草子』等の古典作品については、新仮名遣いに改めていない）。

一　引用に当たっては、日本語原文において、外国小説の題などは今日の慣用と違うものもある。今日は『孤独の人々』（当時は『寂しき人々』）など。

一　訳に当たっては、原文に忠実なことを旨としたのは言うまでもないが、発想のかなり違う日本語としての読み易さを考え、適時、敷衍的に訳した場合もある。

I　日本近代の文学者たち

田山花袋——肩越しにみた田山花袋……………………『蒲団』[1]

田山花袋の短篇小説[1]『蒲団』は一九〇七年に発表されたものだが、たちまち画期的な作品[2]という評価を受け、今では日本文学史上「私小説」（自伝的告白的な小説をさす日本での言い方）の原点、あるいは典型とさえ見られるまでになっている。芸術としての価値はそれほど高くないのかもしれないのだが、これをめぐっては、まるで川が流れるようにつぎつぎと二次的文献が生み出されてきたし、西洋の言語圏でも、ここ数十年の間に、基本的な研究がみられるようになり、特にJ・A・ウォーカー、I・日地谷＝キルシュネライト、それからE・ファウラー[3]といった人たちの詳細で刺激的な探究の成果が注目される。以下、私が改めてこれをとりあげるのは、成心のない見地から行った若干の考察を、試みに議論の種として提供したいというだけのことであって、この点は、私のみたところ、二次的文献が、これまで全く、あるいは軽くふれる程度にしか扱ってこなかったもので、『蒲団』をもう一度、これまでと違う、それもずっと狭い見地から読みこんでみると――一見、逆説的な話になるけれど――いままでなおざりにされていた細部を問題にしてみる余地が大きく目に入ってくるのである。

一

ここでもう一度記憶を洗い直してみよう。

田山花袋(4)（一八七二年生まれ）は島崎藤村、国木田独歩ら同じ年生まれの文学者の友人と同じように、ほぼ世紀の変わり目のころから西洋自然主義を志向するようになった文学観の持主だった。日本でもこの考え方は西洋同様自然主義と理解されており、したがって当時の彼らの作品が今でも一括して自然主義文学として扱われているのも当然のことである。その中で、『蒲団』は、少し手短にいえば、それまで主として花袋自身によって自然主義文学の本質的特徴として主張されてきたものを、初めていささかの妥協もせず、しかも物語としての説得性にも欠けていない形で実現したものというわけで、特に高い位置を与えられてきたのだった(5)。

花袋や彼の友人たちが作家になったころは、日本が西洋に向かって門戸を開いた革命的な時代に当たる。事情は文学でも同じことで、進取の気性に富み、駆け足で発見につぐ発見をしながら、西洋文学を渉猟して、日本にも時代に合った文学を生みだそうと努力を重ねていた彼らの頭の中には、こういう場合にありがちなことだが、彼ら独特の思想のごたまぜも煮え返っていただろうし、そのころ西洋で文学理論として論じられ討論されるにふさわしい価値をもつもの、あるいはまさにそうなりつつあるものなど、その種のあれやこれやがすべて日本にもとり入れられつつあったのである。西洋の作者とか思想とかの中で、――このうち後者の方はのちのちまで重要な新造語のもとになったのだが――日本に紹介されたものは数えきれないほどあった。当時日本で行われた文学的発言はどんなものでも、直接なり間接なり、これと関係しないものはないといった有様で、ために受容史上極めて興味深い緊張にみちた研究の分野が開かれることになったのである。特に、それが精神の次元に関するもの、文学的審美的なものであって、非常に違った異文化からの摂取であった時には、成功か否かを問わず、それがどんなふうに行われたかを検討しようとすれば、どうしても、そうならないわけにいかないのだ。花袋のような文学者の場合、彼が小説を書いたり、議論をしたりするにあたって、西洋の精神界の大物を引き合いに出したのは、ただ正統性のお墨つきをもらって世間の信用を手にするためだったかどうか。つまりは、彼のしたことは根のある移植、生産的な合金化ではなくて、上《うわ》っ面《つら》を多少飾るだけのものだったかどうかということは、じっくり腰をすえて考える価値のある問題なのである。

二十世紀の受容史をふりかえってみる時、特に短篇小説『蒲団』を例にとることには異論はあるまい。『蒲団』が文学史の上で持っている重大な意味を考えてみても、この試みの意義は保証されているといってよかろう。それに、これは比較的複雑でない作品だから、試みもいろんな意味でやりやすくなる。それに、ある人がいったように「外部からの刺激が創造的であればあるほど、その（受容の）跡をたどることはむずかしくなる」（R・R・ヴーテノウ）。ところが、『蒲団』の場合は外部からの影響の跡ははっきり見える。こういったわけで、私たちは、ここでは、焦点は専ら『蒲団』に当てておいて、小説というジャンルが日本でその後どう発展したかというようなことには目を向けないことにしよう。後世の目からみて、いろいろと新しい解釈を加えるようなことはできるだけ避けるためにも。(6)

二

竹中時雄は三〇代半ば、ある程度注目されている作家で、東京に住み、生活を確保するため地図出版社に勤めている。既に妻帯しており（恋愛結婚だった）、子供が三人いるが、世にいう中年期の危機の中にいる。彼に言わせると、

「三十四、五、実際此の頃には誰にでもある煩悶で、この年頃に賤しい女に戯るるものの多いのも、畢竟その淋しさを医《いや》す為めである。(7)」

時雄には人生はすでに魅力を失っていて、結婚生活への幻想も、八年の歳月を経た今では、すっかり消え去っていた。彼の旧式な妻は新しく現れてきた女のタイプとは比べものにならない。何年

も経ないうちに自意識の強い学問を身につけた世代が——つまりは近代的な若い女性が成長してきたのであり、時雄は自分の単調な暮しにはとことん退屈してしまっている。性的にも満たされず、妊娠している妻が出産の際に死亡し、毎日電車の中で目にしている若い女と結婚したらなどと夢想してみる時さえあったくらいである。

そこに図らずも、横山芳子という十九歳の女学生が文学の創作に一生を捧げたいので彼の家に弟子として引き取って頂けまいかといって、熱烈な賛仰の手紙をよこした。こうした次第で彼女は彼の家にやってきたわけだが、彼の妻と違い、彼女には教養も才能もある上に魅力的でもある。

「芳子は女学生としては身装《みなり》が派手過ぎた。黄金《きん》の指環をはめて、流行を趁《お》った美しい帯をしめて、すっきりとした立姿は、路傍の人目を惹くに十分であった。美しい顔と云うよりは表情のある顔、非常に美しい時もあれば何だか醜い時もあった。眼に光りがあってそれが非常によく働いた。(8)」

時雄の目には彼女は全く近代的な若い女性の典型と映り、彼女の、「華やかな声、艶やかな姿、今迄の孤独な淋しいかれの生活に、何等の対照(9)！」かということを、つくづく実感しないではいられなかった。

彼がこの若い女の魅力に囚われてしまったことは、一月もしないうちに、時雄の妻とその近親に見破られてしまう。そのため芳子は時雄の妻の姉（未亡人）の許に引きとられる。時雄の気持は分裂していて、一方では若い女を所有したいと望み、その望みにほとんど負けそうになってしまう。が、他方、良人、父親、ことには「教師」としての彼にとって、今も変わらぬ儒教的モラルの支配する社会秩序の掟があり、それがこの望みの行く手をはばむ。「道義の力、習俗の力、機会一度《ひとたび》至ればこれを破るのは帛《きぬ》を裂くよりも容易だ[10]」と考えもするのだが、彼にはそれをする勇気が明らかに欠けている。

〔『蒲団』では〕以上の成行きが回顧的に挿入される[11]、一年半の歳月のあと、そこからはほぼ体験の時間の経過と並行して、本来の物語が改めて始まる（第二、三章）。それは現在の出来事にいきなり飛びこむような始まり方で、結びつく。つまり時雄は、つい数日前、突然芳子から一人の男友達を持っていることを知らされたばかりなのである。その男友達は田中秀夫といい、二十一歳。当然、時雄よりずっと若く、京都の同志社キリスト教学校の学生である。

芳子は田中とはきよらかな恋愛の念で結ばれているだけだと誓った上で、時雄に向かって、彼女の両親との間をとりもってほしいと懇願する。親たちは、どうせ、この種の友情や恋愛関係には一も二もなく反対し、芳子を家に呼び戻すに相違ないのだから。

こうした状況の下で、時雄は、

「悶えざるを得なかった。わが愛するものを奪われたということは甚だしく其心を暗くした。（…）時雄は悶えた、思い乱れた。妬みと惜しみと悔恨《くやみ》の念が一緒になって旋風《つむじ》のように頭脳の中を回転した。師としての道義の念もこれに交って、益々炎を熾《さか》んにした。わが愛する女の幸福の為めという犠牲の念も加った。(12)」

時雄は結局今はただ諦めるほかないと知る。この葛藤は芳子の友、秀夫が突然東京に姿を現したことによって一層尖鋭化する。そのため時雄は芳子をさらに厳しく監視しようとまた自分の家に連れ戻し、秀夫は間もなく京都に戻ることになる。これで状況はひとまず緊張状態を脱したかに思われ、何週間というもの、平穏な会話と、二人で一緒に読書するような日が続く。しかし芳子は秀夫から絶えず手紙を受けとっており、これがまた時雄の嫉妬をかきたてる。全部で十一章ある小説の第六章に至って状況は険悪化する。秀夫が勉学を中断し、またしても東京に現れ、今度は東京で文筆家としての足場を築き、芳子との結婚を可能にするため日々の糧を求めようとしたからである。芳子もまた両親の意に背いてまでも、生涯を秀夫と共にする決意を固めるので、時雄は傷つき、憤慨の末、芳子の父あてに手紙を書き、一変した状況について話し合うため上京するよう求める。四人の関係者の劇的な話し合いは衝突を解決するどころか、逆に悪化させてしまう。若い二人は結婚を決断する前に、自分たちの真剣さの試練として、三年間別れて、それぞれの勉学を続けるべきだという芳子の父親の条件を受け入れるのを秀夫がためらう間に、時雄は芳子の愛が自分で言うほど純潔なものではないのではないかという疑念をつのらせる。そのつのる怨みにかられて、彼は二人の純潔の証《あかし》として、二人の間で交された文の中身を見せるよう求める。芳子は手紙は焼いてしまったから、できないと言い張る。そこに、芳子はもう処女ではなくなっているのではないかと長い間つのらせてきた疑念の裏づけの証拠をみた時雄は、そのため何とかして自分の情欲を満たそうと、あえて深夜の空想に耽ったりするところまでゆく。翌日、芳子から進んで自分の嘘を告白された時雄は、彼女を父親と共に再び故郷に戻さざるを得なくなったと考える。と同時に、これで彼女は恋人とも別れることになるという喜びを味わいもする。

遠い国からの礼儀正しいというほか何物でもない最後の手紙を受けとった時雄は、とどのつまりは以前よりもっと孤独になってしまった。この小説の題となる結びのシーンでは、時雄は悲嘆にくれつつ芳子の蒲団を引き出してきて、その夜着の襟に顔を埋めて、残り香を心ゆくばかり嗅ぎながら泣く。「薄暗い一室、戸外《おもて》には風が吹暴《ふきあ》れて居た」。――これがこの小説の最後の一行である。

三

さて、ここで、私たちが日本の文学について、普通の人なら誰もが知っている程度のことは知っていても、『蒲団』については作者のことも発表の時期のことも何にも知らなかったと仮定してみよう。それでも、これがいつごろ書かれたか、およその見当はつくだろう。時代の特徴を示す目印はたくさんある。話の筋、形式、物語の語り口、言葉のスタイル、感じ方、考え方、こういったすべてが明治後期の特徴をはっきり示している。それと江戸時代の文学との間の深い溝は一目瞭然。なるほど人物の動きは昔から馴染みの恋愛小説の枠を出ない。だが、主人公の時雄は、かつての三角関係の使い古された緊張の土俵でなくて、新と旧の間に生じた価値体系の中で生きている。時雄の妻、未亡人であるその姉、それから――この二人に比べると多少緩和されているが――芳子の父。こういった人々が身をもって示している旧式な人生観。それと芳子が立脚している新しい人生観とが、主人公の中で互いに対立する感じ方として出て来ている。明日に惹かれてはいるが、生きているのは昨日の狭い枠の中、今日に対しては不安を覚えているといった時雄は解くすべもない矛盾にとらわれて生きている人間である。同じように、くりかえし力説されている新しい女のタイプ(新婦人、新派、旧式の女でないハイカラ)の存在も、避けることのできない「事実」の認識として、何よりも作品全体に一貫して流れている――目にあまるほどの――「愛」という言葉の使用と並んで、この物語の成立した時期の特徴をよく示している。「愛」という概念は十九世紀後半の間に次第に普及されてきたもので、(日本人の)愛についての感じ方は西洋の影響の下に変わってきていたのだった。同じ言葉が、ある意味で拡大され、より多彩なニュアンスを帯び、以前は決して与えられなかったような新しい評価の刻印を受けるようになったのである。[13]愛をめぐり新しく造られた用語――「恋愛」では、精神的なるものも一役演じるようになり、したがって「神聖な愛」とか「愛情」とかいった言葉は「心をよせること」の表現であり、他方「恋」は古くから伝えられてきた愛を表し、これは本質的に肉体の愛もしくは情熱を指すことになっていた(だから、芳子と田中の間の関係は、始めは主として「恋愛」として語られる一方、時雄が芳子によせる「愛」は「恋」と表記されている。[14]この小説ではこういったものがすべて力をこめて論じられている。というより、そもそもこの点こそ明らかに本書の見どころ、核心なのであって、筋の運びはそのための舞台でしかないのである。

しかしまた、かりに愛が恋愛という考え方と共に明治後期、キリスト教思想の強い影響の下に生まれた産物であって、やみくもにあがめたてまつられていたのだとしても、この経過は同時に西洋自然主義文学の影響から、その裏面――つまり、いわゆる自然のままの動物的、いや醜悪な反面を見る目を生みだしてもいたのだ。『蒲団』という小説には、性についてのこの二つの観点が互いに関係しながら刻みつけられていて、その点からも、私たちはこの作品が大体一九〇七年の生まれだと見当をつけることができるのである。[15]作中に近松門左衛門への言及があることも明治後期を示唆している。これは当時の流行に従っているもので、近松は一八八〇年代末以来「日本のシェイクスピア」として新しく脚光を浴びてきていたのだった。それだけに、恋に苦しむあまり、時雄が便所で酒を飲む所の描写にみられる野卑（露骨）なユーモアは江戸趣味まがいの効果をもつ。[16]とはいえ、このユーモアのシーンは、作者自身に向けたアイロニーであることも次第に明らかになるのであって、このあたりからもまた新しい時代の響きが聞こえてくるわけである。

時雄が芳子の夜着に顔を埋めて、そこに附着した女の体臭をかぐ有名な結びのシーンは、成立時代をきめるのが少しむずかしいといえよう。というのも、ここに記述されているものは何世紀か前にもありそうなシーンで、これがどう記述されているか、その文学的技法が問題の焦点になるのは、はっきりいって一九一〇年代のことだからである。(17)

以上、この小説が典型的に明治後期のものと解釈される要素をいくつか紹介した。この細部が、『蒲団』の場合、果して新しいスタイルを形成してゆく変化と規定してよいかどうかの判定は、差し当たりのちに譲りたいと思う。

四

表面的に考えれば、作品成立の時代をきめようと思うなら、もちろん十九世紀ヨーロッパ文学の中で日本に導入されたかなり多くの作者とその本の名を調べてみれば、一番簡単に手がかりがみつかるだろう。しかし物語のテクストの内部での本来の機能という点から考えようと思えば、これは全く別の次元の話で、私たちはここでやっと今それを扱うところに来たのである。『蒲団』の中でとり上げられているものを、出てくる順に並べるとこうなる。

ゲルハルト・ハウプトマンの劇『寂しき人々』(二回)。ツルゲーネフの短篇『ファウスト』一回。ツルゲーネフ全集(二回)。ズーダーマンの劇『故郷』(一回)。イプセンの劇『ノラ』(一回)。ツルゲーネフの小説『その前夜』(二回)。ツルゲーネフの短篇『余計者の日記』(一回)。モーパッサンの小説『死の如く強し』(一回)。モーパッサンの小品『父』(一回)。ツルゲーネフの小品『プーニンとバブーリン』[18]（一回）。

『蒲団』へのヨーロッパ文学の影響という話はよく出てくるが、それはほとんどいつも一方的〈言いっ放し〉か、さもなければ大雑把に細部のこととされてしまっている。たとえば小林秀雄は『私小説』[19]（一九三五）に関するエッセーの中で、代表的なものとしてモーパッサンの名を上げ、その論拠として花袋のフランス人について述べたつぎの箇所を上げている。

「今までは私は天ばかりを見てあこがれていた。地のことを知らなかった。全く知らなかった。浅薄なるアイディアリストよ。今よりは己れ、地上の子たらん。獣のごとく地を這《は》うことを屑《いさぎ》よしとせん、徒《いたず》らに天上の星を望むものたらんよりは[20]――」

これに対し、土佐亭は、小林から五十年後の彼の研究の中で、結び――つまりフェティシズムとセクシュアリティのモチーフという点から、ゾラの影響を決定的なものと考えているが[21]、文学的に成熟しきったフランス自然主義に基づくものと断じている点は小林の見解と共通する。もっとも、花袋は、何かというと自作について述べるのが好きな人だったのだから、この点は彼自身がどう言っているかを参照できるわけである。だが、そうやってみるとすぐ目につくのは、そもそも花袋という人が極めて折衷主義的な人で、その時々でひどく矛盾することを平気で主張している点である。したがって、花袋から引用するとなると、あれもこれも証明できるようなことになってしまう。たとえば小林秀雄がとりあげた回想記の中では、花袋はモーパッサンとフランス文学からいろいろの箇所をとり上げて感激したといっている。そこでは、モーパッサンはツルゲーネフより彼には訴えるものが多く、重要だとある。(22) しかし『蒲団』に近い時期の回想だと、つぎのように確言しているのである。

「私達はしかしそれに赴こうとはしなかった。何故なら、もっと実際でなければならないと思ったから、もっと徹底した人生の写生でなければならないと思ったから、フランス文学以上にロシヤ文学の素朴と真剣と無邪気とを愛したから……。(23)」

さらに『蒲団』の生まれた時期に直接結びつくものとして名前がはっきり上げてあるものとして、まずハウプトマンがあり、そのあと、いわばイデオロギー上の父親として、トルストイ、ストリンドベリ、イプセン及びニーチェらの名があがってくるのだが、花袋は話の骨子としてはあくまでもハウプトマンの『寂しき人々』と固く結びつけている。また『蒲団』の思い出の章(『東京の三十年』の中での)にはハウプトマンの劇の女主人公に倣って「私のアンナ・マール」という題がつけてある。(24) 以来、多くの日本文学専門家の間では『蒲団』はハウプトマンの構想を引きついだ劇を反映したものというのが通説になっているが、この説は日地谷＝キルシュネライトがすでに一九七八年、テクストと照合した上で、誤りとして拒《しりぞ》けているものである。(25)

『蒲団』に出てくる作品の題を集計してみると、当然新しい見方も生まれてくる。その結果一番多く出てくる作家の名はハウプトマンでもモーパッサンでもなくて、ツルゲーネフなのであって、ほかの二人がせいぜい一、二回しか出ないのに、ツルゲーネフは七回になっている。かりに、そういう数字には大して意味がないということにしよう。現にE・ファウラーはこういっている。

「土佐亭は、花袋が『蒲団』の中でハウプトマン、ツルゲーネフ、ズーダーマンといった名前を、直接名ざしで上げ、あれこれ多言を弄しているけれども、これらの名前はショーウィンドーの飾りつけみたいなものにすぎないと論じているがまさにその通りだ。[26]」

またヘンシャルも「こういった名は、よくあるように、たまたま出て来たものにすぎない」と説いて、こうなるについて、その原因の一部は日本人の西洋文学に対する劣等感のせいだとしている[27]し、日地谷に至っては、つぎのような結論に到達している。

「……こういった名前（西洋の作家たちの）を上げる一番大切な理由は、私の見たところ、自分をこの種の引用で飾っておけば、ほとんどそれだけで身分証明書の役に立つと考えた点にある。[28]」

以上、三人の権威の考えがあんまりぴったり合っているのでびっくりしてしまうのだが、私はどうもそこには誤解があるような気がしてならない。それに、まずこういう大雑把な答え方では、なぜ花袋が他ならぬこの人たちの名を上げたのかという疑問に対する答えにはなっていない。しかも、これは文学の生まれる源泉にかかわることがらなのであるから、私たちとしてはこの短篇小説の内部にもう一歩突っこんでみたらどうかと考えたくなってしまうのである。

事実、ここに上げられた作品を詳しく読み直してみると、まず花袋はこれらの作家のもとで、文学の技法を――表現の技術から、さらに描写のそれを経て、全体の組み立てに至るまでの――学んだということが見えてくる。(29)

テクストを開くと、最初の頁に「底の底」という見なれない表現が目に入る。この「底の底」――あるいは「深みの深み」と言いかえてもよいが――という言葉は、彼と芳子の間に生まれてきた時雄の感情の描写の中に織りこまれている。「底の底の暴風は忽《たちま》ち勢いを得て……」(30)。ところで、この「深みの一番深いところ（tiefste Tiefe）」というのは、さきふれた『ファウスト』とか『その前夜』とかいったツルゲーネフの小説の中で、くりかえしぶつかる言い方なのである。

時雄が自分をツルゲーネフの「余計者」と比べるところが書いてある第三章には「恋、恋、恋」(31)と三回くりかえされる箇所があるが、これまたまさにツルゲーネフの『余計者の日記』の中で、感情を強調して言い表す場合、何度も出てくる言い廻しに他ならない。もちろん、これが影響の結果かどうかについては、どこまでいっても疑問の余地が残るだろうし、反復というものも、それ自体日本語でも、昔から強調の役をする――つまりは肯定的表現に使われてきた手段ではある。しかし、ここでは、この種の継承は心の中の特定の親密感の表現として耳新しい響きを立てたはずなのだ。これは人間誰しも経験するはずの感情で、日本でも昔から物語るに値するとされてきたものを、従来と違う、使い古されてない、そうして一層おもしろい効果を生むために、ヨーロッパ、つまりは異国で、育まれた経験の形で言い表す――一つの新しい手段としてとられたものなのである。

言うまでもなく、一九〇七年ごろともなれば、文学的物語散文として日用語――少なくともその類いの言葉――を使うことは、すでに一般化していた。だが、だからといって、言葉による表現の問題がすべて解決されていたとはとてもいえない。もう一度、世紀の初めの革新の時代、それと結びついたさまざまの不安定のことを思い出し、怒濤のような西洋化の趨勢の中で、文学も例外ではあり得ず、またそうあるべきでもない時のことを目の前に思い浮かべてみよう。そうすれば、伝統的な、ありふれた言い廻しで満足できるはずはなかった。かつての小説にくりかえし出て来たようなものは、少なくともこの物語の舞台である大都市東京の急激に変化してゆく生活の中では、多くの点で老朽化し、使いものにならなくなっていたのである。感情と思考の世界――つまりは体験の世界での変転だけでなく、その時代に適合する表現が作り出されなければならなかった。そんな中では、作者は女や男の主人公を新しい生活環境に移植しなければならないし、そのためにも全く新しい記述のスタイルが必要とされていたのである。

新しい現実を物語文学に汲み上げ変形させてゆく中で、花袋も、多くの作家たちと同じように、外部――特にはモーパッサンに救《たす》けを求めた。たとえば、ここでは下らない日常生活に反吐《へど》が出そうになったことを記述するために、モーパッサンの短篇『父』に相当強くよりかかっている。

モーパッサンでは「来る日も来る日も彼は同じ時間に起き、同じ通りをゆき、同じ玄関番のわきの同じ扉を通りぬけて、同じ事務室に入った」とあるものが、花袋では、こうなる。

「毎日機械のように同じ道を通って、同じ大きい門を入って、輪転機関の屋を撼《うごか》す音と職工の臭い汗との交った細い間を通って、(…)さて其の室に入る[32]……。」

花袋はヨーロッパの作品を文学者の目で読んでいたのである。というのも、彼はそこに自分のための表現のテクニックを見出し、巧みに自分の文章に組み入れたのだから。花袋は、友人の田中が間もなく来ると知らせてきた芳子の手紙を読んだあと、作中の時雄に憤慨のあまり大声で「私共とは何だ！　何故私とは書かぬ、何故複数を用いた？[33]」と叫ばすのだが、これはツルゲーネフの小説『ルージン』(一八九七年以来日本語訳が出ていた)の中のあの印象的な瞬間を即座に思い出させずにおかない。ツルゲーネフの場合は、ルージンが少女ナターリャとの絡みで自分を指す時、くりかえし「私たち」という形を使うので、嫉妬にかられた恋仇が、花袋の主人公と同じく興奮のあまり「あなたはいつも複数形を使う！」と叫ぶことになっている[34]。こういったことを別としても、人称代名詞「私共」が日本語に導入されたのは、この少し前のことで、このころはまだ物珍しさがつきまとっていた。花袋は賢明にも恋する二人の間の親密さ加減を、それが明らさまになる前に、目につくようにするため、実に気の利いたやり方で、この言い廻しをツルゲーネフから盗みとったのだった。

この小説に名前の出てくる作品をすべて読んでゆくと、あちこちで、小説家花袋の足どりが見えてくる。こうした小さな発見では、全部重ねてみても多分まだ大したものは手に入らず、行きつく先もたかがしれているかもしれない。それでも、ここにあるものは、付け焼刃の飾りものといった類いのものではあるまいという予感がする。それどころか、由来、作家の仕事場への鍵ともいうべきものは、こういうふうにしてみつかるのである。それに、文学者の筆をとる姿の肩越しに眺めると、そこには文学を近代化するための、それまで知られてなかったことを感じとり、採用し、使いこなすようになるまでの勤勉、努力、感受性にとんだ浸透ぶりなどが見えてくる。と同時に、こんな場合に当然働いていたであろう野心とか虚栄心とかも、同じく、見過ごしてはならないだろう。

何はともあれ、以上見てきたところでも、花袋が時代の要求を効果的にテクストに組み入れることを心得ていたという事実は揺るがないところであろう。こうして、彼は表現を強め、精度を高めるという目標を達成したのだ。私の見るところ、この物語に適する言語を探し求めていた際、花袋が最も好んで参照したのがツルゲーネフだったという点も蔑《ないがし》ろにしてはならないことで、時雄が物語の中でゆくゆくは作家志望の女性にツルゲーネフの全集を買い揃えるよう忠告しているのも、決して偶然ではない(35)。

多分、時雄は意識していなかったのかもしれないが、ほぼ二世代早いツルゲーネフのスタイルはリアリスティックといっても、のちの自然主義者に比べて、まだロマン主義の影響を強く残したものであって、彼の求めていた一九〇四年ごろのスタイルの「露骨な描写」にピッタリとまではいかなかった。

しかしまた、ひょっとすると、ツルゲーネフのスタイルはほかの多くの人たちより前に彼に訴えるものがあったのかもしれない。ロシアの作家たちの小説は当時すでに二葉亭四迷のお手本といってもよいような近代的日本語の物語用散文でいくつも翻訳されていたのだし、(36)二葉亭の翻訳はそのころ、花袋だけでなく日本のほかの多くの作家たちにも強い影響を及ぼしていた。花袋の回想にも、みんながその文章を暗記していたことが出てくる。(37)それにツルゲーネフのそれ自体美しいスタイルは、ゾラのような自然主義のスタイルよりも彼らを惹きつける力がより強かったであろう。ゾラのあの溢れるように豊かに流れ出してくる文体は、初めてそれに接したものを圧倒してしまったに相違ないし、借りようとしても、ごく限られた場合にしか適さなかった。

花袋のスタイルは、今読むと、文章の流れがよくなく、言い廻しにも、成功した箇所としなかった箇所が入り混じり、総じてゴツゴツしていて、本当に自分の本来の力で生まれ育ったのではないように思われる。

五

さて、ここでもう一度登場人物を見直してみよう。まず、時雄の妻とその姉。この二人はケーテ（ハウプトマンの劇の主人公ヨハンネス・フォッケラートの妻）の性格と若干共通する点がある。それに花袋はハウプトマンがやったように彼らを小さなシーンに登場さす。これと対照的なのが若い芳子である。ただし彼女は、ハウプトマンの場合ケーテと対立するアンナ・マールに与えられた、若くて知的で解放された女性といったものはほとんど持ち合わせていない。芳子の近代性はむしろ、前にふれたように、彼女のすらっとした容姿、飾りの多い衣裳、その眼の輝きと感情を強くはっきり表す能力にある。これは実際ハウプトマンの描くアンナ・マールの性格描写とは遠くかけ離れたものである。と同時に、これは花袋が終わりに持ち出してくるツルゲーネフの短篇『プーニンとバブーリン』の女主人公ムーザにとても近い、と私には思われる。

この二人の一方を下敷き、もう一方を出来上がりと考えて並べてみると、驚くほど似ている。ムーザはまた読者に若い女性の新しいタイプとして提出されている。と同時に、彼女については見るからに魅力的な娘で、すらっとした体つき、目立つ装い、いきいきと光る眼の持ち主ということになっている。どちらも因襲に逆らって、自分の意志で恋人を選び、二人とも——違ったふうにではあるが——そのために破綻してしまう。確かに芳子は一つの新しいタイプを体現していることはいる。いわばズーダーマンのマクダ、イプセンのノラ、ツルゲーネフのエレーナ、その他この文脈で言及される女性たち、それからムーザといった人物たちの中間におかれているといっていいだろう。ムーザはお針子だが、芳子は女学生であり、作家の卵である。それに彼女はいわゆる自由で非市民的職業を志し、小なりといえども、その点で今上げた人物たちより半歩先んじている。とはいえ、芳子は、ドイツないしノルウェーの女主人公たちほど解放されていないし、彼女がそうありたいと夢みるロシア人エレーナに比べると、はるかに意志の強さに欠けている。日本の生活環境の現実に鑑みて、花袋はヨーロッパ文学の本当に解放された女性の姿を理想のものとして読者の前に提出することができた。しかしまた、だからこそ――高度の解放への要求を前にして――芳子が失敗してしまう点も〔日本の読者には当然のこととして〕納得しやすくなっているのでもある。

私はこれまで、花袋の読者が『蒲団』に名前の出てくる西洋の作品を知っているか、少なくともその何たるかを心得ているという前提で議論を展開してきた。彼の読者の一部がそうだったことは確かである。というのも、この暗黙の前提がなければ、花袋は、彼がやったように、自分の小説の読者に向かって当然西洋の小説を読んだことのあるものとして、語りかけるわけにいかないのだから。当時の日本で、この小説がどう読まれていたかを目に浮かべてみることは、当時の作家と読者の間の極めて特殊な関係を理解する上で、――とりわけこの『蒲団』という小説の場合――必須の条件である。花袋の回想記『東京の三十年』には、いかに田山花袋、柳田国男、国木田独歩、それから島崎藤村といった人々がお互い友人同士として、自分の読んだものをめぐってつきることなく語りあっていたか、いかに彼らがお互いの感激を享受しあっていたか、たとえば、誰それは何という小説に出てくる人物の役割にぴったりだといったことを言いあって遊んでいたかといった話が再三再四出てくる。[38] ある箇所にはこう書いてあるし、

「(我々(花袋と柳田国男)の間では)諾威《ノルウェー》の山の中にいる青年、フィヨルドを背景にして住んでいる少女、ステップの中の貧しい農夫、巴里のセイネ河畔の洗濯女、そういうものも常に私達

の話頭《わとう》に上った。(39)」

また、別の箇所では、

「そこで私はオレニンの苦悶を考えたり、ルカシカの生活を思ったり、ヂェロチカという老人の自然に対する感慨を思ったりした。コウカサスの不思議な生活は、この極東の一文学青年の空想と煩悶とに雑《まざ》り合った。(40)」

日本の読者たちはこういったヨーロッパの小説に出てくるすべての男女の主人公に心を奪われ、彼方の世界への好奇心――もっと具体的にいうと、彼らの体験するものを自分でも一度はやってみたいという憧れにかきたてられていたのである。これは自分をできるだけ異国の人と同一化してはじめてわずかに癒されるていの憧れだった。この種の感情移入の読書の仕方は行き過ぎとか素朴とか呼んで呼べないわけではないし、事実またその通りだったろう。しかし、こうして共に体験し共に苦しみ「これは私が自分で体験したことだ」と想像するところまでゆくというのは、本を読むということのいちばん根元的なやり方である。(41) 読書とは、何よりも、そういうことなのだ。

自分を異国の人と同じものと空想し、しかもそれに対して向こうから自分に向けて何らかの反響が聞こえてくるような気がするというのなら、それは一層心をひかずにおかない出来事だといえよう。また、そうであればこそ、ヨーロッパ文学界の極めてエモーショナルな受け入れ方が日本人の学習過程を促進させ、何十年にもわたる積極的な適用を確保する所以になったことも忘れてはなるまい。

花袋が画期的な瞬間、決定的な転換点、加えるに典型的な状況の下で、彼の小説の主人公を世界文学に導入された個々の人物たちと結びつけたとすれば、それは彼が読者との対話の際に、自分が『蒲団』の中で書いている話がよりはっきりわかるように目印をつけておいたということに他ならない。

作者は『蒲団』の中に描いてある生活、感じ方といったものを、いろいろな引用と結びつけながら、単なる個人を超えて一般性をもつものにしたのである。同時に、こうやって外国文学を参照することは物語そのものにさえ働きかけ、事情通の読者にさらに突っこんで考えてみるとか、話の筋のさらに奥にある領域まで目が届くように仕向けるところまで持ってゆくことになる。読者からみると、それを通じて時雄の心の動き、彼のおかれた位置などが一層造型性をまし、色彩と力強さを加えることにもなるのである。他面、このやり方はそれぞれ別のたくさんの性格の示唆しているものを一つにまとめる結果にもなるのだから、どれもみんな部分的にしか該当しないわけで、話の筋や主人公がこれこれしかじかであって、それ以外ではあり得ないという必然性が失われる結果にもなる。挙句の果ては、ぎりぎりのところ、時雄の性格、本質さえ――一貫性を失うとまではいえなくとも――もはや江戸時代の小説の主人公にみられたような類型的な枠にはおさまらないものになってしまうことになりもするのである。

第一章が始まるとすぐ——芳子から男友だちがいると知らされた時雄は頭が混乱し——「ふと何という連想か、ハウプトマンの『寂しき人々』を思い出した」とある。彼は三年ほど前にこの戯曲を読んだことがあり、「其の頃から渠《かれ》は淋しい人であった」[42]。孤独というモチーフは、ここで初めて鳴らされ、ここで初めて「孤独」という言葉が出てくる。ハウプトマンの作品との結びつきを通じて、作者はある程度まで孤独というものをありふれた日常的な淋しさというものを越えた、近代の特殊な現象として打ち出そうとしているのである。花袋は、たとえ、このモチーフをハウプトマンの意味でさらに展開させはしなかったとしても、これをとり上げ、変貌させるところまでは持っていったのである。こうして彼は、少なくとも時雄を、社会通念として、理想化され不可侵とされていた教師の役割からはみ出し、周囲の社会で孤立した存在にすることによって、その偽善ぶりを垣間見させるところまでは来ていたのだ。もちろん、時雄がヨハンネス・フォッケラートと同じだといわれても、それはちょっと信じるわけにはいかない。現に、そのたった三行あとにはもう「敢《あえ》てヨハンネスにその身を比そうとは為《し》なかった……」とあるくらいなのだから。また、このあと、「アンナ・マールはヨハンネスを捨てたのではなく、二人の共通の理想を裏切るまいとして、そうしたのだ」[43]というあたりに、一抹の揶揄の趣きが感じとられるにしても、ここで時雄が溜息をつくところを読めば、彼にも少なくともポーズとしてだけはヨハンネスの孤独感を実感できたということは曝露されているといっていい。

時雄の思い出は、そのままつぎのシーンに移ってゆくが、そこではいかに彼が小さな書斎に芳子と一緒に座って、ツルゲーネフの小品『ファウスト』を読んできかせたかという情景が写し出される。

「洋燈《ランプ》の光明《あきら》かなる四畳半の書斎、かの女の若々しい心は色彩ある恋物語に憧れ渡って、表情ある眼は更に深い深い意味を以て輝きわたった。(44)」

この時の時雄はもう孤独なヨハンネスではなくて、ツルゲーネフのパーヴェルになったつもりである。この男と同じように、彼は読書を通じて密《ひそ》かに若い女の中に相互の愛を目覚まそうと望んでいる。ツルゲーネフの物語を知っているものは、このシーンの密度の濃さ、物語の望みのない終末の予感さえ容易に思い描くことができるはずだ。花袋ではそれほどはっきり見えて来ないのだが。この暗示は決して偶然ではない。

つぎの第二章でも、時雄は自分をハウプトマンの劇のヨハンネス・フォッケラートと比べているけれども、ここには、それと同時に一つの芸術的トリックが隠されている。この時の比較はクライマックスとしての働きを持っていて、文章が終わるところで、まるで強調の叫び声のように、こうつけ加えられている。

「『寂しき人々』のヨハンネスと共に、家妻というものの無意味を感ぜずには居られなかった。(45)」

第三章でも、同じテクニックがクライマックスで、しかも転換点に役立つよう使われている。まず、時雄の感情が燃えたぎり、彼の考えは未曽有の旋風のようになるという描写があったのち、「ツルゲネーフの所謂 Superfluous man！だと思って[46]」という認識にまで高まり――たとえ、外見だけのものにすぎなくとも――、そこでやっと一段落する。だが、余計者という喩えはそのまま残される。この小説のチュルカトゥーリンが美しいリザヴェータに対する熾烈な愛を諦めなければならないように、時雄も芳子を断念しなければならなくなるといった具合に、これらの物語では、孤独と諦念とが同じ形の下で一括されてしまうのである。

ツルゲーネフのチュルカトゥーリンには「余計な」という形容詞がついているが、これは彼が車の五つ目の輪の如き存在、無用のもの、いつもものごとの外にあるものと自任しているからである。ツルゲーネフのチュルカトゥーリン、ルージン、それと――多少割り引いて考える必要があるが――『ファウスト』に出てくるパーヴェルなどの人物は、時雄と同じ三〇代半ばの男たちである。彼らはみんな、何事につけ――恋愛の場合も入れて――勇気とエネルギーに欠けている。全く前途の見通しもなければ、諦め、断念の孤独な犠牲者以外の何物でもない。それもみな自分のせいなのだ。時雄もそれと同類である。ルージンは自分のことを「熱心に身をも心をも打込めむと存候えど、打込むこと叶わず、おもえば怪しくおかしき運命に候かな」と書き、あるいは「聊《いささ》かなる故障に遭えば、忽ち気沮《はば》みて志を挫く」「私は生来の懶惰に克つこと能わず、所謂事業に精神を打込むること出来ず候えば、矢張りこれまで通り何処やら物足りぬ所ある者にて一生終るべしと存じ候[47]」といっているが、これは時雄にもあてはまり『蒲団』ではこう書かれている。

「一歩の相違で運命の唯中に入ることが出来ずに、いつも圏外に立たせられた淋しい苦悶、……今になってもこんな消極的な運命に漂わされて居るかと思うと、其の身の意気地なしと運命のつたないことがひしひしと胸に迫った。[48]」

ツルゲーネフの主人公と共通性を強調している点を単なる文学上の手本をとり入れたものにすぎないと考えるならともかく、ここは、ロシアの小説家に依存する一方で、この悩みは時代の病弊と診断しようという作者の試みと見るべきであろう。もちろん、ロマン主義的アイロニーという意味では全く反自然主義的なツルゲーネフの後期ロマン派的主人公たちは、『蒲団』よりほぼ半世紀も前に文学の世界に現れていたのであって、花袋のころからみれば、これを近代的と呼べる人は、もう夏目漱石のような文学者の場合に限られてしまったという事情があるのだが、そういう点は、ここでも度外視されてしまっている。と同時に、花袋は彼の主人公を前述のようなツルゲーネフの小説の主人公たちと結びつけることを通して、想像力のある読者の共感をより高めるのに成功したのである。

同じように、花袋はモーパッサンの人物と結びつけて効果を上げることもできた。それは時雄が、男友達を愛するようになった以上、芳子がはるか年上の彼を愛することはあり得ないとはっきり悟った時のことで、ここで彼は、「若い鳥は若い鳥でなくては駄目だ。自分等はもうこの若い鳥を引く美しい羽を持っていない[49]」と自認せざるを得なくなる。その時、

「時雄はじっと洋燈《ランプ》を見た。机の上にはモウパッサンの『死よりも強し』が開かれてあった。[50]」

このページはこう結ばれる。ここにもまたアナロジーの引用がある。いや、ここでは呼び出されてくるのである。モーパッサンの小説の主人公ベルタンは時雄と同様芸術家であり、老いつつある男であり、手の届かなくなった若い娘への情熱ゆえにさまざまの恋の苦悶に嘖《さいな》まれ、ついに死んでしまう。

因みに、花袋はここで主人公の感情の在り方を余すことなく明らかに示すのに、激しい情熱にはあえてふれないで、本の題名を出すだけに止めているのだが、それによって彼は最高の効果を上げるのに見事に成功したのだった。

最後に、以上との関連で指摘しておきたいので、もう一度ツルゲーネフに話を戻すけれども、それは、時雄が若い芳子と田中という二人の「恋の保護者」という役割を引き受け、芳子と親との間をとりもつのは「自分の胸の底の秘密を蔽う為に[51]」と自分で心得ている点である。いや、彼が仲介役を演ずるのも、実は「芳子の歓心を得る為に取った[52]」ことで、彼自身この自己偽瞞を充分見透しているのが、私たちにもはっきりわかってくる。この点も同じ立場にいるベルゼニエフの反映でもあるのだ。ベルゼニエフはツルゲーネフの小説『その前夜』に出てくる人物であるが、その中で彼は時雄と同じく半信半疑での仲介者の役割をどう心得ているのかときかれて、「いや、善意からではない。善意からではない……私としては二人が互いに愛しあい、自分が彼らを助けることができたというだけで満足なのです……しかし……」と答えている。[53]ツルゲーネフの『その前夜』にふれるのは、芳子（エレーナに比べて）の置かれている状況から来るのだが、この二人の間に相関関係のあるのは見逃せないところである。

また終末に向かう道にも、直接かつ具体的にツルゲーネフの『プーニンとバブーリン』の影が射している。[54]といっても、花袋の物語では簡単に素描されているだけのものが、ツルゲーネフの小説ではこと細かに描かれているというだけでなく、いってみれば、話の筋さえ出てきて、本来の物語のさらに先まで書きこまれているのである。というのも、この小説にふれておくことを通じて、いつの日かまた芳子は時雄を本当の守護者と認識するようになり、彼と生活を共にしながら、文学に身を捧げる決心をするようになるかもしれない――ツルゲーネフのムーザと同じように――と読者に思わせておく必要があるからである。ムーザもいったんは若い恋人の手に陥りはしたものの、結局はかつての守護者バブーリンこそ本当の救い手なのだと悟り、将来は彼の傍で生き、彼と共に力を合わせてその理想主義的な事業のため働くようになる。この章では、時雄が、もし芳子が親から勘当されたら彼女を養子にしようと考えてみるところが示唆されているが、[55]これも、ハッピー・エンドへの微かな望みと無関係ではない。つまり、この種のハッピー・エンドでパッと目につきやすい最後のシーンをまとめてみせるというのは、いかにも芝居がかってはいるけれども、それでも、これはこうしておけば話をさらに続ける可能性が失われずにすむだろうと考えた上でのことである。[56]

六

『蒲団』ではこの種の思惑が一貫して流れており、これは本来のテクストにはない話に違いないが、さればといって単純に誰かの剽窃だというわけのものでもなく、時にはテクストの解明とか読者へのシグナル（信号）になっているのである。というのも、こうしたことは読者に一定の解釈を要求しているからで、それを通じて作品本来の一部にさえなっているだけでなく、物語の構造の補強にもなっているのだから、支柱と言いかえてもいいが、作者は自分で体験したものと読書を通じて（——つまり、ほかの人の本から）得たものと、この二つを物語の構造に反映させているのであって、それが芸術としては解決不可能の問題の原因となっていることは、言うまでもない。こうしたことは、何はともあれ、小説の主人公たちを二重構造みたいなものにしてしまうから——文学として見れば——不利に働く。作中人物たちは、何かというと、ほかの作品に出てくる人物の役割に横滑りしてしまうから、本当の自律性をもつに至らず、とどのつまりは、その人物にふさわしくないものが附着してしまう。当時の花袋の読者は、もしかすると、この点、ほとんど抵抗感を持たなかったのかもしれない。前にふれたように、彼らは、前々から自分を他人と同一視する熱病にかかっていたのだから、実生活の中でも、何かの物語の登場人物の役を演じることも多々あったろう。もしかすると、物語られる人物——つまりは人工の人物だが——の真実が、彼らにとっては、本当の生活の中の人物の真実になってしまっていたかもしれない。しかし、〔いずれにせよ〕作者花袋と彼の描いた人物時雄――人生と文学――とは全く同じものとして一つにとけこんでしまってはいたのである。というのも、時雄は花袋であり、花袋は時雄なのだから。

いってみれば、人生は文学化され、その結果、二番手の人生となったものは、再びそれを文学化しようという衝動の餌食となる。花袋は回想記の中の『蒲団』の章に「私のアンナ・マール」という題をつけた。彼がハウプトマンの戯曲を英訳で読んだのは一九〇一年のことだが、岡田美知代から最初の手紙を受けとったのは、そのわずか三年後である。[57] この美知代が『蒲団』の中で芳子という作家志望の女学生とされることになる。一九〇四年、彼は彼女を自宅にひきとる（この種の世話は当時の日本では全く当たり前のことだった）。今ここでは『蒲団』をめぐる伝記的事実の細かな点には、真偽いずれにせよ立ち入る気はないし、物語に出てくる自伝的事項を否定するいわれもないわけだが、花袋が実生活の上でも初めから岡田美知代との関係において自分をヨハンネスにたとえ、彼女にはアンナ・マールの姿を見たというのは、たとえ彼がハウプトマンの戯曲を読んでどんなに熱を上げていたとしても、本当とは思えない。だが、かりにそうだったとしたら、後年花袋が「私のアンナ・マール」について語ることになったのも全然不思議ではなかろう。ただし、岡田美知代はアンナ・マールではなかったし、彼女がアンナ・マールの役を果すことはあり得なかった。したがって、花袋と彼女の関係は文学上のお手本とは非常に違ったふうに発展せざるを得なかった。その間、花袋が自分の体験を文学作品に仕立てようという意図を抱き、それに執着したがったとしても、ハウプトマンの戯曲をモデルにするのは既に無理だったし、彼はほかの文学作品をみつける必要があったのである。ここでもう一度、時雄が自分をその主人公になぞらえてみたことのあるツルゲーネフの短篇『ファウスト』と『余計者の日記』を手にとってみよう。どちらの作品にも同じように否定的に描かれている主人公があり、『蒲団』に似てなくはない小説作法が使われているのがわかる。『ファウスト』では主人公は彼の恋愛事件の推移を友人にあてて遂一手紙で報告している。これは日本の日記体の物語同様、もっぱら主人公の視点から記述されるものである。手紙の書き手の「私」は、そのつど話の筋が発展してゆくよう刺激を送り続け、起こったことを反省し、常に読者に自分の心中を明かしてゆく。この手紙の書き手は、若い人妻に向かって市民的モラルの掟を破るよう脅し続け、ついに破滅に導くのだが、それを遂一報告する手紙は、時と共に告白、懺悔となってゆく。『ファウスト』はこういった物語作法の上に書かれており、この語り口は『蒲団』のそれからあまり遠くない。

同じくツルゲーネフの『余計者の日記』との一種の結びつきも見出される。こちらは――架空の――内心の日記ということになっていて、『蒲団』との結びつきはさらに一層はっきりした関係にある。チュルカトゥーリンは死の床にあって、日記を書いているのだが、死を目前にしているだけに、これは仮借のない見方で自分の生涯の総決算ともいうべきものになってゆく。その限りで、この作品の――たとえ過去の出来事を話す形をとっているとはいえ、――『蒲団』との親近性は見逃すべくもない。何といっても、毎日書きこんでゆくという形を踏むことにより、回想の地平線と体験のそれとの距《へだた》りは極めて小さくなるのだから。日記を通じてこの小説の主人公（チュルカトゥーリン）は、生涯の過ぎし一時期を、もう一度、生きてみるわけだが、そうしている時間こそ、彼にとっては意義のある唯一のものなのだった。[58] 他面、両者の違いもはっきりしてくる。たとえ、すべてが圧倒的に中心人物の観点から語られ、すべてが彼を通じて体験され、語られるという印象を読者に与えがちであるとはいえ、花袋はまだ一種のアウクトリアール〔2〕な物語記述法を遵守していた。ただし、（この短篇の場合）この主人公中心の手法には、時としてそれに破綻の生じる瞬間もある。たとえば、時雄の思惑と無関係に芳子の内心の動きや父親のそれに言及される場合などが、それである。[59] また、『蒲団』には当時は新しく導入されたばかりで、まだ世間に馴染みの薄かった――だからこそ、そこに強い意味がこめられていたのだが――「彼」という人称代名詞が大胆に使われているのも、客観化の試みとみてよかろう。また、これと関連して、読者として読者に情報（信号）を送っているのも、実は作者その人に他ならないのだということも忘れてはならない。逆に、前にもふれたが、専ら説明のための回顧（第二章）に出ていた筋の進行にみられる時間の経過の作り方は、アウクトリアールの物語技法のせいでこうなったといっていいだろう。また、最後になったが、来るべきもの――つまり、ここでは結びのシーンを前もって示唆しておくのに役立つよう筋を組み立てる上で、本当に機能しているのはアウクトリアールな語り手でしかない。[60] これは読者も簡単に見通せる話だが。以上、ここには、個人的な語り口に対立し、後年の私小説に至って初めて取り除かれることになる一連の要素があったわけである。

注目に値するのは、花袋が『蒲団』で日記体を選ばなかったことだろう。日記体こそ、ツルゲーネフのいろいろな短篇小説が提供したものだし、さもなくとも、日本には日記体の文学の伝統が手近にあるはずだったのだ。それにもかかわらず、花袋がそうしなかった理由として考えられるのは、純粋に日記体をとり、架空の名を考え出して「私が書く」という形をとれば、読者の親近感は得られるかもしれないが、一方的で押しつけがましく思われるに違いないという懸念があるし、――花袋にはそれがよくわかっていたに違いない――他方、体験の本当らしさが幾分なりと失われる可能性があったということである。

『蒲団』といえば、いつも告白の真実性という有名な――しかし評判の悪い――モチーフが問題になる。筆者も、そろそろこの辺でそれに手をつけなければならないだろう。日本のいわゆる自然主義作家たちは、小説は本当にあったことを書かなければならないという説を唱え、花袋に至っては、この掟を実行するためには、ことは作者自身に起こったことに限られ、またそうなって初めて書けるのだとさえいっていた。この信条の文学的源泉はヨーロッパ自然主義文学にある。しかし、自然主義文学といっても、ヨーロッパのそれはとても全体を見通すことのできないくらい広大なものだし、個々のケースに至っては、日本人にはしっかり把握することなどほとんどできない態のものである。具体的な例でいえば、〔自然主義の代表的作家に数えられている〕ゴンクール兄弟が若いころ書いた小説『ジェルミニー・ラセルトゥー』（一八六四年）の序文を考えてみるがいい。そこにはあえて「大衆の好きなのは作りものの小説だが、これは真実の小説なのである」[61]とわざわざ断ってある。ただし、真実の報告と作りものの物語をめぐる論議は、日本人にとっても、いまさら新しいものではない。日本人は『源氏物語』以来くりかえしこの問題をとり上げてきた。私たちが特にゴンクール兄弟のことを考えるのは、彼らが「真（le vrai）」と「告解（la confession）」とを一対のものと考え、後年あの有名な日記に読者のためのまえがきをつけた際にも「この日記はわれわれの夜毎の告白（告解）である」と書いたくらいだからである。花袋が告白を真なるものとしたのも、これと軌を一にする。その際彼がよりどころとしたのが果してゴンクール兄弟だったどうかは、もちろん大変疑わしい。[62]ただヨーロッパ自然主義文学がこのころすでに真と告白の二つを一体のものとして、日本人の原点に植えつけていたことは、しっかり思い出しておかなければなるまい。

ところで、話を告白のモチーフだけに限れば、日本でも『蒲団』のちょうど一年前、島崎藤村の小説『破戒』が好評裡に迎えられたところだった。この告白のモチーフを自分の生き方の歴史に結びつけることは、おそらく、ルソーの影響の一つとみてもいいのだろう。ルソーの『告白（懺悔録）』は（日本でも）よく知られていた。しかし、こういう著作物は日本の物語文学の中では全く新しいものだった。花袋が物語『蒲団』の中で語っているのは自分のことだというのは、花袋を知る読者たちの間では広く知れわたっていたとしても、この短篇小説が〔日本文壇に対する〕一種の果し状だったということはつけ加えておくべきだろう。

花袋は性の主題を自分にひきよせて語り、男（人間）の欲望の、いわゆる動物的で醜悪な側面を示すことを辞さなかったし、また自分の考えのいわば二面性も告白しているのであって、この短篇小説のまき起こしたセンセーションがこの点から来たというのは疑いを容れない(63)。花袋は何か決定的なもの、つまりは人目をひくものを世に出したくてうずうずしていたのだし、それがここでまんまと当たったというわけである(64)。

七

こう見てくると、『蒲団』は単に西洋のものをとり入れただけのもの、したがって祖国の文学に根をもっていない作品のようなものという印象を与えるかもしれないが、これはもちろん当たらない。新しいものはすべて古いものから何かを受けつぎ、それを生かしているのであって、新しいものが生き続けてゆくには伝統という基盤の上にある場合に限るというのは、芸術の分野では自明の理である。ただ『蒲団』の場合、この足どりが、通常の場合よりもずっとわかりにくい。というのも、ここでの「根」は遙かに隠微なところにあり、その上、日本文学の場合、普通なら特有の抒情性と

か情緒があるのに、それがここではみつからないのである。(65)

また伝統的に「日本的」とされてきたもの、たとえば『蒲団』におけるいくつかの表現の中にはある種の宿命感が漂っており、「自然の最奥に秘める暗黒なる力に対する厭世の情は今彼の胸を簇《むら》々《むら》として襲った」(66)と書いてあったりするが、そういう時の無力感などは何も日本人に限ったものではないし、ツルゲーネフの筆からだって生まれ得ないものではない。(67)ここには「新しいもの」が確実に「古いもの」の中に共鳴《エコー》を見出しているのだし、古いものは新しいものの中で確認されているのである。以上、述べたところからして、私としては『蒲団』は何世紀にもわたって通用してきた文学構成の原理の更新」(68)を表しているという見解は、当たらないのではないかと思われるのである。

(1) 本稿の主題は最初つぎの素描で扱ったものである。「明治時代の短篇小説『蒲団』にみられるヨーロッパの影響」(『ノイエ・チュルヒャー・ツァイトゥング』紙、一九九二年一月十八・十九日付、第十四号、六九頁以下)。その後これはＯＡＧ(東洋文化研究所協会)で行った講演「肩越しにみた田山花袋——彼の短篇小説『蒲団』の執筆に当って」(神戸一九九五年四月十九日、東京一九九六年一月三十一日)の際に拡大され、現行のものは、これにさらに手を加えてある。原稿には講演のスタイルをなるべく残しておいた。

(2) 田山花袋『東京の三十年』(博文館、一九一七)参照。『田山花袋全集』臨川書店(以下ＴＫ２と略記)、第一巻、二八頁と、続巻(一九九二—一九九五)第十五巻、六〇四頁。本書の英訳はKenneth G. Henshall: Literary Life in Tokyo 1885-1915. Tayama Katai's Memories (Thirty years in Tokyo) transl. with full annotations

and an introduction. Leiden, New York u. a. Brill 1987.（後出ではヘンシャル、一九八七年と略記）。花袋は『蒲団』にふれ「ところが、その作がエポックメイキングだとか……言われて、文壇の問題になった」と述べている（『東京の三十年』岩波文庫、二〇九頁）。

（3）Janet A. Walker（1979）*The Japanese Novel of the Meiji Period and the Ideal of Individualism*. Princeton UP, p. 93-120 : Katai's Futon（the Quilt）: The Birth of the I-Novel.（J・A・ウォーカー「花袋の『蒲団』――私小説の誕生」）

Irmela Hijiya-Kirschnereit（1978）*Innovation als Renovation. Zur literarhistorischen Bedeutung von Tayama Katai's Erzählung Futon*.（イルメラ・日地谷＝キルシュネライト『復古としての革新※、田山花袋の『蒲団』の文学史的意義によせて』）Bochumer Jahrbuch zur Ostasienforschung, Bd. 1,248-378. 同じものがつぎの単行本に含まれている。Was heißt Japanische Literatur verstehen?（日本文学がわかるとはどういうことか？）ズールカンプ文庫、一九九〇年、二九―五八頁（後出では日地谷＝キルシュネライト、一九九〇年と略記）。

I. Hijiya-Kirschnereit（1981）*Selbstentblössungsrituale. Zur Theorie und Geschichte der autobiographischen Gattung "Shishōsetsu" in der modernen japanischen Literatur*.（「自己曝露の儀式――近代日本文学における自伝的種目、『私小説』の理論と歴史によせて」）Wiesbaden Steiner. 特に第一―第三章（田山花袋、日本の自然主義者の範例）二四―五四頁。〔これには以下の邦訳がある。イルメラ・日地谷＝キルシュネライト著、三島憲一・山本尤・鈴木直・相澤啓一訳『私小説、自己曝露の儀式』一九九二年、平凡社。本書からの引用はすべてこの邦訳によった。〕

Edward Fowler（1988）*The Rhetoric of Confessions. Shishōsetsu in Early Twentieth Century Japanese Fiction*.（告白の文辞法。二十世紀初期の日本の小説における私小説）Birkeley, Los Angeles u. a. i Univ. of California Pr. 特に第二、五部一〇三―一二七頁。Harbingers Ⅱ. 花袋、泡鳴。

ウォーカーが日本における個人主義の歩みと明治時代の物語文学散文へ及ぼしたその影響の分析を扱っているのに対し、I・日地谷＝キルシュネライトの一九七八年に発表した論文では、何よりもまず、『蒲団』へのヨーロッパ自然主義文学の影響とその限界が探求され、そのあとのモノグラフィーで私小説の社会文化的影響が詳細に論じられている。私小説の構造の範例の作図を作ったのは彼女が最初である。これに対し、ファウラーは主として私小説の叙述の様態に着目しているのだが、『蒲団』の第一章ではI・日地谷＝キルシュネライトの枠をあまり出ていない。鈴木登美の論文 "Narrating the Self Fiction of Japanese Modernity"（自己を物語る。日本近代の物語文学《フィクション》）Stanford : Stanford UP. 1996 は、私がこの原稿を仕上げたあと、初めて手にしたもので、『蒲団』に関する第一章第四節、六九―九二頁。Love, Sexuality and Nature（田山花袋の『蒲団』と日本の自然主義）にざっと目を通すことさえできなかった。

※原語のタイトルは Innovation als Renovation となっている。この二つの単語は、日本の簡単な辞典では、どちらにも概ね「革新、改革」といった語が並んでいて、区別がつきくいが、ドイツ語では前者は Einführung von etwas Neues つまり、何か新しいもの（こと）を導入した結果、新しくなることを指し、後者については、日地谷＝キルシュネライトが本論文の中で「Renovation im Sinne einer Wieder-Inkraftsetzung von jahrhundertelang gültigen literarischen Gestaltungsprinzipien」として使用している旨、記述している。日本語に逐語訳すれば「数世紀にわたり通用してきた文学的構成原理の力を再び生かす、という意味での改革」とでもいうことになろう。つまりは小説の構成に当たり、「古きを再び生かして、革新を計る」とか「古きを再び生かして新味を加える」とかいうことになろう。私の使った「革新」と「復古」という訳語、特に「復古」は必ずしも十分ではないが、日地谷＝キルシュネライトの主張を生かしてはいると考えて、こう訳しておく。（訳者付記）

（4）一八七二―一九三〇年、本名・田山録彌。

（5）註（2）参照。花袋はこれにさらに「自然主義の主張の肉と血だとか何とか言われて」と続けている。

この引用は当時の批評からとったもの。日地谷＝キルシュネライト、一九八一年、及び、鈴木登美、一九九六年、参照。

（6）独訳は Oskar Benl※Ⅲ "Flüchtiges Leben"（「浮き世、近代日本短篇小説集」）Hamburg : Mölch（一九四八年、一七三―二六九頁。この翻訳には若干の不備がある――語意のとり違え、物語の現実の誤解、文章の脱落など。ところによっては要約のように読める箇所さえある。英訳は Kenneth G. Henshall "The Quilt and other Stories by Tayama Katai" Tokyo Univ. of Tokyo Press. 1981.（後出ではヘンシャル、一九八一年と略記）材料が豊かで、情報としてもよく役に立つ序文のついた極めて重要な翻訳である。

※ Benl はよくベンルとかな書きされる場合を見受けるが、彼の教えを受けた本書の筆者は常にベーネルと発音していた。固有名詞の発音が普通の読み方と違う例の一つである。（訳者付記）

（7）TK2、I、五二五頁。

（8）同、五二三頁。

（9）同、五三〇頁。

（10）同、五三四頁。

（11）これはヨーロッパの小説によくみられる構成法で、特にツルゲーネフが好んで用いていたものである。

（12）TK2、I、五三六頁。

（13）柳父《やなぶ》章《あきら》『翻訳業成立事情』岩波書店、一九八二年、八七―一〇五頁。ドイツ語訳がある。Akira Yanabu, Modernisierung der Sprache. Eine Kulturhistorische Studie über westliche Begriffe im Japanischen Wort-schatz. 訳並びに註は Florian Coulmas : München, Iudicium, 1991, p.71-8.

（14）とはいえ、恋愛、愛、恋といった概念は必ずしもいつもはっきり区別されていたわけではない。恋と愛は、場合によっては交換することもできるし、どちらを選ぶかはレトリック上の考慮できめられる場合もある。以下、二つ例を上げれば、「一歩を譲って女は自分を愛して恋して居たとしても……」あるいは「詰問した結果は恋愛、神聖なる恋愛、二人は決して罪を犯してはおらぬが、将来は如何にしても此の恋を遂げ度いとの切なる願望」。TK2、I、五二一・五三六頁。

(15)「霊の恋愛」と「肉の恋愛」との対比。たとえばTK2、I、五六九頁。

(16)このシーンはベーネルの翻訳では抜けている。

(17)結びのシーンは、原著では、次の通り。

「時雄は机の抽斗を明けて見た。古い油の染みたリボンが其の中に捨ててあった。時雄はそれを取って匂いを嗅いだ。暫くして立上って襖を明けて見た。大きな柳行李が三箇細引で送るばかりに絡げてあって、其向うに、芳子が常に用いて居た蒲団――萌黄唐草の敷蒲団と、綿の厚く入った同じ模様の夜着とが重ねられてあった。時雄はそれを引出した。女のなつかしい油の匂いと汗のにおいとが言いも知らず時雄の胸をときめかした。夜着の襟の天鵞絨《ビロード》の際立って汚れて居るのに顔を押附けて、心のゆくばかりなつかしい女の匂いを嗅いだ。

性慾と悲哀と絶望とが忽ち時雄の胸を襲った。時雄はその蒲団を敷き、夜着をかけ、冷めたい汚れた天鵞絨の襟に顔を埋めて泣いた。」

土佐亨は彼の論文「『蒲団』の匂い――比較文学的ノート」(『国語・国文学報』愛知教育大学、第四号、一九八五年三月、一一一―一二二頁)の中で、この結びのシーンの着想はゾラの小説『テレーズ・ラカン』(第九章、ローランがテレーズと過ごした愛の刻の残りの愉楽の中で、彼女がベッドに残した匂いにもう一度眈りながら、すでに頭の中ではテレーズの夫を殺すことを考えているシーン)に基づくと考えている。土佐にいわせると、花袋はすでにこの小説を読んでいたらしい。この一方で、土佐はまた『古今和歌集』『新古今和歌集』特にはまた『新葉集』から多くの和歌を引用しながら、遠く去った恋人の匂いというモチーフはすでに日本の古典詩歌の中に見出されるものだとしながらも、この場合は身体の匂いとは違うもので、あとに残された匂い(残り香)のことであるといって区別している。事実、〔詩歌だけでなく」日本の古典物語散文文学の中にも、匂いのモチーフはよく顔を出す。私の知る限り、『蒲団』のこのくだりに一番近いのは『とりかへばや物語』(十二世紀後期ごろ)の中の主人公が恋人に決定的に捨てられた箇所で、そこにはこう書かれている。

「臥し給ひし御座所《おましどころ》に、脱ぎ捨て給へりし御衣《みぞ》どもの、とまれる匂ひただありし人なるを引き着て、よよと泣かれ給ふ」(『とりかへばや物語』桑原博史全訳注、講談社、第三巻、二二〇頁)。独訳 M. Stein "Die vertauschten Geschwister" Frankfurt/M Leipzig. Insel Verlag 1994. p.147)。

だからといって、花袋がこの箇所を知っていたとはいえない。ただ、ここでは、いかにこのモチーフが日本文学に馴染みのものだったかという点を強調しておきたいと思う。因みに、ゾラの場合も、直接身体の匂いではなくて、テレーズの(つけた)すみれの香りを指しているにすぎない。

(18)ヨーロッパの小説家たち——ことに十九世紀の場合にも、同じような引用の習慣がみられる。一人だけ例にあげれば、花袋が最も馴染んでいたツルゲーネフがいる。彼の小説『ルージン』(花袋はこれを読んでいた)にはヘーゲル、カント、トックヴィル、ゲーテ(ファウスト)、E・T・A・ホフマン、ベッティーナ・フォン・アルニム(手紙)、それからノヴァーリスといった名が出てくる。もっとも、必ずしもそこに主題的関連があるとか、何かを正統化する課題をみたすためとは限らない。むしろ、こうして引用された著作家たちの名は小説の書かれた時代の姿を大ざっぱに色どるものといったふうな使われ方だ。

(19)小林秀雄(一九三五)『私小説論』新潮社、一九六八年、『小林秀雄全集』第三巻、一九一—一四五頁、特に一二三頁、参照。

(20)TK2、第十五巻、五六六頁。

(21)土佐、一九八五年。

(22)『東京の三十年』岩波文庫、一九九一年、一四八頁。ただし「KとT」の章はTK2の『東京の三十年』には採用されていない。こういうことは、花袋の場合、珍しくない。

(23) TK2、第十五巻、五八七頁。
(24) 同、六一頁。
(25) 日地谷＝キルシュネライト、一九九〇年。
(26) E・ファウラー、一九八八年、一一九頁参照。ファウラーの引用は厳密とはいえない。土佐では、物語の骨子は――花袋自身のいうように――ハウプトマンの『寂しき人々』によるとなっている。このほか、花袋はツルゲーネフ、モーパッサン、ズーダーマンらの名を上げているが、最も重要な名（土佐に言わせれば、それがゾラなのだが）は出て来ない。
(27) ヘンシャル、一九八一年、序文、一六頁。似たようなものはヘンシャル、一九八七年、序文、三六頁。ヘンシャルはこうもいっている「個人的には私は何が芸術的で、何がそうではないかをはっきり区分してみるような野心は持ちあわせていない」と。言葉を換えれば、ヘンシャルはむしろ文学を芸術的製作物として読みたがらないのだ。では、何として？　単に言葉、ないしは社会史の資料として？
(28) 日地谷＝キルシュネライト、一九八〇年、三〇頁。この本では、そのあと、こうある。「当時の日本の知識人は西洋文化に関する大変な権威と見られていた」。その少し先では「保証書としての機能をもつヨーロッパの『先達』たちの引用というこの現象を、私は西から東への親和力という言葉で呼んでおきたい」（前掲註（3）参照）。あるいは日地谷＝キルシュネライト、一九九〇年、三九頁。「こういった世俗的な望みに鑑みて、自分をヨハンネスと同一視するというのは少し無理なような気がする。同じことはツルゲーネフ、モーパッサン、ズーダーマン、イプセンといったヨーロッパの文学者を大勢引き合いに出してくる点にもいえる。こういう名を出してくるのは、実は根拠に乏しく、むしろ自分をヨーロッパの先例と関連づけて、正統化しようという主人公の必要〔望み〕を垣間見せるものである。」
(29) J・A・ウォーカーも同じように、「『蒲団』の中でツルゲーネフの『余計者の日記』にふれているのは小説全体にとって重要な意味がある」と裏書きしている。J・A・ウォーカー、一九七九年、一一一頁参照。

(30) 田山花袋はツルゲーネフの著作で日本語訳のないものは英訳で読んでいた。彼は一八九〇年代初め、二葉亭四迷の翻訳を通じてはじめてツルゲーネフの作品を知った。二葉亭四迷の影響力の強い翻訳には、一八八八年の『猟人日記』の中の小品『あいびき』、一八八九年の短篇小説『三つのめぐりあい』、一八九五年の短篇小説『片恋い』、一八九七年の長篇小説『ルージン』(邦訳名『うき草』)がある。森鷗外も、ほかのいろいろな作家と並べて、ツルゲーネフの短篇二篇を訳している。註(35)参照。私はこれまでツルゲーネフを英訳と独訳を比較しながら読んできた。特に『ファウスト』の場合はフリードリヒ・ボーデンシュテット(Friedrich Bodenstedt, Zürich, Manesse 文庫、第三八巻)が「正統的で誤りのない訳」として知られていたし、ドイツ語のよく出来たツルゲーネフ自身もこの訳を完全なものといっている。もっとも、ここでは、このほかの翻訳本も、時には原文のまま、時には内容を汲んで引用している。

(31) TK2、I、五三七頁。

(32) 同右、五二三頁。

(33) 同右、五四二頁「私共」。第五章でも芳子はなお自分と田中のことを「私達」とよんでいる(I、五五七頁)。また時雄は「芳子の言葉の中《うち》に、『私共』と複数を遣《つか》うのと、もう公然許嫁《いいなずけ》の約束でもしたかのように言うのとを不快に思った」(五五八頁)とある。

(34) 『うき草』、「二葉亭四迷全集」第二巻、岩波書店、一九八五年、三六八頁。

(35) 明治時代の日本近代文学に対するツルゲーネフの影響については、日本では当然誰でも知っていることだし、何よりもまず、二葉亭四迷の翻訳(註(30)参照)との関連で語られてきた。註(37)でふれた論文(特にそこで引用した島崎藤村の『ツルゲーネフを読んだ思い出話』三二頁がその一例である。しかし、多くの場合がそうであるように、この藤村のものも『蒲団』とツルゲーネフの関係についても細部には全くふれてなく、その代りに花袋の小品『重右衛門の最後』がとり上げられている。花袋は『重右衛門の最後』を、ツルゲーネフが『砂漠のリア王』でやった流儀で書かれた導入のシーンと合わせて、前後の枠をはめ、その中に物語をおくという構造の短篇小説（Rahmenerzählung）として作ったのだった。不思議なことに、ヘンシャルもツルゲーネフの花袋への影響ということを論じた文章の序文ではこのことについて軽くふれるだけに止めているし、花袋の自然観やそれが発展してゆく過程を論じる文章では一言も費やしていない。自然観との関連でいえば、ワーズワース、モーパッサン、ニーチェ、そのほかいろいろな仏教哲学者たちの名が出てくるにすぎない（ヘンシャル、一九八一年、三一頁参照）。『蒲団』の出た一九〇七年という年は――日本では――ツルゲーネフに関する限り、いわばブームの年だった。この一年だけでも、七月『蒲団』の執筆されるまでに、ツルゲーネフの作品は八篇も文芸雑誌に出ている。その点、ツルゲーネフは、西欧でも、初めて紹介されたロシア作家として、広い層にわたって愛読者をもっていたから、日本にもそれが影響していたとしても不思議ではない。ドイツ文学へのそれで典型的な証拠はマリー・フォン・エプナー＝エッシェンバッハ（Marie von Ebner-Eschenbach）の短篇小説『遅かれ、早かれ（Ob spät, ob früh）』が上げられよう。この物語の筋にはツルゲーネフの有名な小品『初恋』のそれがもりこまれている。

（36）註（30）参照。

（37）昇曙夢、赤松克麿『日本へのロシアのインパクト、文学と社会思想』ピーター・バートン（Peter Berton）ほかによる独訳、序文つき、Los Angels, California Univ. Press. 一九八一年、二七頁（School for International Relations. Unv. of Southern California 極東及びロシア研究双書、第五巻）。

（38）『東京の三十年』岩波文庫、一四一頁（註（22））。国木田独歩はモーパッサンの小品『二人の兵士』で敗者の役を引き受けたという。

（39）ＴＫ2、第十五巻、五六九頁。

(40) 同右、四九六頁。花袋はL・N・トルストイの『コザック』を翻訳したが、これは彼の処女出版に当たる〔一八九三年、博文館刊〕。
(41) これと全く同じ文章がフローベールがツルゲーネフにあてた手紙（一八六三年三月二十四日付）の中にある。これは『その前夜』についてのものだが、ほかにもツルゲーネフあて最初の手紙（一八六三年三月十六日付）にも「あなたの『余計者の日記』の中には私自身の感じ、体験したことが何とたくさん出てくることか」とある。『フローベール・ツルゲーネフ往復書簡集　一八六三―一八八〇年』エヴァ・モルデン＝ハウアー（Eva Molden-Hauer）訳、Berlin, Friedenauer Press, 一九八九年、一八頁以下。
(42) ＴＫ2、第一巻、五二四頁。
(43) 同右。
(44) 同右。
(45) 同右、五二九頁。
(46) 同右、五三七頁。
(47) 二葉亭四迷、既出書、三九六頁、註（34）参照。
(48) ＴＫ2、第一巻、五三七頁。
(49) 同右、五七〇頁。
(50) 同右。
(51) 同右、五六八頁。
(52) 同右、五七八頁。
(53) 花袋は『東京の三十年』の中で、短篇小説『蒲団』にふれ、はじめは『恋と恋』という題をつけようと思ったが、この題はすでに（一九〇一）作家小杉天外（一八六五―一九五二）の作品に使われていた、と書いている。その通りだったろう。しかし、花袋が題を変えたのは、つぎのような理由によるといっても、同じくらい本当だったと思う。彼の友人相馬御風も、花袋が『蒲団』を書いているのと同じころ、ツルゲーネフの翻訳をしていたのである。その翻訳は『蒲団』と同じ一九〇七年九月に『恋と恋』という題で発表された（『文庫』第二号）。（この雑誌同号を入手するに当たり、筆者は中川五郎氏のお世話になった）。問題はツルゲーネフの小説『その前夜』の第五章にある。御風の考えた題はこの小説の初めに、愛には享楽のそれと自己犠牲のそれとの二種類があるという議論がたたかわされるところから来たのである。これと『蒲団』との結びつきは一目瞭然である。その上、このことは『蒲団』に与えたツルゲーネフの重要性のさらなる実例になるといえよう。花袋が友人であり同志であった人物の翻訳しているものについて何も知らなかったというのは——私見では——考えられないことである。

(54) TK2、第一巻、六〇四頁。ベーネルの独訳には作品の題はなく、ただツルゲーネフの作品とだけ書いてある。

(55) TK2、第一巻、五九八頁。ベーネルの独訳（一九四八年、二五九頁）には「時雄は父親に『今となっては娘さんをお返えしさせて頂く』といった」とあるが、これは正確ではない。実生活では、花袋は二年後の一九〇九年一月に岡田美知代（作中の芳子）を養子に迎えている。この養子縁組は一九一七年二月に解消された。（『田山花袋集』明治文学全集、筑摩書房、一九六八年）

(56) これは私小説のその後の展開にとって興味深い話で、後年になると、私小説は作者／作中人物の生涯の一時期しか扱わなくなったり、何よりも終わりがないままになっている点が特徴的になる。

(57) 田山花袋年譜（既出（55））一九〇三年の項参照。

(58) J・A・ウォーカー、一九七九年、一一一頁も参照。この中でウォーカーは時雄の性格がチュルカトゥーリンのそれに似ている点を指摘している。

(59) 同右、一一〇頁。註（21）の中に「『蒲団』は明らかな輪廓をもった筋書きないしは物語となっていて、語り手〔時雄〕以外の人物たちの内面にも目が届き、理解もみせているのに、これが私小説の最も本質的な作品だとされているのは、私には、逆説としか考えられない」とある。

（60）日地谷＝キルシュネライト、一九九〇年、五二頁、註（23）参照。

（61）アメリカ版に収められた第一版への序文からの引用。エドモンとジュール・ゴンクール（Edmond, Jules Goncours）一八九七年の『ジェルミニー・ラセルトゥー』（Germinie Lacerteux）Philadelphia：G. Barrie「大衆は作り話の小説を好む、こちらのは真の小説である」。花袋は『東京の三十年』（TK2、第十五巻、六九六頁）で、この本はアメリカから英語版をとりよせて読んだと書いている。皆はその間に誰が花袋のこの本を最初に借りられるか競い合った。しかし当時の彼は『生』を執筆中で（一九〇八年四月―七月）、まだゴンクール兄弟の影響は受けていなかった。ヘンシャル（一九八七年、二五七頁、註七〇二）では、『ジェルミニー・ラセルトゥー』を読んだのはおそらく一九〇八年の初めごろとされている。しかし、花袋は総じて日付を記す時はかなり大雑把にやる癖があるので、一九〇七年だった可能性も全くなくはない。それに、このころの日本の文学者たちは、よくまた聞きで書いてしまうことも辞さなかったことも頭においておく必要があるだろう。花袋はまたゴンクール兄弟を初めて知ったのはドーデの作品を読んだためとして（上記のところで）「彼らは自然主義者の中ではいちばん芸術的な人々だった」と書いている。

（62）花袋が兄弟の日記を読んでいたかどうかの決め手になる証拠はない。しかし、私が註（61）で言ったことはここにも当てはまる。花袋がほかの本を読んでいて、その中でゴンクール兄弟の言葉を知った可能性もあるわけだ。

（63）註（5）参照。私は日地谷＝キルシュネライトの『同時代の批評』中の当該箇所によっている。

（64）TK2、第十五巻、六〇〇頁。

（65）日地谷＝キルシュネライト、一九九〇年、四八頁には、こうある。「省察する主体、特にはまた感じる主体のおかれる位置が、作品の中心に近くなればなるほど、強度に主観的かつ抒情的な記述の占める空間が大きくなる。これは数世紀に及ぶ日本の日記文学や雑文文学のはっきり示している特徴で、今いったことのよい証拠になる」。私には、これがどうしても受け入れられない。なるほど花袋自身も『蜻蛉日記』を心境小説と結びつけているが、これは彼が『蒲団』を書いたずっとあとのことだ。また、彼以外の日本の作家たちは私小説の系譜を『蜻蛉日記』まで遡ってとらえ、〔自分たちの仕事は〕その伝統を今に至るまで延々伝えているものだといっているとしても、この見方は『蒲団』からほとんど十年もたってから出て来たものであって、その時までにはすでに全然別のいろいろなモードが力を得ていたのだし、これは私小説というジャンルがその呼び名と共にがっちり確立してしまっていた後の話だという点も見逃してはならない点である。後年の私小説の語り口が過去の文学のそれと関連があるとしても、だからといって、それだけで古典への回帰とはいえないのだし、私小説そのものは近代的審美感の変化する過程を通じて生き延び、新しい——つまりは近代的刻印をもつ文学の一種となっていた事実をしっかり考える必要がある。

(66) TK2、第一巻、五八〇頁。

(67) ツルゲーネフの『ファウスト』には、たとえばこうある。「ある時『人生は私を不安にする』と彼女は私に言ったことがある。そうして、事実、彼女は、時折、突然爆発してくる人生の神秘な力にみちた力を前にして、人生に不安を抱いたのだった」。

(68) 日地谷＝キルシュネライト、一九七八年、五〇頁。

＊この文章は、この本のすべての論文が基本的にそうであるように、一日本文学愛好者・研究者——著者は常に自分をドイツ人であり、ドイツの読者として意識していた——が、ドイツ語を解する一般読者に向けて書いた啓蒙的色彩の濃いものである。したがって、中には日本の読者にとってすでに知りすぎるほど知っていることも書かれているであろう。しかしまた中には、多少のこの筆者独自の見解、独自の

発見も含まれているかもしれない。そう信じたればこそ、訳者はこの仕事を進めた。訳は、ある時は直訳に近く、ある時は語辞をつけたした敷衍的訳になっている箇所もある。読者のよみやすさを考慮してのことである。同じ趣旨から、筆者の——一見、過剰なくらい数多い註のほかに、訳者としての註もごく少数書き加えてある。

〔1〕日本では、総じて、小説と呼んでいるが、ヨーロッパ語では——といっても、私の知っているヨーロッパの言語は限られた数のものだが——同じ小説でも長篇はロマン（**roman**）、短篇はストーリー（**story**）ないしは**short story**とかエアツェールング（**Erzählung**）とか呼ぶのが普通である。この論文の筆者もそれを踏襲していて、田山花袋『蒲団』やツルゲーネフ『ファウスト』などは、いつも短篇小説と位置づけられて呼ばれる。訳者はそれらの言葉が出ると、原則として短篇小説と訳すが、時々短く短篇とだけ書いたり、場合によっては小品と書きしるしている。どれを使うかについては別に特別の理由はない。文章の流れ、リズムによっているだけである。ただ筆者はいつも律儀に使い分けているので、そのレールははずさないよう留意した。

〔2〕テクストにアウクトリアール（**auktorial**）とあったものは、日本ではまた見なれないものである上に、定訳もないらしいので、ドイツ読みをカナガキした。この言葉の意味するところは、小説の書き方として、作者と小説の中での語り手（書き手）が同じ場合、作者＝語り手であり、そこでは作者＝語り手は全知万能、神の如き存在となり、小説のすべてを知り支配しつつ記述を進める手法を指す。ドイツ語綴り**auktorial.** これは**auctor**すなわち作者、著者の意のラテン語に由来する。詳しくは『ドイツ言語学辞典』紀伊國屋書店、一九九四年（**Lexikon der deutschen Sprachwissenschaft**）を参照されたい。

（訳者付記）

＊この文章は、*Asiatische Studien Études Asiatiques LI.1.1997*に掲載された“**Der Erzähler und seine Signale. zu TAYAMA Katai :** ***FUTON***”の翻訳である。

（吉田秀和訳）

永井荷風(一)――都市を遊歩する……………………『濹東綺譚』

永井荷風（一八七九―一九五九）――あるいは、日本では、作家としては、ただ荷風と呼ばれるのが普通だが――の読者は、今日では多いとも少ないとも言えないが、彼を好きな読者は、熱狂的な読者である。その名前は、日本近代文学を形成した作家たちと並べて挙げられることはないけれども、この人は近代日本文学史において、確固たる地位、それどころか、余人をもっては代え難い地位を占めており、なかんずく、数々の物語作品と並行して生まれた数々のエッセー風作品は、いまなお不滅の輝きを放っている。それに、彼が二十世紀の偉大な日記作家の一人でもあることも、忘れてはならない。荷風は、日本での文学作品としての日記という、千年も続いている古い伝統を継承しており、それを一つの新しい頂点にまで高めた人だった。彼の数多くの物語作品の中で、いまここに紹介する、一九三六年、すなわち中国との戦争がはじまる直前に書きおろされ、同年に書き

あげられた『濹東綺譚』は、彼の傑作の一つと広く認められており、この物語には、成熟した荷風のもっともすぐれたものがすべて含まれている。

この物語は、ドイツの読者にも、読む人それぞれの好みに応じた形で気に入るのではないか。この物語に横溢している気分は、われわれ読者の心を捉え、場面から場面へと引きずり廻し、物語の雰囲気はわれわれにとって最後まで非常に馴染みのないものであり続けるに相違ないのだが、それでも個々の観察としては作品の気分を精密に編み出していると同時に、その気分を高め、場合によっては、それらが対象とのあいだに絶妙な距離を取っているので、それだけで、われわれ読者は、センチメンタルなエキゾティシズムに酔ってしまうだけにはいかなくなってしまうのである。

荷風は旧《ふる》いものを好み、一種の郷愁《ノスタルジー》をもって、この旧いものに固執していた。荷風がこの旧いものをその忘れ難い数々の形象によって呼び醒す時、それは時代の距《へだた》りを越えて、いまなおほとんど魔術的とも言える効果を読者に及ぼす。にもかかわらず、芸術作品として見れば、荷風作品の本来の魅力をなしているのは、何か新しいもの、紛れもなく荷風が生きていた現代に属する何かしら独自のものを創り出すために彼が応用した、文学上の伝統——つまり彼の眼前に浮かんでいた規範——との、意識的かつ知的な交流であり、伝統的物語の手本を自作に応用したさいの繊細な意識なのである。私見では、荷風はいろいろな試みののち、この『濹東綺譚』に至って最大限そのことに成功したのだ。非常に技巧的で、その意味では極めて典型的なものなのだが、この小説に至って彼は、自伝的物語、会話による物語、俳句および散文詩、それに随筆《エッセイ》という四つの文学タイプを、すぐれて物語的な文学という、新しいタイプの作品に統一した。〔1〕そのさい荷風は、同時にさまざまの可能な物語形式を試み、その信憑性を探るとともに論議し、当時の日本で——もちろん重要ではあるけれど、数少ない例外を除いては——ふつうに行われていた、単に自然主義風に描写するだけの文体に対して、自分の方からも何かそれに対抗できるようなものをつくろうと試みていたのかもしれない。

しかし荷風は、これらさまざまな文学形式をすべてごちゃごちゃとまぜ合わせたのではなく、むしろそれらさまざまの形式を互いに衝突させ、それらが互いに距離を取り、緊張を醸し出すよう工夫した。こう考えるとわれわれは、絵画におけるコラージュ技法といったものに思い及んでしまう。コラージュ技法を使うと、全体の中においてと同じく、一切合財が極めてメロディックな調和を保っているという具合にゆくこともあり得るのだから。

作家として立ったばかりのころの荷風の希望は「『形式《かたち》』を愛する芸術家として生きること（一九〇九年）」、ないしは、その二年後、彼の有名な随筆集『紅茶の後』で読者たちに上手に語りかけてくるように、「而《しか》して時にまた、時事に激して議論めいた事を書いたにしても、それは初めから無法無責任の空論たることを承知して貰わねばならぬ。……唯《た》だその言い草が、果して魚河岸《うおがし》の阿兄《あにい》の如くに気がきいているか否かについてのみ、大《おお》いに心配しているのである」。それゆえ、彼の書く文章は、精神的視野としては美的次元のもの以外のいかなるものも持たないと言っても、間違いではない。たとえば、いまわれわれが、この『濹東綺譚』の主な筋を――物語の中にはめこまれた物語とエピローグを抜きにして考えてみると――この物語は、始めから終わりまで、どの部分をとっても常に自然主義的な描写となっているにもかかわらず、全体として見れば、ほとんど「芸術至上主義《ラール・プール・ラール》」の作品のような印象を与える。それは、この物語の抒情的で雰囲気に溢れた基調が内容の輪郭をいわば消去しかねんばかりになっているばかりではなく、何よりもまず、観察者としての荷風が、物語の対象になっているものに対しても基本的には美的関心しか向けていないからである。にもかかわらず、荷風の耽美主義は、一貫してまずその文章スタイルに表れている。日本の読者はこの荷風の文章スタイルを、よく「非常に美しい」と評する。いちばん目立つのは、中国文学関係の表現があますところなく、うまく日本語の中に融け込んでいる場合である。この作品ではそうでないけれども、他の人の作品ではほとんどの場合、中国風の言いまわしが、日本語の文章の中にぎこちない形で残っている。これに反し、荷風の筆にかかると、日本語が、中国風の表現を通じて一種独得の深みと明るさを与えられ、まるで、文章に宝石が鏤《ちりば》められているかのようになってくる。けれども、この研ぎすまされた文体は、その錬りに錬った精緻さにもかかわらず、緊密な文体自体によってすでに、何かしら簡素の趣きを備えており、そのことによって、読者に非の打ちどころがないという印象を与える。一言で言えばそれは、完璧な形を備えているのである。ところが、これをドイツ語に翻訳するということになると、日本語からの翻訳という作業自体の困難に加えて、たとえ中国文学から生まれる視覚的喜びをドイツ語に移すことの不可能さは度外視するにしても、かつてヴァージニア・ウルフがこういったことが、ここでもあてはまることになる。「(…)この仕事はまるで(…)度の合っていない眼鏡で物を見るようなもの、あるいは、われわれの眼と本のページのあいだに霧の膜がかかったようなものなのだ」。

荷風のかくも断乎たる美的観方《みかた》はしかし、国家と社会とに向けられた鋭い矢を排除するものではなかった。政府・公式宣伝が個人はもはや完全に従属する他ない国家的利害だけをこととしていた場合、荷風のこうした個人中心の唯美主義は、それ自体すでに反政府の立場を鮮明にするものだった。一九三七年、この物語は三十五回に分けて『朝日新聞』に発表された時(四月十六日から六月十五日のあいだの他、再三再四、政治的報道のため中断した時)、広い読者層の共感と賛同を得た。多くの読者が、作者の意とするところを理解したのだった。

荷風は、『作後贅言』において、事態をさらにはっきりした言葉で名指しつつ、自分の反政府的立場を鮮明にした。このエッセーは、最初『中央公論』誌に公表されたものの、『朝日新聞』紙上では発表されず、最終的に、いまの題名でいまの場所に納まったのは、はじめて本の形で公表された時である(一九三七年四月)。戦前の日本の国内事情を辛辣な筆で描いたこのあとがきは——ここでは、その中の銀座に光を当てた部分を指摘するだけで十分だろう——われわれの耳目をそばだてるに足るもので、日本の美学が、批判すべき現実に対しては十分すぎるほどの規準を持ち合わせていたことを示している。荷風は自分が感じたもの、そして文字どおり彼を駆り立てて――この作品以外の場所においても――ことに(一九)三〇年代から特に攻撃的になってきた日本のナショナリズムに対しては、またその嘘で固めた国家イデオロギーに対し、個人のもろもろの意見に対するその個性を抹殺するような不断のお節介と検閲に対しては、はっきりと、かつ勇気をもって自分の意見を述べることを余儀なくされたのだった。そうして、この荷風の批判の根底には彼一流の美学が潜んでいたとしても、そこには、それに劣らず、鋭敏なリアリストの眼差しがあったこともすぐわかるのであって、彼は、単に美のみを事とする、夢見がちな唯美主義者では決してなかったのである。だから、つきつめて言えば、次のように言う他ない。つまり荷風は、唯美主義と現実主義というこの二つの芸術上の対極が自分の本質をなしており、そのさい、一方が他方の意味をも同時に決定していたのである。『濹東綺譚』では、この二つの対極は、その間《かん》にあって物語が動いていく一組の象徴的ペアとして現れる。一方には、いわばノスタルジーが上げる声として聞こえてくる蚊の鳴き声があり、他方には、ちょっとした町角には必ずたっている交番が、現実の脅威として迫ってくるのである。

けれども、西欧の読者の中には、いささか怪訝の面持ちで、「そもそもこれは物語なのだろうか?」という疑問を抱く人もいるのではないだろうか? この物語の主人公は、最初のところではいつまでも自身の思い出や考察に耽っていて、物語の本来の筋を――いわば思い付きのおしゃべりみたいにだらだら引き延ばしているので――またこれが作者の意図でもあるのだろうが――まるで、物語の主人公ないしは作者が、自身の体験と物語を同時進行させているかのように思われてくる。むろんこれは、われわれ読者には意外の感を抱かせる。しかし、こういったどこにも一定の支点を持たない日記風の性格は、日本の物語文学の伝統に深く根ざしているものなのである。よくよく考えてみれば、この伝統は一度も完全に放棄されることがなかったのは、日本では、すべての生が、大筋としては、偶然の生起に委ねられているものと感じられている（あるいは、今日では、感じられていたと言うべきかもしれないが）からである。人生（あるいは生）は決して全部はっきり把握できないのだし、ましてやそれを人工的に作り出したり、あるいはそれに作為を加えることも出来ないのだから、結局われわれにとって人生とは、夢の如く儚《はかな》いものに思われてしまう。この物語の最後の最後になって、荷風が（つまりは「私」が）「晴れわたった今日の天気に、わたくしはかの人々の墓を掃いに行こう。落葉はわたくしの庭と同じように、かの人々の墓をも埋めつくしているのであろう」と言う時、彼もまたわれわれ読者にそのことを想い出させようとしているのである。

なるほど日本の文学研究者たちは、この作品を論ずる時、特に物語の筋と作者の体験とに同時性という仮面を被せようとした点に関しては、アンドレ・ジイドの『贋金つくり』を模したものだと考えている。――そして、荷風がジイドのこの長篇を読んだことは文献でも明らかにされているから、その可能性はないわけではない。しかし私には、荷風の背後に控える何百年にもわたる日本文学の伝統（そしてこの伝統は、荷風はジイドもこれを肯定しただろうと考えていたかもしれない）の方が、はるかに強く荷風に影響を及ぼしていたと思われるのである。

ある物語作品の中で人生のままならぬむずかしさと捉え難さを余すところなく描ききろうとすれば、その物語はどうしても現実に基づく事実に依拠せざるを得ない、つまり、徹頭徹尾ほんとうに体験した事柄を物語る他はない。大抵の日本人読者は、ただ「それは本当に起こり得たことだ」と言われただけでは満足しないであろう。日本人読者を納得させて来たのは、それが本当にあった事実であることが跡づけられるような話だけだった。だからこそ荷風は、はっきりこう言っている――私は、自分の叙述に際して事実を無理に歪めなければならないようなことになったら我慢できないだろう、と。といっても、そのすぐ前の頁で荷風が述べている言葉を思い出せば、読者は、荷風が片目をつむって合図しているのを見逃しはしまい。なぜなら、荷風ほどのさめた意識で作家活動をしていた人物だったら、文学における事実と空想との関係、また、現実と幻想との関係が、いかに二面性を持つものであるか、また、そうであらねばならぬかはむろん十分承知していたのだから。

――ついでに言っておけば、これが映画との違いであることについては、すでに彼がこの小説の冒頭で示唆したとおりである。こうやって荷風は、自分の作品のあれこれの読者を、あちこち蛇行する自分の思考迷路の数々に誘い込んで自分で楽しんでいるのだ。したがって、彼が続々と新しいヒントを繰り出して、物語っている人物と作者とが同一人物だということを幾度となく読者に注意しているのは、じつは半ばは遊びである。たびたび繰り返される名前にまつわる当てこすりもそうであるし（大江匡《ただす》は、荷風の有名な先祖の名前をちょっと変えただけのものにすぎない）、年齢や外観、職業やさまざまの癖についての当てこすりもそうである。それらはすべて、荷風自身の自画像の一面であり、ジャーナリスト仲間との軋轢話も、そこに挙げられている自作のタイトルも、みんな荷風の伝記に出てくるものばかりである。他方において、この物語自体も、すべて資料によって証拠だてられ得る素材に基いていることは言うまでもない。この間《かん》に公表された日記資料によれば、荷風が、一九三六年夏、新しい作品の種をみつけようとしてよく寺嶋へ散歩に出掛けたこと、また、九月七日には、本当にお雪らしい売笑婦に出会ったことなども証明済みの事実である。ついで――これも日記にある通りであるが――その娼婦の方は荷風にぞっこんだったのだが、老齢に差しかかっていた作家である荷風の方は、自分の感情を抑え、距離を保ったままでいた。そこから荷風は、ついにこの『濹東綺譚』のテーマを発見していたのである。執筆開始は九月二十日。この物語では、その構造の形式のすみずみにまで、老いと男女の愛というテーマが浸透している。そしてまた何よりもまず、独り淋しく老いていく一人の男の詠嘆的・回顧的気分を正確に響きわたらせるべく、あらゆる文学的手段が投入されることになる。

これらさまざまの手法について荷風は、その随筆『小説作法』（一九二〇）でいろいろと語っている。その中で彼は、彼自身の出発点についても最も重要な情報を与えてくれる、三つの基本原則を挙げている。荷風によれば、その三つとは、読むこと、思索すること、および観察することだった。読むことというのは、荷風によれば、日本文学、中国文学および西欧文学を学習することだった。しかも、荷風が要求するところによれば、西欧文学も、出来得べくんば原書で読め、ということだった。荷風自身、フランス語は難なく読みこなせたし、ゾラ、モーパッサン、フローベール、ミュッセ、ジイド、レニエ、そして、それらにもまして彼が特別の愛情をそそいでいたらしいピエール・ロティは、荷風にとって決定的な意味を持っていた。(荷風日記の記述から抜き出してみると、七十人以上の西欧作家のリストが出来あがるし、それらの作品の一部を荷風は、何遍も繰り返し読んでいる)。次は思索と観察であるが——荷風にとってこの二つは同じくらい不可欠のもので、その理由は、荷風によれば、客観視して対象とのあいだに距離をとろうとするのは、作家活動のアルファでありオメガであるが、これは、当時の日本の作家たちのあいだではまことに珍しい立場だったのである。最後に来るのが、観察。荷風によれば、描写の信頼性、正確さ、および終局的な芸術作品としての独自性は、この観察の質によって決まるものだろうからである。このような荷風の考えの斬新だった所以は、彼がこの文学上の要請をはっきりと筆に載せていて、暗黙の中に自明の前提としているだけではなかったという点にある。

われわれ読者は、『濹東綺譚』の多くの局面《ファセット》において、伝統、西欧文学を読んだことから来る影響、思索および観察のさまざまな要素に出会う。たとえば、交番で持ち物を検査されたとき、持ち物の包みから艶《なまめか》しい女の下着の袖がすべり出るところなどは、歌舞伎のある場面のクライマックスのように、極めて効果的に描写されている。この瞬間は、日本の読者なら誰しも、歌舞伎によくある舞台効果に富んだ、強烈な色気を感じさすものと受けとると同時に、頽齢《たいれい》に向かいつつある主人公の微妙な感情を、ほとんどわが身も細る思いで共感するのである。

荷風はまた、事件の進行よりは、むしろ比喩的形象を描出することで日本文学の伝統に連なっているが、それには、副詞を多用しないことと、登場人物の心理描写を極力抑えることによって、それなりの成功を収めている。時として作品のテキストは、ある形象へのかすかな道しるべとしてしか機能せず、読者はその道しるべを、自分の文学的素養ないし空想《ファンタジー》によって自分で完成させなければならないことになる。

むろん荷風は、ヨーロッパの長篇小説では——日本のそれとは違って——性格描写が中心的地位を占めていることをよく承知していた。その点は、西欧の手本に準拠して日本にも同種のものを求めて止まなかった日本の文学批評家たちと同様である。それゆえ彼は、この『濹東綺譚』の中に次のような言葉を潜ませたのである。「わたくしは屢《しばしば》人物の性格よりも背景の描写に重きを置き過るような誤に陥ったこともあった」。これは作者の自分の芸術に加えた自己批判とみなすこともできるわけだが、むろん荷風は、自分というものをよく心得ていて、背景描写を止めはしなかった。なぜなら、(たとえば『あめりか物語』におけるように) 荷風は、日本人は西欧人より個性に乏しいということを身に沁みて体験したと思い込んでいたため、自分なりの背景描写にこだわった。いかに荷風が複雑かつ多重性格の人間であったにせよ、彼はお雪をあくまでも背景に閉じ込め、したがって彼女を美的鑑賞の対象としてしか扱っていないにせよ特別の注目を灌《そそ》ぎ、彼女の面影を、いきいきとした特別の色彩、いやそれどころか、読者の眼をそばだてるような極彩色で彩っているのだ。「女は茶漬を二杯ばかり。何やらはしゃいだ調子で、ちゃらちゃらと茶碗の中で箸をゆすぎ、さも急しそうに皿小鉢を手早く茶棚にしまいながらも、顎《おとがい》を動して込上げる沢庵漬のおくびを押えつけている」。この描写の見事さの真髄は、ここでは距離感と近接感とが同時に読者に伝わってくるという点にある。

これは私などがわざわざ筆にするまでもあるまいと思われるが、春夏秋冬という一年の四季にそれぞれ作品構成要素としての役割を担わせるというのも日本文学の伝統に属する。荷風が、さまざまな四季おりおりの現象の鏡を使って、他ならぬ都市の景観に対する気分を反映させてゆくという点も注目に値する。たとえば、東京の九月。炎暑は日ごと激しく、まっ黒な蚊どもに刺された時の痛みは夏の盛りより激しい。そして日は、日ごとに目立って急速に短くなりまさる……。この物語に永続的な生命を与えているのは、まさしくこの種の、ありふれていながらしかもありふれてはいない、他に比類を見ない正確無比な観察の数々である。

すでに挙げた随筆《エッセイ》『小説作法』のなかで荷風は、各場面を絵画の技法で描写するだけでは駄目で、そこには音楽の技法も加わらねばならないと書いている。したがって、荷風の場合、ある場面ないしは場面の列《つら》なりの場合、その最高潮の場面では、抒情的な語の響きの方を重視するため、散文的要素は一歩後退する。たとえば『濹東綺譚』の最終場面がそうである。「楓葉荻花秋は瑟々《しっしっ》たる刀禰《とね》河《がわ》あたりの渡船《わたしぶね》で摺れちがう処などは、殊に妙であろう」。面白いことに荷風は、ここで、早くから日本で読まれ、常に特に好まれてきた唐時代の詩人白居易（**Po Chü-i**）の詩によって知られている漢字を使っている。漢字の持つ力強いリズムと、それに五音節および七音節で続いている、もっと柔らかで引き伸ばされた感じを与える日本語の綴り文字とが、荷風の日本語のメロディカルな本質をなしている。荷風にとって、リズムとメロディーとは、視覚的にも聴覚的にも不可分の要素である。読者は、このリズムとメロディーの中へ誘導されると同時に、一つのシーン全体の反復という、もっと大きな線の振動の中へと誘導される。この反復は、それが起こるたびに、ごく少しの変更が加えられるだけ。表現の印象を強めるために用いられるこの集積作法は――日本ではよく使われている手法なのだが、荷風は、それを同時に動機としても用いることで、さらに印象を強化することを心得ていた。同じ、ないしはよく似た情況は繰り返し現れるものだというのは、現実に経験される、ないし、ただそうと感じるだけの経験であるが、これは何と言っても老人の特権の一つなのだから。

それに、（ボードレールの末弟といってもよい）荷風にとって、こののらのら暮す人間《フラネール》であることは、いかにも似つかわしい形容詞《エピデトン》ではなかったか？　いったい荷風は、来る日も来る日も、東京という町を更《あらた》めてうろつき廻り、すでに熟知している東京の町中で、新旧さまざまのものを発見するよう努め、幼時いらい彼にとって非常に重要だったと思われるある種の喜びを享受していたのではなかったか？　そして——ほんの少し誇張して言うと——荷風が書いたものの真髄は——まさにこうした散歩行の途上で意識的かつ注意ぶかくメモされた荷風散人《フラネール》の数々の観察で成立しているのではなかったか？　そのさい、荷風の関心の対象は、ひたすら彼の生まれ故郷たる東京であり、東京はほとんどすべての彼の作品の舞台だった。なぜなら、かつて江戸と呼ばれた東京こそは荷風にとって、そのいまは忘れ去られたかに見えるあらゆる片隅において、近代以前の、荷風が愛して止まなかった古い江戸文化（一六〇三—一八六八）のシンボルであり、いまなお何かしら真正なものの光芒を留めていたのであり、これに対し、大阪は荷風の目には、近代に毒された、騒々しすぎ忙しすぎるもの、金銭欲に捉われすぎたものとして映じていたのだし、九州に至っては、荷風にとって、あらゆる悪の根源としか映らなかった。なぜなら、（彼にすれば単なる政治的野心家たちにすぎなかった）あの武士《サムライ》どもの出身地であり、彼が唾棄する明治時代（一八六八—一九一二）を招き寄せた者たちであり、したがって、彼が生きていた時代が演じていた狂態の元凶と見なしたいとしか思えなかったのである。だからまた、荷風は、九州弁をひどく嫌っていた。大阪、九州——東京以外の日本は荷風にとって、すべて、我慢のならない地方《プロヴィンツ》にすぎなかった。

荷風の後年の回想によれば、四、五歳で幼稚園に通っていたころ、日本全体が西洋熱に浮かされていた、という。彼の両親の家では、最初期に留学生の一人としてアメリカ合衆国に滞在したことのある父親は、荷風が生まれるまえ、つまり十九世紀の七〇年代の半ばにすでに、洋風生活様式のかなりの部分が家内に取り入れられていた。国民全体を巻き込んだこの西欧化の風潮は——いわゆる、洋風近代国家の一員たらんとする——やがて、日本が一八六七年の王政復古および国を挙げての開国によって試みはじめていたものの一面でしかないことを露呈し始める。(一八)八〇年代の後半に始まった、日本固有のいろいろな伝統への回帰は——実はこれは、いくつかの伝統を選び出し、それにイデオロギーの味付けをしたものに他ならなかったが——急速に湧き上がったナショナリズムにその土壌を提供した。そうして、このナショナリズムは、西欧化そのものを妨げるところまではいかなかったものの、自由主義《リベラリズム》にぶれすぎた西欧化は阻止しようと計った。

当時、この進歩信仰は、新鮮で、かつ伝染力を持っていた。「前進と成功」は、当時流行したモットーの一つだった。これはたぶん、当時一般的だった新時代へ向かって出発するぞという気構えの表明にすぎないものと解釈されるべきではなく、同じ重みをもって当時台頭しつつあった立身出世主義、および、その結果生まれる個々の人間へのもろもろの要求の反映とも見なされ得るものである。荷風一家は、上流階級に属し、日本というこの社会の担い手の一員だったから、荷風の父としては、自分の長男である荷風の将来につき、野心的なさまざまな期待をかける十分な理由があると思っていた。ところがこの長男は、この「父」という権威が自分にかけたさまざまな期待にはまるで応えなかった。彼は、父親からのもろもろの要求を回避して、ぶらぶら歩きを好み、ダンディズムに流れ、為永春水《ためながしゅんすい》の人情本のような後期江戸文学とか、成島柳北《なるしまりゅうほく》の随筆などを好み、父親に隠れて歌舞伎の舞台に立ち、（一種のヴァリエテである）寄席の舞台にさえ登場したのを自分の家の下男に見つかったばかりか、――まともな市民としてはあるまじきことに――真面目くさって小説まで書き始めたのだった。

その間《かん》、最初のほどはまだしも厳格な父親に対する思春期の反抗だと解釈できなくはなかったものが、何年かするうちに、アメリカ合衆国およびフランスにおいて、彼の生涯を貫く持続低音《バッソ・オスティナート》に凝縮されるに至った。アメリカから帰国した時の荷風は、荷風であることに変わりはなかったが、出発時よりは、自分というものをより強く意識していた。

（一九〇四年から一九〇七年に及ぶ）アメリカ滞在は彼に、何よりもまず個人主義というものの意味を伝えていた――ないしは、その意味を実際に証明してみせていた。そして、（一九〇七年から翌年にかけての、十カ月に及ぶ）フランス滞在の経験は彼に――少なくとも彼の見方からすれば――日本における西欧文化の吸収がいかに生半可であり、いかにも成り上がり者的であり、単なる猿真似にすぎないかを教えた。熱病的に迎えられたこれらの新しい事物には、彼の眼から見れば、何かしら裸同然の、粗野で歪められたものが付着していた。良い意味での時代の錆《さび》ともいうべき趣きが、いや、彼の眼から見れば、そもそも文化そのものが欠けていたのである。

ところで、荷風は、純正なものしか好まなかった。この、純正なものに対する確かな感覚は、彼に生まれつきのものだったに相違ない。かくて彼は、この純正なものを求めて東京中を彷徨した。たとえば彼は、その純正なものを、江戸文化が、まだ眼に見え手で触れることができ、体験可能な形で生き残っている、あちこちの片隅に見出したのである。十九世紀初頭から半ばにかけて発展を遂げ、あの爛熟した、いささか病的でしかもちょっと腐りかかった味わいをまじえた、あの江戸後期文化の名残りの数々――これらすべての残滓を、荷風は愛した。しかし、もしただそれだけのことであったら、たぶん荷風は、大して重要でない、デカダン作家にしかならなかっただろう。

江戸という都市は、それと同時に、強力な活力と活気をも発散していた。そして荷風は、江戸の持つこれらの特色も好きだった。彼は、江戸が持っていた大都会風の洗練味、また時として野卑に流れることもあった当意即妙と機智、無頓着、時には軽薄に堕しかねない軽快さを愛していた。そしてこれらすべては、「気が利く」という彼の言葉にも顔をのぞけているのだが、「気が利く」というこの表現は、「唯だ其の言い草が、果して魚河岸の阿兄の如くに気がきいているか否かについてのみ、大いに心配しているのである」という荷風の言葉にも表れているように、簡単に言ってしまえば、古くからの東京住民、つまり江戸っ子への偏愛であり、こうした江戸っ子の目には、一定の目的を持った生業《なりわい》のすべてが田舎くさいと映じたのである。この種の洗練《シック》さをわれわれは、荷風の作品にも見出すことが出来るが、それは、諷刺や単なる見せかけの省略、さまざまなそして再三繰り返される暗示など、文学的手法の遊びのうちに見出され得る。

荷風は多くをフランス文学に負っているが、特に彼が高く評価していた巨匠モーパッサンに負うものが多く——それは、たとえば、窓から大都会を見下ろす際のセンチメンタルな叙述や描写に見られる抑制された筆致とか、あるいは、お雪の片頬にある小さな笑くぼにさえ見られるものだが、——しかしこういったもののすべてより、重要だったのは、おそらくは彼がフランスで得た認識、つまり、長篇小説あるいはオペラの中でさえ、異なった社会層に属する人々が一緒に登場することが出来、読者なり聴手なり、貴族階級出身なり知識人なり、要するにあらゆる人が淫売婦たちと同じ感情を持つことを許され、そういう物語の作者が、にもかかわらず芸術家として認知されるような国では、文学をめぐる情況が違うのだという決定的な認識だったろう。

一方、日本の情況は荷風にとって、まったく違ったもの、彼の言葉に従えば、偽善的なものと映じた。それゆえ、文学者としての彼は——彼の見解に従えば、日本とは違った世界においてのみ芸術と人間社会のあいだの隔りがなくなっているのだから、日本では彼は市民社会に背を向け、芸者、淫売、女給、男女の舞台芸人などの世界に没入するということになる。彼の書斎を覗いた限りでは、荷風は、単なるボヘミアンなどでは全くなかったが、当時のいわゆる検閲については、しじゅう、「私はいつも何か悪い犯罪でもおかしていて、まるでいつも隠れていなければいけないみたいだ」とぼやかざるを得なかった。戦後になって、日本で最高の文化勲章を授与せられて初めて、荷風は公式に受け入れられるようになったのだ。

今日では、明治時代のなかに江戸文化の無数の名残りを指摘するのはごくありふれたこととなっている。むろん、明治時代に生きた人間、さらには、第一次世界大戦終了までの大正時代（一九一二―一九二六）および昭和時代（一九二六―一九八九）、第二次世界大戦の終結までの時期を生きた人々は、どちらかと言えば、江戸時代と近代とを分つもの、両者のあいだの大きな断絶を体験しかつ見つめてきた。荷風の功績として特に称讃されるべきものは、各種の文化的伝統の継続性を証明したこと、この点についての世間の理解を深め、世評を変化させたことである。

一旦すぎ去った物が再び戻ることは決してない、という彼の言葉が示しているように、彼は伝統の保存者ではなく、別離を悼む者の一人に他ならなかったのである。

〔1〕日本文学に精進した専門家サイデンステッカー（E. Seidenstecker）のような人が、どうやらこの随筆風のあとがきの意義を理解し損ない、彼の訳した『濹東綺譚』で割愛しているのは、不思議なことである。

＊この文章は、『濹東綺譚』の翻訳書 **"Romanze östlich des Sumidagawa"**（インゼル書店、一九九〇年）に付されたあとがきの翻訳である。

（濱川祥枝訳）

永井荷風(二)――文学としての日記……『断腸亭日乗』

作家永井荷風（一八七九―一九五九）は、二十世紀初頭、日本文学に近代への道を拓いた重要人物の一人である。(1) そして荷風は、そのことを、どちらかと言うと、彼の外側の世界で渦巻いていた文学的営為からは超然とした形ではあるが、自分自身を納得《なっとく》させる形で、意識的・内省的に行なった。その結果、この作家を世紀の変わり目直後からその作品を評価し愛好して止まなかったのは、何といっても、この意味を理解した男女の日本の読者たちだった。ところが、今度は、ほぼ十年まえから脚光を浴びはじめた――なかんずく東京を中心とする――「都市」というテーマに絡んで、ふたたび広範囲な読者の注目を浴びるようにさえなった。ふたたび大衆性を帯びはじめたと言ってもいいかもしれない。というのも、荷風の作品にあって東京は、ほとんどいつもその精神的背景《フォーリエ》をなしているからである。彼の小説、随筆、それに日記を読んでみると、前世紀末に完全に姿を変えてし

まうまえの、明治（一八六八―一九一二）、大正（一九一二―一九二六）、昭和（一九二六―一九八九）時代の東京が何であったかがわかるようになっている。その結果、最近は、広範囲な読者たちの関心を満足させるために、荷風の書いたものがしきりと引用されるようになった。だが、この種の復権だと、荷風自身のほんらいの文学的意味は、むしろおろそかにされがちになってしまう。他方、荷風の持つ意義は何と言っても美学―文学の領域にあり、この領域でこそ彼は比較を絶した業績を挙げているのである。その中でも特にこんにちのわれわれ読者にとって多分興味をひくだろうと思われるものは彼の洗練された文章で綴られた浩瀚な日記なので、以下その一年分を取り出して御紹介しようと思う。

日記の著者である荷風自身は、この日記を、生涯、掌中の珠《たま》のように大事にしていた。戦時中彼は、この日記をすぐ手の届くところに梱包していて、一九四五年三月の第一回目の東京大空襲のさいにも、また五月の第二回目の空襲のさいにも、六月の第三回目、東京および岡山の疎開先が相次いで空襲の犠牲になった時にも、これらの日記は救い出されてきた。その理由は、どうやら数ある彼の著作物の中でも、彼自身にとって最も重要なのは、長短の小説でもなければエッセーや詩のたぐいでもなく、この自分の日記だったからと思われる。そして、じじつこの日記は、比較を絶した独特の形式のもので、ここで手探りしながらちょっとその跡を辿ってみようと思うのである。

文学者としての生涯の初期段階から何度も試みていたかに見える断片的記述はあったものの、荷風は、一九一七年九月十六日から、日記をつけるようになり、その後、一九五九年四月二十九日、つまりその死の前日までずっと日記を書き続けていた。その記述は、ほとんど一日も欠けることなく四十二年以上に及ぶ。そしてその量は、全部で約三千頁、〔岩波書店版で全二十八巻の〕全集中、実に六巻を占める。(2)

荷風は当初からこの日記を、自分自身だけのために、つまり私的な日記として書いたのではなく、文学的・詩的作品として執筆したのであり、いずれ公刊するつもりで構想している。(そしてこの公刊は、もちろん完全な形ではないが、まだ荷風の存命中から行なわれていた。)

ところで、(今回翻訳のために)この広範な日記から一部を選ぼうとすると、そこにはいろいろな問題があることがわかった。時代順にいくつかの年月を選んで並べるという最初の試みは、見事に失敗した。結果は何ともはや無意味な、いわば日記の抜殻のようなものが出来あがっただけだったからである。ただし、その結果、この日記のテキストが一つの全体をなしており、そこから一部の組織を切り取ることなどまったく受け付けないということがはっきりした。では、抜粋しつつ、そこに包括的な全体としての性格をうまく反映させるにはどうすればいいか? そこで、日記原本の特殊性から考えて、特定のただ一つの年《とし》に限定するほうが――たしかに普通の方法ではないけれども――まだしもある種のまっとうな解決方法であるように思われた。そうすることでこそ、この日記の本当の姿は一番よく解明されるに違いない。

そこで、私は一九三七年という年を選んだのであるが、それはこの年こそ、典型的な意味において、荷風の生活に内在するもろもろの典型的な要素に集中的に光を当てる年だったからである。この年は、まず『濹東綺譚』の発表・出版された年に当たり、この小説は、出版されるや否や、熟年に達した荷風の傑作と認められたし、引き続き荷風によるさらなる題材探しがはじまり、母親の死、家族間の軋轢のさまざまな再燃、中国との戦争の勃発等々が来る。

その上、この一九三七年という年は、現実世界でのこうした事件の続発にもかかわらず、また、さまざまなフィクションや至るところに推定される粉飾にもかかわらず、この日記の、日録としての性格、その信憑性は、全体的として依然保持されているのである。

この日記に荷風が与えた『断腸亭日乗』という名称は、彼の晩年の寓居と、日記を意味する古い日本語とを結んで一語にしたもので、この場合「断腸」という言葉を聞けば、教養ある日本人なら誰しもまず中国文学に由来する「心臓を引き裂くほどの心の痛み」のことを考える。しかし、それと全く同じ正当性をもって、この名には荷風が大好きで自宅の庭でも大事に育てていた「断腸花《だんちょうか》」(秋海棠《しゅうかいどう》)すなわちベゴニア・グランデスの意味も籠められていたことが考えられる。事実、荷風は、すでに一九一六年に、自分の寓居にこの名前を与えており、時には筆名として、自分のことを「断腸亭主人」と呼んでいた。このように意味の多様性をもてあそぶことは、日本文学の伝統であり、いまの場合、この呼名自体がまさに、この日記をそのように文学史的に読めと教えているのである。

すでに一九三七年初期の日記のいくつかの冒頭の記事からして、この日記の基本的計画の一部を垣間見せる。この日記は、自分自身についてのおしゃべりと、取り扱う対象とのあいだ、あるいは、今日と昨日とのあいだでバランスを保つ、独特の組み合わせの中で展開される。

一月一日の項には、典型的な次のような簡潔な記述が見られる――天候、起床、朝食、ついで、円タクで〔雑司ヶ谷〕墓地に赴き、亡父および若いころから尊敬していた成島柳北の墓に線香を手向ける。ついで、電車で下町に至り、そこで若い娘たちの流行を観察、さらにバスで玉の井の歓楽街を訪ねたあと、そこから歓楽街浅草の入り口に当たる雷門へ。最後に、地下鉄で帰宅の途につく。レストラン「金兵衛」で小憩のあと、結局、夕刻七時に自宅に帰着。

これを読んでいると、われわれは、誰かの旅日記の一ページでも読んでいるような気持になるのではないか？　荷風がその作品を熟知していた若き日のフローベールは、その旅日記の冒頭に、いわばこの荷風日記のレシピをすでに書いていたと言えまいか？

「旅人は、自分が見たものをすべて書き留めるべきである。人間の才能というものは、たとえば次のような年代記的な叙述の中に表れるのだ……朝食にミルク・コーヒー、辻馬車に乗り込む、車輌行列、いくつかの博物館、図書館、自然科学展示館。すべてが廃墟についての感情と考察に味付けされている、出来るかぎりこのプログラムに従ってゆくつもり。」

じっさい、これこそは荷風が『断腸亭日乗』で意図したと同じ、皮肉めいた色合いの指針ではなかったろうか？　じじつわれわれは、この『断腸亭日乗』において、彼が多年暮らしていた東京紀行ないしは東京探訪の類の読みものに出会うことになる。

　腸疾患に妨げられた場合を除き、一九三七年の荷風は、毎日のように東京探訪を試みている。しかも、足の赴くままにというのは稀で、ほとんど常に一定の目的を持ってのことである。彼はいろいろの点でボードレールやマネばりの散策者《フラネール》ではあったが、にもかかわらず、当時の東京にあっては、すでに本当の江戸っ子ではなくて、すでに異邦人《エトランジェ》になりおおせており、その中、だんだんと、この自分の生まれ故郷を、距離を置いて、異邦人の反省的な眼差しで観察しつつ彷徨する人間になりきってしまっていた。従って、この日記では、旅行記の形を取りつつ、いわば異邦人による内　部《インサイダー》情報が披露されることになるわけである。

　明治時代の東京にみられる各種の改革は、荷風からみると、西欧各国の首都をやたら模倣しているように見えるが、実は、しばしば誤解に基づく上辺《うわべ》だけの真似ごとでしかなかった。そこに起こった一九二三年の大地震は、偶然破壊を免れたいくつかの残骸を例外として、数世紀にわたって育てられてきた江戸の特徴を残してもいた東京の大都市としての各種の性格を徹底的に破壊してしまった。したがって、荷風にとってこの地域は、これから新たに発見し探究しカタログ化すべき地域となり、現在が過去を無視することは結局、何事においても無関心になってしまうことにつながるということを認識させる所以となった。要するに、こうした種々の反省が、荷風が彼の数々の東京探訪で行った観察の背景をなしているのである。

なお、このほかに忘れてならないのは、荷風が、一九三七年すでに盲目的愛国主義《ショーヴィニスム》に駆られていた軍国主義的な日本政府に拒否的な態度をもっていたところから、社会的にも――そして、なお付け加えるならば、その同業者である文学者仲間においても――いわば除け者にされていたという事実である。荷風の場合、彼の書くものにはすべて、必ず政治に対する批判が籠《こ》められていた。日本のインテリのうちで、時の政治が個人の精神的自由を犯し、イデオロギーに染められた、傍若無人の「我に非ずんば人に非ず」式のいわれなき矜持を生み出す源であることを見抜いた者はごくわずかしかいなかった。（本稿でのちに述べるような）一九三七年、公式に戦争に転化することになった中国侵略は、荷風が常に保持していた外部世界に対する冷然たる態度をいっそう強めるとともに、彼の観察眼をさらにとぎすます機縁となった。

旅行日記を意味する「人生行路」という単語が示すように、人生は一種の旅であるとする立場は、日本では、まさに一種格言めいた普遍的な人生に関する智慧である。それは、八世紀の中国の詩人李太白の有名な言葉、「光陰は百代の過客なり」にもとづくもので、この言葉は、特にはまた古くから有名な芭蕉の『おくのほそ道』で引用されたことからも広く有名になり、日本文学に数々の深い痕跡を留めている。

人生についてのこうした箴言は、何も荷風の日記にだけ出て来るわけではない。けれども、荷風は、これによって旅行気分を演出し、日常生活を貫く旅というものを、自分の日記の欠くべからざる一要素に仕立てあげたのである。

一九〇三年から一九〇八年までの青年期のアメリカおよびフランス滞在を除くと、荷風は、ほとんど東京を離れたことがない。（戦争末期の数カ月を止むなく地方都市岡山および熱海ですごしたことは、いまの場合、無視して差し支えない。）そもそも荷風は、アメリカではじめて「地方」というものに触れたのであるが、彼にとっては東京の都会的性格こそ生涯をかけて描写すべきものであって、東京以外の都市は、すべて価値のない「地方都市」にすぎなかった。このことと関連するのが、文学者としての荷風の存在理由《レゾン・デートル》が（江戸時代後期（十九世紀前半）の都市を扱った娯楽文学が、一八六八年以降は東京となった「江戸」に関する限り）都市を扱った娯楽文学との密接な関係抜きにしては考えられないことである。そのさい、一種の旅行案内文学である「都市遊歩文学」が独特の役割を演じている。この種の文学は江戸末期に花開き、その力点を江戸という舞台に置いていた。この種の文学の一つに数えられるのが、荷風のこの日記の三月一日の項で言及されている、そして荷風が非常に高く評価している――成島柳北の『柳《りゅう》橋《きょう》新《しん》誌《し》』（一八六〇―一八七四）である。そしてもっと狭い本来的な意味で、この種の本として一番早い時期に刊行されたのが『江戸繁昌記』[3]（一八三二―一八三六）だった。これは当時のベストセラーの一つで、荷風ももちろんよく識っていた。この二冊の本に出てくる都市遊歩者よろしく、荷風もまたさまざまの有名な場所（「名所」）――たとえば百花園

――を訪ね、神社のお祭りについて、祭り人形の市《いち》その他（盛り場）について報告している。そして、柳北の著書同様、荷風もまた、取締り当局を揶揄することを忘れない。柳北と荷風の類似点はたくさんあるが、いまの場合、荷風日記への直接の影響をあえて云々しないのは、荷風の視線が、常にその時々の現在の江戸ないしは東京に向けられているからである。こういうわけで、結論としていえば、この点からみても、彼がとりだしたものはすべて、江戸文学の宝庫から選んできたものなのである。

荷風にとっては、喪失の意識の中で問題だったのは、それを保存すること自体ではなくて、むしろ自分のものを創造してゆくなかで、かつて価値のあったものと結びつくか、あるいは避けがたい対決をするか、ということだったのである。

たしかに荷風は、「旧いもの」に郷愁を覚えそれに執心することも出来たが、それに劣らぬ熱心さで、真摯な読書を通じて物にしていた「新しいもの」をも徹底的に研究していたのだった。その場合、指針になったのは、彼が親昵《しんじつ》していたフランス文学で、彼は、（日記にもあるように）当時のあらゆる近代文学を読んでいた。そのリストは、フローベール、ゾラ、なかんずくモーパッサン、ロティ、ドーデ等々から、もっと若い同世代の作家、たとえばフィリップ、ジイド、クローデル、あるいはアラゴンにまで及んでいる。(4)

一九三七年の後半、荷風は夜ごとに色街を訪れているが、それは彼が、自分の新しい小説（『濹東綺譚』）のための下調べとして計画的に行ったものである。この小説全体の、色街と娼婦たちの生活環境から、すぐそれと分るよう極めて正確に画《えが》かれたジャンル絵巻が滲み透っている。他面、荷風が小説の背景としてこの場所を選んだのは、一つには、荷風にとって芸妓文化こそが江戸時代娯楽文化の最後の、本当の意味での遺産だったからであり、いま一つには――そしてこれこそがより本質的理由であったろうが――江戸文学が好んでこの環境《ミリユー》を扱っていたからであって、荷風はこの小説に借りて、日本のために、フランスの小説群の陰に隠れて、近代的な大都市小説を実現させるべく力を尽すことが出来たからでもある。(5)

荷風は時々――この分野でも試行を重ねながら――江戸文学の、意識的に物語体の戦略を踏襲したりもした。一例を挙げれば、小説『つゆのあとさき』がそれであって、――これこそが典型的江戸なのであるが――ここでは偶然の出来事がそれこそ次から次へと起こる。（もちろん、この作品に関しては、然るべき時に誰かが登場してくるという、場面場面の演劇めいた構成についても触れることが出来るかもしれない。）けれども荷風は、正真正銘の時流小説を作り上げることによって、いつも江戸文学を越えて進んで行く。それらの時流小説にあっては、その時々の時の流れに特有の行動の動機とか社会現象とかが、鋭く捉えられ主な主題にされている。こういった作品は、社会小説の習作とも解釈することもでき、日本文学ではおそらく荷風だけがこれに成功したのだが、その原因は、おそらく彼が、感情過多のセンチメンタリズムや、道徳家ぶった判断や、安易な登場人物の探索の試みに対して距離を置くことに成功したからであろう。こうした冷めた態度は、荷風にあっては、――どちらかと言えば男性に対するよりは女性に対する――共感と結びついている。そして、これらの作品においては、大都会生活の生々しい平凡さと地誌としての詩的要素とが、うまくバランスをとっている。また、こうした叙述方法と、古い江戸文学によって鍛えられた美しい言語スタイルとは、これらの小説や短篇が、社会の底辺に生きる人々からも引き続き愛好されるという結果を生んだのだった。

ところで、一九三七年にすでにその忌わしい影を落しはじめていた戦争の歳月は――むろん検閲のためでもあったが――この種の文学をたちまちすべて不可能にしてしまった。荷風がまず計画中の作品の予備調査のためとして一九三七年にいつもながらの熱意をもって行った色街への度重なる探訪も、作品を書くための予備行動としての意味を失った。

しかしながら、われわれが知っている限り、ほとんど数えきれないくらい、しきりと行われた荷風の墓参りは、徹底的に荷風自身のためのものである。この日記の記述に見られるような、度重なる墓参のイメージは、悲哀に満ちており、そこには、荷風の純粋に個人的な哀惜の情が色濃く漂っている。彼は、既に故人となった文人や学者たちの墓を探訪するばかりではなく、娼婦たちの墓をも訪ねる。彼は、水を供え、線香を手向け、碑銘を記録する。その場合彼は、詩人にも娼婦にも同じように好意を寄せる。それらの墓群は一九三七年の時点でいえば、もう珍しくなってしまってはいるが、いまならまだこうして直接手に触れることができる――しかも、本や浮世絵版画の中でよりももっとじかに手でさわってみることのできる――江戸文化の名残りなのだ。

同じことをもう一度はっきり言ってしまうならば、荷風がこの日記に誌《しる》しているものは、決してその時々の気分の産物などではなく、綿密な計画の産物である。そのことがこの『断腸亭日乗』の成立およびその特殊な形にも非常によく当てはまることは、この日記の丹念に読んだ者なら誰しも気が付く。荷風が、探訪の成果を日毎に忠実に叙述しているのではない。それどころか、日記風の時間的叙述は、どうやらこの場合の基本原則では全然なくて、個々の日々を越えた何か別のものを目指して書きこまれていることがはっきりしてくるのである。どんな日も、たしかにその前の日の続きであるように見える。だが、その日は同時にすでにして次の日に移っており、そういうことがずっと続く。その結果生まれてくるのは、――日記としては全く異例なことであるが――形式から言っても構造から言っても、何かある纏《まとま》りのあるものなのである。ここに記載されている日々は、偶然すらすべて排除されているようにさえ見えてくる。そして読者は、いつの間にか、巧緻を尽した構造物を読まされているような気分にされてしまう。読者の受ける感じがそうしたものである結果、ただの日常的なこと、一見ごく平凡なことを述べているかに見える何日かが続くと、そのあとは、今度は何かある一つの転換点が来るぞ、この転換点のあとにはきっとまた――たとえばかなり長い経過句《パッセージ》が続くだろうという気になったりするのである。

ここには何かわざと仕組んだ重点配分のようなものが存在しているということは、読者にも察知できる。このような意識的重点配分は、各年の変化に富んだリズムからも感知され得るもので、特にそれが目立つのは、古い日本語を使う引用があって、そのため言語の躍動のスピードが鈍ってしまっている場合である。さらに読者は、こうした構成を見ると連句とその構成の規則を想起せざるを得ない。ひょっとして、そうした連想を誘い出すのは、一定の動機や場所の交替や繰り返しであるのかもしれない。

「哺下散歩。銀座に飰《はん》す」――これがその日の荷風の実生活の再現であるにしても、荷風が用いているこの反覆手法は、日記全体の構造の精緻な柱になっている。ステレオタイプの如く繰り返される食事や休憩、来訪あるいは偶然の出会いなどなどをあらわす単語や言い廻しも、同じような効果を上げており、ついでに言えば、この日記の構造に非常にモダンな外見を付与している。（ある種のシリーズ構造とも言えようか？）

この日記作品のほとんど基本構造と言ってもよい極めて特色的な繰り返しの例は、一面では、ほとんど例外なしに、毎日の日記の冒頭に置かれている、その日の天候に関する記述である。その場合、荷風は、日本でふつうその種の記録に用いられる定型的表現、たとえば気持のいい上天気のことを「快晴」と言うなど数世紀もまえから今日に至るまでふつうに使われている言い廻しを用いている。

他面、荷風が用いる天候や四季に関する語彙の幅は、驚くほど広い。そのような天候関係の記述は、荷風自身の繊細な観察に基いているのみならず、極めて繊細な文学的伝統にもとづいてもおり、それは、ことに中国文学の伝統の上に築き上げられたものである。荷風は中国の詩を好んだが、むろんそれは日本文学の教養財産の枠内に留まるものだった。極上の文章スタイルを知りかつ愛する者の喜びをこめて荷風は、いま一度かつての言語芸術をふり返り、繊細な多面性を持ち、いつも自然の忠実な素描であり続けた自然描写の魅力の数々を造り出したのだった。その上、それらの自然描写は、日本の読者が荷風の日記に覚える魅力をいっそう大きく、なのにまた日本独特の気象状況に馴れ親しんでいる彼らの読書の喜びをさらに深める所以ともなったのである。

総じて、この荷風日記の文体は、天候の観察の場合に限らず、漢文、つまり中国語と日本語の混合形態に近い。日記の本文は主として漢字で書かれ、ある種の表現は中国語の文法を借用しており、動詞は、しばしば日本語で表記した場合のような屈折形を使わずに済まされている。その結果、そこから非常に凝縮された、はじめから描写対象とは距離を置いた文体が生まれるわけだが、――そしてここに荷風の巧妙さ《ラフィヌマン》が存するわけであるが――それは、言うまでもなく、甚だ自然で優美なものとして響き、決して無味乾燥とはならない。むしろ逆に、ゆっくり読む時には、この字面が、その具象性を完全に発揮する。そしてこの荷風の文体は、あちこちに日本語的な表現がはめこまれていることによって、軽快の趣きを帯びるまでになる。

荷風が『断腸亭日乗』を書くに当たっても、いかに言葉というものを慎重に扱っているか、いかに一つ一つの記述に正確を期していたかは、この日記のために複数の草稿の存在するのをみても明らかである。

翻訳者にとってむつかしいのは、一人称単数の代名詞「私」の扱いである。日本語では、「私」を表記することはかならずしも必要ではないからである。この日記の原文では、特に強調する必要がある箇所以外、この主語は省略されている。しかし、にもかかわらず、意味上は省略なしの完全な文章が求められているので、私は時には抜け道として現在分詞を援用した。さらにいま一つの困難は、荷風をして百パーセント正確に書き記そうとした友人や知人との関係が必ずしもそのようには叙述され得なかったことである。事実、この日記を見ると、ドイツ語では「……氏《ヘル》」と表記されるような場合にも、当人の社会的地位、年齢、および荷風との親疎の度合いなどに応じて違った呼び方が四つも出てくる（しかもそれが、日によって必ずしも一定していない場合もあるのだ）。

本稿では、この日記の全体像を読者諸賢に十分理解していただくために「旅日記」という名称を使ったけれども、それと同時に、それと全く同等の権利をもってわれわれは、これは一箇の芸術家の日記だとも言えるだろう。何と言ってもこれは、（当時すでに夙《つと》に）有名人だった作家永井荷風の日記なのである。この作家荷風としての立場というものが全篇を貫く中心であり、その限りにおいてこの日記は、荷風が自分を語ったものでもある。といっても、この日記が基本的に文学的構想を持つものであることがわかると、この荷風の自画像も、それなりに定型化された文学作品としての色彩を帯びてくる。するとこの日記は、その至るところで、背後に潜んでいる芸術家、さまざまな小説をこれまでに書いてき、今後もまた書くであろう作家、書くという自分本来の仕事のことしか考えない芸術家の肖像と見えてくる。

疑いの眼をもってこの日記を見ること、ないし、他人に知られざる自分だけの内省の数々の痕跡をこの日記に求めることは、むろん慎むべきことであろう。この日記の場合も荷風は、当然予想される読者の存在を一時も忘れていないし、自分への軽いアイロニーを込めて、「惜しむらくは、かかることは記し難し」と洩らしたりもしているのである。

荷風は自分の著作活動を、同業者たちや時代の風潮とは何の関わりもなく、きわめて真摯な意識をもって手掛けており、したがって、一九三七年当時の同業者たちより優越した立場にあると感じていたのだが、これは荷風が自ら選んだ作家としての役割をよりはっきり規定していた事実とみてよかろう。彼は、自分の立場は作家たる自分の職業によって規定されていると考えていたので、いわゆる社会的身分差などは、自分には何の意味も持たないと考えていた。社会的孤立は覚悟のうえ。社会での活動分野は狭まるばかり。軍国主義の時代にあって彼は、公的機関とは一切関係しようとしなかった。芸術院に招かれるという話があった時にも即刻拒否したし、日本文学報国会からの照会の文書は、返事もせずに突き返した。また、ジャーナリズムという形での一般社会にも、懐疑の眼を向けるどころか、むしろこれを敵視した。というわけで、かくて荷風が自分自身について書き記したものは、結局は、後世に向けての、あらかじめ用意した自己弁護ということになった。

ただし、この日記を単なる伝記のための材料集めとのみ解するならば、この日記の持つ魅力はすべて失われてしまうだろう。なぜなら、第二次世界大戦が終わった直後にこの日記がはじめて出版されて以来、読者および批評家を感激させたのは、これが一種の文学作品であり、その主役が、まさに伝統と近代とが交わるちょうどその地点に位置を占めている人物、一つの国の文化とはそもそも何ものであるかということを読者に感じさせ考えさせるような人物だったという事実であった。二十世紀がわれわれに残した数々の日本人の日記の中で、この『断腸亭日乗』が文学者の日記の中でもっとも重要なものと見なされるのは、決して不思議ではない。

それにまた、この日記が、過去および現代のヨーロッパ人の日記とはぜんぜん違ったものであることは、世界、人生、自分自身、また芸術というものが、いかに多様に解釈されうる可能性を秘めているかということの証左であろう。

（1）バルバラ・吉田＝クラフトが一九九〇年にインゼル書店（フランクフルト）から刊行した『濹東綺譚』ドイツ語訳書の「あとがき」（本書所収）参照。

（2）『断腸亭日乗』については、マイン河畔のフランクフルトのペーター・ラング書店から二〇〇〇年に出たラインホルト・グリンダの『荷風山人』の六三―六九頁参照。

（3）「繁盛記」というジャンルについての基本的なことは、エヴェリン・シュルツとの対話によって教えられた。なお、彼女の学位請求論文「東京繁盛記」Evelyn Schulz "Stadt-Diskurse in den Aufzeichnungen in den Prosperieren von Tokyo"（Tokyo Hanjo Ki）Iudicium München 2004. および、二〇〇〇年十月に刊行された「日本の地誌的文学の一種とそこにあらわれた東京の諸相」参照。

（4）「永井荷風の文学的先駆者および彼の後期の物語作品」という副題を持つラインホルト・グリンダの前掲書参照。

（5）ヨーロッパの日記作品については、ラルフ＝ライナー・ヴーテノウが一九九〇年、ダルムシュタットの学術文庫クラブから刊行した『ヨーロッパの日記文学、その特質、諸形態、発展』という浩瀚な著作からさまざまの有益な教示を受けた。

＊この文章は、Nagai Kafū "Tagebuch. Das Jahr 1937" のあとがきの翻訳である。

（濱川祥枝訳）

志賀直哉——短篇小説の緊張感……『好人物の夫婦』『范の犯罪』

この本の表紙カヴァーには、数ある美しい志賀の肖像の一つの代りに、あろうことか、有名な一休——十五世紀のあの風変わりな禅和尚の有名な肖像が載っている。私が次の文章を思い出したのは、ひょっとするとこの肖像画は替えた方がいいのではないかという無意識の願望があったからかもしれない。

「これを読んでいたら、敗戦から間もないある日、新聞を開けてみたら、志賀直哉の写真が載っているのを見た時の感動が不意によみがえってきた。私はもちろん志賀直哉を個人的に全然知らないが、戦前どこかで写真をみたことはある。その人がこの朝の新聞に、突然白髪の老人、まるで能面のような痩せた気品の高い老人の顔になって大きく掲げられていたのである。(1)『ああ、日本にはまだこういう顔の人が生き残っていた！』と、ただそれだけの想いで私は胸がいっぱいになったものである。[2]」

志賀直哉が一種のオーラのようなものを持った人物だったことは疑問の余地がない。一九六三年、東京でのはじめてのドイツ・オペラ客演にさいし、幸いにも、真直ぐに姿勢を正し、深い眉毛で、しかも人眼を惹くほどはっきりした眼差しの老人を見掛けることが出来た人間（私）は、一生涯この老人のことを忘れられないだろう。「文学の神様」――これが日本人たちが志賀に奉った呼称だった。そして、こうした呼名に表れている畏敬の念は、さほど可笑しいものではなかった。ひょっとすると、こうした場合、われわれドイツ人だったら、「文学の父」という言い方をするかもしれない。そして、当時の志賀は、多くの駆け出し文学者たちにとって、じじつ文学の父とも言うべき存在だった。なかんずく、一九二〇年代には、彼らは、まるで文学上のメッカでもあるかのように、奈良の志賀の許《もと》へ巡礼行を行なったものである。

一八八三年生まれの志賀が、あとにつづく何世代もの文学者たちにとって終戦時まで持っていた意味は、当時の数多くの記録や報道からいまなおまざまざと読み取ることができる。ここではその代表として、丹羽文雄の文章を引用してみよう。この人も今ではすでに八十二歳に達しており、現代日本文学の長老の一人と目されていることは言うまでもなかろう。

「（…）当時の私は高校生で、手当り次第、手に入るものは何でも読んだ。――当時の私は、そういう年齢だった。尾崎一雄とは面識があり、時折会ってもいた。すると、ある日彼が私に尋ねた。「きみ、志賀直哉を読んだことがあるかい？」「いや、全然」「あいつはぜひ読み給え。」そこで、『好人物の夫婦』を読んだ。まるで、眼から鱗が落ちたような衝撃だった。つまり、これこそが短篇というものなのだ。(…)そして私は、当時この短篇が私に与えた感銘がきわめて大きかったので、今でも私に、自分の文章が志賀のそれとはまったく違うにもかかわらず、机に向う度に、いつもこの短篇のことを思い浮べる。[3]」

本書には、他の作品にまじって、志賀のこの短篇も収められている。したがってわれわれは、この作品が志賀の作品の典型となっていることも、自分の眼で確かめることができる。まず眼に入るのは、わずか十五ページほどの作品が持っている戯曲的構成である。数字で一から五までと表示されている五つの部分が、一つの五幕物の劇であるかのように組み合わさっているが、これは、日本の短篇としては異常とも言えるほど、計算ずくめの、緊張感あふれた構成である。この短篇が、感受性に富んだ若い日本の読者にとって大きい魅力を持っていることは容易に想像できる。

志賀直哉は、主として西欧文学に学んだ作家である。「日本文学、特に日本の古典文学は読まなかった。若いころ憑《つ》かれたように夢中になって読んだのは外国文学だけだった」と、彼はのちにはっきり言っている。[4]

しかしこの場合、志賀は、ただ単純に外国の短篇の雛型を取り入れたのではなく、その雛型を、慎重かつ非常に正確に、日本的美学に合致する型に嵌め込んだ。何故といって、この短篇も、あらゆる劇的な深刻化にもかかわらず、完結しているように思えるのは上《うわ》っ面《つら》だけのことにすぎない。当面の結婚生活の不和とかひょっとして良人の側に不倫沙汰があったのかもしれぬとはいえ、最後はハッピー・エンドで万事解決している。けれど、実はそれは上っ面だけで、本当のところはすべてが未解決で、その先へ流れてゆくのである。われわれの眼の前で見事な腕を発揮して一組の夫婦者の心誌《プシュヒョグラム》を描き出し、ほとんどそれで終わったかと思わせたとたん、すぐ筆を継いで、それまでとは、まるで趣きの違った、読者の魂を圧倒するような心理的具体性を備えた文章でわれわれの心を掻き乱す。これが志賀という作家なのである。

夫婦が対座して話している。と、突然、細君の方が震え出し、そのことを恥かしく思い、良人が落ち着くよう話しかけても震えを抑えることが出来ない。これは短い会話の部分であり、そのあとすぐこの短篇は終わってしまうのだが、それと同時に——ここが作者の芸の冴えなのだが——この短い会話のシーンによって、短篇の全体が、性愛に関する人間の弱さとか、嫉妬とか浮気から起こるあらゆる細々した夫婦間のいざこざすべてを背景に押しやって、もっと深い意味と不透明さを持った地平への視線が拓かれる。(この、良人と妻ともどものというところが、志賀が思いのほか近代的である所以《ゆえん》だ)なぜなら、われわれ読者がその直前の場面でふと聞き知ったことを、いまやこの喋々喃々《ちょうちょうなんなん》たるシーンで、この夫婦間の本来の問題点、すなわち、この夫婦のあいだに子供がないこと、換言すれば、この夫婦のあいだには安定が欠けていることが——これは当時の日本の伝統的な考え方であり、ここでも直接そのことについて言葉が交わされたわけでもないのに――読者に知らされるのである。まさにこの陰陽両方の文学手法の混用こそが、この短篇の魅力を構成しており、特に丹羽のような読者に対して特にそうだったと思われる。

ついでながら言えば、この『好人物の夫婦』という短篇は、たとえば『范の犯罪』『剃刀』『ぼんやりした頭』『児を盗む話』または『クローディアスの日記』等々の――つまり、あるがままの人間が、まさにそうであるが故に限界状況に追い込まれ、それがために破滅せざるを得なくなるという短篇――志賀の有名な作品の一つだとさえいえない。そしてその後、まさにその理由によって、翻訳者たちは、これまでのところ主としてこれらの（有名な）短篇に食指を動かしたのであって、こういうものは食通向きの試食品よろしく、時折、ドイツ語訳となってあちこちで出版された。しかし志賀は、こうした散発的な選集にははっきりと反対の立場を取っていた。その理由は、「私の場合、個々の作品は独立して存在するものではない。むしろ、個々の作品はすべて、その前の作品と関連し、その前の作品の傾向を更に先へと押し進めているのであって、（…）つまり私の『自我』なるものが、次の作品へと分ちがたく継続されているからだ。[5]」

編者たるエディト・ラウのこの選集は、原作者志賀のこの要求に実によく適合したものである。ラウは、（むろん志賀の唯一の長篇小説『暗夜行路』は別だが）志賀の著作全体の見取り図を提出する。それは、志賀の処女作である『網走まで』に始まって、一九一〇年から一九一四年までの上記の諸作品に及び、ついで成熟期の作品、すなわち『城の崎にて』ならびに上述した『好人物の夫婦』、それからますますエッセー風なものに近づいている老年初期の作品に至り、最後には百パーセント老年の作品（たとえば短篇『自転車』あるいは百パーセント回顧的な最後の短篇『八手《やつで》の花』）という作品にまで及んでゆく。

このように志賀の短篇を次々と読み進むにつれて、作家志賀の特色が一段と明確かつ鮮明に目立つようになってきて、たとえば最初のころは並び称された、チェーホフ（当時この作家は日本で大いに読まれていた）とのさまざまな連想は、徐々に色あせたものになっていく。このチェーホフとの比較を続けるならば、平静で、事物と距離を置いて観察、叙述する術《すべ》を心得ているチェーホフとは異なり、志賀は常に、物語の内容をみずからの感情に取り込み、偏愛と言ってもいいほどに作中人物たちに肩入れしている。何を物語るにせよ、それは、（もちろんすべてではないが、その多くが自伝的要素を帯びている）志賀の主観的感情の光りを帯びる。かくも多重の主観性——あるいはもっと厳しく言えば自己中心的な態度——は、時としてむろん読者を疲れさせるか、あるいは、物語の内容そのものを非現実的なものへと逸脱させてしまうことがある。こういう反応は、読者の年齢にもよるのかもしれないし、志賀の短篇が発散するこの種の思春期の匂いこそ、ひょっとすると、今も当時も同様に働いている魅力の本質なのかもしれない。

志賀は、ふつう大正時代（一九一二—一九二六）のヒューマニズムという名のもとに機能していたものの代表ということになっている。志賀がいつも執念ぶかく追い求めていた真理への問いかけは、このヒューマニズムというモットーに集約される。彼はこの問題を追求し、その核心に迫り、その本質を究めようと努力し、かたや個人的な、つまり彼自身にとって真正な真理と、かたや伝統的な、つまりは外見だけの真理とを区別し、その後また、宇宙的な調和という、伝統的な真理という平和の世界にふたたび自らを投じてゆく——その過程は、しばしば——説得力を持ち、かつ美しくもある。しかしそのあと、志賀はとどのつまりは、彼の気儘な感情が同調できるものしか本当とは認めようとしないが故に、単なる真面目さがそのまま百パーセントの真実を持つものとされることを要求されることになる。これは余りにも単純化されたもののように思えて、今日のいささか複雑化したわれわれにとっては、物足りない。だが、余りにも自己中心的な正直さ・誠実さというものは、日本の私小説の文学的信仰箇条《クレード》だったものであり、志賀はその代表者の一人と考えられている。「自己《イヒ》」に帰依することは、その利己性がいかに曝露されようとも、当時としては、すべての人間を束縛するもろもろの束縛からの解放の動きと考えられていた。しかし翻って考えるならば、志賀は、こうした真摯な努力の持つ二面性を、決して見逃してはいなかったのだし、またそれを身に沁みて経験していないわけでもなかったのだ。

たしかに志賀は、その時々の気分にまかせて筆をとることが非常に多かったとはいえ、短篇の筆をとる時は、気分まかせでするようなことはほとんどなかった。上述の『好人物の夫婦』で見てきたとおり、彼の短篇の数々の構成ならびに文体は、意識的かつ巧緻を凝らしたものである。事実、志賀が今日まで大きな名声を保っている原因は、まず第一に彼の文体にある。大多数の日本の私小説と違って、志賀の文体は、何よりもまず、いささかの感傷性も持たない。ふつう私小説の作家たちの作品に嫌というほど溢れ返っている自己憐憫の情は、志賀の場合、皆無である。志賀の文体は、簡潔で、精緻で、力強く、この三つの点において完璧である。したがって、これを外国語に翻訳することは、もっと普通の原文の場合より易しい、と同時に難しい。原文の理解という点では、翻訳家たちは比較的困難にあうことは少ないかもしれないが、翻訳者たちは、失敗を避けようとすれば、非常に多くの独自な——そしてさらに重要なことだが——確かな言語感覚を持つことを要求される。その上、日本語の文学作品の翻訳という作業は、よく考えると、ドイツではまだ依然確固たる基盤を欠いており、そのつどあたらしい翻訳者たちがそれを受け継いでゆくような伝統はないから、その結果、すべての翻訳は依然として完全に単発的な現象にとどまり——その当然の結果として、翻訳の質に変差のあることを免れない。

上述のことを当面の新刊書に当てはめて言えば、エディト・ラウ夫人にとってもまた、何年か前すでに志賀の短篇のいくつかを翻訳したオスカル・ベーネルの訳業に範を取ることは不可能だった。たとえば最後に一九七五年アラフバウ書店から再発行された『范の犯罪』にしてもそうである。そのことを、ごく簡単な比較で証明してみよう。この短篇の主人公で范という名前の短剣投げの曲芸師はあろうことか、ある日の公演で、自分の妻に致命傷を負わせてしまう。（そのため彼は裁きの場に引き出されるわけだが、そこに）一人の証人が登場し、裁判官のまえで次のように陳述する。

「彼（范）は微かな叫び声を挙げました」と、オスカル・ベーネルの訳ではこうなっている。「私が事件の全貌を理解したあと、もっと詳しく知ろうとして眼をこらしますと、すでに彼女の首から血が流れ出ていました。彼女はしばらく立ったままでしたが、次の瞬間、彼女の膝はがくんとなり、范がナイフを投げた方向へ倒れました。でも彼女は、倒れながらもなおすばやく首からナイフをさっと引き抜きました」。

こういうすさまじいメロドラマを前にしては、読者は「ふう」と溜息を洩らし、そのおかげで、この訳文の言語としてのぎこちなさを忘れてしまう。ところが、ここのところが、エディト・ラウの翻訳では違っていて――志賀の原文に忠実に――次のようになっている。

「范は微かな叫び声を挙げました。その時はじめて私は、何が起こったかに気付き、ついで、范夫人の首から血が吹き出るのを見ました。彼女はまだしばらくそこに立っていましたが、そのあと、膝ががくんとなりました。彼女を刺し貫いていたナイフは彼女を釘づけにしてしまっており、そのナイフが緩んで、はじめて彼女は崩《くず》折《お》れました。彼女の体は前へ倒れました。」

つまり、吹き出した血のせいで、ナイフは自然に緩《ゆる》んだということになっているのである。

よく調べてみると、エディト・ラウ夫人は良心的な翻訳者であって、文やいくつかの句の全体を勝手に削除したり他の語句に書き変えたりは決してしない人である。志賀の傑作短篇『城の崎にて』にしても、すでにベーネルのドイツ語訳があることはあるのだが、（ただしベーネルの訳本では、それが部分訳であることは明示されていない）にしても、実はこのラウの訳によってはじめて完全な形のものを目にすることになるのである。

以上に述べたことの他にも、訳者エディト・ラウ夫人はゆたかな想像力の持主だという利点がある。たとえば、「嫌《いや》」というような、些細ではあるけれども日本語として感情をあらわす重要な単語のドイツ語訳も、とてもうまくいっている。この単語は、何か嫌なことに対する話し手の反応をあらわすのにいつも使われるが、その時々に応じて、その程度と意味あいに違いがある。そうして、実際訳者はこの色合いの差を――うまく――ドイツ語に訳し分けている。

訳者エディト・ラウがその実力を存分に発揮している箇所では、訳者の言語の流れが作品の言葉の流れにうまく沿っている。そういう箇所では、読者は、単語と単語、文と文の対応だけではなく、作品全体の流れが捉えられているのみならず、リズムの点から言って、素直に読者の耳に入る、うまいドイツ語の訳語が当てられていると感じるのだ。批判力の鋭い読者なら、日本語およびドイツ語に関して、もっとこなれた文章であってもよいのではないかとか――あるいは、版元はいま少し時間をかけてゲラ刷りの校閲に当たったらとか――いった不満を覚えることがあるかもしれない。それに、音を長くする時はすべて日本文字を重複して表すようになっているのはいささかペダンチックにすぎるように思える。むろん注にその説明はあるが、本文の中ではやはりからっぽの部分が残ってしまう。そして最後に、あとがきに関して言えば、版元はこんなに紙数を節約すべきではなかったのではないか？　われわれドイツ人のあいだではいまだにまったく未知と言ってもよい日本文学のこれほど重要な作家を紹介するにしては、わずか三ページというスペースは余りにも少ない。

志賀直哉は、とっくの昔にドイツの読者に紹介されるべき作家だった。この作家を、日本文化におけるその意味と地位にふさわしい形でドイツの読者に紹介したことは、エディト・ラウ夫人の功績である。この志賀直哉作品の翻訳選集は、近代化への閾《しきい》を超えたばかりのすぐれた一日本人の思想と感情、美的および道徳上の価値、多岐にわたる告白を覗き見ることを可能にした。とかくわれわれの視点が日本経済だけに集まりがちなまさにこの時点においてこそ、この作品集は、日独関係をさらに一層押し進めるための刺激になることが出来ようし、またそうなるべきものであろう。

（1）私の問いあわせに対し、エディト・ラウ夫人は、本書のために何枚かの志賀直哉の写真を版元にわざわざ送付したのだと教えて下さった。
（2）吉田秀和「一批評家の死」、『吉田秀和全集』第八巻、白水社、一九七五年、三五四―三五五頁。
（3）『志賀直哉対話集』大和書房、一九六九年、三一三頁。
（4）前掲書、二一一頁。
（5）前掲書、三四五頁。

＊この文章は、“Shiga Naoya: Erinnerungen Yamashina”.（“Bochumer Jahrbuch zur Ostasienforschung” 1987, Sonderdruck, Ausgewählte Kurzproza. Studienverlag Dr. Norbert Brockmeyer. Bochum.）の翻訳である。

（濱川祥枝訳）

谷崎潤一郎——近代日本の開化……………………『小僧の夢』

日本学がもはや珍種植物研究のような扱いを受けなくなって久しい。ドイツの日本学も、いろいろな学際的な分野拡大が可能になる段階に入った。数々の徴候から考えて、少なくとも、この分野を代表する学者たちの中の進歩的分子は、自分らの専門分野がさまざまな学問分野全体の中にこれまで以上にきっちり組みこまれるよう努力しているし、とりわけ、多様な方法を駆使して、より高度の学問的精密さを目指している。なぜなら、その時々の研究対象が、われわれヨーロッパの学問的基準に照らして解明されはじめ、その研究対象の特質がより明らかになり、より理解しやすいものになりつつあるからである。

特に著しいのは、日本文学研究の分野における変化である。この変化の決定的契機になったのは、イルメラ・日地谷＝キルシュネライトが一九八一年に発表した、近代日本の私小説についての論文だった。[1]私の知る限り、これは、文学の分野ではじめて書かれた日本学関係のドイツ語論文で、その研究対象を、日本人による研究の成果を踏まえつつ、ヨーロッパに根づいた理論的考察の対象にしようとして成功している。ところで、この日地谷＝キルシュネライトの論考は、発表当時、ドイツの大学の日本学研究者のあいだでは誰一人論ずる者がなかったけれども、その間《かん》に日本語訳および英訳が出て、現在に至るまで読者の関心を呼んできたわけであるが、その理由の中には、この論文がさまざまな反対意見を呼び醒ましたことも含まれている。一例を挙げれば、その後のさまざまな論考を呼び覚ます契機になったのは——そしてこれは同氏がはじめて認識したことであるが、日本の私小説は、体験することと物語ることとのあいだの距離を——むろん空想上でのことではあるが——消去してしまっているという点である。ところで、直接性を目指そうという願望から生まれたこの日本式物語の方法は、日地谷＝キルシュネライトが論じている「私小説」のジャンルだけに見られるものではない。それは、程度の差こそいろいろあれ、その他多くの物語作品にも見られるのである。そして、いったんこの点に眼を向けて見ると、結局のところ、近代の物語作品に頻出する、時には文章ごとに変化する動詞時称（現在、過去、そしてまた現在、等々）は、物語に用いられる手段の一つ、つまり、さまざまな局面に投入し得る一つの文体手段なのだと認識され得るに至った。[2]

それにつれて、より一般的な形で、日本の物語作品においては、美術作品の場合同様、そもそも中心となる遠近法を欠いていることが多く、ことに、物語中の時間が明確な視点でしっかり定められていることはごく稀だという結論に至った。(3) 読む側の理解にとって重要なこれら、あるいはその他さまざまの視点は、同時に、翻訳という作業の場合にも研究の対象になった。日本語からの翻訳書、ことに現代文学の翻訳書の文学的価値は、最近の過去十五年間に、このような下準備的業績の数々や才能豊かなすぐれた男女翻訳者たちのおかげで、眼に見えて良くなった。昨年だけでも、次のような例を挙げることが出来よう。

谷崎潤一郎『武州公秘話』(J・ボハチェク訳)
安倍公房『燃えつきた地図』(J・シュタルフ訳)
大江健三郎『静かな日々』(U・グレーフェ、W・シュレヒト共訳)

日本文学関係の文献は、今日、時として、なかなか面白く読めるものがあり、読者は、いろいろの発見やそれに伴うさまざまな喜びに与《あずか》るほか、その素材についてあれこれ徹底的に思いめぐらすことができる。

読者はまた、ベルリン出身の若い日本(語)学者マティアス・ホープの著作からも、実にさまざまな刺激を受けるだろう。この控え目な小著の内容は、極度に簡潔なもので、谷崎潤一郎(一八八六―一九六五)の『小僧の夢』[1]の日本語原文(これが入っているのはわれわれ日本語学者にはたいへんありがたい)とその訳、とりわけ、原文の慎重な分析と、それからホープ自身のその綿密な分析となっている。そしてホープの分析は三部分から成り、それぞれ、「原文」の中での語り手としての私、作中の人物と彼らの使う言語、それに「美しいもの」の具体的な姿、となっている。こうしてホープは、読者を、日本文学における物語の構造に馴染ませ、ことに、谷崎の語りの技法について、解釈技法上の案内役をも果している。このように、しっかり組立てられた基礎的知識を与えられれば、読者はそのあと、自分でさまざまの論を組み立て、賛否いずれにせよ、自分の判断を作り上げることが出来る。

しかし、その前にまず、日地谷＝キルシュネライトが創設した「ジャポニカ・インズーラ」叢書の第二冊として刊行された、この本の外装について一言述べておきたい。なぜなら、この叢書は、ある意味で、西欧の日本学の新しい開放的性格の特色を非常によく表しているからである。この新しい叢書が提供する学術テキストは、ドイツの至るところでいまなおよく見られる類のものと違い、無意味で退屈な二枚の表紙のあいだに窮屈そうに押し込まれているのでなく、読者の興味を唆《そそ》りそうな表紙が付いている。ホープの本の場合、そこには、西欧に向かって開国された初期の東京の写真があり、さらに、テクストにあわせて、悦びと愛とをもって探し求められた挿絵も入っている。その挿絵にあるのは、和服姿に、大正時代（一九一二―一九二六）、ちょっといかした店員の間に流行った必需品「鳥打帽《ハンチング》」を被った、東京生まれの典型的都会っ子の若者の姿である。そしてその彼の背景には、活動写真という夢の世界が展《ひろ》がっている。巨大な映画館のそばに翻る宣伝用の旗のそばには、一人の西洋人俳優の顔が見える。傍らの文字から推察すると、それはモーリス・シュヴァリエだ。

この写真が示す世界はとっくに姿を消してしまったものではあるが、それでも、これは、この小説の舞台とそのムードを正確に反映しているのである。いやそれどころか、この小説の主人公と、彼という存在にまつわる物語を、いわばヴィヴィッドに映し出している。そしてその物語は、むろん物語であることには違いないが、ただの物語ではないのである。

谷崎はこの『小僧の夢』を、一九一七年、『福岡日日新聞』という地方新聞のために書いた。その後この作品は、一九九〇年に文芸研究雑誌『文学』で再録されるまで忘れ去られており、したがって、今日に至るまで、谷崎のいかなる作品集にも入っていない。谷崎がこの作品をなぜこれまで一度も本の形で公にしなかったか、その理由はわれわれには不明である。事情はどうだったにせよ、今日のわれわれにとって、この作品は、どこからどこまで「谷崎風」だ。この作品は、いかにも谷崎のものらしく、写実主義の手法が用いられていて、事実を在るがままなぞっているかのようにみえるが、それと同時に徹頭徹尾作り話なのである。けれども読者は、全く違う二つの面、二つの世界で生起するサスペンスに富んだ遊戯にだまされてはいけない。当時谷崎は新聞の予告で、読者にはっきり次のように告げているのだから。「いずれにせよ私は、どうしても書こうと決意していることがあるから書くのである」と。疑いもなくこれは、芸術家谷崎の信仰告白である。そしてこの信仰告白は、この作品において、その主人公の生の存在理由《レゾン・デートル》――つまり、谷崎自身の生の存在理由の宣言でもあるのだ。それは、空想、いやそれどころか、虚偽の芸術のための弁明書、いや、それどころか、虚偽の芸術——その中にあってはもはや善も悪も存在せず、あとはただ「美」のみがあるという世界——しかも、その世界も、魔法が解けてみれば——醜いものの中にも顕現するばかりか、金銭で売買されることすらあり得る芸術——のための弁明書なのだ。この小説は当時の日本文壇で猖獗《しょうけつ》を極めていた、「真なるもの」を芸術の目標に掲げる自然主義とは傲然かつ皮肉たっぷり袂《たもと》を分っているばかりか、文中にあるように自然主義を「ボキボキした、味も素気もない、カンナ屑見たいな悪文」だと槍玉に上げてさえいるのである。

ホープは、彼の論文で、この文学史上の論争とその評価に立ち入ることは故意に避け、この物語そのものを問題にする。彼の言葉をそっくり引用すれば、この物語は、「一方の『永遠に』谷崎的な主題と動機、および、他方の美学的文芸理論との間の、ユニークでしかも問題を孕《はら》んだ結合であり、したがって、文学作品であると同時に、文学を扱った文学作品とも読める」ものである。文学作品の分析に当たってこれほど無条件かつ全面的に作品の本文自体に固執し、（それ以外のものを一切度外視するのは）たしかに正道ではあろうが、そのため、作品解釈に当たって必ずしも重要でなくもない作品の原文以外のものへの言及——たとえば十九世紀ヨーロッパの唯美主義への言及——が欠けている点は惜しまれる。たとえばこの作品でいかに谷崎が、直接ボードレールの芸術観とかワイルドを、この作品の中に——それどころか主人公の行動様式の中にまで持ち込み絡みつかせているかを描き出せば、いろいろのことが判明するし、それをさらに追跡していけば、面白いことになったのではないかと思われる。つまり、そのような方法を採っていれば、ヨーロッパの耽美主義者たちのひとりよがりに対し、（日本でも）すでに谷崎がこの作品で、彼独特の非常にユニークなマゾヒステックな愉楽で肩を並べていたことが明らかになったのではなかろうか。

谷崎のこの作品での語り手は、すでに述べたように、小僧である。彼は、外観の上からは、ほかの小僧と変わらない、――貧しく、そして醜男でもあるのだが――それでもちょっと変わった存在だ。つまり、彼「庄太郎」は、「自分の能力や材幹を、丁稚奉公に適当であると思った事は一遍もない」「実着な仕事」に専念する代りに彼は、「夢のやうな美しさに憧れて居る」。それで、彼の眼には「銀座通りの光景が……燦爛《さんらん》たる宝石の羅列するやうに見えたり、房々とした女の黒髪のゝ、たくるやうに見えたりする」。また、「其れ等の幻影」が「現実の世界よりも遥かに確実に、己の魂を占領する」。そして彼は、「己はただ、自分を未来の芸術家――或は詩人として観察する時、其処に始めて非凡なる素質の閃きを感ずるのである」。あるいは、『真』ではなく、人間の魂を酔わす事の出来るのは、唯『美』あるのみである」。この段階では、庄太郎にとって美の理念は、まだ対座している美しい店のお嬢さんに体現されているだけである。それに、この時点では庄太郎には、芸術の何たるかはまだぜんぜん分っていない。そのあと、いろいろ読書を試み、自分でもいろいろ考えてみて（庄太郎は自分の頭脳には非常な自信を持っている）、だんだん（上述のような意味合いでの）芸術観に到達する。ここまでがいわばこの物語の前半部分で、ここは主として、自分の体験だけをもとにした芸術についての考察から成っている。

ところで、その場合の語り口はどうであろうか? ホープは、この問題を詳細に論じている。一般的に言えば、この作品の語り口は、しばしば熱狂的な演説口調に堕しているものと、多かれ少なかれ小僧の発言にふさわしい語り口と、教養階級の用いる日本語との混合体である。それは、当時まだ日本語に入って来たての多数の抽象的表現がまじったものであって、そこからホープは、「こうした日本語の使い方は、両者——つまり比喩と本文と——がいずれもフィクションであることを強調している」と結論づけている。しかし、このフィクション性ということこそ、十五歳の主人公の早熟性を巧みに表現していることにもなるのであって、これこそが、この少年の基本性格でもある。そもそも谷崎はこの早熟という現象に強く惹かれていたのであって、このことは、なかんずく、彼の初期の作品でもう一つの有名な『神童』が証明しているところである。谷崎みずからの語るところによると、彼自身も明らかに早熟児だった。彼の子供のころの回想に接したことのある読者なら、いまこの物語を読めば、時として、まるでこの小僧は谷崎自身だという気がしてくるのではあるまいか。特に、谷崎家の経済事情が逼迫《ひっぱく》の度を加えた時、小僧にやられる可能性も十分あったことを考えれば尚更である。しかし、この作品中の小僧は、やはり谷崎ではないし、谷崎も、小僧だったことは一度もない。したがって、ホープがこの作品の原文に照らして、「作者の声は二重になっているように見える」と言う時、その発言は的を射ていると言うべきである。

物語の第二部は、新たに書き始められた主人公の日記が大部分を占めている。そして、その中で、主人公にとっての決定的な体験、つまり浅草歓楽街にある「世界館」の舞台上でのロシア生まれの女魔術師ミス・マリーとの邂逅が詳述される。小僧は、自身の体験に照らして、人々を催眠術にかけ、自分の命ずることをすべてやらせる彼女の術なるものが嘘だということを知っている。しかるに、「今迄は女神の如く貴く……、見えた彼の女《じょ》が……魔女に見え出した」だけで、「著しいディスイリュウジョン」を感じたにもかかわらず、ことさら彼はこう記すのである。「己は……彼の女《おんな》の犠牲になって椅子に倒れて居る事が、たまらなく愉快であった」。そして彼は結論する、「内のお嬢さんのは、あれは人間の美しさだ。メリー嬢のは神か悪魔の美しさだ」と。

四日たって、メリー嬢が他の都市《まち》や国々へ発ってしまうと、小僧に残されたのは、彼女にもう一度会いたいという憧ればかり。けれども、今にして悟ってみると、いまさら詩人にも画家にもなれはしないのだから、店を逃げ出して、自分と同じ年ごろの少年たちの一団を引き連れて盛んに悪事を働いているどこかの少女の子分に入れてもらおうか知らんと夢想するのが関の山。六つの点々「……」で始まったこの物語は、ここで六つの点々「……」で終わる。

こうして、この物語は、始まりと同じく、「不吉な」省略符号で終わる。ホープがここで「不吉な（これから悪いことになりそうな前兆）」と呼んでいるのは、次のような事情で少しは説明がつくのではあるまいか。つまり、この点々は、一九一七年ごろにはまだ（省略符号も、句読点と同じく、西欧諸言語からの輸入品である）新しい技法として、読者を驚かせる効果を持っていたのではないか？　その上、われわれ読者がモーパッサンが偉大な作家として特別扱いされているこの作品自体にもう一度立ち戻るならば、故意に空白のまま残されたこれら二つの箇所の意味、すなわち「……」によって暗示された、空想の全体の意味は、一段と明らかになるのではなかろうか。

モーパッサンもまた、自分の作品を点々で始めている場合がある。（たとえば、「ル・ホルラ」の第二版、または『祭りの日』がそうである）。一般に彼は、その『コントとヌヴェル（短篇小説ないし小品集）』の中で、――特に回想的な台詞《せりふ》を書く場合、好んで省略符ないしはダッシュを使っている。谷崎もこれと同じことをやる。彼は、句読点やダッシュをさまざまな場合で使っているが、面白いことに、翻訳する側は、必ずしもそれを踏襲してはいない。そして、モーパッサンが、『祭りの日』で、最初の点々のあと、何の前触れもなく、すぐさま語り手に話をさせ始めているように、谷崎もまた、この作品を、最初の九個の点々のあと、「ただちに」（ホープ）「会話の開始に典型的な形で」（ホープ）すぐさま始める。つまり、モーパッサンも谷崎も、点々は、「出だし《アインザッツ》」であり、――もちろん余談ながらつけ加えさせていただければ――それらは、谷崎の場合、物語の冒頭と末尾に置かれることによって、この物語がいわばある全体の一齣にすぎないことを表しており、ある意味ではこれは「夢」という題にふさわしいものだということになるのかもしれない。いずれにせよ、この作品の場合においてこそ「点々」は、決して「不吉な」ものではなく、一定の意味を持っているのである。

そもそも「物語るということ自体が、西欧および日本というコンテクストの中で一体全体何を意味しているか」を探るべく、ホープは、比較の材料としてF・シュタンツェルを引用しているのだが、シュタンツェルの理論によれば、「こうした偽似自伝的小説は、体験する主人公とその体験を物語る主人公のあいだの緊張関係によって決定されるものであって」、この谷崎の小説の場合にはそうした緊張関係が欠けているのである。なぜなら、この小説においては、「物語る主人公と体験する主人公とのあいだの距離が、全くなくなっているとは言えないものの、短縮されており」（ホープ）、しかもそのさい、この場合想定されている時間間隔が、せいぜい三年、つまり、まだほとんど過去になってしまっていない期間であることが、全然考慮されていない。この関連においてホープは、日本語作品における時間というものの問題を微に入り細を穿って論じ、「この作品の場合」、特に「数多くの傍道へ逸れた論議の中で、時間関係が無造作にあちこち飛び交う結果」「過去との時間関係が曖昧なままに留まっていることを強調する」……そして、彼は続ける。「庄太郎の精神状態の本質は、むしろ、彼のそうした自問連想の連鎖によって徐々に生まれるという点にあり、その連想連鎖の中では、その個々の内容の持つ時間的前後関係は単に二次的な重要性しか持たぬように思われる」と。しかし、この自問連想の連鎖ということ――これこそはまさに、主人公を語り手とする日本の散文テキストにとって、典型的な構成要素である。そして、――この作品においても――頻繁に行なわれる時称の転換も、これと関連している。にもかかわらずホープは、彼の訳書をほとんど過去形だけで通しているが、彼の挙げるさまざまの理由は、日本の作家が、時としていわゆる現在形を選ぶのは、主としてリズムないしはメロディーの関連においてであって、現代日本語の過去形はすべて「タ」で終わることが多く、その結果、単調な「タ……、タ……、タ……」が続くことになるというのだ。そうはいっても、ある種の場合、特に物語の時点まで続いている場所規定の場合には、現在形は、ただそれがふさわしいというのみならず、どうしても必要な時称であると言えよう。

もうほとんど七十年まえのことになるが、E・M・フォースターは、有名な連続講義「小説の諸相」の中で、事実が小説に対して持つ意味を詳述し、われわれは、客観的には同じ長さの時間を——そこに価値評価を加えることによって——それぞれ違った長さのものとして体験すると論じていた。日本の作家たちの鋭敏な感性も、この現象に対して顕著な反応を見せる。この点、われわれのような日本語翻訳者は、もう少し柔軟な態度で日本語の原文と取り組むようにしたほうがいいのかもしれない。ドイツの日本語学者も、（モーパッサンの『告白』『パリからヘイストへ』『かつて』等々の場合のように）モーパッサンをドイツ語に訳するに当たって、この種の時称の飛躍を削ってしまっているのではないかと心配になることがある。幸いドイツのフランス文学研究者たちには、そういう誤ちはみられないのだが。

（1）I・日地谷＝キルシュネライト『自己暴露の儀式』（Hijiya-Kirschnereit, I: Selbstentblössungsvituale）ヴィースバーデン、一九八一年。
（2）B・吉田＝クラフト『日本の小説の中の時間』。
（3）B・吉田＝クラフト『十一番目の家』「序文」所収、ミュンヒェン、一九八七年刊。

〔1〕本文にもあるように、この種の主題をなしている谷崎潤一郎の短篇『小僧の夢』は、大正六年の作ながら、なぜかこれまで公刊されたことがなく、昭和五十六年から五十八年にかけて中央公論社から出版された『全集』にも収録されていない。
私は、一九九〇年春に出た岩波書店の季刊雑誌『文学』第一巻第二号の八〇―九七頁に須田千里氏の「解題」つきで発表されたこの作品を参照しつつ本篇を訳出した。

（訳者付記）

＊この文章は、OAGの機関誌『鑑』所載の書評（一九九五年）の翻訳である。
書評の対象となっているのは、マティアス・ホープ『物語り《ナレーション》の二重奏《ドッペルシュピール》』（Matthias Hoop: Doppelspiel der Naration）一九九四年、ヴィースバーデン刊、八五頁（ジャポニカ・インズーラ、日本の文化と社会の研究、I・日地谷＝キルシュネライト編、第二巻所収）

（濱川祥枝訳）

宇野千代——女の文体……『或る一人の女の話』

「小説はどうあるべきか。小説とは私たちに私たちが信じられる話を物語るものでなければならない。」

テオドーア・フォンターネ

「……あらゆる楽しみの中でも一番大きな楽しみ……最も簡明直截に楽しめるもの、それは多分ピンからキリまで文句なく信じられ疑わずにすむ話がほしいということだろう。」

ヴァージニア・ウルフ

一

宇野千代の回想記的物語『或る一人の女の話』が呼び覚ます世界は、確かに、もう今日の世界ではない。といって、それはまたもう死んでしまった昨日の話だというわけにもいかない。物語の主人公一枝は、戦争より大分前の日本の女で、当時としては例外的な生き方をした人なのだが、それはどういうことかといえば、一九四五年（終戦によって）日本の社会が再組織されたのちは——あれよあれよという大変な早さで——新しい現実となったこと、つまり老朽化してしまった因襲からの女性の解放、女は何よりもまず家事、結婚、子育てに専心すべきだという旧来の女性観から決別した上での女の生き方だったというわけである。今の日本では、自意識をもった近代的タイプの女性に、どこにいっても会える。こういった人たちの本質的な特徴が、文学作品の中で先どりされていたのである。一九三〇年ごろ生まれ、特に二十世紀の六〇年代、七〇年代に——伝統の残り屑を刺すような鋭さでもって——女性問題の主題になるようなものを、採り上げていたあの女流作家たちのことを思い出してほしい。

この点、宇野千代の小説は、同じ七〇年代の始めに発表されたといっても、違っていた。宇野は一八九七年——今からほとんど百年前に——生まれたのであって、今いった女性作家たちとは育ちが違う。彼女より若い戦後の女性作家たちにとっては——とにもかくにも男女の同権を保証する憲法があり、それだけ平等も獲得しやすかったわけだが、宇野にとって問題なのはそういった一般的解放の理念ではなくて、一人の女——まさに「或る一人の女の話」をめぐる特殊なケースなのである。宇野はその女を一枝と名づけているが、彼女の生涯の話は、帰するところ、宇野自身のそれに他ならない。小説は回想の形で物語られる。自伝的なところは、一目でわかるし、これを芸術作品にするための枠内で、いろいろの変化が施されているにせよ、そこから彼女の人生の具体的な個々の事実がほとんど至る所で透けてみえてくる。この物語には、婚姻、夫婦生活の信憑性とかその影響（機能）の否定などが出てくるが、それらについても、筆者自身の体験、経験したものなので、しっかりした真実の裏づけをもっている。したがって、この小説が世に出ると、たちまち、多くの日本女性たちが一枝を生きる手本としたのも不思議ではない。

しかし、この本をあるがままに――そうして、筆者のこうしたいと考えたもの、つまりは物語として読んでみると真先に気がつくのは、この本の語る時間がいかに徹底的に筆者個人の私的な時間に沿って展開されたものかという点である。この本が出たのは一九七二年である。かりにもし、私たちがそれを知らないとしたら、私は遡ってまず一九二三年という時に立ち戻り、そこから今度は前向きに時の流れを調節していかなければなるまい。時間を示す唯一の客観的具体的事実の指摘は、まるで何の意図もなしに、突然出てくる関東大震災の話だけである。そのほかの時代を示す上で重要な出来事は、ここからはすべて閉め出されていて、この本を読んだ限りでは、そういったものは人生と何の関係もないのだという印象を与える。だから、当時の日本の全国辻浦々まで国民的感激で包まずにおかなかった日露戦争――これは奇《く》しくも女主人公が小学校に上がったのと時を同じくしていたのだが――には一言もふれてないとか、二度とない偉大な時代の終焉を刻んだ一九一二年の明治天皇の死とか――これはボヘミアン的生活態度を多少は反映することになる新しい時代の始まりでもあったのだが――そういったことには一言も費やされていない。こうした一切は、著者にとっては瑣末事にすぎず、大切なのはただ一つ、主人公一枝だけであり、関心の焦点はこの一点に集中され、したがって、万事が彼女のパースペクティヴから物語られてゆく。この点は実に徹底しており、読者は、ほかの人物たちの行動や思考で、一枝が直接一緒に体験しなかったものは、ほとんどいつも「と言うのである」とか「と言う」とか「かもしれない」とかいう類いの、遠廻しに断定を避ける言い廻しで暗示するにとどめられる。

逆に、生い立ちとか故郷とかは、この物語では始めから終わりまで、大切なトポスとなっている。これらは主人公の生涯と密接に結びつけられ、ことこまかに記述される。特に作者が物語の始めに一枝の生家の様子をことこまかに記述している点は、読者の注目をひかずにおかないのだが、彼女は同じことを、終わり近くで、もう一度、ただ今度は夢に浮かぶ姿として浮かび上がらせている。

「遠くで風の鳴る音がした。それは思いもかけないことであったが、もう幾年も帰ったことのない田舎のあの家の中に、一枝はただひとりでいるような錯覚に囚われたのであった。風の音は、下の藪の中から聞えて来るように思われる。あの音だ。それは、遠い子供の頃のことや、また、そののちのさまざまな事柄を通して、その上を吹き抜けて来る風の音のように思われる。雪の降った朝、往還ににじり出て血を吐いた父の体の上にも、吹き抜けていた風の音のように思われる。」

素性といっても、それはもちろん、ひとえに父親の血統に関する話で、その点では徹底的に伝統的である。といっても、それはありきたりの父親の家系との一般的結びつき、ないしは父親の一族が土地の社会で享受していた名望への誇りを出ない態《てい》のものでしかない。それに、誇りといっても、それは実は恐怖心を唆《そそ》るような、抗《あらが》いがたい、どんな場合にも消えることのない非自立的なものとして体験されたものであって、この父親は――一枝の意識の中でさえ、道を踏み外した生活を送った人であり、それ自身の否定的な像として再三再四浮かび出てくるものである。

逆に、故郷は母の思い出を呼び覚ます。宇野はある講演の中で故郷を直接「お母《かか》」と呼んでいるが、これはいかにも宇野らしいことだ。この小説でも、決定的な箇所で、日本では非常に重要な「田舎」という言葉が使われているが、これは地方と故郷の両方に当てはまる言葉であり、その上、この小説では「実母」と言い替えてもいい概念なのである。一枝は昔のまちの環境にとり囲まれたある地方の小都市に生まれ育った。その町は他ならぬ岩国なのだが、このことは、ここでもまた、歴史の上でも有名な橋、錦帯《きんたい》橋の話が出てくるので、間接的にわかるようになっている。この地方小都市は、一面では、いわば一枝の母港のようなもので、繋留場でもあれば、障害物でもあるのだが、土地の人が固守している社会的モラルの範疇は、もう、彼女のものではなくなっている。しかし、それは別の面からみると、ある意味では彷徨者の汚れを洗い清める、試行錯誤にみちた生活へ踏み出そうというものを保護し、安全を守る場所ともなる。一枝の場合、外見はいつも放逐されたようになっているが、実は逃亡するのは彼女の方なのである。彼女の行動の本当の動機は、どちらかといえば、むしろロマンチックなものであって、彼女は旅芸人の囚われない自由な生活を、女の身で模倣してみたがっているのだ。

この物語では、故郷の地方色が、より広い一般的な意味で、一つの役割を演じている。というのも、一枝の人生観と呼べるものは、ひとえに、人生とは「物事の自然の成行」から生まれてくるという地方人の信念に根ざしているからで、この感じ方は、一枝が二十歳になって抱くに至った、およそ人間のすることとは、つきつめたところ、常に、何処かで何か計算されたものに根ざしているのではないかという疑念によっても、変わることはない。とはいえ、この信念は運命、あるいは宿命観といったものを表しているわけでもないのである――たとえ、人間には何かあらかじめきめられてしまっているものがあるのではないかという考え、ないしは予感といったものが、折にふれて、ふと生じることがあるにしても。といっても、宇野の小説には、この信念のおかげで、何か現世の純粋に個人的なものを超えて、その行く先を示しているように思われるものが入ってくる点も見逃すわけにいかない。

ここに書かれた人生の物語が、私たち西欧人の以前から馴染んできた期待に背くように思われるのは、こういった態度のせいだろうか。宇野は何か意義のあるまとまったものを求め、それに従って行動する個人を示すのではなくて、逆に主人公を多かれ少なかれ断片的な形でしか提出しないので、私たち読者はせいぜいその人生の歩みの矛盾した関連しか見せてもらえないことになるのである。このために当てがはずれたように思ってしまうのだろうか。しかし、たとえ全然違った種類の経験を経たものであるとはいえ、彼女の断片的で無秩序に思われる人生観は、別の文化で育てられた私たち異国の読者にとっても、実はそんなに遠くないのかもしれないのだ。

一枝はすでに子供のころから、自分の生活に起こることを、まるで自然の出来事でもあるかのように「異存なく」受け入れていた。そういうことは、「雲が現れたり」、あるいは雨が降るのと同じように、変える術もなく「彼女の身にふりかかってくる」。だから、一枝が若い娘として、「単に自分に示された通りの方向に進んでいった」のも、それと同じことなのだ。そうして、彼女がずっとあとになって、自分の生涯のいくつかの時期をふりかえってみて、自然の変化と同じようにその話をしたって不思議ではないと感じたというのも、こういった人生観とぴったり符合するのである。「彼女は自分のことを、脱皮したあとの蝉になったみたいに」感じたのだった。

脱皮——でも、それは、一枝が前と違った殻の中に潜りこんだというにすぎないのではあるまいか。そうだとすれば、そこには一つの演技的俳優的側面が見えてくる。この小説の第一部の終わりに風呂場で鏡を前にしたシーンが出てくるが、これは普通よくあるような自己顕示の動機に結びつくものではなくて、若い娘が自分の役割を発見するのに役立つようになっている。鏡と化粧の白粉《おしろい》が力を合わせて一枝を、お面をかぶって、自分を生まれつきのものと別なものにしたいという気持に誘ってゆく。お面は、まず秘かな偽瞞として認識されるのだが、彼女はそのことから役割と現実の間をつぎつぎとどこまでも行ったり来たりすることになる。これは脱皮というよりも、むしろ、形姿変容の完了で、一枝はエロティックな意味で誘惑的な役割を演じるというよりも、むしろ、誘惑者そのものになってしまうのである。こういう姿で、彼女は自分の性的衝動を存分に体験に移す。と同時に、このエロスは、やがてあらゆることを包みこんでしまう社会が女性としての彼女におしつけてくる制約や、彼女の側から社会的に依存することなどから、彼女を解放する助けになるのだ。ものごとを「その自然の成行きに任せる」という彼女の人生に対する姿勢は、テクストの形態にまで反映することになる。ある時は思い出と反省が曲がりくねりながら一緒に並んで出てくるかと思うと、またある時は、いかにもこの主人公の性格にふさわしく、断片的にとり上げられたりする。一枝という娘は「次の瞬間には何をするのか分らない。その娘はよい娘でも悪い娘でもない。ただ何をするのか人にも分らないが、自分自身にも分らない」のである。または、この主人公は不完全で隙間だらけの人物像であるかのような印象を与える。見たところ、読者にとっては、その空白の部分を推察して埋めるわけにいかない何かが書きこまれないまま残されてしまっているのである。

実生活の上でも、その場では十分説明のつかないことが起こるように、たとえば、以前見たものがあとになって精確に記述されたりする。「野崎がバケツを持って、谷川の湧き水を汲んでいる姿は、その中で、人形が動いているようにのろく見えた」。この光景は彼女の記憶の中に深く刻まれたのだが、なぜそうなったかということは、この小説には出て来ないで、後年の随筆の『篁の水』（一九八〇）の中に出てくる。それによると、この光景は彼女が人生の伴侶に対し心の底で疎外感を覚えるようになる最初の徴候だったのである。日本の文学で実によくぶつかることだが、ここでは、私たち（外国の読者）は省略されたものを、別の場所に残っている響きの中から聞き出す術を学んでおかないといけないのである。

宇野はくりかえし自分は自然の成り行きに従い、無意識のまま行動すると述べているけれども、それに瞞《だま》されてはいけない。私たちの前にあるのは一人の女性作家の非常によく考えた上で練り上げられた作品なのであって、この作家はある行為の想い出と、実際に体験したもの、ないしは個々の状況の記憶とをしっかり区別する術《すべ》をよく心得ている人なのだ。しかし、想い出は生涯のすべてに反映されている。したがって、この物語の中の想い出は複雑に織り上げられている。これには単に年代記風想い出のままが綴られているというのではなく、想い出を想い出す契機も書きしるしてある。ということは、物語の経過の時称が一元的にたった一つの過去の支配下にあるわけではないということになる。つまり、客観的に同じ時間の距離をもった過去を現在化するに当たっても、それぞれがとても違う距離をはさんで行われていることになる。その結果、ある種の情景は明らかにごく間近かのことのように感じられ、鋭く鮮やかな輪郭をもった姿でしか再現されないことも出てくる。ことに幼いころの体験の場合、そうなる。この回想の経過の真実性に、真相とは違うという味わいの混入を妨ぐために、翻訳に当たって、私は、ほとんどいつも、原文の各種の時称を踏襲した。時称の交代は、ドイツ語の場合、日本語のそれよりずっと目立ちやすく、この面で単一の中央遠近法で統一するのははるかにむずかしくなる。だが、そうやって初めて、この物語の内部に生きている感情の動きをこわさないようにすることができるようになるのである。

二

宇野千代の生まれた家を訪れてみると、みえるものは何も彼にも、この小説の最初の頁に書かれている通りである。いわゆる店の間《ま》、その西側の居間、仏間、それから「庭」——これは床が張ってなくて金褐色の砂のまいてある通路である。時計の間では襖の上に、本にある通りの時計がかかっている。時計は大きな八角形のものものしい木の枠に囲まれた白い文字盤に重くて黒い指針のみえる旧式の古い時計である。どこをみても、本にあるのと違わない。宇野千代は、もちろん、この本の読者が、そこに書いてあるものは文字通り事実そのままであることを望んでいることを知りぬいている。彼女は『私の一生に書いた作品の中で』の中で、この間の事情について、次のように書いている。(1)

「この物語の語り手は、例によって、作者である私自身です。私自身が、事件をつないで行きます。実名で登場する人々のあるのは、これが実際にあったと思わせる、一種の詐術です。

作り話ではない、と言うことを、読者が信じるかどうかは、私にも分りません。それだのに、これを書き上げた瞬間、私自身がこの物語をほんとうにあったことと、信じたのでした。」

こういうわけで、この本(『或る一人の女の話』)の中で、家だけでなく――日本人には簡単に誰それと当てることのできるよう名前のつけられている――作中の登場人物たちもまた、宇野の身近の人たちの中から文句なく推定されてしまう。従兄弟の譲二とは、実際は藤村忠であり、野崎七郎は尾崎士郎、彼女の二番目の夫で知らぬ者のないくらい有名な文士だった人である。田端という名の背後には川端康成が隠されており、藤井という名は早世した文学者の梶井基次郎を指す。事情通だったら、一枚の最初の原稿を印刷した編集長とは誰のことかもよく知っている。この人は雑誌『中央公論』の伝説的編集長滝田樗陰に他ならないのだし、最後に、田辺というのが三〇年代初めの彼女の伴侶で、当時極めて有名だった画家の東郷青児であることは、日本人だったら、誰だって知っている。このトリックは、ここでもよくきいていて、この物語も、日本では、好んで自伝として読まれている。

しかし、たとえば彼女が東郷に会ったのは彼の心中未遂事件の数週間後ではなくて、何か月もあとのことだったとか、この小説で森戸と呼ばれている恋人の青年は決して若死したわけではない等々、宇野の実生活と比べてみると合わない点、あるいは不正確な点などがいろいろ書かれてあるのだが、私たちとしては、これを読んでいる時ぐらいは、彼女が日本の読者層を考慮してとりあげたあれこれのことは、これ以上気にしないことにしよう。私たちの興味をひくのは、こうした実生活を背景に、その上にいかに物語が語られてゆくかにあるのだから。

そもそも、ここで語っている人物は誰か？　一体誰が、一枝についていろいろと思いめぐらしているのか？　私たちには語り手の声ははっきり聞こえている。だが、その声の主は誰なのか？この語り手は、「私」とはいわないし、自分の名前さえ名乗らない。それでいて、彼女は一枝について、すべてを知っている。まるで一枝自身であるかのように。こうして三人称で自分を語るのは日本語なら不可能ではない。そうして、日本の小説（物語文学）――特に何よりもまず、いわゆる「私小説」では可能なのだ。「私小説」の伝統では、作者の名が作中の「私」なる人物と必ずしも同じである必要はない。だが、そこでは私たちに話しかけ、物語るために私たち（読者）の方に顔を向けているのは一枝ではない。それは宇野千代なのだ。宇野千代は一枚のヴェール――いかに薄いとはいえ、とにもかくにも、一枚の反省のヴェール――によって一枝と隔てられており、一枝という人物とは全く同じではない。物語の文体――より正確には、叙述の仕方も、そうなっている。同じ宇野の小説『おはん』に比べると、ずっとぼかされてはいるものの、この作品も人形芝居、文楽の浄瑠璃あるいは歌舞伎を連想さす。文楽でも歌舞伎でも、朗詠する人たちは舞台の上で展開されるものを、時に先導し、時にはただ同伴しながら、演奏するわけだが、ここではその役を物語の語り手が演じている。そのため、物語は語り手自身をめぐって展開されているかのような――この場合、生き、悩み、そうして行動するのは彼女自身であるかの如き印象を与えるのだし、そのくせ、また、語り手はそこから距離をおいて、想いをめぐらしているように見えたりもするのである。彼女のよくやるダイナミックなくりかえしとか、私たちに向けられた問いかけの仕方とかを通じて、彼女は、一方では私たちのすぐそばに来ているように思わせたり、あるいは逆に、文章の結びに客観性を付与する――「のであった」といった日本語特有の――手法を好んで使うことによって、遠く離れていってしまったりしてみせる。ある時は、ごく親密な感じを発散させたり、時にはまた距離をおいたりしながら、宇野が私たち（読者）と遊んでみせるやり方には、何かほとんど「行き過ぎ」の感を与えるところさえある。これは宇野が長い間苦労して働いてきたのち、老年に至ってはじめて身につけるに至った物語の語り方なのである。

三

日本では歌舞伎の舞台が芸術的手段に影響を与えているのだが、一連の文学作品の場合同様、宇野にとっても、これが目立った特徴になっている。この小説の中でも、話の筋が或るシーンに結晶するような場合、私たちはいわば歌舞伎劇場につれて来られたような気がする。その間私たちは、読むというより、むしろ見、かつ聞いているのである。歌舞伎の舞台に移しおかれたような具合になるにつれ、それが持つ儀礼的なものやポーズがとり入れられ、場合によっては、そこに一つの画面が設定され、それに伴って、物語はリアリスティックな人生の描写の地盤から離れてしまう。ゆるやかな物語の流れは途切れ、ある特徴的なシーン、たとえていえば覗き眼鏡で眺めるための舞台がセットされ、そこでは散文の法則とは違う法則が適用されるようになる。そういう箇所では大向《おおむこ》う向けのモチーフや高揚したパトスが不可欠になる。たとえば、父親の死を告げるシーンなどはこの法則にそったものである。

「父の死ぬ三日前に、雪が降った。（…）この雪を父は何と見たのだろうか。父の部屋に誰もいなかった束の間のことである。気がついたときには父は、店の間の上《あが》り框《かまち》から庭へ下り、往還ににじり出ていた。『ねきへ寄るな、ねきへ寄って怪我をするな。』と叫びながら、何かを振り廻していた。日の中に光るのは刃物であった。父の着物の裾から、汚物が流れ出ていた。（ここは歌舞伎で舞台横に座った歌手たちが朗詠調で註釈を加えるような具合である――引用者）あの体で、どうして台所から庖丁が持ち出せたのだろう。雪はやんで、冬の日とも思えぬ強い日がぎらぎらと照っている。その雪の上に、父は夥しい血を吐いた。（ここで舞台に戻って――引用者）『旦さま。こりゃ、どうおしんされましたぞ。』『お父《とっ》さま。』人だかりのした中で、一枝は父に縋《すが》りついた。『誰方か、誰方か助けてつかァされ、』魂切るような母の声がしたとき、『おどれ、ねきへ寄って殺されるな、』声だけで、父はそのとき、雪の上に突伏したのであった。」

芝居がかるのと様式化されるのとが一体となって（歌舞伎とは極度に様式化されたリアリズムの演劇な

のだから）、読者の情感を強くゆすぶるだけでなく、審美的にも強く訴えかけてくることになる。同じようなことが最後のシーンでも起こる。そこでは、日本の読者は花道を思い浮かべずにはいられない。花道とは平土間を貫いて設けられた舞台の延長の橋であって、歌舞伎では主役を演じる役者が、その上で、最後の大がかりな見せ場を作るポーズを披露し、そのあと、急ぎ足で場外に駆けぬけてゆく。

「一枝は部屋の隅に落ちていた肩かけを拾い上げた。そして、それを肩にかけると、そのまま部屋のそとへ出た。田辺のいない間に、そこから抜け出す気であったのか、抜け出してどこへ行く気であったのか、一枝にも分らなかった。生垣の間から、ひらりと一枝は身をかわした。露路のそとは暗かった。闇の中に、遠い町の灯が見える。一枝は立ち停った。前後を見廻した。そして、肩かけで頬を包むとそのまま、一散に暗い道を駆け出した。」

ここで再び前述のことが出てくる。一枝とは、確かに、現実の生きた人間をなぞったものである。しかし、とどのつまりは、この人も芸術の中の一つの形姿に他ならないのである。

四

宇野千代の全集（一九七七―一九七八、中央公論社）は十二巻に及ぶ。しかし、現在八十歳を超えるこの人の作品は、それで終わったわけではない。その後も、今日までに相当の数にのぼる新しい仕事がある。それらは――晩年の著作に特徴的なことだが――宇野の日常生活、人生経験その他、一般的な人生の問題、あるいは文学界での友人たちに関するものなど、主として小さな魅力にみちた散文作品からなっている。主題の点からみると、それらはむしろ極めてせまいものであり、特に自伝的色彩を強く帯びている著作が多い。中でも老年に入ってからのものは、内容的にもくりかえしが目立つ。だが、それは、宇野のものを書き上げてゆくやり方と非常に密接に結びついている。というのも、この人は、私たちが普通は画家の場合でしか知らないようなことを、文筆家としてやろうとしているからである。過去の大画家たちのことを持ち出すまでもなく、彼女と同時代で、私たちにも近い例でいえば、シャガールとかモディリアーニとかいった人たちの場合のように、宇野は、同じモチーフ、同じ形姿、同じ構図をとり上げながら、そのつどそれを新しい光の下で新しい全体像にまとめ上げようとしているのである。こういうことになるのも、一言で言えば、日本語で文章を書く時は、もともと視覚的な要素が前提となっているからかもしれない。現に日本のほかの作家の場合でも、すでに書かれたものをくりかえしたり、中には自分の書いたものを引用するような例がまれではないのだ。だが、宇野は、そこから独特のものを作り出した。この芸があればこそ、私たちは彼女の著作を読んで、そこで語られている素材に劣らず、それを語る美的法則にも強い関心をもつことになるのである。もし、私たちが美術展覧会にいって、誰にも邪魔されないで、作品を一つまた一つとゆっくりみてゆけるとしたら、同じようなものが並んでいても、その構造の多様性、細部と全体の関係、個々の模様とそれが重なって出来てくる織物との関係などが、当然もっと時間のかかる読書の場合よりも、より容易にわかってくるだろう。(宇野には)テクストで比較してみるのに適した例は文字通り無数にある。

前に父の死に関する箇所を引用したが、それと同じシーンが小説『風の音』の中にも出てくる。以下、比較のため、もう一つの例を挙げてみよう。

「『あれ、旦さまがお出んされましたぞ。』とおあきの叫ぶ声が聞えたのでございます。大雪の降った朝のことで、そのとき時計の間には誰ひとりいてるものがなかったのでございましょうか。見ると、あの寝たままで、声も立てられませなんだ清吉が、寝間着のまま、往還ににじり出たではございませんか。『あれ、旦さまが、』と口々に叫びながら、雪の中に清吉を追うて往還へ走り出たのでございますが、清吉は往還の真ん中まで出ますと、そこにへたばったまま、きらりと眼をあげて後へ向きざま、『寄るな。』と叫ぶのでございました。まァ、どねな力が清吉をここまでにじり出させたのでございましょうぞ。寝間着の帯もほどけたまま、枯木のよに痩せた足で雪の上を這うてるのでございます。行き来するお人も一人や二人ではございませぬ。『ああた、さ、うちへお戻りんされて、うちへお這入りんされて、』と私は駆けり出て申しました。」

前の引用はあらゆる点で、ずっと幅広い筆致で描かれているのに対し、こちらはいかにも緊密で演劇的、つまりは歌舞伎的な姿に見えるようになっていることがわかるだろう。

前にもいったが、同じモチーフが再びとり上げられるだけという場合はよく出てくる。『おはん』（一九四七―四九）の中には、この小説（『或る一人の女の話』）の中の例の鏡を前にした決定的な場面のちょっとしたおさらい的な描写があるし、また、「此方に背を向けて立ちさってゆく男の後姿」というモチーフは、いろいろなテクストに出てくるが、これは『或る一人の女の話』の中で、譲二の父親の姿としてしっかり書きこまれているところである。

「読む」ということは純粋に「見る」だけというのとは違った意味をもつ。しかし、私たちがこの『或る一人の女の話』の最後の頁をめくり終え、立ちどまり、この本の中であとあとまで記憶に残るものは何だろうと考えてみる時、残るのは、やはり何よりも、あの宇野が特に注意深く、たえず書き変えながらも再三再四精密な筆を加えていった絵のような光景であろう。この光景は、そのつど、それぞれ違う目的に従って、ある時は引きしまったもの、ある時は余裕のあるものとしてかかれているのである。

こんな具合に、彼女はある部分は同じ、ある部分は似たような対象を扱って、いくつもの作品を並行して書いている点で、画家に似ているのである。『或る一人の女の話』と『私の文学的回想記』は、どちらも自伝的な作品といって差し支えなかろうが、この二つは同じ時期に成立した。両者の間には――一方は一九七一年一月から十二月、一方は一九七一年一月から五月――実際に共通する箇所はたくさんあるのだが、書き方はそれぞれ違う、たとえ一つ二つのパッセージに同じような転換点が織りこんであったにせよ。

宇野はものを書く時は手仕事的努力が大切だと真剣に考えている。彼女の見解によると、手仕事こそあらゆる芸術本来の出発点なのである。小説は誰だって書ける、毎日書く努力を怠りさえしなければ、と宇野は随筆『私の文章作法』の中で力をこめて説いている。この点では、彼女はかつて徳島県の小さな村である人形師を訪れた時の話にくりかえし戻ってくる。小説『人形師天狗屋久吉』の中で、宇野はこの人のすばらしい肖像画を描いているし、ほかの場所でも、彼についてこう書いている。

「十六の年から八十幾つまで、毎日こつこつと同じ仕事をした。その、のみを使うなどの道程で、お爺さんは、人形（ここでのそれはほとんど実物大の芝居用人形を作る話である――引用者）はどうして作るものかということを会得した。（…）毎日書くのだ。お爺さんのように毎日書くのである。書けるときに書き、書けないときは休むと言うのではない。書けないと思うときにも、机の前に座るのだ。」（『阿吽《あうん》の呼吸』）

このほか宇野は手仕事をするのに喜びを覚えている。彼女は高名な文学者であるばかりか、着物のディザイナーとしても有名である。彼女にとっては文筆業者としての仕事は、ディザイナーとしてのそれと同じ水準のものである。彼女には「どちらも、これまではこの世になかったものを、私の考えによって、始めてこの世に生まれ出た、この世に始めて創造された、新しいもの」なのである。こういって、彼女は、何事にあれ、ものを構築してゆくことへの自分の愛好を強調している。

五

宇野は『私の文学的回想記』をこう書き出している。

「これから書く回想記は、それほど正確なものではありません。いえ、正確に、などと考えると、まるで書けなくなりそうなので、読者は私の書く通りのことを、半ば信じ、半ば疑いながら、読んでいて貰いたいのです。しかし、そう言ったからと言って、最初から嘘を吐く積りで書くのではありません。出来るだけほんとうのことを書きたいのですが、遠い昔のことなど、憶えているのが不得手なので、自分が憶えているままをそのまま書く、そう言う書き方で始めますから、事実とは違っていても、それとして一種の脈絡はあると思います。」

この種の註釈から、折にふれてつぎのようなことがはっきりしてくる。宇野は、回想には客観的真実などないこと、それから回想された一生とはそれ自体の現実と真実を生みだしてゆくものなのだということ、それから、想い出とは何か壊れやすいものであり、用心深く扱わなければならないということを心得ているのである。だから、彼女の考えも想い出についてはは極力静かにふれるにとどめる。

文学は想い出を越えたものである。宇野は回想への欲求に独自の文体をもった文学を付与するのに成功した。かつては、モダン・ガールと呼ばれ、ボヘミアンライフを送っていた彼女も、今は九十七歳、高い勲章も授与され、その間に数多くの作家の育ってきた日本の女流文学の長老としての名誉ある地位をかちえている。

(1)『私の一生に書いた作品の中で』(一九七五年の『女の日記』に収録)の中で、宇野は同じ一九七五年に発表した物語『薄墨の桜』にふれて、こう書いているのである。

＊この文章は、『或る一人の女の話』のドイツ語版 "Die Geschichte einer gewissen Frau" の出版(インゼル書店、一九九四年)に当たって付されたあとがきの翻訳である。

(吉田秀和訳)

川端康成——「別の世界」…………『無言』『匂う娘』『夫のしない』

——Hに

いくら何でも、いまのドイツでは日本のノーベル賞作家川端康成（一八九九—一九七二）を無名作家扱いするわけにはいくまい。彼の長篇や短篇のドイツ語訳が次々と刊行されはじめてからすでに四十年になる。しかし、ドイツの読書界に受け入れられたといっても、結局のところ川端は、極めて繊細な美の作家として受け入れられてきたにとどまる。だから、私が会ったある（ドイツの）書店主は——文学のことに非常によく通じている人物だったが——長篇『雪国』の読後感想としては、ごく無邪気に、「川端ねえ——まあ日本風の紳士《ジェントルマン》じゃないですか」と言っただけだった。

この種の誤解の全貌がはっきりしてくるのは、晩年の作品、川端が第二次世界大戦後にかなりの数書いた重要な短篇群においてであるが、それらは、ドイツではほとんど一つも知られていない。もちろん、一九五〇年代に書かれたこれらの作品が等閑に付されてきたについては、それなりの理由があったと思う。第一、ドイツの読者にとって、これら晩年の作品は、それまでのすべての作品に比べて、感情移入をする余地のもっとも少ないものではないだろうか？　愛と死というテーマは——それが川端の全作品の創作のバネを成しているとはいえ——これら晩年の作品のなかでは、もはやただ無気味だというだけのものになりさがっており、それが邪魔になって、ドイツの読者は差し当たっては苛々《いらいら》させられてしまうのではないだろうか？

ここに選んだ、一九五三年、一九五八年および一九六〇年の三つの短篇の場合も、作者は、ほとんど読者の心を締めあげんばかりの執拗さで、深淵と呼ばれても仕方がないほど無気味なものを、日常生活のど真ん中に現れるものとして描き出す。

しかも、まさに川端に特徴的なのは、審美的な観点に立つロマンチックな意図から——明らかに川端は、そんな意図など、とっくに卒業している——たまたま闇に隠れている神秘めいた話を物語るというのではなく（そんなことは、川端が用いている簡潔な文体からしてもできるものではないのだが）、登場人物が読者を感動させずにはおかないようなのびやかな状態にいる瞬間にも、そういう気配をくりかえしちらつかせる点にである。たとえば『匂う娘』で、特殊な体臭を持った少女あみ子が、「生命にあふれていた」場面や、そのあみ子が、ボーイフレンドが逢いびきに遅れて来る時にはいつも身を隠すことにしていた楓の木の場面などでは、非常に明朗な、意外に活発で、いきいきした、すばらしい春の気分が醸し出される。そこには、「通る人の雨傘はのびて来ている枝の葉にふれるだろうし、葉にたまった夜露は通る人に落ちるだろう」とある。(ここでは、まさに俳句的と言っていいものが読者の眼に飛び込んでくる!)

また、短篇『夫のしない』で桐子に、その年下の恋人順二に向かって次のような優しい言葉をかけさせる時——「あなた長いのね。ちょっと足をそろえてみて……」そして続けて、「……自分の踵で順二の踵をさぐりあてると、順二の胸に顔を押しつけた。『ここまでしかないわ』それを味わうようにじっとしていた」とか、

または、順二の顔を描いていると、桐子は「その顔がますます美しくなるように」と描写されているとか。

これは、幸福の瞬間を描いたものだろうか? そうかもしれない。でも、これは、何よりもまず、美的な気分を出す手段なのだ。

だからこそ読者は、これほどはっきりした現実の平面が、とつぜんいわば自分の足許でばらばらに砕け始めるような場面をぶつけられると、そのたびにどうしても、ますます困惑してしまうことにならざるを得ない。たとえば、あみ子がボーイフレンドに次のように言う場面もそうである。「光村さんがわたしをはじめて抱いて下さった時に、ふっと、わたしの母もいっしょに抱かれたような気がしたんですよ」

読者は、これをどう解釈すればいいのだろうか? まして、このすぐあとに、その母親なるもの

はすでに死んでしまっていると聞かされるとなるとなおさら困ってしまう。いったい全体、そもそもこれはどういう意味なのか？

同様のことは、『夫のしない』の桐子の態度にも見られる。これは確かに、まえの例に劣らず異常なものであって、夫を持つ身でありながら、桐子は――いわばすでに死んでいる自分の娘の代理として――身を投げ出す。と同時に、彼女はそれを自分自身のこととしても受け入れるのである。

川端の作品では、母親との濃密な関係が鍵の役割を担っていることが少なくない。それと同時に、すでにもっと初期の作品の中でも、登場人物が、まるで二人の人物に分割されているとか、ないしは、再生という形で一人が実は二人だということが暗示されていることがあるのも忘れてはならない。

しかし、晩年の作品では、ある決定的な点で、事情がぐんと違ってくる。すなわち、そこでは、生きている人物が、まるで共生関係にあるかのように、すでに死んでしまっている人物と結び付いたり、または『無言』でのように、死にかかっている人間と結び付いたりするのである。この後の場合には、その上、まだ生きている人物に何かしら幽霊めいたものが付け加えられる。

ここに収めた三つの作品はいずれもごく短いものであるが、そのこと自体は、あの有名な「掌《てのひら》の小説」のことを持ち出すまでもなく、川端作品としては、必ずしも意外とするには当たらない。これらの作品中の出来事は、ごく短時間の、一齣に焦点を絞った写真のようなものだから、物語それ自体はごく簡潔なものになっている。ところが川端は、その物語空間を、ほとんどそもそもの冒頭から、常に、その物語空間とは異なったさまざまな拡がりをもったものに拡大しようとする。物語られる現在は、いつも始めから、記憶とか夢とかが語られる部分と溶け合っているので、語られる事実の信憑性は揺らぎ、不確かなものと一体になってしまう。

これら晩年の三つの短篇では、問題はもはや、「夢の深層に向けられた世界」、すなわち、人間の潜在意識の深部から浮かびあがってくる「現実世界の背後にある」世界を描き出すことではなく——私がこういうのも、そういった純主観的な世界は（川端にとって）遙かに興味に乏しいものになっているように思えるからだが——むしろ、われわれの日常の現実世界の中にまで射し込んでくる「ほかの世界」（川端の表現に従えば「別の世界」）こそ事実であり具体性を持つものであるということを容赦なく指摘することにあるのは明々白々だからである。

したがって、以前の作品のある種のものについては、シュールレアリスムの手法で書かれているという指摘もある程度までは容認できた。——というのも、それらの作品では、象徴化された対象を扱ったり、登場人物たちは社会から完全に断絶した存在として描かれていたからだ。これに反し、後期の作品については、シュールレアリスムという概念は、ほとんど、ないしはもはや、当てはまらない。そこでは、いまだに主観的な視点が支配的ではあるものの、主観的体験世界が、だんだんと、客観的に体験された世界、あの「ほかの世界」に攻め込まれている世界へと転化させられてきているのである。これら後期の作品にあっては、人生を眺める別の視座《カテゴリー》がすでにはっきり示されているのである。

日本人読者にとっては、こうした視座もまるっきり目新しいものではないかもしれない。なぜなら、事あるごとに、かつて親しかった人々の墓に詣で、故人にそれを報告するのは、こんにちなお多くの日本人にとって普通のことであり、当然のことなのだから。これは、たとえば、ちょっとした旅行の前後だとか、結婚を控えた時期だとか、受験や就職のまえなどについても当てはまる。

しかし、川端の場合、そこに決定的な相違、おそらくは根本的な相違のあることは見逃せない。というのも、死者との交感に当たっても、川端の場合では、あくまで厳として存在する此岸と彼岸の間の境界は残したまま、いわばそれをとびこえて行われるのである。

この川端の考えが一番はっきり表現されているのは『無言』においてである。この短篇の冒頭と末尾では——最初は単なる噂として、のちにはどうやら本当らしい話として——幽霊が出るという話が、いわば支柱として枠組になっているが、その枠の中では、意味と無意味、生《せい》、愛と死、現実世界と非現実世界、同一性と非同一性、地上的なものと非地上的なものが、境界なしに並存しており、場合によっては、互いに溶け合ってさえいる。登場人物たちは、この枝分れした二つの世界——もっとはっきり言えば、この世とあの世——を幽霊よろしく動き廻っており、眼と耳とは、すでに幽界のものを眼にしたり耳にしているように感じられる。現実の日常世界は、ぼろぼろになり、粉々になり、崩壊しかかっている。その危うさがいまや白日のもとに曝された日常世界は、人間相互の関係の内奥にまで影響してこれを制約し、場合によってはこれを圧殺しようとまでする。こうなれば、川端の冷酷な皮肉や時として見せるユーモアも、読者の眼には、何倍かの鋭さで突き刺《さき》ってくるのである。

にもかかわらず、これら三つの短篇のどれをとっても、そこに描かれている女性像は、川端にしては異例と言えるほど鮮明な輪郭を帯びている。あみ子にせよ、桐子にしろ、あるいは富子にせよ、これらの三女性は、三人すべてそれぞれの流儀において強い女性であって、断乎たるところを持っている。作者の意図は、この三人がそれぞれの仕方で、読者に（最終的な）支えを与える女性であることをそうっと示すことにあったのだろうか？　あるいはそうかもしれない。

川端は、第二次世界大戦後、日本で、はたまた世界で起こったさまざまの変革を、多くの人々よりは厳しく受け止めた。その結果、川端は書かざるを得ないことしか書けなくなった。われわれ人間の世界を襲っている数々の危険を描くには、さまざまの方法が考えられる。そのなかにあって川端は、危殆に瀕している人間の内面世界と、それに劣らず危険に曝されている外的世界と、この両者の絡みを描いただけではなく、それに加えて、われわれ生きている者にとってふつうはそもそも死後になってはじめて経験できるあの「ほかの世界」への扉を開いたのだ。川端が持つ不気味さの正体は、あの不確かなもの、彼岸にあるものへのこの破天荒な眼差しにある。

したがって——ここが大事なところなのだが——川端の晩年の作品には、冷静かつ醒めた描写が目立ち、センチメンタルなところは微塵もなくなった。

この三短篇においては、川端特有の、言葉を惜しみ、省略話法を多用した非常に簡潔な日本語は、あらゆる形容を超越している。と同時に、一見したところ日常の日本語としか見えぬ川端の日本語は、われわれ読者を彼の幻像《げんぞう》の世界に引きずりこまずにはおかない。

それがどれほどさまざまな困難を伴うものかを身に沁みて感じさせられているのは、誰よりもまず、あえて川端の文学を翻訳しようなどという気を起こした翻訳者たちである。

川端の文学は、われわれドイツ人には異様な感じを与えるものであるかもしれない。しかし、いったん読者になった人は、もはやその呪縛から脱れることはないであろう。

＊この文章は、川端康成の三つの短篇の翻訳を収録した小冊子"Drei Erzählungen, Sprachlos—Ein Mädchen mit Duft—was ihr Mann nie tat"（ユディツィウム、二〇〇一年）に付された「あとがき」の翻訳である。

（濱川祥枝訳）

三島由紀夫——芸術の濫用……………………『愛の渇き』

三島由紀夫は、日本でもっとも有名な作家の一人である。したがって、ここでは、彼の人となりについていろいろ語ることはしなくてもいいだろう。何しろ、彼の作品を論ずるドイツ人のあいだでは、三島の倒錯的な、彼らにとっては多分にエキゾティックな生涯に、必要以上に眼を向けることが久しく習慣になっているのだから。したがって、本稿では、彼の小説『愛の渇き』についてのみ語るつもりだ。これは、三島の初期の作品で、したがって、出版の時期は半世紀もまえに遡る。

本のなかには、一つの像、一つの場面、ないしは一つの劇的瞬間のために書かれたような印象を与えるものがある。『愛の渇き』は、明らかにそのような作品である。それというのも、美、頽廃、愛、死および暴力を中心テーマに据えたこの物語は、田舎のある神社での祭りをめぐる熱狂的な騒ぎでその頂点に達するからだが、作者はそれをちょうど作品の真ん中にくるように設定したのである。事実、この作品の題となった『愛の渇き』が読者に約束している情熱は、この場面ではじめて――そして、言うまでもなくこの場面でのみ――いきいきと語られ、読者に感得されるようになっている。ここでは、読者の眼は、場面の画像の周波数《ビルト・フレクヴェンツ》に完全に呪縛されてしまう。

「人々の頭上を、突然金いろの歯をむきだして、獅子頭が波立ちながら別の鳥居のほうへ移って行った。忽ち混乱が起り、人波は左右へ分けられる。悦子の目の前を、眩ゆいものが一団になってよぎった。それは焔に映えた半裸の若い衆たちの一団である。……その栗いろの半裸は忽ちぶつかり合い、堅い肉と肉とがぶつかる暗澹とした響きや、汗に濡れた皮膚と皮膚とが貼りついて離れる明るいきしめきが……」

ここで私はレーニ・リーフェンシュタールを思い出す。それは、この記述の映画的な演出法のためばかりではなく、もっと本質的に言って、原本で五ページを超えて繰り展《ひろ》げられて、この場面の特色となっている、若者の裸の肉体の意図的な讃美のためである（ついでに言っておくが、若者の裸体の讃美ということこそ、この作品の際《きわ》立った特色に他ならない）。

この作品の問題性はまさにこの点にあるのではなかろうか？　つまり、現実をこのように特殊な方法で美化すること、言わばイデオロギー的な遺伝子《ゲーン》を植え込まれた美化という点こそ、問題なのではないのか？

いずれにせよ私は、スーザン・ソンタグがレーニ・リーフェンシュタールを弁護して、「内容は……純形式的な役割を果しているだけであり、だからといって「この作品が極めて高い評価を受けるべきだという事実に変わりはない」という主張には賛成できない。なぜなら、リーフェンシュタールの場合にせよ、三島の場合にせよ、ここでは、芸術に何かしら嘘っぽいものが入り込んでいるし、そういうことは一種の芸術の濫用であると言うべきだろうと考えるからである。上に挙げた部分のある別の箇所で三島は、いささか露悪的に「精神的な多忙、実はこれは病人の領分なのだ」と言っているが、こういう言い方を読むと、ナチスの宣伝技術をまだよく覚えている人間なら、どうしても両者の類似を感ぜずにはいられなくなるに違いない。三島にも、時々この種の「芸」にいつもつきまとう如何物《いかもの》風なところさえ、見られるのである。

ところで、三島は、さきに引用したものとは逆に、この彼の小説を、ごく散文的な調子で始めている。「悦子はその日、阪急百貨店で半毛の靴下を二足買った。紺のを一足。茶いろを一足。質素な無地の靴下である。」これがその始めの文章で、こういう風に始まり、時間的には一カ月の経過を持つこの物語は、徹頭徹尾現実に根ざしている。物語の筋から言えば、この小説はむしろ、第二次世界大戦後の西欧風物語文学と言うよりは、むしろ、三島以前の西欧風物語文学に近い。

主人公である悦子という名の若い女性は、京都の上流階級の出身で、さんざん嫉妬に悩まされた何年かの結婚生活の後、未亡人となり、現在では、舅の家で、弥吉という名の義兄、および義姉妹たちと、大阪近辺の田舎っぽいさる近郊で、退屈で味気ない日々を送っている。彼女は、自惚れが強くて百姓根性の抜けない、醜く老いつつあるこの家長と悦びもなく寝室を共にし、三郎という若い庭師の少年への愛に胸を焦す。そして悲劇は、この三郎が、彼女の熱愛を理解もしなければそれに応えもしないために起こる。すなわち、悦子は三郎を殺害し、舅弥吉と力を合わせてその死体を埋める。

むろん、この小説を理解するためには、三島がこの小説を明らかに日本の私小説への野心的な対案として構想した点をも知っておく必要がある。そのため、登場人物たちは、もっぱら作者が物語る上で都合のよいように導入されており、その上、読者がはじめから馴染みやすいよう幾分戯画的に描かれている。ただ悦子だけがはっきりと性格づけられている。しかし、反面、それが際立ちすぎているために、ほかの登場人物たちがすべて日常生活の範疇でしか動いていないだけに、悦子の性格のみ浮き上がって、読者を納得させる力を失ってしまっている。ただし、読者が悦子の中に、はじめから首尾一貫していわば一種「古代的な死という形での破局《カタストローフ》」を目指す、自分の運命に魅せられた人物だけを見ようとするならば別であるが。この小説の最終場面およびこの小説の末尾の言葉「……しかし、何事もない」（でも、一切は無であった）はこの「古代的な死」と関連づけて考えようとすれば、できなくもないかもしれない。

悦子は、情熱的な愛に惹かれていたとは言い難く、作者の言うところによれば、彼女の中に潜んでいるのはむしろ、「腐肉への狂暴的な憧れ、野性的な所有欲、目標も目的もまったく関知しない所有欲である。彼女は、こうした裸体の男性的な若々しい力や美しさに、いかなる魅力も感じていない。彼女には、太陽に、自然に語りかけていた、いや、文字どおり歌っているように思われたし、また、作業をしている時、彼の肢体のすべての動きが、いわば本当の生命の雄弁に溢れている」ないしは、「この日に焦《や》けた成熟した腕には、自らその成熟に羞恥を感じてでもいるように、金いろの生毛《うぶげ》が密生していた」

いずれにせよ、読者は――意識的に――ほとんどいつも距離外に置かれている。それは、一つには、常に同時進行的な――そして時おり作者三島のそれと絡み合っている――女主人公悦子のさまざまな省察のせいであり、いま一つは、頻繁に出てくる比喩や直喩のせいである。注目すべきことには、それらの比喩や直喩が、それまでの記述の内容を強化するのではなく、わざとらしく、また技巧をこらしているために、それまで述べられてきたことが、どこか別のところ、それどころか、全く別のところへ、置き去りにされてしまうのである。

＊この文章は、ＯＡＧの機関誌『鑑』（二〇〇一年二月）に掲載された書評（三島由紀夫『愛の渇き』）の翻訳である。

（濱川祥枝訳）

II　日本文学のとらえた光と影

「エッセー」と「随筆」──筆にしたがって

私たちが体験して驚くのは、ヨーロッパの文芸文化と日本のそれとは、文学研究の立場からすれば非常な違いが見られるのに、読者個人が作品と邂逅する段になると、その差異が薄ぼやけてしまう、いやそれどころか、場合によっては、それが消えてしまうようにも思われることである。さっそく、われわれのテーマに関連して一つの例を挙げてみよう。フローベールは彼の女友達だったルイーズ・コレあての書簡で次のように書いている。「もう一度モンテーニュを読むつもりです……これは夜寝るまえの会話としてはすばらしいものです」[1]。季刊雑誌『文学』が一九九二年に現代日本の「随筆」について行なったアンケートに寄せられた日本の回答者の回答にも、まったく同じ具合のものがあった。「仕事に疲れた時とか、就寝まえによく『随筆』を読みます」とか、あるいは、「たいてい私は『ふとんの中で』（つまり『ベッドの中で』）読みます」など[2]。このように、エッセーと随筆

とは、お互い、さまざまな相違にもかかわらず――少なくともそれぞれがそれぞれの文学の中で演じている役割という点では――近しい関係にある。

とはいえ「随筆」は、モンテーニュに始まるヨーロッパのエッセーとは全く異なるものである。宮廷文化に由来するということからしてすでに、「随筆」では、エッセーとは異なる諸要素――ことに美的諸要素――が決定的役割を演じていたのである。

官女だった清少納言は紀元一〇〇〇年ごろ『枕草子』を著し、いわばこの本によって、彼女自身および彼女が生きている時代にもまだ知られていなかった「随筆」という新しい文学ジャンルを創出した。けれども、この著作の表題に用いられている「草《そう》」ないし「草《くさ》」という字は、それが「草の葉っぱ」等々の意味を持っていることからしてすでに、特殊な文芸形態を示唆している。つまりこれは、ありとあらゆる種類の思い付きやメモを順不同にいくつかのノートに書きとめたものである。

じじつ『枕草子』は、その根底にちゃんとした基本構想があるとか、ある目標に向かっていて、手探りと探索をしながらその目標に近づいてゆくという種類のテキストではなく、十分な計画なしに書き下《おろ》された、さまざまの対象を扱った、ほとんどがごく短いテキストの寄せ集めである。私たちはこの著作の元の構成なるものは識《し》らないのである――たとえ、いつの日かそれが確定されることがあり得るとしても。

清少納言は、若いころ、（現在では「京都」と呼ばれている）平安京の宮廷に暮していた。彼女は、彼女と同じく非常に若い天皇の夫人（中宮）付きになり、宮廷の作法が要求するさまざまの仕事、ことには、彼女の話し相手として仕えた。そして、女官として見聞きしたことどもをメモしたのである。かくて、彼女の書いたものは、一種独特の形でドキュメントとしての価値を持つに至った。何故なら、いつも必ずしも好意的とばかり言えなかった彼女の機智あふれる記述を通じて、われわれは、当時の宮廷内部の様子をまざまざと思い描くことができるからである。ところで、彼女の書いたものには、ふつうの日記体とのあいだにある種の類似が認められるので、近ごろでは、この『枕草子』は、時として「日記」の一種に分類されるようにもなった。しかし、清少納言独自の表現スタイルと、同時代の（あるいはもっと後代の）日記文学との間には無視できない相違がある。それに、清少納言のこの著作が後世に及ぼした影響のことを思うと、この作品が核となって、新しい一つの文学ジャンルが生まれたのではなかろうか？　と考えられる。むろんわれわれは、この作品の文学的源流については、ほとんど識《し》るところがない。これに続くさまざまの歌集の先駆けになった状況やチャンスを描いている、いろいろな歌集の「仮名序」を文学上の先例として指摘する声もあれば、あるいは、中国文献との関係を云々する者もあったが、誰もが納得できる結論には到達していない。また、すでにゆうに百年以上前、偉大な詩人でありかつ政治家でもあった菅原道真が色々な細々とした体験を書き残しているが、これらの記録は、ひょっとすると、この種のジャンルの先駆けと呼ばれ得るものかもしれない。

清少納言が、自作の和歌をほとんど一つもこの文集に採用しなかったことは、当時はそれが普通だっただけに、たしかに不審を誘うかもしれない。ひょっとして彼女は、(何かの狙いがあって)わざと散文で——詩的な散文で——書いたのだろうか? 清少納言も和歌を詠んだことは、それが宮廷的教育の命ずるところだっただけに、当然のことだった。彼女は当時伝わっていたいくつかの大部の和歌のアンソロジーを自在に口にのぼせることが出来たし、そのころの貴族の女流作家たちがみなそうであったように、中国文学の素養も備えていた。けれども、彼女にとって教養が邪魔になったことは絶えてなく、むしろ逆に、彼女の場合の教養は、彼女が自分の口にのぼせ得た事柄が、まるで彼女がそれを筆にしたその瞬間に体験したものであるかのような印象を与えるまでになっていた。彼女の散文は——当時のふつうの文学とは異なって——ステレオタイプの動機やあらかじめ型がきめられている言語規範というよりは、作者の現実の体験に根ざしており、その体験を表すため作者は、その体験にふさわしい、常に新鮮な印象を与えるような言い廻しを見付けてくるのだ。彼女は、散文歌人であり、その全作品に彼女の散文が持つ、他に比類のない詩的魅力を行きわたらせている。そのさい、彼女は、物語ろうとするのか、描写しようとするのか、それとも反省を試みるのかによって、自分の文章を変えるすべを心得ており、あるいはまた、次のメモに見られるように、自分が体験したものを経験へと移行し、ほとんどアフォリズムと言える簡潔な文章形式へと昇華させている。

「ただ過ぎに過ぐるもの　帆かけたる舟。人の齢。春、夏、秋、冬。(3)」

この場合、正確に描出された現実の生《せい》の真実は、極度に簡略化され、形象に高み、しかも形象としての力を備えた、音の響きと色彩とに溢れ、ダイナミックなリズムに満たされた言語に結晶している。ここに顕われた作者の言葉は、今日なお、いや、永遠に不滅である。

ここに見られる清少納言によるスケッチの一つ一つは、その文体がすべて一見即興風であり勝手気儘なものに見えようとも、じつは非常な緊張を孕んでいる。すなわち、美意識に溢れる環境のなかで極度に研ぎすまされた作者の眼は、観察し、見抜くとともに、はっと思わせ、と同時に読者を疑問の余地なく納得させるような類比を考えつく。たとえば、「蝉の羽よりもかるげなる直衣《なほし》・指貫《さしぬき》、生絹《すずし》のひとへなどきたるも、狩衣《かりぎぬ》のすがたなるも、さやうにてわかうほそやかなる三四人ばかり(4)」というのがそれであり、「ただあかき紙を、おしなべてうちつかひもたまへるは、撫子《なでしこ》のいみじう咲きたるにぞいとよく似たる(5)」などがそうである。

いまここで直ちにつけ加えて置かなければならないのは、これまでに指摘してきたこれらさまざまの特色は、現代の「随筆」にも当てはまるということである。本当の「随筆」であれば、そこには常に自分で体験したものによる自己形成、つまりは信憑性――ドキュメントとしての価値――が潜んでいる。それに、現代に至るまでの随筆の特色とも言うべきものの一つに、個々の章が独立していて、どちらかと言えば、ゆるやかな構成になっていることがかえって全体としての集中度を高めている事実があるが、それに劣らず随筆に絶対に欠けてはならないものに、文体の美しさがある。
ところで、これまでのところまだ強調してこなかったが、作者が顔を出す度合いは、「随筆」では和歌や創作散文の場合よりははっきりしているけれども、日記ほど強くはない、と思われているが、実はそうではない。たしかに清少納言は、いわば宮廷社会を背景とした形でではあるが、自分で自分を紹介している。われわれはとかく、彼女の記述のうちの実にさまざまのものを、宮廷で実際に演じられた競技競演の所産と思いがちになる。たとえば、彼女が好きだったりあるいは嫌いだったり、または、彼女が美しいと思ったりあるいは醜いと思ったものなどなどについて彼女が挙げている、気まぐれで、愉快なリストなどがそれであって、彼女は、その機智縦横、かつ打てば響くような当意即妙ぶりで有名だった、いや、悪評嘖々だった。そして彼女は、すべての同輩との競争において、しばしば赫々たる成果を挙げたことであろう。いずれにせよ彼女は、他の同輩を押し除けることに成功した時には、そのことを喜々として書き残している。

今日に至るまで、「随筆」の筆者は、いわば自己を物語っている。作者は読者に、自分の書いたものがいかなる動機によって綴られるようになったか、自分の心の中を覗かせる。読者や「随筆」の愛好家たちはそのことをありがたく思うし、時にはそれこそが彼らの望んでいることですらある。

こうして、彼ら読者たちは、いわば作者との擬似対話を楽しむことになるのだから。

この種の対話に向いているのが、十四世紀初頭に出た『徒然草』である。この著作が日本で今日に至るまで特に愛好されているのは、もしかすると、この表題のせいかもしれない。著者は、もと宮廷歌人で、のち僧侶となった、吉田兼好という人である。この本は、『枕草子』の系統に列なるもので、兼好は清少納言の著作を識り、讃嘆し、かつ引用もしている。彼はまた、言うまでもなく大変な読書人だったから、むろん『源氏物語』も読んでいたし、そのためにいわばささやかだが情緒豊かな装飾を描きもした。同じく彼は、中国文学を、まるで自分の文章であるかのように引用しているが、この場合、中国文学は、彼自身の教養財産といわば完全に一体化している。むろん彼にとって、清少納言の時代は、記憶の彼方に存在するものでしかあり得なかった。それはすでに過去の時代に属し、しかも、止み難い憧憬の対象だった。こんな早いころから、兼好にとっての問題は、古いものを再現することであり、過去の時代のさまざまな瞬間を、今に向け、また将来に向けて、伝承していくことだった。だから彼は、いまではもう昔ほど周知のものでも生命あるものでもなくなってしまった昔の行儀作法や習慣に説明を加える。かつてあったものをいきいきと描き出し、同時に、それらを後世のためにしっかりと繋ぎとめようとする。それというのも、自分が生きている政治的混乱を極めた数十年間をば文化の下降と堕落の時代と見なしていたからである。このようにして彼は、「随筆」という文芸分野に——伝統というものへの郷愁をまじえた偏愛という——新しい要素《モメント》を永遠に付加したのである。

ところで兼好は、宮廷生活からは引退していたものの、世を捨てたわけではなかった。いまや彼は、逸話、人生観察、思い付き、人生智および回想などを書き留め始め、それは時としてほんの数行のもののこともあれば、場合によっては一、二ページにわたることもあった。こうしているうちに、それは全部で二四三段にまで膨れあがったのである。その二四三段も、たぶんちゃんとした順序は一度もあったことはなく、纏《まとま》りのないメモにすぎず（題名にある「草《くさ》」とは、文字どおりには「草」ないしは「葉」の複数形である）、何百年も経ってから、他人の手によって一定の順序で並べられたのだった。

誰であれ、『徒然草』を一度でも読んだことのある人なら、兼好は今日でも教材として使われているテキストの冒頭の句によって忘れ難いものとして眼前に浮かぶはずである。

「つれ〴〵なるまゝに、日暮《く》らし、硯にむかひて、心にうつりゆくよしなし事を、そこはかとなく書（き）つくれば、あやしうこそものぐるほしけれ。(6)」

この風変わりな文章は、この中世の歌人が自分の状態を描写し、われわれに考えさせるものをもっているが、そこにはもうわれわれが「近代的《モダン》」と呼ばざるを得ないもろもろのことどもが言及されているように思われる。

兼好のさまざまな考え方については、そのあいだの矛盾を指摘する声が何度も出ていた。しかし、そうした矛盾は、私見によれば、矛盾といわんよりは、むしろその時々の機会に応じて新たな陰影を得たり計算されたりしたもののように思われる。兼好の文章で本質的なのは、まさにこの経過という要素であって、これこそ――西欧の随筆《エッセイ》の影響もあって――現代の「随筆」がふたたび強調するようになってきたものである。兼好が述べている数々の人生の智慧には――そういうものはとかく実用的なものに堕してはいるが――最終的な結論めいたものは何ひとつついていない。それでいて、ここには、いつの世にも通用するものがある。ところで、今日私たちは好んで『徒然草』をモンテーニュのエッセーと比較し、両者を並べて見る。しかしそのさい忘れてならないのは、モンテーニュにとっては、兼好が持っていたような宗教的、美的背景は無縁だったろうということである。たとえば兼好は次のように述べている。

「また、鏡には色・形なき故に、萬《よろづ》のかげ来りてうつる。鏡に色・形あらましかば、うつらざらまし。

虚空よく物を容《い》る。我等がこゝろに念々のほしきまゝに来りうかぶも、心といふもののなきにやあらん。心にぬしあらましかば、胸のうちに、若干《そこばく》のことは入(り)きたらざらまし。(7)」

要するに兼好は、分析することよりは思索することを好み、探索することよりは経験することのほうを重んずる。彼は、さまざまな印象を受け取りそれらについて反省はするのだが、それを書き残したり、そこからさまざまの行動原理を立てたりすることはしないのである。

『枕草子』がすでにそうであったように、このほんの薄い著作（『徒然草』）においても、あらゆる感情、あらゆる思考、あらゆる喜び、あらゆる憂愁、いや、総じて行動規範《モラル》を扱う時でさえ、美というものが最高の価値基準になっている。とはいえ、清少納言が美と呼ぶものは、いわばもっとも繊細なもの、最善のもの、完全なもの、もっとも美しいものであるのに対し、兼好は、不完全なものの中にも美を認めて、次のように記録するのである。――

「花はさかりに、月はくまなきをのみ見るものかは。雨にむかひて月をこひ、たれこめて春の行《（ゆくへ）》知らぬも、なほ哀《（あはれ）》に情《（なさけ）》ふかし。[8]」

桜の開花期が短いことは彼にとって、万物の儚《はかな》さの象徴である反面、人生のすばらしさを高めてくれるものでもあった。その場合「随筆」は――時空を超えた――極めて深い感覚経験および人生経験の仲立ちをしてくれるものとなる。と同時に、随筆は、兼好の体験をあらゆる時代の読者の体験に変えてくれる。そのダイナミズムと簡潔さにおいて清少納言の文章に劣るとは言え、彼の文章にはリズムがあり、アクセントがある。それは、静かで斑《むら》のない拍子《タクト》で流れていくが、それでいて、決して単調に堕することはなく、その旋律《メロディー》は変化に満ち溢れている。

『徒然草』がごく最近まで「随筆」文学の精髄と見なされているのは不思議とするに当たらない。学校を出たほどの日本人なら誰でもこの作品を知っている。江戸時代（一六〇〇―一八六八）、この作品の影響力は圧倒的だった。あらゆるクラスの授業でこの作品は、二百年にわたって、どう過大評価しようと評価しすぎることがないほどの役割を演じてきた。一六〇〇年いらい、印刷技術は発達し、出版書肆は繁昌し、各種学校の数も徐々に増えた。ついには、学識ということは、もはや上流「侍《さむらい》」階級の特権ではなくなり、読書人口も飛躍的に増加した。それにつれて、形の上でもまた内容の上でも「随筆」は拡大の一途を辿り、その結果、当代の文学の主流の一つにまでなったのである。

その間《かん》に、「随筆」という表現は日本語の中に滲透していった。この単語は「随筆」と名乗った十五世紀後半および十六世紀初頭の中国書籍の日本語注釈本の中にも、見出すことが出来る。そのころはこの単語は——それがこの単語のもともとの意味だったのだろうか?——まだその「よく使い慣らした使い易い筆——つまり流れるような筆で書かれた」——という意味を持っていた。道具が良ければ作業が楽しくなるくらいのことは誰でも知っているから——いい「随筆」にあっては、この楽しさが読者にも伝わるはずだった。兼好の言葉に、「筆を執《と》れば物書かれ」[9]とある。この文学形式は、おそらくすでに中国において生まれたと思われるのだが、今日では、もっぱら文字通りの意味、つまり、筆の流れに委せて書いたもの、その時々のさまざまな思い付き、ただ何とはない気分のままに書き留めたものを意味するようになった。そうなれば、黙っていても、いろいろな種類の文章のばらばらに混じったものが出来あがると期待できるのだろう。

「随筆」の形式はこのように無原則なものであるから、それは、雑多な形態をとることができ、また、さまざまな主題を扱うことが出来た。それに、江戸期になると、早くも、たとえば「雑記」(雑録)「漫録」(気楽に書き流したもの)、「漫筆」(筆から流れ出たもの)、「諢語《こんご》」(おどけた冗談)、それから「折々草」(折に触れて書いたもの)などといった呼び方が生まれてきた。

当時この文学ジャンルがいかに人気があったかを想像させるものとして、最近復刊された江戸時代「随筆」集成という出版物があって、そこには、大冊八十一巻に約三百の作品が納められている。しかし、それとてもこの時期の「随筆」作品を全部採録するどころか、わずかに有名なものだけを収録したにすぎない。特に強調されなければならないのは、それら随筆の筆者には、文人たちに留まらず、画家、政治家、それに、日本語および漢文による多数の学者が含まれていることである。これらの「随筆」においては、当時の一般常識的なことを扱うことも許されていたから、これらの随筆は、あの時代の学識の発表の場であり、いわば、「当時の日本の百科全書《エンサイクロペディ》」とも言えるものだった。しかしこの新しい形式においても、「随筆」は発生当初からの特色を持ち続けた。十八世紀日本が生んだすぐれた学者本居宣長(一七三〇―一八〇一)の『玉勝間』(一七九三―一八一二)は、内容のもつ学問的功績の点で傑出しているだけでなく、そこに含まれた長短一〇〇一篇におよぶ論文には、筆者の人柄がはっきり滲んでおり、その散文は群を抜く出来だと言われている。

上記十九世紀初頭には『一話一言』という文集が——その高級な文化的内容と文明批評的な視線とによって——読書界の人気を博した。この文集は大田南畝(一七四九―一八二三)が四十年以上監修していたもので、自作の他、同世代人士の文章をも取り上げていた。南畝はまた読書界に、これまでとは全く別種の「随筆」をも紹介した。すなわち、尾張出身の狂歌師兼画家兼音楽師兼高級官僚だった横井也有《やゆう》（一七〇二—一七八三）の『鶉衣《うずらごろも》』である。南畝はこの本を、也有の死後、一七八七年から一八二三年にかけて出版したが、この也有《やゆう》の「随筆」は物語性と遊戯性に富み、教育的なところは少なく、むしろ都会風の娯楽性が強かった。也有の扱った題目は森羅万象にまたがっており、年を取ったことの嘆きであれ、団扇《うちわ》、煙草ないし煙草に付属するあらゆる品々への讃美であれ、はたまた猫の自画像をわれわれに紹介しようと、朝寝を論じようと、あるいは旅の報告であろうと、どれもこれも読者のごく身近の話になる。個々の文章がいわば鎖でつながっているのと同様に、著者の着想も同じことで、こうした鎖がみな一つに繋がってくるのである。事実、出だしの文章からして、『源氏物語』のあの有名な冒頭の文句のもじりにほかならない。もちろん、こうした也有の文章についていってその真髄を味わうためには、教養が必須である。教養ある読者にしてはじめて、也有の描写の複雑さを味わってしかもその細部に溺れこまずにいることが許される。言うなれば、こうした簡潔な叙述の背後には、「俳句」による修練が控えているのである。也有は確かにテンプス・モデラート（中庸の速度）を保持してはいるが、比較の対象になり得る同時代の英国のエッセイストたちの文章に比べると、その軽やかさと円転滑脱の趣きによってわれわれを驚かせる。たとえば、レイ・ハント、ウィリアム・ハズリット、あるいはさらにチャールズ・ラムのことを想起するがよい。也有に比べれば、彼らのエッセーの流れは、すべて、アダージオと言えるのではあるまいか。

一、二世代まえまで、『鶉衣』は、気が利いた、華麗な「俳文スタイルの文章」（俳文＝散文と「俳句」の諸要素の混合体）の代表としてよく読まれており、学校教育のカリキュラムにもちゃんと入れられていた。しかし、これは江戸時代の「随筆」一般について言えることであるが、今は『鶉衣』に用いられている言葉が、今日の若い世代の人々には難しすぎるようになってしまった。そもそも、江戸期に続く明治時代（一八六八―一九一二）に入って、まず随筆というこの文学形式そのものが人気を失ったのだが、それは、西欧の影響下で一般化した価値の転換によるもので、それが文学にも及んだのである。教養階級の人々は、純粋な娯楽文学は儒教的倫理《エトス》とは合わないと考えたし、筆者なり読者なりとして「随筆」文化を支えてきた人たちは、十九世紀半ばの開国いらい、いまやその関心を随筆から物語文学に向けるようになったのだった。というのも、いまはこの物語文学こそ時代のさまざまな問題に適合した表現手段として高い評価を得るようになったからである。けれども、「随筆」は、歴史の経過のうちに、日本の人たちにとってなくてはならぬものになってしまっていたらしい。日本の読者たちは、喜んで西欧のエッセー文学の刺戟に屈したのだが――そのさいペイター、ツルゲーネフ、ワーズワースないしはエマソンの影響が特に強かったというのはなかなか面白いことだが――そのころから日本人は、自分たちの文章を、「随筆」と名付けるよりは、むしろ好んで「エッセー」と呼んだのだった。その上で、西欧文学理論の観点から日本固有の文学を改めて観察し始めた時、彼らは「随筆」を日本文学内部の独立した一ジャンルとして意識しはじめ、自分たちの歴史を振り返って、その伝統は『枕草子』から始まっていることを悟った。それいらい、「随筆」は文学ジャンルの一つとして定着した。ところで、日本の近代化をあれほど熱心に推進していた当時、「随筆」というジャンルに逃げ込もうと考えたのは、保守派だけだったというわけでは決してない。むしろ事実は反対で、日本の近代詩の革命的創始者だった正岡子規（一八六七―一九〇二）は、有名な『病牀六尺』を残しており、この作品は、扱われているテーマから言えば、原則的には、これまでの「随筆」がいつもその内容としていたものの継続に他ならなかった。それを子規は、ほとんど日常的と言ってよいような、しかもその中に近代性を潜めた日本語で語ったのだ。死病に取り憑かれていた子規は、筆を手に持つことも出来ぬほど体力が衰えていたから、自分の毎日の時評を口述し、それを通じて会話体に近い「随筆」体の文章に成功した。子規の「随筆」の注目すべきところは、日本の芸術関係の近代化に逆行するような学校制度の諸相を論じていようと、日本女性のための病人介護教育を推奨していようと、あるいは、ある訪問客が自分の海外経験を語るのを聞き、それを機縁に子規自身のさまざまな社会批評を開陳しようと、そこにはいつも、子規自身のいろいろなテーマが、彼の空想上の体験――つまり、自分の制限された狭苦しい病室での体験――から生まれてきていることである。このことが、今日なお読者を強く魅惑し、感動させる。そういう記述のあいだに挟まって、日記風の書き込み、抒情詩風のもの、書評、あるいは、自作の詩ないし自分以外の詩人たちの詩や詩の批評などがまじってくる。一般的に言って、明治時代の「随筆」に採録されている和歌には、それまで融通無礙《むげ》の形式で書いてきたあとで、いざ終わるという時に、和歌を使って、コンパクトな形でしめくくるように工夫していることが稀ではない。

同時代の幸田露伴（一八六七―一九四七）が書いたさまざまな「随筆」は、教養階級の漢文に根ざしている日本語で書かれているので、伝統にもっと忠実ではあるが、だからと言ってその面白さが少ないというわけではない。物語作家であり、劇作家であり、エッセイストであると同時に学者でもあったこの露伴という人のまさにユニヴァーサルと評すべき教養は、彼のどちらかと言えば考証に赴く「随筆」に活力を与えており、いまに至るまで、極めて高級な思想的刺戟を与える読物になっている。子規と露伴というこの二人の「随筆」集は、ポケット版として市販されているのだから、この二人は現代作家と言ってよい。

子規が毎日自分の雑報欄に「随筆」を一篇ずつ書いていたように、永井荷風（一八七九―一九五九）は、明治時代の末期、雑誌『三田文学』に、毎月一編ずつ「随筆」を書いた。「連載随筆」という言葉が一般化したのはこの時からで、そのいわれは、これらの随筆の各編には必ず表題が付せられていたからである。荷風の場合、その標題は、『紅茶の後』となっていた。荷風は、その序文ではっきりと江戸時代の伝統に言及しているが、それでもなお彼の書いたものは現代の随筆である実を失ってはいない。荷風が彼の随筆集の中で異常に多く演劇関係問題を扱い、自分が見た芝居のことに触れているのは、彼が日本の劇場改革にプラスの社会的効果を期待していたからだった。けれども、彼が扱ったテーマはほかにもある。それは芸術と文学一般であり、それから特に浮世絵および十九世紀フランス文学、そして——荷風の場合決して忘れてはならないことだが——季節に関する記事でもある。こういうと、荷風と同時代の人だったオーストリア人アルフレート・ポルガル（**Alfred Polgar**）の著作を想い出す読者もあるかもしれないが、両者の似た点は、結局のところ、どちらかと言えば外面だけのものである。

『紅茶の後』の三年後の一九一五年、ついで荷風は『日和下駄』という題で一連の「随筆」を書いた。この連作随筆は東京の市中散歩とも称すべきもので、その散歩の途上で荷風は、彼のユニークな眼に留まったものすべてを記録する。彼は東京の日毎の転貌を見、すべての古いものが近代化の犠牲になってしまう前に、それを忘れ難い形象の形で書き残した。といっても、荷風はフランス好きだったので、古いものなら何でも残せというピューリタン的保守主義者ではなく、必要な変革は決して否定しなかった。ただ荷風は、その反面、変革によって何が失われるかということも非常に正確に読み取っており、殊に——荷風流の考えでは、その近代化なるものが西欧文化を本当に理解した上で行われるのではなく、単なるその「表面的模倣」に止まっているとすれば、これはなおさら嘆かわしいことだった。荷風のノスタルジーがこれほど感動的なのは、まさにそのためなのである。けれども、荷風が読者に及ぼす魔術的とでもいう他ないあの魅力の源泉は、おそらく、荷風にとってはあらゆる認識が、感覚的体験であるとともに知的体験ともなっており、荷風は自分の体験を、共通の体験として読者の心中にも呼び醒すだけの芸術家としての力倆を備えていたという点にあったと言うべきではなかろうか。荷風はその「随筆」の中で、昔の日本語の美しさを、フランス語に触発された近代的話し言葉と融合させるという、類稀な言語魔術を創りあげた。荷風の使う日本語のメロディーは、彼の読者にも伝染し、読者は、荷風の明澄な文章を読むと、それらの文章を生む際の荷風自身の悦びをさえ感じとるのだ。それらの文章は、フローベールによる文体類型に従えば、「正しくまっすぐな、しかも流れるような文体[10]」ということになるだろう。

荷風の「随筆」は、随筆という分野においては、伝統と近代という二つのもののあいだの橋渡しの接点をなしている。ところで、「随筆」は、古い伝統的な文学形式のなかの一つに算《かぞ》えられてはいるものの、随筆に特有の順応性のおかげで、今ではほかでもない近代的な物語作家、歌人、それにエッセイストたちにとって——それ以外の文学分野での新しいジャンルに劣らず——世間とのあいだに新しく生まれた、これまでと違う関係を表現し得る可能性を提供した。むろん荷風のような巨匠もその一人だった。荷風の「随筆」の名前は、冒頭に掲げたアンケートの中でも一番頻繁に挙がっている、つまり、彼の随筆が、今なお、今世紀の随筆のなかで一番高く評価をされているのは、決して不思議ではない。

谷崎潤一郎（一八八六―一九六五）の有名でかつ長い随筆『陰翳礼讃』も、さきのアンケートで何度かその名前が挙がってくる。しかし、谷崎というと、はや時代はすでに一九三〇年代になっており、荷風とは時代が違ってきている。その間《かん》、「随筆」は、現代文学の分野で、物語、詩および戯曲と並んで、ふたたび確固たる地位を占めるに至っていた。それどころか、たとえば、一九二三年には、もっぱら「随筆」だけのせる雑誌すら出現していたのだった。この雑誌（『文藝春秋』）は、のち普通の文化批評中心の雑誌に変身したものの、今日でも、冒頭の何ページかには「随筆」を載せている。他にも月刊雑誌で、その冒頭に「随筆」部門（「巻頭随筆」）を載せるというこのやり方を踏襲しているものがある。ところで、読者の知的関心が森羅万象に向けられるようになるにつれ、随筆が扱うテーマも、地方色をうすめ、複雑かつ多岐にわたるものになっていった。その中で相変わらず、「随筆」に意味を認める人々の中は、文芸畑以外の素人も含まれていた。この分野で優れた業績を挙げたのは、有名な地球物理学者寺田寅彦（一八七八―一九三五）である。寺田の関心は、科学と芸術のあいだに調和的関係を築き、自然科学的諸現象について素人を啓蒙することであり、その意味で彼は、あの江戸時代風「随筆」に近付くと共に、西欧伝来のエッセーという文学形態にも近付いたのである。ところで寺田は、彼が使った文学的解釈によって、すぐれた「随筆」作家であることを証明した。（ついでに述べておくと、夏目漱石は、その小説『吾輩は猫である』の中で、自分の弟子だったこの寺田を若い自然科学者「寒月」という形で戯画化して描いている。）

現代に突入してはじめて、「随筆」と物語は、ほとんど区別できないくらいのところまでに接近する。散文形式の物語作品における「随筆」的文体への逆戻り現象が、誰の眼にも明らかなくらい盛んに見られるようになる。志賀直哉や佐多稲子（いわゆる日本的私小説の男女の作家たち）は、読者が「随筆」と思って読むような「私小説」を書きもすれば、反対に、出版されてみると物語とも言えるような「随筆」も書く。つまり、フィクション的なものとそうでない作品との境界線が混乱し、その結果、日記、物語および「随筆」の三つが部分的に重なり合うという現象がしばしば見られるようになったのである。にもかかわらず、いまどこかの雑誌の編集者がある作家に「随筆」を書いて欲しいと頼む場合は、その編集者の意中にあるのは、やはり何かある特定の種類の原稿である。こういう状況は何と説明すべきだろうか？

差し当たり、そしてまず一番目に来るのは、その場合編集者が求めているのは、文学作品らしい文体の文章であり、しかもそれは、何よりもまず「美しい」ものでなければならない。その場合、日本では、たとえば、ムードのある言葉というだけでは不十分である。今日では、美しい日本語というのは、一面においては、文学的教養に根ざすと同時に、他面では、現代に息づいている日本語であり、現代特有の脈搏を伝えるものでもなければならない。

ある「随筆」がたとえたった一つのうまい言い廻しのお蔭で有名になることがあるとしても——いかにこの文学ジャンルが無制約であるとはいえ——そこには方法論上の制約があるし、先述した均整、優雅さ、そして慎み深さを備えていなければならない。だからこそ、まさに「随筆」の分野では、たとえば、字面も（以前の世紀のそれとは非常に違ってきているために）新たに鋳造する必要があった。つまり、ここでは漢字と日本語の配分が意識的に構成されるようになっているのである。というのも、その配分の加減如何で、随筆の原文《テキスト》は、繊細さないしは緊迫度を増したり、用語の色調、リズム、スピードなどが変わった、原文の構造、いやそれどころか、その内容から、さらにはその印刷上の特色まで規定されるのである。随筆のテキストの各部分が、全体との関連で一定の順序に並べられなければならない場合、それが制約となって、個々の章に精力を集中せざるを得ない「随筆」スタイルの文章を書く作家にとっては、その間の橋渡しをつとめて、個々の章を繋ぐような章を入れざるを得なくなる。だからこそ、近代の「随筆」に於ては、凝縮された、短い「俳句」風「随筆」の長さを越えたとたん、つなぎの意味を持つ短い文章を書く技術が非常に重要になる。ところが、こうしたつなぎの文章の役割は、必ずしもいろいろの論拠を遺漏なく論理的に結び合わせることにはなく、観念連合的な手段を駆使して関連を無理に作り上げたり、さまざまな感情相互間の調和を図ったり——これまでにもすでにたびたび言及してきたように——体験したものをもっと広い視点のもとで取り扱うことだったりする。あるいは、もっとあっさり言ってしまえば、周囲の状況の中であちこちすばやく身を移すこと、つまり「随筆」に即興性と自発性という外見を付与することが求められる。それは、優雅さを演出するために、どちらかというと間接的な連想を取り入れる技術である。この特殊な技法は、時としてわれわれ外国人には理解し難いものに映るし、自分でも随筆を書こうとする外国人は、大抵の場合、このために見事に失敗してしまう。今では、日本においてすら、「随筆」とエッセーとを全く同一視する人もいるけれども、これは、両者の価値基準に距《へだた》りがあることを考えると、言語の美しさという点から言っても正しくない。「エッセー」は、日本においても西洋らしい顔をしている。だから私たちは、この文章においても、両者の違いを強調する意味で、「随筆」（中性名詞）と「エッセー」（男性名詞）を区別して使おうと思う。

（一九）八〇年代の初めから、ある出版社から全二百巻の随筆のアンソロジーが出版された。それは「日本のもっとも美しい随筆」を紹介すると称し、現代を中心に過去百年の「随筆」を紹介するといっている（『日本の名随筆』作品社）。この刊行の特色は、それぞれの巻が特定のテーマを一つずつ扱っていることで、それは、花、鳥、虫、猫、色、風、火、夜、雪、着物、貧、病、性、女、男、死、葬、遺言、言語、数、音、時、電話等々、等々だった。ここにその一部を紹介しただけでも、次のことが分るだろう。つまり、扱っているテーマはほとんど好き勝手に広がっているように見えるが、明らかに現実的なもの、身近なものだけが取り上げられていて、政治的テーマや社会的テーマはすべて意図的に除外されているのである。では、現代の「随筆」は、何よりもまず、日常的なもの、さらには、定型的《ステレオタイプ》なものに向かっているのであろうか？

多くの随筆が事実そういうものだけで終わっているにしても、そういう題を一寸見ただけで判断してしまったら、ものを見る眼が充分とはいえない。たとえば小説家、大岡昇平（一九〇九―一九八八）は『雪の思い出』（一九七八）という題の随筆を書いているが、彼がその中で扱っている本来のテーマは、彼が身をもって体験した、超国家主義的な陸軍将校たちの反乱があったあの一日のことであって、彼の主な狙いは政治的覚醒の瞬間を読者のまえにまざまざと展《ひろ》げて見せることにある。「［一九三六年の］二・二六事件を白い雪を蹴立てて行く軍靴のイメージと結びつける人がいるが、私にとっては異様にひっそりしたアパートと、鉄条網と泥濘の記憶である」(11)。プロパガンダと現実とがそれぞれ持つ特性が――こうまで際立った形で――明らかな対比としてわれわれの眼前に展開されることはなかなかないだろう。「随筆」においては、洞察と認識とは、宣言という形においてではなく、体験という形で語られる。つまり、随筆の強みは、その具象性の中にこそあるのである。

大岡より一世代若い劇作家兼物語作家である井上ひさし（一九三四―　）が一九七九年に発表した、年代計算およびカレンダーに関するさまざまの規則を論じたある典型的な「随筆」における方法は、大岡のとは違ってはいるが、やはり似ている。井上は、しょっぱなからして読者に、びっくりするようなパンチを喰わす。なぜと言うに、読者の中の誰かは――と、井上はこう皮肉る――たった一つの新聞のお蔭で、数十年来「昭和時代」に生きているのであって、「光文年間」なぞに生きているのではないということを知っているだろうか？（井上の説明によると、『毎日新聞』は、大正天皇が崩御したあと、新時代用にと考えられていたもののまだ秘密だった年号をいち早く公表してしまった。そのため、宮内省は、新しい天皇の親政発足にケチを付けさせないため、差し当たり二番目の候補とされていたにすぎぬ年号、つまり「昭和」を新しい年号にせざるを得なくなったのだった。）井上にとって、年号および暦法についての諸規定は、天皇制を維持するためのからくりにすぎない。井上の言うところによると、年号は人民支配の道具であって、そのことを彼は、フランス、中国および日本の歴史上の具体例によって指摘する。そしてそのあと井上は、彼自身の個人的な体験へと筆を転じる。井上に言わせると、彼は一九七〇年から二〇六九年までの百年の使用に耐えるカレンダーを持っているが、それを目の前に置いていると、そこに記入されている三万六千五百という日数が見えてきて憂鬱になってしまう、なぜなら、その三万六五〇〇という数字は、この世の生《せい》の儚《はかな》さを思い知らせてくれるからだ。こう書いたあとで、井上は、そのカレンダーが販売禁止になったことを知らされる。そして、そのカレンダーのせいで二人も自殺者が出たというのだ。このように井上は、自分の思い付きを「随筆」スタイルで次から次へと繰り出し、美学的な雛型を繋いでいって、そのくせ、決して手で掴める事実の地盤を離れることなく、時代の重みを読者に感じさせ、お説教を垂れることなしに読者に情報を伝え、そして、最後に至って、（最近話題になっている）天皇の支配で時代区分をきめるという世界にまたとない現在の制度を放擲するかどうかという問題については、

「目下その『成行きを注意して見ているところであります』というあの日本中の人がよく知っているNHKの——微笑を浮かべた——定り文句で、彼の随筆を結び、読者との一体感をつくり上げ、その共感を誘う。このあと井上は続ける。「われわれはすこしずつ自分の時を、自分で支配しようとしているらしいということがわかる」と。このまことに見事と言う他ない離れ業もまた——「随筆」に属する。(12)

日本の文学の世界は、さまざまな種類の伝統的文芸をいまなお生かし続けている。まるで、そういったものは歴史の制約を受けていないかのように思われ、これこそ現代そのものといっても過言ではないようだ。このことは、時にはいろいろな抽象物に支配されている現代社会にあって、時代錯誤と映ずるかもしれない。しかし、にもかかわらず、今日においてもなお、日本の第一級の作家たちにとっては、生《せい》あるいは人生の様相を活写することは切実な要求なのであり、日本の読者たちにとっても、「生きるために読むこと」(13)は切実な要求に他ならないのである。

(1) ギュスターヴ・フローベール『ルイーズ・コレ宛て書簡集』コルネーリア・ハストゥングによる注つき(ドイツ語)訳、五八二頁、チューリヒ、ホフマンス社刊、一九九五年。
(2)「アンケート、日本の随筆」、季刊『文学』第三巻第三号所収(一〇六―一一〇頁)、岩波書店(東京)刊、一九九二年。
(3)『枕草子』、『日本古典文学大系』第十九巻二六〇段。

(4) 前掲書、二三三段。
(5) 前掲書、三五段。
(6) 『徒然草』、『日本古典文学大系』第三十巻、序段参照。
(7) 前掲書、二三五段参照。
(8) 前掲書、一三七段参照。
(9) 前掲書、一五七段参照。
(10) ギュスターヴ・フローベール、前掲書、四四五頁参照。
(11) 大岡昇平「雪の思い出」、『眼と文学』所収、日本書籍、一九七八年刊、二〇三―二〇六頁(ドイツ語訳「雪の思い出」、『風の中の花――現代日本の随筆とスケッチ』バルバラ・吉田‐クラフト編訳、エルトマン編、テュービンゲン、一九八一年刊、六一―六五頁)。
(12) 井上ひさし「時制と体制」、『日本の名随筆』第九一巻「時」、作品社、一九九〇年、二〇三―二〇九頁所収。
(13) ギュスターヴ・フローベール『書簡集』、ヘルムート・シェフュル編ならびに訳、ディオゲネス社刊、チューリヒ、一九七七年、三八五頁(detebe第一四三巻所収)。

＊「正徹」筆の『徒然草』原文(ファクシミリ版、国立国会図書館、一九五二年刊)には年号は一四三一年と記されているが、これは現存するかぎりの『徒然草』の最古のテキストに他ならない。
＊この文章は、“Das zuihitsu—Der japanische Essay”(インゼル書店、二〇〇〇年)の翻訳である。

(濱川祥枝訳)

女の文学——現代日本の女性による短篇小説を読む

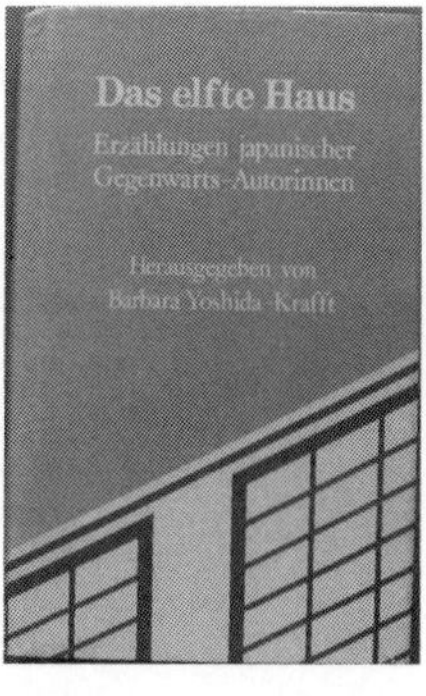

日本では、女性の書いた著作の占める地位というものが私たちのところとは違っている。このことは日本語と日本の文字で書かれた最初のやや長い散文作品をみればすぐわかる。これを書いたのは紀貫之（八六八？—九四五）という人で、彼はほかならぬ天皇その人によって当代随一の詩人（歌人）と認められたほどの人物だったが、その人の手になる小冊子は女性の筆名を使って、その陰にかくれて発表されたのだった。なぜか？

ヨーロッパと違って、日本では早くからすでに男女両性が力を合わせて文学の営みにたずさわっていた。詩歌は、そもそものはじめからして、男性と女性の作だった。『萬葉集』というのは「一萬の葉」という題名の歌集であって、それまで口承で伝えられてきた詩歌の数々を集めて、八世紀の終わり、文字に移し変えられたものなのだが、全体で四五〇〇首の歌の中、女性によるものがほぼ五分の一にのぼる。また、その後、天皇の命で編纂され、その後の和歌の道に特筆すべき前例を示すことになる歌集『古今和歌集』（ほぼ九〇五年）と『新古今和歌集』（ほぼ一二〇五年）にも女性の作はたっぷり出てくる。小野小町（九世紀）とか和泉式部（十一世紀）とかは日本最大の歌人の中に数えられ、ほかの二、三の女流歌人とともに、日本を代表する「百人の歌人」[1]の列に加えられている。小野小町に至っては「六歌仙」[2]の一人とされているくらいで、日本人なら、今日でも、少なくとも名前ぐらいは、知らない人はいない。

こうした女性たちが、一人として「日曜詩人」（歌を詠む素人）などではなかったことは疑問の余地がなく、彼女たちのこの道への打ちこみようは男の専門歌人に少しも劣らず、名手の域に達していた。

九世紀の間に、それまでもっぱら中国から輸入されて使われていた文字にとってかわって、次第に、語意でなく日本独自の音韻を写しとる文字が使用されるようになったわけだが、この文字の形成に主として寄与したのも女性たちだった。そうして、この音韻文字を使うのも主として女性だったので、人々はこれを女手あるいは女文字と呼んでいた。これに対し、中国の文字は男文字と名づけられたが、それは男性が好んで使ったからである。男性の教養は何よりも中国の文字（漢字）——当時は官用語のみならず、男性が書く以上、文学用語も——に基づいていたのであるが、男性が中国伝来の文体に囚われている間に、女性の方は、楽に学習できる日本文字を持ちあわせているため、文学用としても完全に日本語を使いこなすに至ったわけである。こうした性別に固有の言語からひいては審美感にも及んでゆく二分化は、その後の日本文学の展開の全体に決定的な影響を及ぼさずにおかなかった。

この早い時代の文学は貴族により、そうして特に宮廷では貴族のために書かれていた。文学が文学としての意識を持つようになったのは平安時代（七九四―一一六七）のことで、この時期は、文学的にみて、それ以前にもそれ以後にも、ほかのどんな時代にもないほどの審美的感性を完成させた偉大な文化の時代となった。この極度に洗練された社会の中で、生活は今の私たちには考えられないくらい文学化されていた。自分では政治的社会的権力を持ち合わせてない、それどころか時には権力の道具でしかなかったにしても、審美尊重の和歌文化から学べるものはすべて身につけていた宮廷の女性たちは、目ざましいばかりの教養の持主であった。だが、その中でも特に珍重されていたのは文学的才能で、たとえば、公式の歌合戦(3)（歌合せ）の席では、男性にとって、彼女たちは――時には手強《ごわ》いばかりの――競争相手であった。それに、この種の女性たちは、認められ、その名も高い存在だったばかりか、その知性と芸の力によって羨望の的となり、愛されさえしたのだった。

最初にふれた文献は、まさにこのころ、つまり和歌の道がすでに高度に発展し、さらに文学的物語散文（文語体）が派生途上にあった十世紀前半のものである。これは『土佐日記』と呼ばれ、土佐の国守だった貫之が土佐から京の都へ還る旅の間に記した日記として書かれている。

日記は「をとこ（男）もすなる日記《にき》といふものを、をむな（女）もしてみむ、とて、するなり」という一行で始まる。実際、この擬態ぶりは非の打ちどころのないもので、この小冊子を手にとってみると（近代の印刷は本来の字体を模倣している）、「日記」「日付」「土地の名」といったもののほかには、ほんの一握りの漢字しか出てこない。漢字以外のものは、どの頁をめくってみても、女の黒髪のように流れてゆく文字、即ち女手で書かれているのである。あんな高名な歌人が「女手」の背後に身をかくして書くとは、どういうわけか。疑問はつきない。

われわれによくわからないのは言うまでもない。貫之ともあろう、れっきとした宮廷文学者で、高い教養の持主が、男女両性に課されている風習と趣味、因襲的「男らしさ」を、こんなふうに傷つけてまで、タブーを打破しようとしたのは、どういうわけか。私たちにはほとんどわかりようがない——他方、十九世紀ヨーロッパの女の作家たちは、これとは逆に、男性のペン・ネームを使わざるを得なかったのに——。ただ、貫之がはっきり意識して、この作品で処女地に足を踏み入れるという冒険を試みたということには疑問の余地はなく、彼は、この日記でもって純粋な日本語による少し長い物語のテクストをつくり出したのである。とすれば、それだけでも越境を試みるだけの理由として充分ということになろうか。

貫之の和歌、回想、体験したもの、思いついたことなどなどの記述、種々様々の情緒の表現、日付のついた五十五日間に一貫して流れている幼い娘の死によせる悲嘆そのほか、この日記が、当時の男たちが普通書いていた備忘録のたぐいと正反対のものであることは明白である。彼らのものはもっぱら漢文で書かれ、執筆者自身も参加した儀式や祭典などを年代順に列挙したもので、たとえ、そこに私的なものが入ったとしても、格式張ったものにならざるを得なかったのである。

純粋に日本語で書こうと考えた動機がどうあれ、『土佐日記』を読めば、この古い時代に純粋日本語で散文を書くには、女性的とされていた審美感——言葉を換えれば、当時の意味で女性のものとされていた審美感——を指向するよりほかにやりようがなかったことがわかる。

女性的審美感といっても、私たちとすれば、もっぱら慎重に、そうしてまずは近いところまでいってみるというくらいの意味で、情緒的なものと主観的なものの強調、個人的なものと私的で親密なもの、感受性の錬磨、気分への耽溺、一口でいって「私」を指向する書き方といった方式が上げられるにすぎない。おもしろいことに、以上あげた品質は、女性作家というと、世界中で、今もなお、上げられるものばかりである。(それとも今では変わってきているのかしら?)

日本の男性には、どうやら貫之の後も長い間、日記とか物語とか、これに類するものを公然と日本語で書く機会は与えられていなかったらしい(4)。十、十一世紀の間に、男性の手で書かれたと目される物語類が、名前も性別も明らかにされないまま、伝えられてきたというのは、注目に値することである。といっても、その間、女性たちはこんな隠しごとをする必要はなかったので、彼女たちが多種多様な創作を行う自由は大きくなるばかりだった。

十世紀後半から十一世紀前半にかけての平安文学では女性の執筆活動の隆昌ぶりは目ざましい。世界的水準に達した極めて偉大な作品で作者の確かなものだけ上げてみても、『蜻蛉日記《かげろう》』（九七四年ごろ）、清少納言の『枕草子』（十世紀末）、それから紫式部の手になる比類のない最高傑作『源氏物語』（一〇〇〇年ごろ）がある。

『蜻蛉日記』の作者の動機は身をもって体験したものを書きとめるにあった。ここでは、それを、一切の妥協もなしに、やりとげたことが、一つの審美的な思想にまで到達したのである。というのも、彼女の場合はまだ、自分に何が、どういうふうに、起こったかということを、後世なら因襲の軛《くび》きにとらわれたかもしれない支障も何一つなしに、書きつくし得たからである。それにまた、彼女は物事を非常に正確に認識する才能に恵まれていたので、その点でも稀有の業をなしとげたのだった。あの時代、どんなに多くの女性が一夫多妻と訪問婚の下に悩まされていたことだろう。そんなわけで、彼女は愛の渇え、嫉妬、恋仇への憎しみ、夫に加えられた侮辱といったものを、情熱をこめて、書き留めた。自分を包み隠さず曝露してみせる彼女の筆（「誰にも知られないくらいなら、何を考えてみても甲斐がない」）には、今の私たちをも打たずにおかないものがある。彼女の作家としての業績は、この一切の仮借もなく、とことん自分を言いつくす能力にあった。これこそ、この本が近代日本の文学の中においても新しく働きかける力を失わない所以である。たとえ後代の読者や執筆者が、今では、心理的に遙かに啓蒙され、造詣を増しているにせよ。それに、この著者は、すである一定の情緒の状態を、自分の生活の基調であると認識する能力を具えていた。彼女こそ、初めて毎日毎日偶発する出来事を超えて「自伝的なもの」に到達する性質を身につけた人だったのである。

個性的――つまりは、はっきり女性的な見方といってもいいのだけれども――という点では『枕草子』は『蜻蛉日記』と親類同士である。ここでは、日記という形は、もうわずかに断片として残っている程度で、さまざまな観察、思いつき、省察の類いが、ごくゆるやかな結びつきでまとめてあるだけで、直接身をもって体験したことという枠組からは抜け出してしまっている。こうした日記風の覚え書と独特の性格をもった走り書き風の散文とをつけ合わせることを通じて、清少納言は今後もずっと日本で愛されてゆくだろうエッセー（随筆）の基礎をおいたことになる。素早くて的をはずさない眼力、見事に磨かれ鍛えられ、ぴったり焦点を合わせた簡潔で詩的な言葉遣い――こういったすべてが、時折コケットな遊び心を見せたかと思うと、また、冷徹な優雅さに戻る。そのような手際の良さとあわせて――前にもふれたが――、彼女独特の詩的で文化的な全体像との結びつきから離れない限り、一つの意味をもっているのであり、その一方で、こういうものが鮮やかなイメージを結ぶ警句をものするまでの高みに達した人は、ただこの清少納言だけだった。しかも、この人は女性以外の何者でもなかったのである。

紫式部の『源氏物語』は、狭い意味でのジャンルを何一つ作り出したわけではない。それでも、この作品は独自の位置を占めている。というのも、これは世界文学の中で、本質的に近代的な意味でロマン（長篇小説）と呼ばれるにふさわしい最初の作品になったのだし、日本文学の中でみれば、芸術的構想力の点で、先行者をはるかに追いぬくほどの出来栄えであるばかりか、その後現れたどんな物語と比べても桁違いというほかないような傑作なのだから。この長篇小説では男も女も内側から見られているが、その目は疑いもなく女性のそれである。たとえば、ここで物語られているのは恋の王者、源氏の君の生涯であるが、この人物はドン・ファンとは全く違う。彼にとって大切なのは女を所有するのでなくて、愛なのである。だからこそ、源氏の君は、愛してはならないものを愛してしまった時は、その愛に悩まずにはいられない。彼は女性を征服するのでなくて、それに憧れ、享楽の後も彼女のことが忘れられず、受け入れる。こういうことは女性の憧れを反映したものだろうか？　いや、それは当たらない。紫式部はこのロマンの中で、女性の読者だけでなく、男性の読者（彼女が書き出した時から、男性も読んでいたのである）にも、ただこの恋こそ、他ならぬこの恋だけが真実の恋、人生に本当にありうる恋、いやこれこそ生きるに値する恋だという手応えを与えるのに成功したのだから。彼女のロマンの偉大さは、この人生を人生たらしめる意義を示した点にある。

しかし、もう一度、きいてみたいことがある。「どうして、以上のような審美感を『女性的』と定義できようか？」

以上、寸描した作品たちは、どれもみな、今では規範という意味での「古典」の概念にぴったりのものだが、古典的と呼ばれるにふさわしい作品だけに、その一方で、それぞれ別の独特の美的品質を具えているのである。

とはいえ、彼らに共通するものがあるというのも本当で、これは十八世紀の大国学者本居宣長が、すでに見事にとり出してみせたものに他ならない。彼の説では、詩的文学的なるものの本質は、もっぱら「もののあわれ」にあるのであって、政治的、あるいは倫理的機能と関係があろうとなかろうと全く関係がない。また国家あるいは詩人（作家）自身に不幸をもたらすか否かなども、全く問うところではないというにあった。これはまさに彼が女性の文学から学んだ見解に他ならない。

一つ確実なことは、この物語散文の美学は日本では本質的に女性によって展開されたものであり、男性はただそれを裏書きしてみせたにすぎない。この美学は女性の平静沈着な自信に根ざしたもので――紫式部の日記に出てくる「ただこれぞわが心とならひもてなし侍るありさま」[5]（やや自由に意訳すれば、「私はごらんの通りの私なのです」とでもいうことになろうか）という、これ以上ないくらい印象深い表現にみられる通りだ――とつけ加えておこう。

といっても、もし、彼女らがひたすら純粋日本語による散文あるいは詩歌の道に献身していたとすれば、それは女性にとって、制約を意味する――別の言い方をすれば、孤立の危険を呼びよせかねないことにもなるという点を忘れてはなるまい。紫式部は、自分がそういった「ひたすら一筋の道をゆく」ようなことばかりしていたら、狭い道におちいってしまう危険があることをみてとっていた。紫式部日記を読めば、宮廷の勤めの折に、中国文学にかかわることに口を出すと、人々から変な目でみられたり、中国文学の造詣（彼女は幼い時から兄弟と一緒に中国のことを学んでいた）について、あれこれいわれるのを極度に不快に思っていたことが書いてある。

以上、言葉の上でも、また特にそれと結びついた審美感の上でも、一つの方角を目指していたことの弊は、宮廷が権力と光輝を失い、戦さの結果で政治の変転や社会的変革が起こり、それに応じて文学的趣味の上でも移動が生まれるようになるにつれ、女性に不利になるよう働いてくる。もちろん、これは一遍に突然起こったわけではない。十三世紀まではまだ、平安女流文学の著作物で男性によって挿絵が描かれた、高価な本が生まれていたし、それより時代は下るが、なお新しく女性によって書かれた古典の続きのような著作物さえ挙げることができる。まず阿仏尼の日記（『十六夜日記』）、それから俊成の女、あるいは式子内親王の和歌、それから官女二条の自伝的物語（『とはずがたり』）などなど。といっても、時計の針は別の側に傾いてきていた。武士の勃興、国土の封建的再組織とともに、方向転換の兆しが目に入るようになる。男性的スタイルの様相を刻んだ文学が優位を占めるようになり、叙事詩のように延々と語りつぐ軍記もの、あるいは僧侶の文学が生まれ、もっと後になると能が典型的作物になる。

しかし、徳川時代の平和な幾世紀（一六〇三―一八六八）の間にも、女性は文学の世界に戻って来なかった。十七世紀の初め、ついに政治情勢が安定し、極めて富裕な市民階級が成立し、その一部には積極的に文化活動に参加するものが出るようになっても——当時は新しい種類の文学が豊かな花を咲かせ、加えて、今や活発に運用されるに至った印刷技術が文学の一層の普及を促進させもしたのだが——。男性優位の儒教的時代精神は、教育の機関に女性を容れるにしては、あまりに硬直化してしまっていたし、まして女性の文学活動を奨励することなど望むべくもなかった。そんな次第で、この時期、ほかの点では極めて活発な文学活動がみられたのに、女性の参加はごく狭い、私的で、多くは公開に至らない畑でのそれに制限されてしまっていた。俳人の加賀千代女(一七〇三—一七七五)、物語作家の荒木田麗女(一七三二—一八〇六)その他若干の女性たちが、最近はだんだん再発見されてきており、中には女流漢詩人さえ数えられるのだが、それでもこういう人たちは例外的存在でしかない。この状況が変わるのは、日本が西洋に門戸を開いた十九世紀後半のことで、それは主として西洋諸国で台頭しつつあり、日本にも波及してきた女性解放の運動と軌を一つにしたものである。

では、古典の遺産はどうなったのか? 古典は伝承されただけでなく、他ならぬこの徳川時代に入って力強く再興されてきたのである。このことを高らかに告げているのが、なかんずく十八世紀における擬古文と呼ばれる——簡単にいえば——女性的スタイルの再生である。それに、これまでも「古典的女性的」審美感は、これと新しく結ばれた和歌の道と共に、完全に途絶えたことはなかったのであって、それが多かれ少なかれ文学を支え、そのつど、新しい息吹きと融けあって来たのだった。とはいえ、いくつかの世紀を経る間に、いわゆる和漢混合様式が完全に日本の代表的な文語体としての地位を確保するに至った。現代のさる評論家は、[6]このことに「宮廷の女性たちの文学的感受性から脱出しようという、長年にわたる男性の努力」という註釈を加えている。

古典そのものは、その間に、いわば性別の枠を超越した国民文学に変身していた。女性を、いとも簡単に文学的遊戯の場から放逐できたのは、もしかすると、そのせいだったのかもしれない。

にもかかわらず、本質的に近代日本最初の女性作家となった樋口一葉（一八七二―一八九六）が優れた才幹で頭角を現してきたのを見ると、人々は即座に清少納言とか紫式部とかの再来といって、ほめそやしたものである。そうして、彼女は当時最高の文学者たちから盛大に支持され、奨励されただけでなく、毒舌をもって鳴る批評家[7]からさえ、一も二もなく称賛されたくらいである。これはまた、古典の教養を持たない（当時の、たいていの）日本人が、女性でも力強い表現力を持ち合わせているのをとっくの昔に忘れてしまっていたという意味でもある。彼らには、これは全く新しい経験だったのだ。円地文子（この人のことはあとで紹介する）にいわせれば、[8]ある種の男たちは、近代日本の大歌人だった与謝野晶子（一八七八―一九四二）のおかげで、はじめて女性の知性と情熱を感得できたくらいで、それだけまた、多くの若い男たちがこの女性大歌人に熱を上げ、猛烈な尊敬を捧げるようになったわけだということになる。

要するに、人々はかつての偉大な女性たちの詩文学作品のことを知っているようでいて、実は知らなかったのである。だからこそ、与謝野晶子が自分で『蜻蛉日記』や『源氏物語』を古文から現代文に書き移す仕事をしたのは大事なことで、最近もまた円地文子がそれと同じことをしている。(9)

明治時代(一八六八—一九一二)の女性作家の伝記を読んでみると、いかに男女の両方が再び力を合わせて文学活動に力をつくしていたかということが、否応なしに目に入ってくる。ただし、女性の場合は、そこに新しい自意識の目覚めがある。近代文学の創成や、その意味、その意義についての論議などには、男性も女性も活発に参加していた。もっとも、その後、文学の歴史に名を残した人となると、女性の方が少ないかもしれない。しかし、これを、故意に女性がなおざりにされたためと性急に解釈するのはいかがなものだろう。

むしろ、逆に、女性の文学史への寄与は当時再評価されたといってもよいくらいなのだ。新しい「女房文学」という概念は、そういう呼び方自体、そもそも、あの古典時代の偉大な創造が女性の業績に他ならない事実を、歴然と指摘しているというだけでなく、今日では、日本文学の「女性性」は、日本人が好んで自分たちの文学の異質性の表れとして用いているくらいである。「女房文学」という言葉自体は、きいただけで誰にもすぐわかるものではない。(日常語としての「女房」とは、かつての宮廷の官女のことではなく、もうずっと前から「既婚の妻女」を指すようになっていた。)しかし、これも、近代的な「女流文学」という言葉にとってかわられ、それもまた間もなく使われなくなりつつある。この言葉も、歴史に照らして、正当性を維持できなくなったのである。当初は専ら歴史との関連で使われていたのだが、ものを書く女性の数が増えるに従って、まず、現代文学の中で女性によって書かれたもの（時には、もっと狭く女性のために書かれたもの）を指すのに使われるようになり、そのため、当然、このレッテルはもともとはっきり輪廓づけられていた意味を失うことになってしまう。というのも、こういった普通の性質の女の文学というのであれば、もう一定の審美的カテゴリーではまとめきれなくなり、それからはみ出てしまうのだから。したがって「女流文学」というレッテルは、日本でも、どこか漠然とした性格のつきまとう、恣意的な呼び方になってきた。特にまた、この呼び方だと、「男性文学」という概念と同価値のものとして、同等に並べられなくなってしまうのだから。土台、女の文学、男の文学という区別の仕方そのものが明らかに差別的呼称なのである。特に、男女平等とはほど遠いところで、女性がごくわずかずつ平等をかちとろうと戦っている現今の状況下で、「女性文学」という呼び方は、最も好ましい場合でも、女性のために文学をする余地が残されているという意味になるのだし、最も恵まれない場合は、文学する猫、いや、文字通り——実に多くの反動的な、時代の歩みに耐えられないような文士が女の作家のための場所、「仕事場」と考えたがっている——「台所」の机でなされる仕事を指しているのだから。日本の女の作家は、こういうことを経験していればこそ、女流文学という呼び方に懐疑的なのである。たとえ、西洋のもの書きの女性たちのように、この名を受けつけないとまではいかなくとも。

日本の女性の作家でさえ――もう一度、断っておくが、彼女たちの偉大な過去にもかかわらず――男性作家の陰に追いやられてきたというのも、ここでは、いつになってもなお父長的風習が幅をきかせていたからである。「女の作家は家から出るか、夫とわかれるかしたのでなければ、一人前とみられない」と、ある時、一九〇〇年生まれの女性の作家が断言している。[10] 今では、第二次世界大戦の後に書き出した世代の女性でさえ、次第に法的にも定着し、実生活の上でも板についてきている男女同権というものを楯にとって、仕事と家庭生活とを対等に処理できるようになってきた。今では、「ものを書く」女性も、文学的ボヘミアンではなくて、社会的に安定した地位をもつ層の中に生活の伴侶を見出すことができるようになったのである。そういう男たちは日常生活の営みも彼女たちと協同して処理するにやぶさかではない「ものわかりのいい人たち」なのだ。

出版社その他の文学を扱う企業の方からも、今では、彼女たちには（男性と）同じチャンスが与えられている。これは、文学の世界に参入するに当たっても、作品の発表出版に関しても、すべて該当する。また事情は多くの文学賞についても同じで、一九四七年に出来た女流文学者会の女流文学者賞についても当てはまる。もっとも、この賞については、女性の作家の中には、もう大分前からこの賞の使命は果されてしまったと考えている人が少なくない。文学賞の選考委員会にも女性がいる。芸術院でさえ、そこに選ばれた顔ぶれには女性が入っている（たとえば、この『十一番目の家

――日本現代女性文学短篇集』に出てくる宇野千代、円地文子がそうだ）。女性の作家には「有名な」というレッテルをはること自体が少し遠慮すべきことになっているのかもしれない。大衆の間に人気の高い有吉佐和子（彼女の『油煙の踊り』もこの本に入っている）が一九八四年に急死した時など、『朝日新聞』という由緒ある名門新聞が第一面に大きくその記事をのせたくらいである。

職業的（専門的）文芸批評では、今もかつてと同じように、男性の判断が支配的である。純粋に文学的基準でまとめられた時は、女性の著作物は性別の先入見なしに判断される（日本でも最良の批評家は何も今になって初めて、そうやるようになったわけではない）。ただ質の低い批評家だけが、議論を進めている過程で、女の作家に対する反感から、時に甘酸っぱく、時に苦い、どちらともつかないような、あいまいな後味を残したりする。（しかし、これは日本だけの話ではない。この種の批評家のいないところが、世界のどこにあるだろうか？）話が、女の作家の読者層に及ぶとなると、これはもう千差万別である。現実には、どこの書店にいっても「女流文学」専用の棚があるが、これは何も、女性だけがそこにある本を手にとるというわけではない。

ほとんど同権――というのが、今日の女性の作家の社会的位置であるが、これは、とどのつまりは歴史上の経験に対する信頼に基いてかち得られた特権だというわけではない。彼女にとっては、ものを書くというのは――今やたっぷり半世紀以上にもわたる――職業として成り立っていることであり、現に彼女たちはそれで生計を立てていかれるのだ。家庭にいるなり、職業にたずさわるなり、世間一般の女性への評価という点でいえば、女性の中でも女の作家たちは、間違いなく、一歩先に立っている。

誰も知る通り、芸術上の地位は社会の中でのそれとわけるわけにいかない。したがって、日本のように、男性と女性とでは、言葉遣いに区別があり、それがずっと維持されてきた国の場合、近代文学の成立の過程にも、その影響がみられる。古典期には、男性の文筆家にとって、女性の関与が、それぞれの時期に応じて多かれ少なかれ自律性を発揮する上で、いろいろとむずかしい問題を提起していたわけだが、近代日本文学は西洋のそれを手本に日用語（口語体）で書くという選択をしたために、今度は女性の作家の側に厄介な事態が生まれた。というのも、この新しい、いわゆる言文一致の文体なるものは、核心において、男性的なものであり、女性の日用語よりも男性のそれにずっと近いものだったからである。万般にわたり西洋化と変革を追及している近代化の動きの時代に、女性の著作家たちにとって、自分に特有の女性用語に固執するなど考えられるわけがなかった。だから、文学を志す女性としては、男性語を身につけるよりほかになかった。一例を上げれば、樋口一葉――前述した通り近代小説の書き手として最初の重要な女性――は、一方では「古典的女性的」文章語を勉強したが、もう一方では近代的男性的日常語を学び、この両方から自分の言語を作り上げる必要があった。彼女は最初に和歌を学んだし、ある程度の漢文の素養があったおかげで、とにもかくにも、文学の下ごしらえはできていた。そうして、この二つの極の間に張られた緊張の糸の中から、自分独自の言葉を見出したのは、一つに天賦の才のおかげというほかない。近代の女性作家にとって、文学の仕事をする前提になるのは、今も昔も、生得のものより躾《しつけ》によって育てられ、社会に生きてゆく中で第二の天性となった女性的言語の習性から自分を解放するか否かにある。このことが、女性解放のきっかけになるかどうか？

何はともあれ、何十年という間、努力を続けてきた結果、最近の世代の女性作家たちは、少なくとも、彼女たちの書くものの中では、言語に関する限り、性別による規定の侵入を許さないところまで来ている。さらに、最も新しい世代では、男性と女性の言葉遣いは、日常生活の中でも、同じものになろうとしている（これには文学が大いに役に立った）。この現象は幾世代の長きにわたって培養されてきた言葉の二重性の廃棄というゴールが、はじめて視野に入ってきたことを示す。この先、これが文学にとり、どういう効果をどこまで及ぼすことになるかは、文学が何よりも言葉の芸術であるという公理を守るものが、一人一人、身をもって計ってみせることであろう。

近代日本の物語言語だけでなく、新しい内容と形体で試験ずみのいろいろな種類の物語散文は、まず西洋から刺激されて始まったわけで、人々は西洋文学の影響の下、内容がなくて形ばかりふくれ上がり、ほかのすべての物語芸術の価値を貶めてしまうような通俗文学（特に徳川時代後期――つまり十九世紀前半）の息の根をとめてしまおうと、精力を注ぎこんだ。とはいえ、その間、同時に母国の、より古い文学を等閑にしたわけでもなかったから、伝統の中絶という事態は緩和された。世紀の移り目の少しあとに成立した、いわゆる「私小説」というジャンル――情緒重視の告白的自伝的小説は急速に足場を固めた後、長年に至って支配を振うことになり、今もなお信奉者をもっているが（この短篇小説集の『幸福』はその一例）、これは西洋の文学からとりこんだあれやこれやと、同時に（『蜻蛉日記』のような）日本の源泉の最も深いところから湧き出て来たものとを混ぜ合わせた日本特有の産物に他ならない。

以上のことが示唆している通り、今（日本で）盛んな物語作法は、大ざっぱにいって――それに、かつての偉大な例外的な作品は別として――近代的語り口とは正反対の、根本的にいって女性的とされている――何も、これがどんな時代にも通用する定義だとまではいわないが――審美感に基づいたものである。こうまでいうのも、この個人的、私的内面世界にぴったりの書き方は女性に向いていたという点を強調しておく必要があるからだ。これに反し、日本の男性作家の方は、こういう書き方ができるようになるまでは、男の躾《しつけ》として、公共の場ではいつも感情を押し殺すような振舞いから、まず、解放される必要があった、この点はとかく見逃されてきたことだが。少なくともある期間、彼らは社会的に完全に除けもの扱いされるという代償を払うことを余儀なくされたのである。

お望みなら、これを「女性的語り口」と呼んでもいいのだが、こういう事情があるために、日本文学の語り口には、私たちのように全く違う文学的慣行の中で育ったものにとっては、何かと馴染みにくい思いをさせるような特徴が見られるようになる。ここで、その中のいくつかを述べてみよう。というのも、本書にとられた短篇小説は、読者にも、まず西洋の文学とは違う心構えで接することを求めているからである。

まず第一に目につくのは、主として、筋書きの貧しさである。出来事が強い紐でがっちり結ばれているというのでなく、劇的なクライマックスに向けて高まるようにもなっていない。時には、小さな落ちといったものさえ欠けている場合が少なくない。その代りにあるのは、繊細な糸で細かく縫いあわされた出来事である。それから、性格的な人物が出て来ない。私たちの予期しているのは、強い性格（人物）、それが事件に沿って変化してゆき、それを通じて私たち（読者）に世の中が見えてくるといったことであり、私たちはそういう小説に慣れているのであるが、日本の作品では、まず、そういうものがない。人物は軽くスケッチされている程度で、細かい筆遣いは省略される。時には、人物の輪廓が示されている程度で、まるで薄暗闇の翳の多い空間の中で立ったり動いたりしているみたい。それに私たちは――たとえば、日本の中流階級の家族で二十八歳の長女とかその姉妹――なりたての女子大生と高校生といった人物の姿形やあらかじめ決められた役割に沿った立居振舞いといったものを、日本の読者のように、そんなに詳しく知りたいなどとは思ってもいない。

私たちに人物像がくっきりと結ばれないのは、（日本では）始めから当然持ち合わせていると想定されているところの、省略されたものを補って考える能力というものを欠いているからというよりは、むしろ、多くの場合、作者の関心の中心が作中の一人一人の人物におかれていないからである。要するに、読後の印象をよく考えてみると、登場人物たちは私たち読者の記憶からびっくりするほど早く消えてしまうことが多い反面、彼らが互いに絡み合っている事情は、しっかり頭に入っていて、それこそ、（人物や出来事でなくて）このことが小説の本当の主人公であるかのように思われるのである。こう考えてもあながち間違いではなく、そこから、日本の小説では、万事があらゆる人物たちの間での関係という観点から眺められ、評価されているのだという読後の感想が生まれてくるのだし、人物たちが、いつだって、部分的な姿しかみせないのも、そのために他ならない。ここでは、一つの個人としての性格を形成してみせる余地はあんまりないのだし、それを求める声もたまにしか聞かれないのである。

現代日本の女性作家の目で描かれた人と人との関係というと、たとえば、こんな具合である。「両親と祖父母と姉とから成る場には、一人一人の中から出てくるものの絡まりが、たえず浮動していて、そのあいまいさにたいして、私はどう振舞っていいかわからないままだった」(11)。言葉を換えれば、こういうことは日本の社会が生み出し、その成員である以上、誰もみなとりこまれてしまっている対人関係をあやつる複雑な組織なのである。ある人にとっては、こういう具合だが、ほかの人にとっては、これはまた目に見えない秘めやかなさまざまの方向に張りめぐらされた、ずっと以前から存在している、人間をぎっしりつめこんだ網に他ならない――この網は、その中の糸の一つに軽くふれると、それだけでもうすぐ動揺してしまう。日本の小説は、そういうものから緊張を作り出す。大庭みな子の『桐子』[12]とか富岡多恵子の短篇『結婚』などはこのよい例である。『結婚』では、女の一人がふとしたことでトマトを盛った皿を手から落してしまう。これはそれ自体、何のことはないちょっとした失敗にすぎない――しかし、このことが二人の姉妹の関係に恐るべき混乱をひき起こし、それまで実にうまくいっていた姉と妹の間柄という上下の秩序が、実は上辺の見せかけだけのものにすぎないものだったことを曝露する。姉妹二人の関係の中にあった、全く違う意識下の衝動の力が正体を現すのである。「高子は四つん這いのまま、飼い主を見あげる家畜のような目付をして首をもちあげた。……その声は、媚びをふくんで、ねばるように友子には感じられた。お姉さん、よしてよ、と友子はいったが、次の瞬間、思わず力をこめて、四つん這いの高子の背中を、両手で下へ押しつけていた」。

芸術的想像力は、こういったスナップ・ショット的描写に向けられる。高橋たか子がある随筆[13]の中で「想像力のはたらきは悪事にも似ている」と明言しているのは、こうした事情から来るのだろう。(この『結婚』のような)主に記述による文体で書かれた短篇では、先みたスナップ・ショット――つまり極度に精密な観察のおかげで、微小微妙な出来事ががっちり固定化される。省察は思想でなくて映像と化す。というのも、感性と知性はこの種の映像の中で働くのだから。そうして、感性の働きが素材の中にこんなに深く根づいていればこそ、――河野多恵子の『骨の肉』にみられるように――異常な感受性と心理の動きとが結びついて、時にはほとんど細部へのこだわりが過剰すぎるくらいの日常生活の描写が可能となるのである。

この本に出てくる短篇小説は、ほとんどみんな、それぞれ独特の抑制ぶりをみせていて、そのために、私たちは、まるで独言でもきかされているような、普通と違う印象を持つことになるのかもしれない。登場人物が一人でぶつぶついっているとか、小声で呟いているとかいったことがよく出てくるのが目につくが、そのせいか、これらの小説には、遠くの方で一種のもの悲しさが漂っているとでもいった雰囲気がかよう。日本の日常生活は、外国人には屈託のない暢気《のんき》な快さにあふれているように見えるけれども、この本では、それと正反対の、それがあればこそ芸術が芸術になるとでもいったものが見出される。それにまた、日本には、文学の姿勢として、人生の暗い面を際立たせるという長い伝統があるのだ。

ドイツ人の読者は、(これらの短篇を読んでいて)時には、一体どこに筋らしい筋があるのだろう?と思うかもしれない。実際、そういうものを期待する人は少し失望するかもしれない。小さな情景を綴り合わせたり、何かを体験し、何かを感じたその瞬間瞬間を並べて、そこから生まれた連想で前に進んでゆくというやり方、つまりはまさに点描主義的筆遣いで書かれた散文の小品を集めたもの、こういったものには、とかく何かを物語る力が少なすぎる場合がよくある。私たちを強い動きでもってある方向にひっぱってゆくとか、因果律の糸で有無をいわせずひきずってゆくとか、そういうことがないのである。

しかし、ここで思い出す必要があるのは、日本の小説、特に近代の、特に女性の書いた小説というものには、日記との昔からの絆が維持されているという点である。それに、これもその一つといえるが、日本の小説によくみられる特徴として、筋らしい筋のない物語、もともと始めもなければ、本当の終わりというべきものもない、――とどのつまりは人生には大団円などというものはないのだから、それこそ人生の流れに忠実に沿ったもの――といった趣きがみられるのである。

富岡多恵子の『結婚』というのは、出だしに偶然発生した事件を描き、それを巧みに利用しながら、いかにも実人生に近い小説という実感を生みだすのに見事に成功した短篇である。出発点だけでなく、終わり方もまさにそうなっている。というのは、ここには結びというものはなく、ただ消えてゆくだけなのだから。

日本の短篇小説には、主としてこういう構造の型を踏んでいるものが多く、はじめは雑誌に個々の部分を出しておいて、あとになって、それをまとめて一篇の短篇小説として本の形にできるようになっている。ここにとり上げた大庭みな子の『桐子』もその一例である。本にしてみると、最初個々の小品として発表した時にあった空白は、いわばわざと作った隙間のような、息抜きの場所のようなことになる。日本の読者は、こうした個々の小品の断片性を受け入れる心構えをもっているし、場合によっては、「欠けている部分」は同じ著者が前に発表したほかの小品で読んだもので補充するという場合さえある。

以上述べた小説の原則は、実はもう、私たちがずっと前から日本美術で経験してきたものである。中央遠近法の欠如、観るものとの距《へだた》りの短縮法、画面の縁でとぎれてしまう――つまり、物や人間の姿が完結しない姿になっていること――何も描いてない空白と描いてある空間との間に生まれる緊張などなど。こうしたものの示唆は、日本の物語小説と西洋のそれとの違いを考える上で助けになるのではないか。それに、日本の有名な、ごく小さい美術工芸の品々に目を向けることも大切なことで、この種の小芸術作品も日本の小説や物語といったジャンルのれっきとした一員ではあるまいか。

最後に、翻訳は必ずしもいつも原文を忠実に移すわけにいかないのだから、日本の小説の中で物語られている時間の推移についても、私たちがこの点で慣れているものと、ほとんどあらゆる点で違っていることを心得ておく必要がある。ものごとが、一定の視点から、ほとんど直線的に推移するなどということはごくごく稀で、絶えずパースペクティヴが近くなったり、遠くなったり、おそくなったり早くなったりするという場合の方がずっと多い。日本語における時間の経過の規定が、私たちのそれと比べて、過去・現在・未来の相互間の区別をつける上でほとんど精密度に欠け、筆者の自由に任せられていることも、これと関係がある。とはいえ、こういう特性は、作家の腕如何によっては、スタイルをきめる上での大切な武器になるということは言うまでもない。突然、過去から現在に時間がとんでしまったかと思うと、つぎの文章ではもう過去に戻っているとか、そこからまた現在になる、といった書き方は、文章の組立て、言葉のリズムを活性化するためにも、あるいはこまごました気分の移り変わりや細かなニュアンスのつけ方を映し出すためとかに、ずっと以前からさかんに使われてきた文体構成の手段になっているのである。

想い出を語ろうと考えた時に、この種の時間を飛ばすやり方は、私たちの内的想像力というものが、いかに、時間の推移の仕方に窮屈に縛られずに楽々と処理できるものかを具体的に、極めてはっきり示しているし、そういった時でも、これはいつも極めて限定された情緒の推移を指示しているのである。といっても、これも読者にとってはほとんど意識されないまま使われているのであって、ちょっとした気分の変化であり、それ以上の何者でもない。

この本にとり上げた短篇『幸福』〔宇野千代〕から、ひとつ例をとってみよう。

「一枝は良人にその話をして、一緒に家を見に行った。山は思ったほど高くはなかった。頂上の木の間がくれに、その家の屋根と雨戸が見える。それはすぐ近いようでもあるが、遙か上の方であるようにも見える。」〔傍点筆者〕

短い時間の間に起こるパースペクティヴの交代で、映像は一挙にクローズ・アップされ、警報のような働きをする。つぎにとった津島佑子の『我が父たち』にも、ごくはっきりした例がある。

「再び居間に戻ると、母が以前の引越しの時に使った段ボール箱を一人で不器用に組み立て直していた。妹たちはそれにおかまいなく、自分たちの服を茶箱に詰めこんでいる。長女は母に手を貸してやりながら、呟いた。」（傍点筆者）

長女の知覚ぶりが少し変わり、ピントを狭くとった撮り方からすぐに二人の大写しに移ってしまう。これが読者にすぐ伝わることに疑問の余地はない。パースペクティヴがごく少し変わるだけで緊張は高まる（妹たちも荷造りをやり出す！）たった一瞬の知覚が、いわば扇のように生活のさまざまの風景にまで拡がってゆく。これは物語をそのごく細かな点でも活性化させる経験の契機として働くもので、この極めて緊張した簡潔さは、日本の手芸品をかくも有名にしている理由とちっとも変わらない。[14]

『井戸の星』の場合も、作者の吉行理恵は時間のパースペクティヴの交代を構成の担い手にしていて、現在と過去の間を絶えず行ったり来たりさせて、悪夢のような圧迫感を彩ってみせるだけでなく、このことを表現そのものとしてしまっている。とはいっても、ここでも、時間の経過は翻訳しきれない。そんなことをしたら、ドイツ語として読めないものになってしまう。

さて、この辺で、近代日本の女性文学の内容面に――少なくとも、ここにとった短篇小説群とその時代性に照らして——目を向ける必要があろう。

歌人与謝野晶子は「生まれてきて、今日まで、一度だって愛情について教えられたことがない[15]」といったが、これは晶子が日本社会を弾劾した時の急所の一つであった。

存在していないもの、つまり「愛」、これこそ晶子が世間の人々にわかってもらいたかったことであり、事実この社会には愛を表す言葉がなかった。古来、愛のもとに理解されてきたもの、またそれにつきそって来た言葉は、あまりにも狭いものになり、あまりにもエロティックで性的な成素に密着してしまっていて、当時の言い方によれば、あまりにも非精神的なものになってしまっていた。愛とは何だったのか？　ヨーロッパの小説に始終出てくる「私は君を愛している」という簡単な文句を日本語に訳するのがどんなにむずかしいか。こうした事実を前にしては、私は何といえばよいのか、わからない。かつて、ある有名な作家[16]がこれを「もうこれで死んでもいい」と言いかえた時、日本語として実に巧みな言いまわしであるとして、世の好評を買ったという。

だが、十九世紀後半のヨーロッパ文学の知識が増えるにつれ、日本の女性たちは、男性の風下に立たされていることを恥かしいと思うようになった。性的に隷属することの不利益もさることながら、その上単なる「もの扱い」されるに至っては最悪で、彼女たちはそれを侮辱と感じ、だからまた、耐えがたいものと感ずるようになった。新しく目覚めた自意識が女性解放、つまりは自己実現、自己表現、女性の力の承認を求めるに至ったのである。

ものを書く女性は、いろいろと違った、たくさんの社会的目的のために戦っている。しかし、何よりもまず、そうして一つの目標を目ざして、いつも、くりかえし、強硬に、求めているのは、これ以上ないくらいごく自然な——しかも、かつて受け入れてもらったことのない権利であり、その権利とは、とりもなおさず、愛することの権利に他ならないのである。彼女たちは、女性もまた男性同様愛するかどうかは自分できめるべきだし、自分の生きる喜びのために愛を体験できるというのは当然の話だと固執してやまない。これに対し、この挑戦を受けた社会の方は、ひたすら禁止命令で応じるしかなかった。たとえば、一九一二年に、女主人公に（心ならずも）結婚外の恋愛をし、それを楽しんでいると言わせている短篇小説が発表されたところ、[17]警察は直ちに発売禁止とした。

しかし「愛」という主題、両性間の関係、こういったものを書くことは結局解放されたし、以来、女性作家はくりかえしこれを扱っている。その間にも、彼女たちはこの問題の上に出来ていたプラスのものでもありマイナスのものともいえる、かさぶたのようなものをかきこわしてしまった。ある日本の批評家[18]にいわせれば「ひたむきな情熱、ふつうに考えれば存在しえない、あるいは存在すべからざるようなものを、作品のなかで実在たらしめてしまうというようなそんな傾向は、女流〔文学〕のひとつの特徴といえるかもしれない」のである。

このテーマは今も現実性を失っていない。日本における両性間の関係がくりひろげつつある摩擦と複雑性とは、止むことなく、つぎつぎと変化の相を拡げているのであって、今もなお昔と変わらず文学の本質にかかわる問題、いや、それ以上に、これこそ現代日本の女性文学の焦点とされているものである。女性作家がほかのテーマに向かっている場合でさえ、男性と女性の関係については、いつも、話題にのぼってくる。というのも、この問題は、ほかのより大きく、より一般性をもった問題に対処する時の指標であるかのような観があるからである。本書はすべて女性作家の作品だけ選んだものだから、読者は、関係者の関心がこのテーマだけに集中しているような印象を持つかもしれないが、そうなるのも、実は自然の成り行きであり、正統性のしるしでもあるのだ。

ここにとった作品は十一篇にのぼるが、どれも一八九七年から一九四七年にかけて書かれたものである。この間、ちょうど五十年、つまり二世代に及ぶ時間の距り《へだた》、言葉遣いやアクセントの変遷、特定の問題に対する観点についての意識、または重点のおき方などの距り《へだた》にもかかわらず、従来の結婚のしきたりとの対決姿勢という点では、全員が共通の立場に立っていることも注目に値する。

この結婚のしきたりというものの一つにお見合いがある。お見合いというのは、両親あるいはほかの知人関係にある人物から結婚に先立って持ちかけられ、普通は当人同士初めて、その席で出逢うという結婚候補者の出会いをさす。以前は、当人の頭越しに結婚がきめられたけれども、今では、お互い気に入らなければことわることができる。こんな具合に変わってはきたが、開かれた形の中でも、お見合いという制度そのものは維持されている。女性の文学では、男性の作家のものの中よりも、大きな比重を占めていて、本書にとった十一篇の小説の中で六篇――つまり半分以上に――お見合いが出て来たり、中には、それが主要な役を演じているというのも偶然ではない。その中の一つには「義郎（父親）は娘たちに条件のいい結婚をのぞんでいる」[19]とあり、ほかの一つでは「結婚というのは、好きだからするってものじゃないわ」[20]（『結婚』）また三番目のものでは「……どういたしまして、親同士が決めた相手なんですの。間違いのない人だからって親が言うもんですから」[21]（『誘い』）という言い方が出てくるが、お見合いの裏には、こういったものが、すべて、潜んでいるのである。

こうしたお見合いの結果、成立した結婚が、その後長い月日を経て、どういう日常生活を送るものかということは、円地文子が『夫婦』の中でグロテスクなまでにつきつめた末生まれてくるユーモアでもって書きとめている。もっとも、これは今も変わらぬ日本の市民階級の典型的な姿といってよいものである。

こういう結婚生活では、性は家族の保存と実生活上の規律という目的を果す義務がある。これは私たちの個人主義的な考え方とはひどくかけはなれているものだから、お見合いが今日に至るまで、今の最も若い世代の多くの男女からさえ是認され受け入れられているということは非常に不思議な感じがする。だが、損得から考えると、（感情でなく）理性で考えて一致した場合は、夫婦の安定の良き保証になるわけで、こういう時は、結婚相手の選択は、ある程度、職業の選択のようなものと考えられ、それと同じような尺度で計られているわけである。

日本の見方からすれば、夫婦は何よりも子供を産むことによって、よしとされる。それに、この考え方には、根の深いものがあるから、一般に、女性が自分は何であるかを理解しようと思う時には機能する。円地文子の『冬紅葉』では五〇代の未亡人の女優が若い技師に恋心を抱くのだが、同じ年ごろの同僚の俳優から彼が若い女性を妊娠させたという告白をきいたとたん、自分の恋は幻想でしかないことを悟るに至る。ここには、いかに日本の女性が女であるかどうかを妊娠の能力の有無で計っているかということが反映されているわけである。この短篇は一九五九年に発表されたもので、今ではこの考え方の有効性は少し変わってきているという可能性はあるし、多分そうなっているだろう。しかし、あのころでも円地文子という作家はこの短篇小説を最後に『朋子……こっちへおいで』藤木が父親のような声でよんだ」と結んで、今いった月並みの考え方に、ほとんど目につかないような意地の悪さをすべりこませてはいるのだ。

『幸福』を書いた宇野千代は一八九七年の生まれ。現代文学界では最長老の世代に屈し、自伝の執筆で特に目立つ存在である（日本の「私小説」のことは前にふれた）。彼女はもっぱら自分の生きてきた道を題材にしているが、彼女の結婚生活は幾度となく相手を変えた非因襲的なものだった。もっぱら自分の経験したことを報告するやり方は、日本の結婚の慣行にさからうわけではないけれど、別の生き方も不可能ではないのだとはっきり示すという点で、秩序に異論を申し立てることにはなっている。『幸福』では、もちろん、ずっとあとになってふりかえってみるという時間の距《へだた》りのせいで、かつてはあんなに徹底的に自己実現に重点をおいていた生き方が、今や「幸福とは幻想に他ならない」という仏教的色彩の濃い解釈の下でみられているのである。そもそも、頁を開けるとすぐ出てくる光景というのが、七十歳をすぎた女性が風呂上がりの自分の姿をボディーチェックしながら「ヴィーナス」と比べてみるという気味の悪い二重写しなのだ。

この生ま臭い体験を文字通りまともにとったら間違いだし——ここでの「私」はほかの誰でもない語り手自身のことなのだが、その語り手はもうずっと前から作中人物「一枝」と一体化しているし、それと同じように、宇野のいわば古典的な語り口も今となっては純粋に芸術的手段になってしまっている——それでも、一枝のあくことのない幸福感の追求は、心の深い底のところでは、〈結婚にからんだ〉不幸と苦しみへの恐れから生まれたものに他ならない。

こうして、私たちはまた結婚をめぐる生活の環という無慚な現実に戻ったことになる。

もちろん、同じ女性といっても、作家ともなれば、不都合は事情の圧力——円地文子が「結婚生活の矛盾」と呼んだもの——から抜け出し、自分をそこから解放するだけの力は充分持ち合わせていたのだが、一般の女性は、こういう事情を意識はしても、ただ無力な怒り、涙、あるいはとめどもない憎しみといったものを抱いて生きるほかなかった。少なくとも、最近までは、そうだった。

だからこそ、中途半端な女性解放がマゾヒスティックな自己破壊、あるいはサディスティックな攻撃に陥ることが少なくなかったわけである。

これを知覚し、それを微妙な筆遣いで書きとめておくことができるようになったのは、戦後に書き出した世代の女性作家たちが最初である。この世代の人々には、結婚が文学的にも実りの多い素材だということもよくわかってきた。特に、敏感な感受性でもって自分を観察する上で長い伝統の訓練を経てきた眼の持主には、今では現代の学問も支持していることだし。特に作家でなければできないような自分だけの生き方を書き綴るだけで終わってしまうことから脱け出し、真実のためには必ずしもいつも必要とは限らない自己告白調（こういうことは古典文学の知らなかったものだ）から解放されるに従って、彼女たちの小説には新しい活力――ということは新しい確信の力に他ならないのだから――が加わってくる。そうして、その結果、いまや一般の女性の内的世界を語ることができるところまで来たのだ。

河野多恵子の小説はこのことをよく証明している。彼女の小説では異常な攪乱作用を及ぼしかねない心理風景が精妙を極めた手つきで語られたりする。『骨の肉』の女主人公は自己破壊の衝動に抵抗しきれなくなってしまうのだが、別の見方をすれば、これは自己破壊のもたらす恍惚状態を体験するということにもなる。日本の読者にとっては、この終わり方の背後には、早くも新しい始まりが隠されているのかもしれない。焼死というのは、神道の見地からすれば、何か浄化作用を含んでいるのかもしれないし、仏教が予見しているような死後の人間の再生ということからみれば、そこには、人生には別の人生が含まれているという証なのかもしれないのであって、どうして、それがより幸福なものであり得ないといえようか？　つまりは、これは一つの合図であり、そこには、ごく微かなものにせよ――ユートピア的なものの響きがきかれるのである。

大庭みな子や高橋たか子も、河野と同じように、六〇年代に一挙に姿を現した女性作家の群れに数えられる。この人たちの語ることは、表面だけでなく、深いところまで届いてくる。日本ではそれまでウイルス感染か何かのように、皆がいっせいに、無言のうちに、包み隠してきていたエロティシズムやセックスのことを、初めて口に出すようになったのは、この人たちにほかならない。

でも、この人たちのしていることは、――かつての与謝野晶子のような人の場合と違い――特定の個人の情熱の告白として行うというのではなくて、こういう力が存在している、いや、こういうものが充足を求めて押しよせて来ているのだという証拠になってもいるのである。

特に大庭はこのテーマに固執する。『桐子』[22]では、この点が物語の構成そのものにまで喰いこんでしまっている。彼女は昔から馴染みの道具立てを使っているので、私の見るところ、それが、実人生と同じように物語の中でも、一種の安定感を生み出す。とはいえ、この安定感といえども、美しく彩られてはいるものの、それ自体は極めてもろいものなので、少しでもゆさぶられると、ひどくゆれてしまう。この空間では、しっかり立っているものは何一つなく、すべてが動揺している。語られたものの中に語られないものが隠されている。そういうことになるのも、その語られないものが最も大事な、本来のものだからである。この物語に固有の揺れ動くものは川端康成を思い出させる。大庭は何かを言葉で言い表したいという衝動そのものにおいてでも川端に負っている点が少なくないのだろう。

大庭みな子が、すでに、年長の女性作家の純粋リアリズムに決定的に背を向けているとすれば、より若い吉行理恵に至っては、その点もう一歩先に行っている。この人は短篇『井戸の星』をまるでメルヘンでも書くように書いている。ただ、メルヘンといっても、そこには「むかしむかし」で始まった時代の明るく飛んでゆくような趣きはない。白雪姫の悪い継母のように、不吉な姑が戸口に立っているにはいるのだが、彼女の恐怖をかき立てる道具は、昔の毒を塗った櫛とかリンゴの類いより、もっと精妙なものになっている。一人の女性作家が、一人の若い人妻を、非人間的なものの原型にしばりつけられてしまうような、一定の現実を作り出せるのは自分だけだと信じているとしたら、それは一体何なのだろうか？　と、私たちとすれば考えてしまうのである。

二十世紀初頭の日本の女性解放運動は、早くからすでに、日本の歴史の始まりにあった母系制を強調しようと考えていたのであって、一九一二年、日本の神話の中の最高にある太陽神天照《あまてらす》を念頭においた「原始、女性は実に太陽であった」というスローガンは、この運動の挑戦的な性格をよく表している。[23] 女性文学はこの意識をとり入れ、受けついだものであって、七〇年代以降になると、母系制と父系制の間に生じた緊張関係が独自のテーマとして姿を現すのだが、そこには、その間に行われた研究の成果に刺激されたという事情も働いているだろう（日本の家族をよく観察してみると、母系と父系の二つの制度があいまって有効に機能していることがわかる）。

津島佑子の『我が父たち』という、普通とは逆の題をもった短篇も、この問題にふれている。ここでは、三世代の女たちが同居しているのだが、父親はどこかよそにいる。といっても、この家庭は一見母系制のようにみえるが、実は逆でいろいろと父系制度的なところがあって、何かというと、いつも魔法の合言葉のように「我が父」が姿を現すくせがあり、店の看板が「小間物雑貨店」となっているのも、そのためである。小間物雑貨を商売にしていればこそ、祖母は娘と三人の孫娘たちを支配し、彼女たちを自由を奪われた「発育不全の」生きもの扱いすることができるのである。この支配者は男（夫）が顔を出すと、そのたびに追い出してしまう。そうして、この祖母が死に、誰もその後継者になれないという状態になってやっと、母親と三人の娘からなる家庭に男（夫）をつれ戻す可能性が出てくる。しかし、最初の試みは失敗に終わる。「男は自分でどう思っていようが（…）母と娘たちの気のすむまで踊らされる」という母系制的な考え方が（男をつれ戻そうという企ての）実現を封じこめてしまう。それでも、四人の女たちが、自分のアイデンティティを求めて、だんだん、自由な生き方をするようになるにつれ、母系と父系の彼方にある一つの完全な形に戻る歩みを見出すための心構えも育ってくる。物語は、これまで対立関係にあった力の間に、長いこと望まれていた融和を象徴する言葉で結ばれる。「つむった瞼の裏に（…）白い雲のようなものが降っていた[24]」。

高橋たか子も、これを連想さすような、同じような融和に役立つ合言葉を書いている。「（花火は）ひらき続けながら落下し、（…）赤い涙の滴と緑の涙の滴という形をとり、ひらききった巨《おお》きな花が泣いているような印象が生じてきて、まったく無音のまま持続し[25]」、さらに、この少しあとに「この広い華やかな夜の、何処かの片隅で、きちんとした背広を着て、大きな黒いカバンをさげたセールスマンが、一人で空を見あげているような気がした。あんまりうつくしいので、それにすっかり見とれてしまい、『あの男』ではなくなっている。私だって、私のなかを花火のうつくしさがすっかり占めているから、隙がない[26]」と続く。

ただし、高橋の場合、憧れという名の、束の間の輝かしい光景は、花火と同じように、すぐ消えてしまう。というのも男、「あの男」とは――津島も強調していたけれど――危険の化身そのものに他ならないのだから。それは――磁石のような吸引力をもっているが、それと同じように、即座に拒否反応を呼び起こす。というのも、彼の背後には凶暴な力、つまり「男」の姿が見えるのだから。快楽と恐れの一体化。こうして「性的な快楽とは、最奥のところで、高められた（不安の）叫びに他ならない」ということになる。それに、つきつめて考えてみれば、ここでは、無意味な所有欲にかられた父系世界は――今日の過剰消費社会はその産物以外の何物でもないのだが――女性が自分自身から疎外されでもしない限り、女性には縁のない代物なのだ。一方、「夫の方は、他人という要素が強い」[27]（高橋たか子『誘い』）。高橋が、結局、この世界と一戦を交え、「一撃を加えよう」とするのも、そのためである。これは正当防衛であり、この物語からは、一人の女性の助けを求める叫び声が否応なしに聞こえてくる。

日本では、既婚者というのは、ほとんどしっかりした身許保証書のシンボルみたいなもので、だからこそ、大半の女性はこれを手に入れようと努力を怠らない。これは、富岡多恵子の『結婚』からもよく読みとれる。それに、結婚は、何か事があった場合、女性が自分は「然るべき女性」だと認めさせる唯一の可能性ともなるのだ。こういう社会の及ぼす圧力によって蒙る精神的被害に対しては、日本の社会はとかく目をつむってしまう。したがって、富岡多恵子の短篇の円満な終わりも、見かけだけの満足に終わりかねない。彼女は、物語を進める過程の中で、この偽瞞的社会機構が人間の集合生活をどんなに醜悪な脅迫同然のものにしてしまいかねないかを、曝露してみせていたのである。

本書にとった短篇小説は、すべて、一九五六年から一九八一年の間に書かれたもので、それぞれの時代にあった脅威、疑問、いかがわしさといったものに対する一つの答えになっている。日本における女性のおかれた位置というものは、女性自身の見方以外の視点からこれを見るという余地が小さい、ごくごく小さい、どう考えてみても決して大きくないものなのである。彼女たちの文学に与えられた課題は、これにつきる。高橋たか子は、この事情を一言で言い当てている。曰く、「内側から女自身の眼がとらえる女の真実、それは女の作家が表現することである[28]（まだかなり未開拓の領域だと私は思っている[29]）」。

（1）一二三五年（?）、藤原定家は歌集「百人一首」を編んだが、これは有名な歌人百人を選び、各人一首ずつとりあげたものである。この歌集は広く行き渡り、多くの人に愛誦されるに至った。

（2）紀貫之が『古今和歌集』の序文の中で、珍重すべきものとして特に男女六人の歌人（六歌仙）の名を上げた。

（3）公式の規則に従って、参集した歌人たちが右手と左手の二手に分かれ、それぞれの側から一人ずつ出た組み合わせによって、和歌を詠み、優劣を競いあった。

（4）男性たちは漢文のスタイルにこだわっていた。中で大きな例外は「和歌」で、ここでは男性も純粋に日本語で考え、もっぱら（ごく少数の漢字を混えながらも）日本文学で書き録《しる》していた。これらの和歌の多くは女性の読み手にあてて書かれていたのだから、女性も漢字は通じていたに相違ない。十世紀の中葉からさしも強かった中国の影響が薄くなるにつれ、和歌は再び勢いをまし、文学的教養に豊かな社会での通信伝達に大いに役立った。紀貫之はこれにも強い刺激を与えた。

（5）『日本古典文学大系』第十九巻、岩波書店、四九八頁。

（6）丸谷才一『雁のたより』朝日新聞社、一九七五年、一四〇頁以下。

（7）斎藤緑雨（一八六七―一九〇四）のこと。

（8）円地文子『花信』海竜社、一九八〇年、四三頁以下。
（9）円地文子『源氏物語』新潮社、一九七〇―八〇年。このあともたとえば、田辺聖子が『源氏物語』の現代語訳をやっている。
（10）壺井栄（一九〇〇―一九六七）のことである。
（11）本書にある高橋たか子の短篇『誘い』から（二一七六頁）。
（12）初出は雑誌『海』一九八一年、原題『梅月夜』のち中央公論社より発行の『楊梅洞物語』の第六章として、一九八四年。桐子はこの短篇の主要人物の名。
（13）高橋たか子『小説の舞台としての家』一二三頁。これは『魂の犬』講談社、一九七五年に収録してある。
（14）たしかにこの短篇では、現在と過去がめまぐるしく、変わる。すでに最初がこうなっている。『一つも恋愛しないで、結婚するなんて』双生児の姉章子に見合いの話が持ち込まれたとき、妹は反対した。『そうね、私、お見合いしないわ』」と、章子は言う。（傍点訳者）
（15）この言葉は田辺聖子『与謝野晶子』九四頁。この論文は『百年の日本人』第二巻、読売新聞社出版局、一九八五年に収録されてある。
（16）二葉亭四迷の言葉（一八六四―一九〇九）。
（17）荒木郁子『手紙』これは女性雑誌『青鞜』第二巻第四号に掲載されたが、その号は直ちに発行禁止の処分に付された。
（18）川村二郎（一九二八―　）河野多恵子との対談『他者と存在感』（『国文学』一九七六年七月号所載）七八―七九頁。
（19）佐多稲子（一九〇四―一九九八）『自分の胸』一九五六。（『佐多稲子全集』第十巻、一九七九年）二二一六頁。
〔ここは「義郎（父親）は娘たちに条件のいい結婚をのぞんでいるとばかりもいえない。条件がどんなであれ、何となく、娘たちを手放すのを好まないふうなのだ」と続く。つまり、これは本来は父親は良い縁組みを望むのが当たり前なのにそうとばかりもいえないのは父親が娘を手放すのが嫌だからであると逆の話にもって行こうとしているのである。」

(20) 富岡多恵子(一九三五―)『結婚』二九六頁(『芻狗』所載、講談社、一九八〇年)。
(21) 高橋たか子(一九三二―)『誘い』二八八頁(『怪しみ』所載、新潮社、一九八一年)。
(22) 前出註(12)参照。
(23) 女性誌『青鞜』発刊に際しての平塚らいてふ(一八八六―一九七一)の発言。「元始、女性は実に太陽であった。真正の人であった。今、女性は月である。他に依って生き、他の光によって輝く、病人のような蒼白い顔の月である」と続く。
(24) 津島佑子『我が父たち』一六六頁。
(25) 高橋たか子『誘い』三〇六頁。
(26) 津島佑子『我が父たち』二〇五頁。
(27) 高橋たか子『誘い』三〇九頁。
(28) 高橋たか子『誘い』二八八頁。
(29) 高橋たか子『小説の舞台となる家』二三頁。これは『魂の犬』講談社、一九七五年に収録されている〔括弧の中の言葉は訳者の続けて引用したもの〕。

＊この文章は、“**Das elfe Haus : Erzählungen japan. Gegenwarts-Autorinnen**”.(バルバラ・吉田＝クラフト編、ユディツィウム、一九八七年)につけられたバルバラ・吉田＝クラフトの手になる序文の翻訳である。同書は、現代日本の女性作家十名の短篇小説十一篇を含み、ドイツの日本学者六名がそれぞれ分担して独訳したものである。

＊本稿も、本書の大半がそうであるように、もともと、ドイツ人である筆者が、ドイツの――あるいはドイツ語圏の――読者のために、書いたものである。したがって、日本の読者にとってはすでに馴染みの深いものについて筆を費やしている部分もあるが、しかし、基本的には筆者が、ドイツの読者にとってこれまでほとんど知られていなかった現代女性作家の文学を紹介する上で不可欠と考えたものをとり上げるという趣旨に立つ記述であって、ドイツ人が日本のものをどう考えるかという一般的問題の一つと思って読めば、あながち、そのすべてが日本語に訳す意味がないとは考えられなかった。

原文には、女性作家の略歴を始めとして、三十四項目にのぼる註がついていて、中にはかなり長く詳しい紹介もあるのだが、訳に当たっては適当に取捨選択して当たった。

本書は一九八〇年の出版である。周知のように、その後、今日までの日本での女性作家の活躍、進出には目をみはるものがある。本稿の記述がそれに及んでいないのは言うまでもない。ただし、筆者バルバラ・吉田＝クラフトは早くから、――ヨーロッパと違って――日本の文学界における女性作家の極めて特異な、そうして非常に本質的な寄与に注目していた。現代日本の女性作家の短篇小説のアンソロジー『十一番目の家』が、筆者の編集の下に生まれたのも、そこに所以する。

（訳者付記）

（吉田秀和訳）

日本の近代文学の遺産――歌舞伎の一側面

私たちの過去を解く鍵は、いつも、同時に未来への鍵でもある。言葉をかえれば、過去への鍵を失った人には、未来への道をみつけるのがむずかしくなる。これは十九世紀後半、西洋を手本に計画的に近代文学を創り出そうとした日本にもあてはまる。当時としては、日本でも文学を西洋の文学理論の定義にあてはまるようにしようと考えたら、少なくとも理論的にいうと、従来の伝統に沿った考え方やしきたりなどとはきっぱり手を切るか、あるいはそれをひっくりかえしてしまうことになる、とされていたのだった。

しかし、ありていにいえば、過去の遺産は十九世紀にもなお生きていた。ただ、それでも、一つの決定的変換が起こっていたのは事実であり、一般に避け難いものとみなされ、それだけに力強く推し進められていた方向転換――そう、伝統をどう評価するかという点での全面的な変化が生じていたのだった。こうして、たとえば、明治に先立つ時代の文学（つまりは江戸後期の文学）は規範としての役割から次第に後退してゆく。他方、千年を超える歳月の間の、生きてきた文学の豊富な遺跡に対する評価は全体としてますます高くなっていったのだった。転換は、こういう形で行われていったわけで、ここではじめて、伝統として伝えられてきたものが、自由に——ないしは、少なくともより自由に応用できるようになった。というのも、ある種の伝統の綱はもはや厳重に直線的に受けつがれてゆくには及ばない、むしろ、かつての堅く閉ざされた構造から解放されて、以前とは違う、新しい必要に応じた形で役に立つよう扱えばいいのだということになる。それに、時が進むにつれ、日本の文学はますますインターナショナルな潮流との結びつきを増し、——一口でいって、日本文学の近代化が進むにつれて、これまで伝えられてきたものとは、臨機応変の対応策ですますといった具合になったのだった（これは、時によっては、今でも、変わらない）。ただし、だからといって、伝統の臍の緒が全く切れたわけでもない。

歌舞伎は今もなお生きて機能している伝統の遺産の中でも際立って大きな位置を占めているものの一つである。今日、ふりかえってみると、歌舞伎の中には、江戸の市民文化（江戸時代とは徳川時代、一六〇三—一八六八年と同義とみて差し支えない）の中でも最も顕著な刻印がみいだされる。こうまで言い切ってしまえば、誇張にすぎはしまいかという疑問の余地もなくはないのだけれども、そう言いたくなるのも、この演劇が、今までありとあらゆる滅亡論の対象になっていたにもかかわらず、今日に至っても、まだ実に力強く生きのびてきているからである。歌舞伎は十七世紀に生まれ、十八世紀に完全な開花をみせるに至った高度に市民的な演劇形態であって、西洋演劇が初めて知られた時には、それまでとの比較で通俗的なものとして非難されていたにもかかわらず、いくつかの改良が役立っただけでなく、本質的には劇作家の河竹黙阿弥（一八一六―一八九三）の大いに民衆受けのした脚本のおかげで、またそれに劣らず、七代目及び九代目団十郎と五代目菊五郎のすばらしい高度の演技力を通じて、ずっと今日まで生き延びてきたのである。

こういった、いろいろの歴史の思い出からみても、歌舞伎は二十世紀の初めの社会生活から切り離せないものとなっていた。ことに、大都市の市民層の女性たちにとっては、歌舞伎は娯楽であると同時に教養を兼ねたものでもあり、市民の上層階級にとっても、第一級の芸術的楽しみとして評価されていた。円地文子（一九〇五―一九八六）は、当時だけでなく今でも高名な学者を父親に持った人であるが、その円地の書いたところを（『円地文子全集』新潮社、第十六巻、一五九頁以下）典型的なものととってもよければ、つぎのように書いている。

「両親ともに歌舞伎芝居や浄瑠璃が好きであったから、文字通り私は母の腹の中から芝居を見て育ったようなものである。」（『円地文子全集』第十五巻、二〇三頁）

実際、歌舞伎は彼女の創作に――支配的とまでは言わなくとも――大きな影響を与えていた。物語散文と歌舞伎の間の関連性はすでに徳川時代からあった。たとえば山東京伝（一七六一―一八一〇）、または為永春水（一七九〇―一八四二）といった人々の小説は、ほとんど対話で成り立っているようなものだったが、これは読む戯曲（Lesedrama）と呼んでもいいようなものである。とりわけ、この両者の間には物語の筋の上でもある種の共通性が見出されるのだから。こういう点の後世への影響は今日までの日本の物語文学にもまだ残っていて、そのことは、作中の人物の類型性あるいは強度に日常会話的で、時には正真正銘の自然主義的な対話といってもいいような文章の最中に、突然はっきりと高級な文学にまで高められている文体で書かれているものが出てくることがあるのをみてもわかる。しかし、文学の近代性としての新しい点、その際意識的に歌舞伎から借用している点、こういうものは構成を考える見方からすると、全く別のものであり、これは歌舞伎が発展させた様式化の手段――たとえば、身振り、ポーズなど内容のぎっしりつまった瞬間――に他ならない。

こういったものは舞台の上で最も効果のあるモチーフといってよいものだが、それをもともと縁のない物語散文におきかえ、異化するということも行われていて、これこそ歌舞伎が散文芸術に及ぼす作用を高める所以といってよい。では、どんな例があるか？

永井荷風（一八七九―一九五九）は文体の美しさと随筆的物語散文の大家として知られる作家であるが、彼が小説『濹東綺譚』を書いたのは一九三六年のことである。これは、好んで東京を徘徊する一人の老いゆく作家と若い（小説の中では「正直とも醇朴とも言える」とされている）娼婦との間に生まれた、束の間の淡い、努めて深入りを避けた恋の物語で、蒸し暑い初夏のある日のふとした戯れとして始まり、秋冷と共に消えるように鳴り終えてしまう。この物語の中ではわずか——そう、ほとんど何ごとも起こらないに等しく、これはただ一抹の情趣と抒情的な響きの豊かさだけで生きているような物語にすぎない。音楽の曲のようなものだといってもいい。この始めから終わりまで、ずっと同じように流れてゆく物語の推移の中で、もしも、突如として劇的な爆発が起きたとしたら、どんなことになるか、それと思い比べてみたら、この小説の趣きが察しられるだろう。

物語は随筆のように始まる。つまりは、何かのおしゃべりみたいに。一人の小説家が、いつもの夕方の散歩の道すがら、ふと、ある古物商の店に立ちより、そこで何冊かの古雑誌を買い求めているうち、たまたまそこに来た商人から古い、しかしあまりありふれたとは言えない女物の絹の肌着を購う。それから間もなく、家路の途中で、警察の検問にひっかかり、怪しまれた末、尋問を受けることになって、もよりの交番に連れていかれる。巡査に「その包みは何だね。こっちへ這入ってほどいて見せたまえ」といわれているうち、尋問は次第に滑稽味を帯びてくる。「風呂敷包を解くと紙につつんだ麵麭《パン》と古雑誌まではよかったが、胴抜の艶しい長襦袢の片袖がだらりと下るや否や、巡査の態度と詰調とは忽ち一転する」。日本人以外の読者なら、これを読んでも平気で先に進むかもしれないが、日本人だったら、反対に、空気が一変したのを感じとり、息をのみ、そうして吉行淳之介の「侘しさと妖しい色気」と呼んだものがあたりの気配を一変さしたのを感じて、思わずゾッとすることだろう。こういうシーンこそまさに歌舞伎のクライマックスに当たるもので、とたんに音楽が止み、役者は突如口をとざすとともにあるポーズをとったまま身じろぎ一つしなくなるとか、あるいは、あの知らぬもののない舞台効果を狙い定めた一撃が青天の霹靂《へきれき》さながらに打ち下ろされるのである。荷風のここで描いたのはまさにそれだ。巡査の目の前で包みから女の肌につけるきらびやかな袖が蛇のようにだらりと姿を現す。と、同時に、かなり長い間の沈黙の静寂の時があたりを支配し、劇場の観衆は、ただもう、しばし呆然として舞台を眺めるばかり――という具合になるのである。

もしかすると、この物語の技法は、もっぱら、こうした芝居馴れした人という下地の前提がなければ効果が上がらないのかもしれないのだが、逆にその前提さえあれば、この荷風の例でみるように、読者の想像力を即座に動き出すよう刺激し、読者としては、この場の描写には、あまり露骨になりすぎると、老いつつある男性の弱々しい感性にとって、ほとんど苦痛になりかねなくなってしまうようなものは省略してあるのだなと思い及ばずにいられなくなるようなところまで持ってゆくのである。その結果、話は、この章の終わりで、小説の語り手が「古着の長襦袢が祟りそこねたのである」と確認するところまでゆく。

この種の描写芸術には、大向《おおむこ》う受けを狙ったところがたっぷり見られることを否定する人もいないだろう。その点、有名な芥川龍之介（一八九二―一九二七）の短篇小説『羅生門』（世界的な名声を博した黒沢明の映画にも同じ題のものがあるが、それとこれとは別の作品である）の結びのシーンも見逃せない。芥川は初期の作品でよくやったように、物語の素材を昔の文献――この場合は『今昔物語』――からとっている。ただし、彼は『今昔物語』では大まかに描写されているだけの主人公の行動を、煩わしいまでに細かく動機づけている。というのも、芥川は隠れもない近代的な、目覚ましいほどの知的な文学者だったのだから、いったんふさわしい種をみつけたら、あれこれと調べ廻り、疑問をぶつけ、とことん心理化（心理的動機の裏づけ）を押し進めないではいられない。それに、テクストそのものが、もともと、簡潔で報告書みたいな文体なので、大正時代（一九一二―一九二五）の読者の好みには――芥川本来の好みが大正のそれだったことは疑いない――もう合わなくなっていたのだ。また、後世の物語作家というものは、ほとんどいつだって素材にとったものを、より一層明確なものにし、より力強いものにし、効果を増強しようとするものだが、この場合もその点は変わらない。芥川は彼の狙いを達成するためのかっこうの手段を、以前から伝えられ、当時も生き長らえている歌舞伎の芸術の中に発見したのである。

芥川の『羅生門』は、中世の気味の悪い物語で、主を持たない一人の下人が、ある夕べ「地震とか辻風とか火事とか飢饉とか」に見舞われた京都の守護門である羅生門の中に、雨よけか、それとも最後の逃げ場を求めてか、駆け込んで来る。そこで、彼は思いもかけぬことに皺だらけの老婆に出くわす。老婆は火のついた松の木片のゆらゆらゆれる明りを手に持ち、この荒廃した時代によくある無雑作に捨てられている死体から、かつらを作るために髪の毛をむしりとろうとしていた。その姿をみて、下人の頭に、これで餓え死をまぬがれたという考えが、稲妻のように閃く。この凄惨な物語の結びはこうなっている。

「下人は、すばやく、老婆の着物を剥ぎとった。それから、足にしがみつこうとする老婆を、手荒く死骸の上へ蹴倒した。梯子の口までは、僅に五歩を数えるばかりである。下人は、剥ぎとった檜皮色《ひわだいろ》の着物をわきにかかえて、またたく間に急な梯子を夜の底へかけ下りた。

暫《しばらく》、死んだように倒れていた老婆が、死骸の中から、その裸の体を起したのは、それから間もなくの事である。老婆はつぶやくような、うめくような声を立てながら、まだ燃えている火の光をたよりに、梯子の口まで、這《は》って行った。そうして、そこから、短い白髪を倒《さかさま》にして、門の下を覗きこんだ。外には、唯、黒洞々《こくとうとう》たる夜があるばかりである。」

人物の行動のダイナミズムに焦点を鋭く当てるやり方だけでなく、また、情景にまるで芝居の舞台のような照明を与えるやり方だけでもなく、何よりも、一連の出来事がクライマックスに達し、そこですべてがピタッときまって静止する、その有様。これがまさに歌舞伎に他ならない。カーテンが下り、拍手の嵐が来る寸前、これを最後に、メロドラマ風に高揚された映像に集約される。これこそまさに歌舞伎以外の何物でもないのである。

前述の円地文子の長篇小説『女坂』(一九五七)の終わりでも、これと全く同じことを経験できる。これも結びは完全に歌舞伎的ポーズになっている。長い結婚生活の間、良人から加えられた屈辱につぐ屈辱を黙々と耐え忍んできた『女坂』の女、倫《とも》は、最後に死の床で、夫に向かってこう言い残させて、復讐をとげる。

「『私が死んでも決してお葬式なんぞ出して下さいますな。死骸を品川の沖へ持って行って、海へざんぶり捨てて下されば沢山でございますって……』(…)

豊子は坐るとすぐ口早に倫の言葉を取次いだ。病人の譫言《うわごと》として話すつもりだったのが、言葉に出すと、倫がのり憑っているように真剣に上わずった声になった。

行友の眼を蔽っていた霞が一瞬に晴れた。老人は少し口を開きかけたまま、放心した顔になった。洗ったばかりの湿った瞳には幽霊を見出したような恐怖の影が動いた。と思うと普段の顔に戻ろうとして、不自然な筋肉の動きが彼の端正な顔を醜くゆがめた。

『そんな莫迦な真似はさせない。この邸から立派に葬式を出す。そう言ってくれ』

叱るように早口に言い終ると、行友は横を向いて強く鼻をかんだ。四十年来、抑えに抑えて来た妻の本念の叫びを行友は身体一ぱいの力で受けた。それは傲岸な彼の自我に罅裂《ひびわ》れる強い響きを与えた。」

情念の高まりを描いて、これほどの表現主義的な表現は歌舞伎からきたものだが、こういうものに馴染《なじみ》の薄い読者には、写楽、国貞その他の浮世絵版画を思い出して頂けば、およその想像をつけやすいかもしれない。

『女坂』は、いってみれば、終始、歌舞伎の色彩で染め上げられた長篇小説のようなものである。今あげた例のほかにも、数えきれないほどのものが、いかに歌舞伎がこの小説の構成に大事な役を演じているかを示している。そうして、なぜ円地文子という女流作家がこんなに高い評価を受けているかということも、このコンセプションから必然的に出てくる結論がはっきり示しているところである。

歌舞伎俳優の市川猿之助は最近、名古屋芸術劇場の柿落《こけらおとし》し興行としてバイエルン国立歌劇場の一行によるリヒャルト・シュトラウスのオペラ『影のない女』の演出を担当して、評判をとった人であるが、この演出に因んで受けたテレビのインタヴューの中で、ヨーロッパの歌手たちに身体の動きが停止してしまうことを避けるために流れるような身体の動きをすることがいかに大切であるかということを、くりかえし説いている。つまり、あるポーズを見せるためには、あらかじめそれなりの時間と空間を用意しておかなければならないというのが彼の説である。これを通して猿之助は歌舞伎の舞台において一番大切な法則の一つを指摘しているのであって、その法則とは歌舞伎芝居のリアリズムが単なる生活の現実の再現の次元に堕してしまわないようにするものであり、逆にいえば、歌舞伎が独自の様式化されたリアリズムを作り上げられるようになるのは、この法則があってのことなのだ。

リアリズムと歌舞伎、この二つのカテゴリーは作家宇野千代（一八九三―一九九六）の場合にも、創作の文体を形成する働きを受けもっている。彼女が一九七二年に発表した『或る一人の女の話』は一読してすぐわかるように、彼女の中年に及ぶまでの半生を忠実に再現したものであり、何はともあれ、普通はまず、リアリスティックな作品に数えられている。しかし、本当にそうだったのか。事実はどうだったのか。自分の毎日の生活で使っている目でもって、この小説を読んだ人なら、おそらくは抵抗感を覚えるか、それ以上に、こんなことって、本当にあるかしらといいたくなるのではあるまいか。たとえば、ここには太陽の光の話が出て来るが、「雪はやんで、冬の日とも思えぬ強い日がぎらぎらと照っている」とか、あるいは、刃物を振り廻す父をみて、「一枝は父に縋《すが》りついた」などとあるあたり、注意深い読者なら、もちろん、これは特殊なシーンを狙ったもので、それに見合う特別の構成が必要になり、歌舞伎の舞台にうつしかえようとするあまり、純粋にリアリスティックな人生の描写からは遊離したものになっていることを理解するだろう。

「気がついたときには父は、店の間の上《あが》り框《かまち》から庭へ下り、往還ににじり出ていた。『ねきへ寄るな、ねきへ寄って怪我をするな。』と叫びながら、何かを振り廻していた。日の中に光るのは刃物であった。父の着物の裾から、汚物が流れ出ていた。「ここで歌舞伎の舞台横に位置する歌い手たちが物語に註釈を加えるように」あの体で、どうして台所から庖丁が持ち出せたのだろう。雪はやんで、冬の日とも思えぬ強い日がぎらぎらと照っている。その雪の上に、父は夥しい血を吐いた。「このあと、再び音楽から舞台に戻り」『旦さま。こりゃ、どうおしんされましたぞ。』

『お父《とっ》さま。』人だかりのした中で、一枝は父に縋りついた。『誰方か、誰方か助けてつかァされ、』魂切るような母の声がしたとき、『おどれ、ねきへ寄って殺されるな、』声だけで、父はそのとき、雪の上に突伏したのであった。」

周知のように、伝記の終わりは特別気をつける必要がある。宇野は、この問題を、驚くべき突発事を持ち出してきて解決してみせる。これは同時に歌舞伎の目ざましい大団円といってもいいものになっている。いってみれば、主人公は本から抜け出して舞台に足を踏み入れ、その歩みと突発的な転換でもって、再び、芸術と実人生の間にある距《へだた》りを完全に明瞭にするのである。この小説は次のように結ばれる。

「一枝は部屋の隅に落ちていた肩かけを拾い上げた。そして、それを肩にかけると、そのまま部屋のそとへ出た。田辺のいない間に、そこから抜け出す気であったのか、抜け出してどこへ行く気であったのか、一枝にも分らなかった。生垣の間から、ひらりと一枝は身をかわした。露路のそとは暗かった。闇の中に、遠い町の灯が見える。一枝は立ち停った。前後を見廻した。そして、肩かけで頬を包むとそのまま、一散に暗い道を駆け出した。」

一度でも歌舞伎の劇場に座ったことのあるものだったら、ここで花道を連想せずにいられないだろう。花道とは、舞台から平土間の客席を貫いてかけられた橋であって、その上を立役者が大芝居のあと急ぎ足で大股に出口に向かって駆け抜けてゆくのである。

おそらく、私たちには、こうしたメロドラマ的文章は、文体の傷として馴染みがたく思われるかもしれない。しかし、これまで馴れてきたものだけが良い文学だというわけでもないのである。

＊この文章は、"Neue Zürcher Zeitung" 紙の土・日曜日版（一九九四年四月十六・十七日）に掲載された記事の翻訳である。

（吉田秀和訳）

光と影

日本の古典文学には、私たちがかつて味わったことのないような驚くべき美しさをもった色彩と音調の形象や諧調が見出される。これは少しでも俳句を読んだことのある人だったらみんな知っていることだし、知らないまでも、漠然とそう感じていない人はいないだろう。ところが、たとえばクロップシュトック[1]の詩に出てくる「春の影の中で私は彼女を見出した」というような形姿になると、私たちはそこに若い、まだ芽生えたばかりの稚葉が光と影の戯れる中で微妙な金銀の網細工のような模様を大地に投げかけている有様を見るわけだが、こういった光と影の織りなす交錯は、日本の古い絵画の中にはいくら探してみてもみつからないのである。周知のように、日本絵画では、その最も偉大な風景画でさえ、画面に活気を与える影という要素は、なしにすませてしまっていたのである。

昨年（一九九五年）、東京で開催された「影絵の十九世紀」という展覧会[2]は、この事実を改めて思い出させるものだった。これは十九世紀以前の日本では「影」というものは文字通り例外的にしか描かれなかったという事実をはっきりさせる展覧会で、そこには一枚の英一蝶《はなぶさいっちょう》（一六五二―一七二四）の水墨の風景画が展示されていたが、この絵こそまさに例外なのだ。水平線の彼方に昇ってゆく太陽、ゆるやかに流れる小川にかかった橋、その上を馬の手綱をひいた若者が走ってゆく。そうして川の水面には橋、人間、それから動物の姿がはっきり反映し、写し出されているのである。

これはみるものに話しかけてくる情趣豊かな絵であるが、現在では、これが描かれた当時としては例外中の例外として桁外れに現実に近い光景を強調した絵として珍重されている。この絵には光と影――より正確には、光と影と水――が自然主義的に画面におかれている。というのも、影は戸外では水に反射されたものの形としてのみ知覚されていたからである。日本ではカゲを指すのに中国語の「影」という字が用いられているけれども、これは私たちヨーロッパ人が考えるカゲ（**Schatten, shadow**）に当たるものでは全然なくて、一義的には、むしろものの形という対象を指しているのである。だから、カゲは、たとえば月とか日とかと組み合わされて、月影、日影、というふうに使われるし、さらには水の面に映し出される影の形というふうになってゆく。

一蝶は芭蕉と親交があり、それだけにこの一蝶が極めて古くから詩歌の中に伝承されてきていたモチーフに刺激されて、こういう絵を描くに至ったと考えてみたくもなる。芭蕉の旅日記には、たとえば水に映った山からこの詩人が受けた崇高な感銘が書き録《しる》されていたり[3]、いわゆる影の世界（冥界）の中の陰鬱な天のおかげで、今度は（一蝶の例とは逆に）形象の反映がみられなくなっている[4]とかいった箇所が見出される。しかし、こういった考え方は文学の上ではごく普通なのに、絵画となると、そうならないのは、本当に注目に値する。話を室内での影に移すと、日本の部屋では壁は大体裸のままだし、特に光を透す紙のはってある障子で囲まれた部屋ともなると、さもなくとも光源は乏しいのだから、事物や人間の投げるカゲが注目と関心の的になるのは当然のことである。それでも、こうしたものを観察する楽しみは、前述のように、十九世紀になってはじめてみられるようになった。芭蕉に「埋火や壁には客の影ぼうし[5]」という有名な句があることはあるが、ここでの「影ぼうし」はもちろん自然と目に見えるようになった（ものの形の）現象というより、むしろ象徴的記号としての影像という役を果している。「客」というのも芭蕉自身のことでもあろうし、これは冬の寒さの中で、いわば壁に亡霊の如く映じ出されてきた（自分の）影像を目にしての句でもあるのだ。

　同じカゲといっても、陰惨な要素だけを示そうと思う時は、この「影」という文字とは別の「陰」という文字を用いるということも指摘しておくべきだろう。これは普通ある場所が暗いということを指すだけのもので、たとえば「大きなる栗の木陰をたのみて、世をいとふ僧有[6]」、とか、「日陰」――ある物体の背後にあって陽光の当たらない場所――とか。しかし、この字は、詩的な意味に使う時は、はるかに柔軟性に乏しいものになっている。

以上は数も少ないし断片的な指摘でしかないけれども、それでもなお、（こういうことを考えさせずにおかないのは）明治時代のまだ若くて新しいものを追求していた文学者たちが、日本が西洋に門戸を開いた時、初めて西洋文学（それもまずは十九世紀のそれ）を読み、たとえばつぎのような文章にぶつかった時、どんなにびっくりし、どんな感銘を受けたかを思い浮かべてみるのには役に立つのではなかろうか。

「イゴール・ミハイロヴィチは（中略）彼女（この家の女主人公）の帽子の飾りがゆれるにつれて、壁にかけられた絵の下の壁に映る影も、帽子と同時に上がったり下がったりする有様を観察し始めたのだった」（L・N・トルストイ『ポリケイ』[7]）。あるいはまた次のようなもの。「彼はヘッティを陽の光の中で見ていた――一つのものにとけ合わず、木の葉の柔らかな影の間で慄《ふる》えている幾条もの斜めの線となって光っている陽の光りの中に（立つ）ヘッティをみていた」（ジョージ・エリオット[8]）。さらにはまた、つぎのようなモーパッサンの叫び。「ああ、一片の土くれが何であり、また、それが足許の大地の上に落している短い影の中におよそどれくらいのものが含まれているか、君たちはそういったことを何にも知らないのだし、今後も決して知るようにはなるまい」。

こうした文章は彼らの目には本当に異様に映ったに違いない。それだけに、これを読んだ時の熱い感動は強烈だったろうし、それが〔読むものの心に〕引き起こした変化は深いところまで及んだに相違ない。中でもツルゲーネフの小品や長篇小説が彼らの自然描写に直接与えた影響には特筆に値するものがあり、それは急速に成果を上げたのだった。ツルゲーネフの、いってみれば水彩画のような自然描写——特に光と影の交錯に基づく風景の在り方は、熱中しやすい日本人の心を強く把え、その結果、光と影の織りなすドラマは近代の入り口に立つ当時の日本文学にたちまちとり入れられたのだった。

ツルゲーネフの叙景にインスパイアされ、因襲を打破し数々の文学上の発見をした人たちの一人に若い国木田独歩（一八七五—一九〇八）がいる。独歩は従来とは違う「自然な見方」を身につけ、それを一つの自由に呼吸するスタイルで表現して、自然描写に運動性の魅力を付与する才能に恵まれていたので、その才能を駆使して、西洋文化の影響の下に育ってきた十九世紀後半の明治の作家たちの、これまでなかった新しい生命感を鮮やかに言い表したのだった。以下は、その一つの例である。

「水上を遠く眺めると、一直線に流れてくる水道の末は銀粉を撒《まい》たような一種の陰影のうちに消え、間近くなるにつれてぎらぎら輝《かがやい》て矢の如く走《はしっ》てくる。（…）水上が突然薄暗くなるかと見ると、雲の影が流と共に、瞬く間に走て来て自分たちの上まで来て、ふと止まって、急に横にそれて仕了《しま》うことがある。」（一九〇一年の小品集『武蔵野』泰光堂、一九三九年再版、二四頁）

独歩は二葉亭四迷（一八六四—一九〇九）の訳したツルゲーネフの『あいびき』の一節に出てくる落葉樹林の美に目を開かれ（『武蔵野』七頁）、それを頼りに武蔵野に親しむことによって、日本の雑木林の魅力を発見したのだった。

「自分が彼問に下すべき答は武蔵野の美今も昔に劣らずとの一語である。昔の武蔵野は実地見てどんなに美であった事やら、それは想像にも及ばんほどであったに相違あるまいが、自分が今見る武蔵野の美しさは斯《かか》る誇張的の断案を下さしむるほどに自分を動かして居るのである。自分は武蔵野の美と言った、美と言わんより寧ろ詩趣といいたい、其方が適切と思われる。」

（『武蔵野』一二頁）

独歩はこれをもって読者を驚かせた。というのも、日本の詩歌はこれまでもっぱら松の林にだけ価値を認め、楢の類いの雑木林は、日常生活の上でさえ、実用性の乏しさのせいもあって、これを軽視してきたのだから。

独歩の友達の徳富蘆花《ろか》（一八六八―一九二七）も、独歩と同じように、「余は斯《この》雑木林を愛す[9]」と書いている。雑木林は、密生していようと、木の間隠れの疎生状態であろうと、どちらの場合も、独歩や蘆花にとって、光と影を把えるのに理想的なオブジェだったと思われる。一九〇〇年、蘆花は『自然と人生』という題の小冊子を発表したのだが、これはたちまちベストセラーとなり、後には古典の地位を獲得するまでになった。すでに、『自然と人生』という題だけでも時代の求めるものにぴったりだったのである。「自然」という言葉そのものが、当時行われていた文脈からいっても、ヨーロッパが覚えてまだ間もないものを漢字に移しかえたものに他ならず、それを通して日本でも新しく市民権を認められたばかりの新造語だったのである。

私たちは日本の近代文学というものが、そもそも、当時ヨーロッパで支配的だった傾向の気性——より正しくは作用——の中で展開されたのだということを忘れてはならないのであって、この場合でいえば、当時ヨーロッパで支配的だった傾向とは、ボードレールが一八五九年の『官展評』[10]の中で、いかにも苦々しそうな口調で、ピタリと言い当てているものに他ならない。

「当節、世間の人々の信条といえば、つぎの通り。余は信ず、自然を。余は信ぜじ、自然のほかの何物も。私は信じる、芸術とは自然の正確な再現にして、それ以外の何物でもあり得ない、とこういうわけなのだ」。

程なくして、日本でも「自然をそのまま正確に写しとる」という法式が絵画でも、また文学でも、通用するようになる。その要請に従って、蘆花は彼の八十七篇の散文詩を「自然に対する五分時」[11]とか、あるいは「写生帖」[12]とかいう標題の下に、綱領にそってその通りに書くことになるのだが、加えて、彼は序文の中でその意義を強調して、こうまで書いているのである。

「今予凡手凡眼、遽に見て急に写せる写世帖の幾葉を引ちぎりて即ち『自然と人生』と云うは、僭越の罪固に逭《のが》れ難かるべし。[13]」

また彼は書中こうも言っている。

「題して自然と人生と云うも、地人の関係を科学的に論ずるにあらず、畢竟著者が眼に見耳に聞き心に感じ手に従って直写したる自然及人生の写生帖の其幾葉を公にしたるもののみ」[14]

言葉を換えれば、これは外光派絵画（plein-air-Malerei）宣言以外の何物でもない。ということは、芭蕉の描いた自然の形姿に根ざす象徴主義的観照性と不可分の自然観からは遠く距《へだた》ったものに他ならないということになる。

蘆花の記述は異常なほど微に入り細を穿ったものになっている。これは、いってみれば、一連のスナップショットを筆でもって読者の眼の前に描いてみせるようなものである。色彩、形姿、情趣といったものが精緻を極めた筆遣いでつぎつぎと描き出されてくる。特に黎明の時、薄暮の刻が好んで扱われる場合が多く、そのために、蘆花が言うように、朝の光と夕べの薄暮を愛した画家コロー（一七九六―一八七五年）との結びつきが一段と強くなる。蘆花は詩のようなエッセーの中でコローの生涯と芸術を日本人に初めて紹介した人であるが、その際もっぱらイギリスの文献によってはいたものの、彼の読者に対する態度は、新しいものの翻訳者というよりも、むしろ自立的な情熱的支持者としてのそれだった。これが、彼の活気に満ちた文体がこの上なく美しい形で感じさせずにおかない所以である。

自然を観じて、目に映るものを正確に写すということはコローが彼の教師から学んだものだと蘆花は言う。そうして、彼は、一片の作為もなしに自然を見るというモットーを彼の詩作の基礎に据える。これは彼のニュアンスに富む色彩のパレットにはっきり出ていて、そこにはコローの金と銀の色調から借りたものが少なからず見出される。印象派的感覚で把えられた風景、それからほかの何よりも目立ってよく出てくる影のイメージなどがまさにそうである。

蘆花の場合、カゲ——といっても、ここでは陰という字があてられる方の暗さに結びつくものだが、——このカゲが四季折々の変化、それから一日の時間の刻々と変わるに伴って、青、菫《すみれ》色、漆黒、濃紺あるいは薄明の灰色といった多種多様の色彩で描かれている。彼は、ありとあらゆる明暗の色彩を知覚しようと努める。その際、彼はこの多種多様を極めた色の違いを区別することのできる漢字の豊富な貯蔵庫を十二分に操る。ついでに言っておけば、こうして簡潔な漢字を無尽蔵に駆使できるということが、彼のほかの点では近代的な文章を重苦しい難解なものにしてしまうことになる。これは芸術としてみれば失点であって、そのため蘆花が（文学史上）傍流に追いやられる一因にもなっているのである。

とはいえ、彼の描く影の姿そのものは実に新鮮で生気に満ちている。

「日光雨の如く射し来りて、障子に若葉の影さしぬ。

其影の多きを見て、若葉の茂れるを知る。

（静かに観れば、一庭《いってい》の新樹日を受けて日を透し、金緑色に栄えて、宛《さ》ながら一天の日光を庭中に集めたるの感あり。其の枝々葉々上には水の如き碧の空に映《うつ》り、地にはおのおの紫の影を落せるを見よ。[15]）」

これはその一例だが、この少し後に続く風景画はさらに近代的な味わいをもっている。

「風徐《おもむ》ろに吹き来ぬ。新樹は徐ろに碧空を撫でて頷《うなず》き、満地の樹影また静かに顫《ふる》ひ、新樹より新樹にかけ渡したる洗濯物の影は翩々《へんぺん》として地上に躍りつつあり。[16]」

チラチラという形容で影に模様が刻まれ、明るい戯れが絵のように写し出される。

「今年生れのカイヅは隊をなして水色の玉にも似たる水を游《およ》げば、其影ちらちらと底に印せり。[17]」

古来多くの人に愛されてきた月は影の素《もと》としても好んで用いられるモチーフだが、その月を影と結びつけると、これはもうただの月の光どころではなくなり、別々の二つであるが、一つの詩の中で添い寝も許されるような親密な間柄になる。

以上、日本の自然叙景の詩のいろいろな次元にわたる展望を超えた次元での影の姿のほんの少しばかりを断片的にみてきた。これは確かに一つの断片にすぎず、私のしたことは、そこに一条の光を投げてみたにすぎない。しかし、こうしてみただけでも、たくさんのことがわかるのである。たとえば、私たち（ヨーロッパ人）も少しばかりはものをみる目を養ってきているということ。それから、これまで私たちが日本独自のものとして信じて話題にしてきたことも、実は――日本人の得意な美的芸術的領域においてさえ――外からとり入れたものだったのだということ。私たちがこれこそ日本の審美感のテスタメントだと感心しながら読んできた谷崎潤一郎の有名な随筆『陰翳礼讃』でさえ、実は近代の洗礼を経た目によって初めて書かれうるものなのだ――そのことは、今となってみれば、本の題を一目すればすぐわかるはずだったのである。

〔1〕**Friedrich Gottlieb Klopstock**（一七二四―一八〇三年）ゲーテに先立つドイツ近代詩の父ともいうべき詩人。ここに引用されたものは **"Das Rosenband"**（ばらのリボン）という有名な詩の第一行。

〔2〕「影絵の十九世紀」サントリー美術館（東京）、一九九五年九月十五日―十月二十二日。

〔3〕「高山奇峰、頭《かしら》の上におほひ重《かさな》りて、左《ひだ》りは大河ながれ、岸下《がんか》の千尋《せんじん》のおもひをなし、（…）桟《かけ》はし・寝覚《ねざめ》など過《すぎ》て、（…）九折《つづらをり》重りて、雲路にたどる心地せらる。」（日本古典文学大系『芭蕉文集』岩波書店、六六頁「更科紀行」）。

〔4〕「かげ沼と云《いふ》所を行《ゆく》に、今日は空曇《くもり》て物影うつらず。」（同、七六頁「おくのほそ道」）

〔5〕日本古典文学大系『芭蕉句集』岩波書店、二二二頁。

〔6〕前掲『芭蕉文集』、七六頁「おくのほそ道」。

〔7〕**Tolstoi "Polikei"** インゼル文庫、六頁。

〔8〕**George Eliot "Adam Bede", Penguin** 文庫、二〇九頁。

〔9〕徳富蘆花『自然と人生』岩波文庫、六四頁。

〔10〕**Charles Baudelaire "Salon de 1859", Pléiade** 版 **Baudelaire** 全集、一〇三三―四頁。

〔11〕『自然と人生』岩波文庫、五一頁。

〔12〕前掲書、一〇五頁。

〔13〕前掲書、八頁。

〔14〕前掲書、二五〇―二五一頁。

〔15〕前掲書、一七九頁。（ ）内は原文に則して、訳者の追加引用したものである。

〔16〕前掲書、一八〇頁。
〔17〕前掲書、一八六頁。

＊この文章は、"Neue Zürcher Zeitung"紙の一九九六年十二月二十一―二十二日号に掲載された記事の翻訳である。初出時には"Vom Zauber des Mischwaldes: Die späte Entdeckung des Schattens in der japanischen Kultur"（「雑木林の魅惑」）という見出しになっているが、のち著者は「光と影」と改題している。

（吉田秀和訳）

III　日本文学、いくつかの発見

三島由紀夫、逆立ちしてみせた伝統主義者

〔書評をするといっても、〕私のように文芸評論を専門にしていない人間の場合は、自分が読書で経験したものをありのままに書いておくことが、結局、いちばんよく、またいちばんフェアな道でしょう。たしかに専門の批評家だって主観的に読んでいるわけですが、それでも、批評家の場合は、訓練を積んだ読者であり、たえずくりかえし読書しているために単に知識が豊富になっているというだけでなく、たまたま何かを読んだので考えるというような体験からは距離をおいていられるし、その距離が、訓練された想像力のおかげである作品の、価値を決定する上での明晰さをつくりだすことになる。専門の批評家とは、だから、読書の上で知識が多いというだけでなく、素人とはちがう考え方をする人なのです。

ある本を前にして、個人的な接触の仕方がどの程度まで決定的な意味をもっているかということ

は、どんな人も一度は経験したはずのことで、それはその本を読んだ時の自分の年齢を想い出してみるだけでもわかるでしょう。ごく単純な例を上げれば、『デイヴィッド・コッパーフィールド』〔C・ディッケンズ、一八四九―五〇年〕を、若い時でなくかなりの年配になってからはじめて手にとったとします。そうしたら、誰かが、かりにこの本を受け入れられたとしても、それは若い時とは全く別のものになりましょう。ある種の条件というものは、時機をはずしてしまうと決定的に手おくれになり、そのまま一種の先入見として残ってしまう。しかも、私が思うには、先入見というものは、判断を作り上げる上に、一方通行にならない限り、当然判断に参加してよいものなのです。というのも文学作品は決してそれ自体として存在しているのではなくて、時と所、特にはまた（それを読む）人間との関係から、はじめて、その現実の姿というか生命というかを手に入れるのですから。

以下の小文を読む方は、まず、私が三島の本を、最初外国語の翻訳を通じて、知るようになったことを知っておいて頂きたい。それから、私が、ほぼ三島と同じ世代に属する人間であること、ただし、私はナチスのドイツに育った人間であり、三島の『太陽と鉄』は、彼が自決した直後に初めて読んだことを、始めにおことわりしておきます。以上の三つの条件は、かなり大きなハンディキャップです。しかし、弱点が長所にならないとも限らないでしょう。

文学的批判としての翻訳という問題は、これまでひどく閑却されてきました。しかし、これはとても有用な方法で、放射能の検出にガイガーの数字が役立つように、翻訳家は文学の限界状況を発見します。こんなわけで、自国語の本でさえ翻訳で読むと、いろいろと教えられるものです。使いなれた言葉のために非批判的に読んでしまうところや、ついつい受身でただ楽しみを求めて消費してしまいやすいところ、一言でいって、つい半分居眠りしながら読むところも、翻訳で読むとなると、もう一度、頭を働かせることになる。私の経験した例を一つあげさせて頂きましょう。

私の世代のものには、リルケこそまさに、自分たちの詩人であり、かつては誰も彼もが、一種のリルケ病にかかったものでした。考え方でも、感じ方でも、手紙を書いても論文を書いても（詩がかける人は、ごく少数しかいない）、いつも「リルケった」ものです。ところで、私がロンドンの病院で読むものもなくベッドで時を送っていたころ、ある人が『マルテの手記』の英訳本を持ってきてくれました。おかげで、私は、少なくとも、リルケ病からはいっぺんに直ってしまいました。英語になったリルケは、もうどうしようもなく滑稽で、おかしくて、まるで、ギリシア悲劇の俳優たちが、あの底の高い半長靴のかわりにスリッパーをはいて舞台に出てきたみたいでした。私はもうその英訳本を手許にもっていませんが、そうなったのが、英訳の上手下手のせいでないことは、ほぼ断言できます。以来、私には、リルケの誇張された言葉の積み重ね方、同じ言葉をきどってくりかえすやり方、マニエリスムとキッチュといった、英語ではとても簡単に出せないものが、今度はリルケを原文で読んでいても、目について仕方がなくなりました。この経験のおかげで、私は、かつての自分が言葉の巧みなごまかしにのせられてリルケの様式上の無様、病癖といったものに目が届かなかったのに、気がつきました。翻訳は、しばしば、ニスで仕立てた艶を掻き落してしまう。これはスタイルについても、内容についても、あてはまる。

で、こういったことが三島由紀夫と彼の文学とどう関係するか？

日本の現代文学の発展に対して、三島が大きな影響を与えたことは、疑う余地がありません。特に、彼の寄与は、何も彼が私小説に断乎として背をむけ、意識的にフィクションを開拓したからというだけでなくて、何よりも彼が主題の選択や一般に「現代性」と呼ばれている姿勢全般を通じて、西欧の文学と結びついたという点にも存します。日本の内部の問題としてみれば、以上のすべてが基盤となって、三島はあっという間に独自の地位を獲得したわけですし、その立場を、彼は巧みに狙いうちしたショックの効果によって見事に守りぬいてきたのでした。彼の作品は内容的にも新しかったのですが、彼のスタイルもまたそれに劣らず、ある特殊な意味で、斬新なものでした。ヨーロッパの思想から多くを受けとるかたわら、単純にコスモポリタンと理解されるのを望まなかった三島は、もし大きな成功を望むなら、外国の要素を日本の素材と合成できるような、文学的な様式をつくりださなければならないという課題に直面したのでした。たまたま、第一次大戦後のドイツの文学的様式（ドイツでは、表現主義的と呼ばれたのですが、日本ではどんな名がついていたのでしょうか?）に、いろいろな点で似た様式が好んでとりあげられた時機に際会した三島は、時流とは別に、いわゆる（日本の文壇での言い廻しに従えば）擬古典主義的な様式形態を選んだのです。

こうして、三島は当時の大勢《たいせい》から別れただけでなく、ある効果を確実に達成しました。と同時に、彼は危険に身をさらすことにもなりました。というのも、この種の復古主義的様式は、あまりにも簡単に獲得できるものだけに、その真正さと説得力を身につけるためには、並々ならぬ考慮を払う必要があるからです。三島が擬古典主義様式の表現を尊重したのは、何もいい加減な事情からではない。彼の「世界観」には古典と規範に対する憧れがいっぱい詰まっているではありませんか。

だが、こういう人為的な加工品が、日本の外側にいるものの目に、どう映るか？　一般に外国の人間が、ある他国の文学における擬古典主義的で復古主義的な様式を、理解できるものでしょうか、それを享受し、判断できるとまではとてもゆかないにしろ。古代ギリシア人たちは、十八、十九世紀のヨーロッパの擬古典主義について、何といったことでしょう？　もし彼らが、後代の人々の努力について、薄笑いを浮かべながら頭をふったとしても、それを間違いといえるでしょうか？　それとも、三島の作品はむしろ十九世紀末のネオゴチックの教会建築にくらべるべきものでしょうか。今日の私たちは、このネオゴチックを芸術的（様式的）に言ってわき道だったと考え、否定しているわけですが。彼の本を読んでいると、たとえば、こういう箇所が目につきます。引用は二つとも、彼の代表作からとったもので、そのままほかの例としても使えるでしょう。

「大阪の町というものを、東京に生れて育って知らない悦子は、いわれのない恐怖心をこの都会に——紳商の、ルンペンの、工場主の、株式仲買人の、街娼《ひっぱり》の、阿片《アヘン》密輸業者の、勤め人の、破落戸《ごろつき》の、銀行家の、地方官の、市会議員の、義太夫語りの、妾《めかけ》の、しまりやの女房の、新聞記者の、寄席《よせ》芸人の、女給の、靴磨きのこの都会に——抱いていたが、その実悦子が怖がっているのは都会ではなくて、ただ単に生活そのものではなかったであろうか？」

（『愛の渇き』新潮文庫、五頁）

これで大阪が規定できるでしょうか。逆に、以上の記述にあてはまらない大都会となると、北京にでも出かけてみるほかはないのではないでしょうか。日本の文学の歴史におけるかつての桜の花や紅葉についての言いまわしのように——普遍的で、しかも同時に近代的な特殊さを特性づけられるような言いまわしをつくりだそうという試みは見事に失敗しています。というのも、記述が内容の空虚なアラベスクになってしまっているからです。

もう一つの例。

「沖にはあの夏の雲が、雄偉な・悲しめる・預言者めいた姿を、半ば海に浸して黙々と佇んでいた。雲の筋肉は雪花石膏《アラバスター》のように蒼白であった。」

（『仮面の告白』、「新文学全集　三島由紀夫集」河出書房、三九頁）

雲の描写を通じてヒロイックな瞬間を喚び起こそうと狙っているのでしょうが、せっかく古典的な舞台を望んだのに、結果はせいぜいバロックの模倣の書割に終わっています。様式の破綻は、「雲の筋肉」といったまちがった隠喩にもみられます。これは、もしかしたら、日本語だったら、もっとおもしろく読めるかもしれません。というのも、外見は様式を創造する上に生産的にみえるものでも、翻訳されると、意味のないことがすぐ暴露してしまうからです。このことは、西洋の哲学（思想）の断片的なよせあつめで埋められている箇所になると、もっとはっきりします。本当に新しい思想を持つという魅力が欠けているので、翻訳すると、その正体が、単純な悲愴がり、芝居っ気、特にはまた、騙《だま》し玩具みたいな生命のない抽象でしかないことが、すぐわかってしまう。（ことに翻訳では、どんな時でもそれ自体意味のある形をした文字（漢字）という踏み台がなくなってしまっているものですから。）同じことが、日本の、ことに若い読者を非常にひきつけた雄弁な警句についても、あてはまります。その様式上の羽根飾りがなくなってみると、人生上の智慧をもった警句である場合は少ししかなく、あとの多くは、反対に、物知りぶった自慢でしかなく、そのために、三島の意図した叙述上の姿勢の交代は、逆にすべてそこなわれてしまう。

こういうと、三島は、何も翻訳で読む読者のために書いたわけではないと抗議する人もあるでしょう。しかし、三島は、あの事件の直前に、彼の翻訳者たちにあてて書いた最後の手紙の中でさえ、自分の作品の英訳の出版をあんなに切望していたではありませんか（ついでに申しそえますと、私は、まだ、最後の四部作を読んでいません）。だから、彼としては、英訳の読者、それから少なくとも、彼の作品の内容に大きな意義をみていたにちがいないのです。この「内容」は翻訳されれば、ことの性質上、——三島もそれはよく心得ていたことでしょう——原作者がはじめに考えたのより、もっと強く表面に出てこざるを得なくなるのです。

では内容は、どうでしょうか？

三島の全作品を通じて、主導的な題目の一貫しているのは、周知の通りです。それはつまり、運命の力に対する信仰であり、といっても、ここでの「運命」とはヨーロッパでの運命の概念とはちがい、物化された世界からの解放、退屈と内面の空虚さからの解放、日常性と瑣末性からの解放、選ばれたものの徴《しるし》として使われているのですが、それとともにこの主題はまた、生の礼拝の終結としての、英雄的行為としての、死の表象とも結びつけられるとともに（死はいつも絶対の危険と絶対のエロチシズムの頂点として理解されています）、解放、つまりは自己実現にいたる骰子《さい》としての暴力行為と破壊的な力としての美とも結びつけられています。

こういった主題は、思想（哲学）としても文学としても、元来少しも新しくないし、ニーチェ、ドストエフスキー、ジイド、トーマス・マンを経てサルトルに至る人々（ここではごく少数の名をあげるだけにしておきますが）によって、もっと説得力にとんだ形で提出されてきたものです。日本では、もしかすると、いまいった組み合わせに日本本来の思想財と混同された形ではあれ、（たとえば『金閣寺』にみるように）三島によって、はじめてとり上げられたものなのかもしれません。しかし、彼の作品を、三島の手になる日本的なアクセントを離れて、ドイツ語訳で読んでいると、運命とか死とか暴力とか美とか、それに血と海とかいったものに向けられた言葉が、やたら無性にくりかえされて出てきて、私に、言葉の首飾りを思いおこさせます。それも、人間を美しく飾るためではなくて、すでに一度ほかの用途にあてられたことのある鎖を思い出させるのです。あれは、いつ、どこのことだっただろうか？　人々が英雄的な死だとか、予見としての運命だとか、血と海――いや、血と大地だとか、暴力行為の必然性だとか、インテリの病的な蒼白さだとか、そんなことをしょっちゅう口にしていたのは？　三島のあの言葉の組み合わせは、私には新しくない。私は、ナチ時代のドイツで成長した人間として、あまりにも始終耳にしてきたので、こういう言葉に対し、どうしても先入観ができてしまっているのです。

で、今年の夏も実は、こういう文章を読んでいたのですが、そうやっていると、私にはブレーカーのポスターが再三目の前に浮かんできて仕方がありませんでした。これは本当に私の先入観の所業でしょうか？

「(彼は) 陸の男よりもずっと若々しい堅固な躰、海の鋳型から造られたような躰を持っていた。ひろい肩は寺院の屋根のように怒り、夥しい毛に包まれた胸はくっきりと迫《せ》り出し、いたるところにサイザル・ロープの固い撚《よ》りのような筋肉の縄目があらわれて、彼はいつでもするりと脱ぐことのできる肉の鎧を身に着けているように見えた。」(『午後の曳航』講談社、一九頁)

ブレーカーの絵の悲愴がりとの相似は、あまりにも明瞭です。

もう何カ月も前ですが、私が、ほぼ同じ年齢のドイツ人の友達に、「私は『午後の曳航』はナチ時代のドイツでも大成功を博したような気がするけれど」と言うと、彼は、でも「三島の場合は文学的戯れにすぎないのだし、それはあらゆる価値の絶対的な審美化の問題であって、国家社会主義者たちのイデオロギー的無責任とは全然話がちがう」と、反駁してきました。

しかし、そんなことを言っている間に、三島ははっきりと文学的役割から脱け出し、切腹自殺によって、一般の人々に向けての彼の要求を提出したのでした。それを通じて、いまのところ、彼の死の影のもとに、彼の作品にはすべてこれまでとちがう光が投げかけられています。私は、本来、前にふれた友人との対話の続きとして『太陽と鉄』を読んだのですが、それは十一月末のことで、したがって、どうしても一方では自伝的な読み方が、他方では彼の展開するいろいろなイデオロギーに対する関心が、比較的強く目に入ってきてしまうのですが、これは、不思議でもないでしょう。今この時点では、三島の制服に関するフェティシズム――「しかも軍服は、痩せ細った肉体や、腹のつき出た肉体には、どうしても似合わぬように仕立てられているのである」、また「その服はいずれ折あらば、銃弾で射貫かれる服であり、血で染められる服である」(両方とも『太陽と鉄』講談社、九八、九九頁)――を冷静で中立的な目で読み、彼の知性に対する軽蔑を冷静に中立的に受けとるのは特に困難です。とりわけ、三島のこの軽蔑は、若々しく美しい肉体への賛歌と手を携えているのであって、ここでは老年というものには何の意義を認める余地も残されてはいないのです。――以上の組み合わせは、すでに『仮面の告白』に暗示として出ています。「私が智的な人間を愛そうと思わないのは彼ゆえだった。(…)私が力と、充溢した血の印象と、無智と、荒々しい手つきと、粗放な言葉と、すべて理智によって些《いささ》かも蝕ばまれない肉にそなわる野蛮な憂いを、愛しはじめたのは彼ゆえだった」(『仮面の告白』前掲、三〇頁)――みんなは今では悲劇とか運命とかいった概念についての彼の不正確な使い方についても、ひところよりは真剣に考えた上で判断を下すようになっています。(「そして激烈な死苦と隆々たる筋肉とは、もしこの二つが巧みに結合される事件が起れば、宿命というものの美学的要請にもとづいて起るとしか思われなかった」または「私は、その揺れうごく青空、翼をひろげた獰猛な巨鳥のように、飛び降《くだ》り又翔《か》けのぼる青空のうちに、私が『悲劇的なもの』と久しく呼んでいたところのものの本質を見たのだった」『太陽と鉄』前掲、五七、一六頁)それにまた、今となっては、共同体的なものの賛美、集団的な秩序の理想化といったものに対しても、これまでとは別の、もっと素朴でない見方をしないわけにはゆきません。(「肉体は集団により、その同苦によって、はじめて個人によっては達しえない或る肉の高い水位に達する筈であった」同、一二一頁)それに戦士の荒々しい生活の描写の対極をなすはずの編みものをする女たちの姿(『太陽と鉄』)とか、これまで一人の海の男の真の生活の反対を表すピカピカに磨き立てられた鍋やフライパンの光景(『午後の曳航』)とか、こういったものも、もう、単純なキッチュとして片づけるわけに参りません。

もちろん、私がここで、自分の見地から集めたものは、三島の作品の中の一つの――それも極端な——要素にすぎません。しかし、一度はこういう解釈を下す必要があるし、文学的にみても政治的にみても、ある一つの時代の兆候が曝け出したその結果から目をそらしてはなりますまい。文学といえども、政治的な邪道へ導くことのアリバイとはならない。これはゴットフリート・ベンのような天才的詩人でさえ、批判をまぬがれなかった点です。

日本だけでなく、いや、まさに外国でこそ、三島は成功を収めました。ドイツでも同様で、ノーベル文学賞こそとらなくても、彼は日本人の中で最も広く知られた文学者でありました。ですが、その成功の原因はどこにあったのでしょう？　私の推測では、彼の作品のとりわけ主要な成因であったあの強い審美的性格が、典型的に日本的なものと受けとられたからです。ですから、審美主義というものを中心の主題とした『金閣寺』こそ、三島の最も代表的な作品と見られていました。これに反し、彼の書いたもののほかの特徴は、あまり興味をひきませんでした。というのも、一方では、三島があんなにしばしば、そうして好んで専念的に意図したショックは外国ではあまり効果がなかったし、もう一方では、彼の文学上の寄与の多くは、それほど理解されず、したがってあまり認められることにならなかったからです。（といっても、日本の文学批評は、これまで、三島が『太陽と鉄』で極度に近代的な主題——つまり、あらゆる言葉の問題性ということ——を出発点としている点を、充分に認めていたでしょうか？　これまで、手あかがついて「汚れてしまった言葉」と、そこから発生する近代の文学者にとってのいろいろな困難について指摘した日本人は、誰でしょうか？　これは、たとえば今日のドイツの多くの文学者の場合、まっさきに目につく問題なわけですが。このことが、日本の散文について問題となっているかどうか、私はこれまで、いろいろな人にいろいろな形でたずねてみましたが、いつも、否定的な返事しかもらったことがありませんでした。少なくとも『太陽と鉄』の三島がいるのに。）『愛の渇き』であるとか『宴のあと』のような作品は、十九世紀のヨーロッパのリアリズムに近い物語ですが、ヨーロッパの読者の関心からはむしろはずれていました。そこに写し出された時代の様相に興味を持つ人たちのほかには。それにしても、私には、ヨーロッパでの三島の評価は、誤解に基づいているように思われます。ヨーロッパ人は三島の美学化された世界観を本質的に日本的なものと考えているのですが、私は逆に、審美と倫理の同一性こそ、特に日本文化に特有の性格とみなしてきました。この国では、どんな時でも、審美的な態度（生き方）こそ、倫理的な態度でもあったのではないでしょうか？　美学上の判断はいつも同時にまた、倫理的な決断でもあったのだし、それが人生に意義を与え、一般普遍的な拘束性を表現するものでもありました。たとえば『徒然草』の著者は、この姿勢からして、はっきり覚めた、そうして確乎たる態度を、人生を正面からみつめる智慧と勇気を、得ていたのです。三島の美学は、これとは逆に、二重の見地に基づいており、そこでは現実が美的世界と対立する。三島の美的世界は現実のものでなく、理想的な世界であり、いったんそれが幻影としての正体を暴露してしまうと、人間に自殺（みずからの手による自由な死）を課すことになる。たしかに日本の中にも、三島を、彼自身の解釈によりかかって、伝統主義者と呼ぶ人もいます。しかし、彼はむしろ、逆の意味での伝統主義者、「逆立ちしてみせた」伝統主義者だったのではないでしょうか？

この小文の始めと同じように、結びでも、私は自分の全く個人的な意見をのべさせて頂きます。というのは、三島の文学で、私が感心したものは、彼の『仮面の告白』の最初の頁に、いちばんはっきり表現されています。

私は最初の行だけ引用しますが、あとは読者が御承知です。

「永いあいだ、私は自分が生れたときの光景を見たことがあると言い張っていた。……」

＊『新潮』一九七一年二月掲載

（吉田秀和訳）

アール・ヌーヴォの川端康成

ある作家の姿が、長い創作活動の果てに、文学的関心の日陰地帯に退いてしまうということが起こる。これは何もその作家の作品の質と関係しているというわけでもなく、むしろ、たえずくりかえされる自然の成り行きというべきものである。どんな作家であろうと、後から来た世代にとっては、大切なのは自分の目的を貫徹することにあるのだから、先輩の作品といわれても、一部はその影響から自分を防御するために、一部はまた、彼らとしても事実上、いまさらどうしようもなく持てあましてしまう、というのが自然の成り行きであるから、過去の作家はおきざりにされてしまう。そうして、一連の文学的再評価の過程で、こうして取り残された作品を改めてまた自分のものとして発見するのは、そのまたあとで来る世代に残された課題ということになる。こういうわけで、今のドイツの大学生たちは、トーマス・マンのことを「われわれと何の関係もない」と一言で片づけてしまっているのだし、日本でいえば、芥川にしろ志賀にしろ、もう真剣な論議の対象にはならなくなってしまっている——というふうに見える。もっとも、皮肉なことに、日本では現在トーマス・マンの全集が大々的に発行されている最中であり、逆にドイツでは、芥川の『羅生門《らしょうもん》』という言葉が「真実の完全な相対性」という思想を表現する文学的中心用語として、さかんに人の口にのぼっているという有様ではあるけれど。

もし読者が、以上私が素描した文学的価値判断の史的変遷ということを現在にあてはめてみられるなら、私が川端康成の小説は今や次第に文学的関心の背後に退きはじめたのではないかと考えていると書いても、まさか誤解されるようなことはないだろう。大江健三郎や高橋和巳——二人だけ例をあげるとして——を読んでいる青年たちの眼からみれば、川端の芸術は古ぼけてしまったことになろう。だから、今は、さしあたって、川端について書いても、聴く人のない荒野で叫ぶようなことにならずにすむ最後の機会かもしれないのである。

ドイツからみると、事情は、もちろん、まるで違ってくる。ドイツでは川端は今日最も広く読まれている日本の作家ということになる。まだ一カ月にもならないが、私はベルリンで日本の短篇小説の選集を買いにある本屋にたちよった。ドイツでは始終あることなのだが、そういう時は、本屋の主人といろいろ言葉をかわすことになる。「ところで、川端の新しい本が出ました」と彼はいった。（ちょうど、「グラス〔ギュンター・グラス、一九二七—〕の今度の本を、もう読みましたか？」と訊くのと同じような調子で。）私が意外に思ったのは、その時の彼の何気なさというか、ごく普通のなれきった口調で、川端のことをもち出すその様子だった。何といっても、彼は、ドイツからみれば、まだ遠いところにいる作家なのだから。だが、ドイツでは、特にノーベル賞受賞以後の川端が、いわば愛読者のグループとでもいったものを持つようになっているのは疑う余地のないことで、文学的味利《グールメ》たちからは（ちなみにいっておけば、この人たちは良い翻訳だけでなく、相当ひどい翻訳で我慢しなければならない状況におかれている、というのが実状である）、川端は、日本の文学と芸術との伝統、さらにはまたある意味での日本の社会の伝統にまで及ぶ媒介者と目されているのである。もちろん、彼の場合にも、そこに古いもの、伝えられたものから、新しいもの、新規に出現してきたものへの変革が感得しうるのに、見すごされているというわけではないのだが、それでも、何よりもまず過去に顔を向けた伝統的作家として理解されているのだし、同時にまた、古い、洗練され、そうして愛すべき日本の美の数々を体現しているという点で、彼は感謝の的になってもいるのである。

だが、こういったレッテルは本当に当たっているのだろうか？　川端は本当に伝承のとりことなった作家、重要にはちがいないが、しかし結局は伝統的な文学的表現の可能性の鍵盤の上で巧みに演奏する大演奏家にすぎないのだろうか？　多分、そうではあるまい。

と、こう否定的な答えで応じること自体が、すでに、彼の独自性の問題を掘り出すことにつながる。川端の小説は、どうして、外国では、日本の物語芸術の精髄と目されているのか？　彼の小説が、谷崎の小説『細雪』などよりもっと強度に、こういう印象を与えるのは、なぜか？　この両者を並べて、文体を検討してみれば、問題なく、谷崎の方が伝統により密接に結びついた作家であることが明らかになるのに。彼らは、二人とも好んで、自然の風景や四季の景物との関連の中で、出来事を物語る。たとえば、谷崎は、意識的に古い日本の手本に遡行しながら、庭園の風物を背景に、人物を記述する。こうして蒔岡家の人々は、毎年春は二日目の午後、平安神宮にお詣りする。

「そして、池の汀《みぎわ》、橋の袂《たもと》、路《みち》の曲り角、廻廊の軒先、等にある殆ど一つ一つの桜樹の前に立ち止って歎息し、限りなき愛着の情を遣《や》るのであるが、蘆屋《あしや》の家に帰ってからも、又あくる年の春が来るまで、その一年じゅう、いつでも眼をつぶればそれらの木々の花の色、枝の姿を、眼瞼《まぶた》の裡に描き得るのであった。」（『細雪』）

これに対し、川端は、自分の手で色づけした自然の姿を通じて、彼の哀傷の念を表す。

「窓はまだ夏の虫除けの金網が張ったままであった。その網へ貼りつけたように、やはり蛾が一羽じっと静まっていた。檜皮色の小さい羽毛のような触覚を突き出していた。しかし翅は透き通るような薄緑だった。女の指の長さほどある翅だった。その向うに連る国境の山々は夕日を受けて、もう秋に色づいているので、この一点の薄緑は反って死のようであった。前の翅と後の翅との重なっている部分だけは、緑が濃い。秋風が来ると、その翅は薄紙のようにひらひらと揺れた。」

（『雪国』）

あるいはまた、日常のごくありふれた近代世界の一面にふれて、そこに春を感じる。

「三月のいつであったか、品川駅の乗り場の水道で、里子くらいの女の子が水を飲んでいるのを、信吾は横須賀線の電車から見た。はじめ、水道の栓をひねると、水が飛び上ったので、女の子はびっくりして笑った。いい笑顔だった。母親が栓の加減をしてやった。いかにもうまそうに水を飲む女の子に、信吾は今年の春が来たのを感じたものだった。」

（『山の音』）

あるいは夏の一刻の気まぐれとはずみのついた上機嫌。

「菊治はひげを剃るのに、石鹸の刷毛を庭木の葉のなかに振って、雨のしずくで濡らせたりした。」

（『千羽鶴』）

たとえ川端の抒情的な寸描が俳句からきたものかもしれないにせよ、それは強度に個性的な刻印を帯びた感受性から発生したものに他ならない。

川端が伝統主義者でないことは、たとえすべてではないにせよ、多くの点からみて言える。というのも、彼は故意に自分の個性的な体験の能力の枠内に引きこもるからで、そうやって、川端は自分の主観性の密度を、まるで高度に敏感な地震計が外界からの微小の極限の接触さえ知覚するのと同じくらい、極点まで高めてゆく。言うまでもなく、その場合でも、ど、ん、な、ふ、う、に反応するかという点にふれてみてはじめて、川端の創造力の在り方が明らかにされるのだが。

私生活的な領域に自分を制限する態度は疑いようもない明確さで示されている。これはほかの作家たちにもよくみられることだが、川端の場合にも、何かを物語るその行間に、いわば作家の工房用覚え書とでもいうべきものが潜んでいて、以上の彼の態度を一層強化しているように見える。島村が駒子に向かって、読書の感想を書いておくのか？ と訊ねると、彼女はいう、「感想なんか書けませんわ。題と作者と、それから出て来る人物の名前と、その人達の関係と、それくらいのものですわ」。川端の物語の基本的図案のひとつは、まさにこの「人達の関係」から生まれてくる。そうして作品の仕上げの際に、彼の人物たちを結びつけている糸の複雑で隠微なもつれを明らかにする操作が行われることになる。その際、彼の人物たちを一種の私生活的な内輪ごと——つまり「家族」の枠内にとじこめてしまうことがよくあるが、これも川端の特徴である。これが、彼の場合、物語にごく手近にある枠を与えることになるのであって、そのために、たとえば谷崎の場合の蒔岡家の姉妹たちのそれぞれに典型としての役割を与える必要がはぶかれることになる。川端の場合、近親相姦の主題が、緊張を高める契機のひとつとして組みこまれるだけですむのも、このためである。

閉鎖性と孤独とは、川端の物語にいつもくりかえし出てくる示導動機《ライトモティーフ》であり、局限された空間は密度を高め、そこから彼の文学が生まれてくる暗室と化する。それはまるで、白昼はさしあたり点字を刻みつけるだけで、夜になってはじめて、その文字が光を帯びた彩色文字に化身し、解読されるようになったとでもいったらよかろうか。川端の物語には再三再四夢の話が出てくるが、そればかりでなく、物語自体が、昇華された夢にすぎないように見えるのである。この点で特性的なのは、彼の物語の筋の多くが、いってみれば否応なしに一方通行的に推移することで、そこでは、モラルの視点が閉めだされていると同時に、語り手自身もほとんど完全に姿を消している。読者は、『山の音』の菊子と同様、舅――つまり語り手の目にうつるものはすべて見ておかれるよう、片時も注意を怠ってはならない。たとえ、小説の中で、信吾が「そうはいかないよ」とことわっているにせよ。そのほか、彼の小説に「夢のような性格」を与えるものとしては、倫理的な意識では全然追うことのできない事件のパースペクティヴや場所や時間の突発的な交代とか、お互いまるでかけ離れている情緒をアッという間に結びつけてしまう連想がふんだんに出てくることなどがあげられる。浮動する形象が話の筋に欠けている因果律を代用するのである。ある時は、物語の主人公があまりにも鮮やかな姿で読者の目の前に浮き上がったかと思うと、一瞬にして視野から姿を消してしまう（『雪国』）。またある時は、何かの品物が突然人物に少しも劣らない重要性を与えられ、恐ろしいほどのなまなましさで目前におかれている。これがある転換点を意味するのは明らかだが、その品物の象形文字としての意味がはっきり解読されていない場合もなくはなく、読者はただその象徴性をおぼろに感じるにとどまる。こんな具合で、たとえば、赤く輝くもみじは『山の音』の根本的素材に属するが、信吾が修一の愛人の家に通じる道をゆく時、曲がり角にあるもみじの大木の場合は、この小説との直接のかかわりあいがわかりにくいのである。また（これはサイデンステッカーがすでに指摘したこととやや重なるが）、『雪国』の島村が火鉢によりかかり鉄瓶に耳をよせ、小鈴の音のような湯のたぎる音をきくうち、「鈴の鳴りしきるあたりの遠くに鈴の音ほど小刻みに歩いて来る駒子の小さい足が、ふと島村に見えたりする」。そうすると、彼は早々にこの土地を立ちのかなければならぬと考えるのである。これは大変微妙な文章ではあるが、一度読んだだけでは論理的関連は必ずしもはっきりしない。それとは逆に、『千羽鶴』の志野の焼き物や、『山の音』の能面の象徴するところは明らかで、これはすでに夢を見るということを超えた思索的意義を帯びるに至っているが、これについては、またあとでふれることにしよう。

夢の反映に他ならぬものは数多くあるが、すべてがそうというわけでないのは言うまでもない。それにしても川端の文学に超現実主義的な領域のあることは見逃せない。意識下との密接なつながりの証《あかし》としては、彼の小説には双生児的な二重の人間がさかんに出てくることがあげられる。『古都』では中心に双生児がそのものずばりで提出されているが、ほかの小説でも、たとえば『千羽鶴』の太田母娘のように主人公が二つの人間に分けられているもの、あるいは『雪国』の葉子と駒子のように主人公から別の人物が分離していって一見別個の生活を送るかのように見せかけるもの、あるいは『山の音』で菊子が保子の姉の生まれかわりであるかのような形をとるものなどが目につく。川端がどんなに強く人間を二重の生として把えているかということは、彼の物語に出てくる夢の中でも強調されている。そこでは、この動機がくりかえし出現しているのだが、たとえば『山の音』

では、こんな夢が出てくる。「おかしいことに、そこで信吾は二人になって、火の出る軍服の信吾を、もう一人の信吾がながめている」。または同じ小説の別の箇所では、ちょっと別の形となっていて、「砂原で砂のほかになにもなかった。そこに白い（引用者挿入）卵が二つならんでいた」……。

私たちのみる夢が個性的で各人各様であるように、川端の小説は個性的であり、非社会的であり、私生活的な性格を強度に帯びている。これをさらに強調して言い直せば、そのために彼の文学は日本の古典文学の周辺に位置するということになる。川端の物語はどれをとってみても見まがう余地のないほど川端的であり、したがって私たちはそれを独自の文学と呼んでもよいのではなかろうか？　この感じは極めて確かな手応えのあるものだから、『雪国』や『千羽鶴』を読んでいると――ついでながら言っておけば、私の考えでは、以上の特質はこの二篇に最も集約的な、濃密な仕方で含まれていて、それにくらべると『山の音』では造成的な緊張力が幾分弛緩しているように思われる――、これらの物語を何かほかのものと比較しようという考えは、本来なら浮かんでこないほどである。川端の語る夢は彼の個性的な在り方や考え方の証拠である。というのも、心理学者たちはやたら単純なものに要約したがるけれども、私たちの見る夢はどれもみんな互いにひどくちがったものだからである。したがって、川端の夢にみられる想像力のイメージが、読者の一読して「なるほど」とうなずけるようなものである例が比較的珍しいのは、ちっとも不思議ではないのだ。

それにしても、川端の場合、主題の点でも視野の広さという点でも、これほど強く局限されていることから、読者が、うんざりするとはいわないまでも退屈する恐れはないだろうか？ ところがそうならない。私自身も、川端の最良の作品は二度三度くりかえし読んでも、いつも同じ強い興味をもって——しかしちっとも疲れずに——読み通せるのはどういうわけかと、これまでも何度か自分にきいてみてきた。しかも私は日本の文壇内部の人間でも何でもないのだし、したがって作家の個人的な内密な告白に関心をもつ根拠は一つもないのだから。

こう考えてくると、彼の文学には単なる主観的経験以上の内容が含まれていることは確かである。この点は前にふれておいたところである。ところで私は、偶然のことから、ある論文につき当たった。これは差し当たりは廻り道にすぎないようなものだが、一考に値すると思われるのである。というのは、この論文は人類に生得の「反応のメカニズム」（Auslösemechanismus）を取りあつかったものなのだが、〔1〕それによると、人間というものは、幼児の一定の特徴に接すると、それを庇護しようという反応を唆《そそ》られる。これがどうしても可愛らしいと感じとらずにいられないからであるということになる。赤児ないし幼児の身体の均衡——つまり頭部が比較的大きくて、四肢が短い点——がその重要な特徴であり、さらには、比較的高く、円《まる》くもり上がっている前額部があげられる。それに、赤児特有のぽってりとふくれた頬は見るものの心を暖かく柔らげる印となるとされている。この論文に接したとたん、私は川端に出てくる女性のタイプを思い浮かべずにいられなかった。『千羽鶴』の太田夫人はこう描かれている。

「色の白い長めな首と、それに不似合な円い肩も同じで、年より若い体つきである。目の割に鼻と口が小さい。小さい鼻は、よく見ると恰好がよくて、ほほえましくなる。ものを言う時に、どうかすると受け口に見える。」

この子供っぽい頭部と、それを支えるはずの細長い首の頼りなさ、こういったものは見るものの心の琴線にふれないわけがないし、かくも可憐な姿に接すれば誰しも心を動かされずにいられないのではないか？　また婉にやさしい菊子も赤子のような顔をもち、見るものの心に庇護したいという愛情を呼びさまさずにはおかないではないか？

「菊子は前髪を掌でおさえて、額のかすかな傷あとを見せた（これはお産の時につけられた傷である——引用者）。それからは、額の傷あとに目がつくと、信吾はふっと菊子が可愛くなることもあった。」

菊子はある時はこう見え、またある時は、

「その菊子は化粧していなくて、少し青ざめた顔を赤らめ、眠いような目ではにかみ、紅のない素直な唇から、きれいな歯を見せて、気まり悪げにほほ笑んだのを、信吾は愛らしいと思った。こんなに幼げなところが、まだ菊子には残っているのか。」（傍点引用者）

では駒子は？

「少し中高の円顔はまあ平凡な輪廓だが、白い陶器に薄紅を刷いたような皮膚で、首のつけ根もまだ肉づいていない」……。

それに、この小説では、島村でさえ、駒子が彼の寝顔を見ながら発見したように、円い頬を失っていないのだし、その島村が鉄瓶の湯のわく音を耳にして、ふと目に浮かべたものは、「小刻みに歩いてくる駒子の小さな足」だったではないか。

もちろん、文学の外にある契機を過度に強調するのは避けなければならない。これは言うまでもないことである。しかし、以上のことは、川端が——多分無意識であろうが——人間の挙止の生まれながら持っている性向を非常に正確に把握する力をもっており、それを通じて、彼の主観的な体験を、いってみればひとつの確信力にみちた支柱に発展さすのに成功していることを証明するものといえよう。おそらく、今後も、人間の挙動の心理学的研究が進められ、より正確な知識が得られるようになれば、もっとさきのことも発見されてくるだろう。『雪国』の島村は同じ汽車の近くの席にのりあわせた葉子が「駅長さあん、駅長さあん」と呼ぶその声に即座に心の底まで響くものを感じたのだし、『再婚者』を語る「私」なる人物は後年彼の妻となった女性が、女中に向かって「愛子、お客さまにお絞りをさしあげて……」と叫ぶのをきいて、その場で彼女に魅きつけられてしまう。こういうこともまた、川端文学における、読者の自発的な共感を呼びさますための、前に述べたことに劣らず決定的に有効な人間反応のメカニズムの法則の援用であるといっても、あながち強弁とばかりいえないだろう。ということは、さきの科学論文にもあるのだが、言葉の使い方の中にも、私たち人間が生まれながらにして反応する一種のメカニズムの軌道があらわれているということになる。これを念頭におくと、川端の働きかけの力は、部分的にはこういった人間行動の把握（と、その巧妙な応用と）にもとづいており、この力は文化の相違を超えても妥当性を失わないと考えることも、全く誤りとはいえないのではないか？　そう考えると、比較的簡単に、この日本の作家が諸外国の人間にも、日本の読者の場合と同じ感情を呼びさませることの説明がつく。これはまた、その中にひとつの危険を含んでいることにもなるのであって、川端の文学は、それをごく少しでも誇張すると、私たち読者は過度の刺戟を与えられた場合と同様、いらだちを覚えずにいられなくなるのだ。というのも、そうなると、これは文学的キッチュという印象を与えてしまうからである。

夢と記憶とは、昼と夜のように、互いに相手に所属しあい、交互に補足しあっている。この両者の連関が川端の文学で演じている役割については、前にふれた。廻り道を通ってはじめて、体験はひとつの結晶体にまとまる。駒子の像と葉子のそれとが鏡像となってますます意味を深めるように――あるいは、そうなってはじめて、意味が認められてくるように――また『水月』の中の瀕死の男が世間と、のちには彼の妻そのものさえ、まず自分の手鏡に映る映像の中に知覚するに至るように（ちょうど、多くの行動の意味がまず直接それに当たらない人間の反応の中にはじめてはっきりしてくるように）、川端の現実は、いつも、いわば鏡の中に映じたそれである。だが、川端は、こうしたやり方を通じて、私たちの眼の前で、さまざまの像や夢や風景や光や声たちに、ひとつの現実性を賦与するのであって、すべての日常的現実は、その現実の傍らをむなしく流れさってゆく。夢は昼を反映し、昼は思い出として、私たちの本質の底に横たわるものをとり出して来、それはまた、思い出を通してはじめて、事実と変身する。だからこそ、あえて信吾に限らず、川端の人物たちにとっては、何かを思い出すということが死活の重要事になってくるのである。「かつて見たことがあるぞ（déjà-vu）」という感じが定着する、その瞬間の中で、はじめて、非現実性の呪縛が破れるのである。こうして信吾は、子犬が倒れたり起き上がったりするのを見つめる。

「信吾は宗達の子犬の水墨を写真版でちょっと見ただけで、模様化した玩具のような子犬だと思ったものだが、それが生きた写実だったかと気づいて驚いた。」

過ぎさったものは、すべて、現在との対決の中で、はじめて、現実となる。逆にまた、すべての現在は、過去を通じて、はじめて、明確化する。これこそはまさに、晩期の文学を特徴づける洞察に他ならない。信吾は、ついさきほど手に入れた古い慈童の面を見つめているうちに、菊子に対して抱いている優しい心を理解するに至る。『千羽鶴』の茶碗は、伝承されたものの永続性と同じようにはかなさを象徴する。

過ぎさったものは、もし「今日」が新しい照明をその上に落さなければ、忘却の淵に沈むかもしれない。これを言いかえれば、伝統とは何か？　に対する答えは現在が決定するのである。彼自身と私たちの個性を意識している近代の芸術家だけが、こう考え、こう反省することができる。こういったからといって私は、自分が川端を過度に近代化したことにはならないと信じる。私としては、こう考えてきてはじめて、川端の人物が何かを想い出そうと苦慮するわけがわかってくるのである。年代記の巨匠、谷崎が『細雪』の中で、観察し、記述し、伝え残している間に、川端は、歩幅精一杯の狭い審美学の小道上の出来事にせよ、伝統の転換に成功する。なぜ、彼の本が日本の伝統の外に生きている外国人たちの目に、最も日本的なものとして映ずるかということの、より深い原因は、ここにある。

川端の文学は主情のそれであり、いつまでも反省をつづけるということはなく、何よりもまず、審美的なものである。ここでは内部世界も外部のそれも、同じ程度に審美化され、審美の契機の中で、両者はたがいに滲透し混じりあう。

この人生観はその精髄においては日本の伝統的なものであろうが、川端がそこから様式を形成してゆく過程の中には、それに少しも劣らず、新しいものがある。情緒と装飾の美的な混じり合いの点で非常な特徴をもつ彼の様式というものは、ヨーロッパの様式概念にあてはめるとすれば、ユーゲントシュティール（Jugendstil）またはアール・ヌーヴォ（art nouveau）と呼ぶのが妥当だろう。ことに、この様式が日本芸術の圧倒的な影響の下にヨーロッパで成立した事情を思い浮かべてみれば、これが川端に——周知のように川端はヨーロッパ芸術の影響をうけたのだった——逆に作用して、日本に一種のアール・ヌーヴォを成立させたのだということも充分ありうるのである。以下、いくつかの実例によりながら、私たちが考え、かつ一定の局面におけるアール・ヌーヴォの特徴と見なされているものを、簡単に見てゆくことにしよう。

つぎにひく例では、具体的に宗教的な内容に結びついた伝統的な模様の装飾的な抽象と、同じく、新しい世俗化された情緒がかつての先例からの距《へだた》りをもういちど拡大していることとが、見られる。

「月のまわりの雲が、不動の背の炎か、あるいは狐の玉の炎か、そういう絵にかいた炎を思わせる。珍奇な形の雲だった。しかし、その雲の炎は冷たく薄白く、月も冷たく薄白く、信吾は急に秋気がしみた。」

総じて植物的に装飾的な図柄が支配的で、ある時は白黒の文脈の中に長くのびてゆく幅のせまい線であり、またある時は流れる線の動きというか、動きの模様の中に流れてゆく線というか、その線が重たげな情趣に動きを与えるのである。

「……黒百合と白い花のむしかりとが生けてあって、よかったそうですわ。古銅《こどう》の細口の花入に……」

(『山の音』)

あるいはまた、

「赤い夕日はちょうど森の梢をかすめて流れるやうに見えた。森は夕焼空に黒く浮き出ていた。梢を流れる夕日も、つかれた目にしみて、菊治は瞳をふさいだ。」

(『千羽鶴』)

あるいはまた、

「鏡のなかでは牡丹雪の冷たい花びらが尚大きく浮び、襟を開いて首を拭いている駒子のまわりに、白い線を漂わした。」（『雪国』）

以上のリズムにのって流れる線の様式に劣らず特徴的なのは、装飾の形態の選び方であり、そのヴィニェット〔本の見ひらきや各章の始めなどにはめこまれた細かい模様絵。日本でいわゆるカットは、それのひどく変質した形態〕としての性格である。

一例をあげると、

「襟を透かしているので、背から肩へ細い扇を拡げたようだ。」（『雪国』）

あるいは、情緒の冷たさと同時に感情の昂ぶりがみられる。

「女の耳の凹凸もはっきり影をつくるほど月は明るかった。深く射しこんで畳が冷たく青むようであった。駒子の唇は美しい蛭の輪のように滑らかであった……」（『雪国』）

その少しさきで、

「芸者風な肌理《きめ》に月光が貝殻じみたつやを出した。」

あるいはまた、

「月はまるで青い氷のなかの刃《やいば》のように澄み出ていた。」（『雪国』）

こういったものは、すべて、これを享受しようと思ったとたんに消えさってしまうような、束の間の抒情的情感の像である。雰囲気としてはヨーロッパの世紀末に近く、また事実その影響が多少ともあるのかもしれない。だが、音としても、色としても、イメージとしても、感じとしても、さらには形態に至るまで、これはただ川端の筆以外のどこからも生まれるはずのない詩となっている。西洋の読者が無意識ながらも、川端の文学の中に、伝統的日本の本質そのものを見てきたというのも、あるいは、川端の小説に、西洋人に対し、日本の審美観に親しませるものとして最も持続的な働きを持っていたアール・ヌーヴォに呼応する点があるからかもしれないのだし、この点がまた、川端の文学を受け入れる点で、非常な助けにもなっているのである。

「貫入《かんにゅう》にも茶と赤のまざった色がはいっていた。口紅が褪せたような色、紅ばらが枯れしぼんだような色——そして、なにかについた血が古びたような色……」（『千羽鶴』）

これらの行が果して伝統的な文章といえようか？　これは典型的に日本的なものだろうか？　それとも、これは川端文学の典型と呼ぶべきものなのだろうか。

ほかに類のない形で、これは、同時に、以上のすべてなのである。

〔1〕文中にふれた心理学の論文は以下のものである。Irenäus Eibl-Eibesfeldt "Das unbewusste Erbe" Zeit-magazin No. 50 1971.

※引用はすべて、つぎの版からとった。『千羽鶴』『山の音』『雪国』『再婚者』は新潮社版『川端康成全集』、『細雪』は中央公論社版『谷崎潤一郎全集』所載。

＊『新潮』一九七二年三月掲載（原題「川端康成」）

（吉田秀和訳）

セ・ラ・ヴィ――小林秀雄の思い出

小林さんは夢でも見ました。それも一度でなく、何度も見ました。いつ見ても、ほかの夢とちがい、明るい。透き通るような明るさでした。なかでも、かなりよく覚えている夢は、まるで絵のようでした。光りがあふれている部屋。背後は花、たくさんの花。つつじでしょうか？　白、赤白、赤の花が咲き乱れ、その間に濃い緑の葉。小林さん自身は、西洋風の椅子に腰かけている。しゃんとした姿勢ですが、寛《くつろ》いだ、きゃしゃな感じ。実際にもそうだったように、明るい色の不断着の上に、よく似合うきれいな、ほとんど白といってよいカシミヤのチョッキを着ていました。何か話している。話の中身はわからないけれど、いつもの癖で、右の人差指で頭の髪の毛を丸めている。ほかには小林さんの奥さん、私の夫吉田秀和、それに私。みんな黙ってきいている。

こんな印象派のスナップショットみたいな夢の話を書いたのは、この夢が小林さんといわれたとたん、反射的に私の感じることを端的に形にしているからです。あの人は、どこかでばったり会っても、いっしょに歩いている時でも、話をしている間でも、とたんに、陰も曇りもない空間に入ったという感じを与える。彼の身振りは彼の表現したいことをそのまま表す。彼の目つきもそう。彼の言うことには裏がない。彼は何事も隠さず話し、しかも余計な飾りも言いつくろいもしない（だから、私には、あの人のことで、大げさな賞め言葉を重ねたりするのは、彼を裏切るように思えてなりません）。私の夢の重苦しさのない明るさは、以上の彼特有の流儀から来るものでした。

私があの方に会うのは、いつだって、ごく自然な成り行きでした。私は買い物の帰り。彼は日課の散歩の帰り。私たちは同時に小径に入る（何年か前から、偶然私たちの住まいはお向かい同士になりました）。彼は南から、私は北から。二十メートルも離れていたかしら。住まいの鉄格子の門を開ける直前、彼は右手を上げ、私に元気よく会釈する。こんなこと、日本でこれまで私にしてくれた人が他にいたでしょうか。しかも彼の挨拶は本当に自然発生的で、わざとらしさが全くないのです。

紋切り型の因襲にとらわれたところが全くない。これが彼の流儀でした。彼は――日本の最も高名な文学者の一人のくせに――私に対し、ごく普通の人として接し、私の方でも全く同じ態度で応じていました。小林さんを知って二十年になりますが、その間、彼の前で、自分が外国人だと意識させられるようなことは、ただの一度もありませんでした。そんなこと、彼には全然問題でなかった。「キミ」。これが彼が私を呼ぶ時の言い方でした。日本にいると、うんざりするほどきかされること――たとえば、「日本に来て何年ですか？」「へえ、味噌汁も飲むんですか？」「日本語が上手になりましたね」とか、「ドイツというと、一度ハイデルベルクにいきたいですなあ」「昔はハイネを読んだことがあるんですけど」とか――、こういう話は、一度だって、あの人の口から出たためしがなかった。私と二人きりでいる時も、ほかに人がいる時も、彼は、全く同じように自由に話す。当然、私にはわかりにくいこともあるわけですが、そんなことはまるで気にしない。二人の時は、私がついてゆきにくいなと思っていると、すぐにそれを感じとって、言い方を変える。それも、例によって、全く当然のことだからそうするのであって、私に助けの手をのばすような素振りは全く見せず、また考えてもいないのでしょう。一瞬の淀みもなく、話を続けるのです。

小林さんは祖国の伝統を確乎として踏まえていた人で、その伝統を受けつぎ、発展さすのを念願としていたわけですから、当然、社会改革派でないのはもちろん、インターナショナリストでもなかった（大きな祝祭日には、あの人の家の前には、いつも日の丸がはためいていました。私には、戦後、異緣の習慣です）。しかし、その小林さんが、日本人としては極度に稀少な、ヒューマニストとして、私などにも、ただ人間対人間として接していたのでした（彼の『ヒューマニズム』という論文にある通り）。

私も自分と同じように美術と骨董が好きだとわかると、二人の会話が、どうしてもそこに集中しやすくなったのは当然です。私が小林さんにはじめてお会いしたのは大磯の大岡昇平さんのお宅でしたが、その時彼は古い、とてもきれいな鍔《つば》をポケットから出してきました。前もって用意していたのかどうか。とにかく、その時の彼の様子は、今も鮮かに目に浮かびます。彼の——ちょっと信じられないような逞しさをもった、まさに労働する人間のそれと呼びたいような——手の中に、何世紀も昔、日本の名工が鍛えた美の結晶である円い鉄が、横たわっていました。私は思わず「まあ！」と叫びました。その時、小林さんに教えられて知った、鍔の値段に肝をつぶしたのも事実ですけれど。

もっと普通の話も、もちろん、しました。でも、どんな時でも、おざなりにならない。お天気の話さえ、具体的な体験に結びつく。

ゴットフリート・ベンの詩に「来たまえ／話をしよう／話をしているものは／死んではいないのだ」とありますが、まさに、こういった雰囲気の人間対人間のまじわりでした。

抽象的なものは、彼には、ほとんど、または全く価値がない。私を外国人という抽象で見ることがないように、女という抽象の役割にはめこむこともしない。『女流作家』の中で「僕は元来女とは、という様な警句を吐く男を好まない」「作家たる以上男であっても女であってもならない」と書いている通りの人でした。私の思うには、小林さんは人生に対し、ロマン主義者ではなく、プラグマティストであり、プラクティッシュだった。あの人とお知合いになった当時、私はドイツ文化研究所につとめていました。彼は、私がその仕事を愛しているのを知っていました。それで、のち、私がそこをやめ、何も仕事をせず家の中でぶらぶらしているときくと、ただ一言「もったいない」と言いました。そんなことを日本の男性からきくなど、思ってもいなかった私はびっくりしました。それだけよけいはげまされ、勇気づけられるのを感じました。ただし、そんなことをいったからといって、小林さんに、女性解放だとか男女同権だとかへの関心があったからだとは、これっぽっちも信じられないことでした。

私が彼を最後にみたのは、一九八一年の晩秋。彼は大急ぎで家に入ってゆくところでした。その時、私に向かって彼がいったのは、たった一言「今日はしめきり」。小林さんでさえ、仕事の重みの下にいる。うっかり読んでいると、まるで即興的に、生活という泉から滾々《こんこん》と湧いてくるものを書きつけているかのような印象を与えられかねない文章の背後に、苛酷な労作が秘められていたのですね。

小林秀雄は、今日まで、日本の外の世界では、無名に近い。外国は、ごく少数を除き、ほとんど彼の存在に注目していない。日本文学について、ほかの多くの人より啓示する点が多い人だけに、誠に残念なことです。たとえば『井伏君の「貸間あり」』の中の、「『貸間あり』という作品には、カメラで捕えられるようなものは実は殆どないのである。……井伏君が、言葉の力によって抑制しようと努めたのは、外から眼に飛び込んで来る、あの誰でも知っている現実感に他ならない。生まの感覚や知覚に訴えて来るような言葉づかいは極力避けられている……散文の美しさを求めて、作者は本能的にそういう道を行ったのだが、その意味で、この作は大変知的な作品だと言って差し支えない。小説に理窟がこねられていれば、知的な作品であると思うのは、子供の見解であろう」というような文章は、彼の鋭利な観察の一例ですが、こういう言葉は、昔の良い職人による筆筒で、抽出しをしめると、さっと小さな風を起こしながら、吸いつくように中におさまるのを思い出させます。

特に対象が実生活に近い時（「実生活」とは実に漠然とした言い方ですが）、彼の見解が正確な表現を形成してゆくさまは、見事だというほかありません。その場合、それが元来は日本種だろうと、西洋種のものだろうと、区別はないのです。

彼は、全くの外国種の省察から、その一片をとり出し、自己の人生のモザイクにとり入れ、縫い目一つ見せないことさえできた。たとえば「勿論、私は専門家の鑑定の誤りを笑いはしない、それは情けを知らぬ愚かな事だ。ただ品物は勝手な世渡りをするもので、博物館に行って素姓が露見するという一見普通の順序は踏むものではないと言うまでだ。……研究者には欲はないが、美は不安定な鑑賞のうちにしか生きていないから、研究には適さない。従って研究心が彼の様に邪魔になる事もある」、『真贋』には、こう書かれています。

また、ヴァレリーは、こういっています。「こと芸術に関しては学識はほとんどお手上げである。学識が投げる光は幸福をもたらすとは限らず、学識が深めるものは本質に属さぬ点である。それは感情のかわりに仮説をもってし、奇蹟の現存のかわりに驚異的記憶をもってくる」。

小林はここで、多彩を極めた彼の宇宙の中に、すばらしくて、的確な（さっき例にとった古い抽出しのようにピッタリした）同化――多分に無意識の吸収らしいものの例を示しています。対決ではない。それでも彼は、明らかに、議論が大好きでした。彼は、エッセーの中で、さかんに議論し、華麗な思想の花火をさかんに打ち上げます。だが、アリストテレス流の論理で訓練された人間にとっては、彼の数多くの逆説の万華鏡は手強い障害であり、確乎たる立場の欠如、要約不能のものとなる。これが、西洋の日本文学研究家――特に本気で彼と取り組んだもの――にとって、小林に、彼が日本人の間で占めている位置を与えるのがむずかしかった理由でしょう。

しかし私は『真贋』を読んで、快哉を叫んだ外国の美術館の学芸員を知っています。事実、私には、このエッセーの翻訳は、格別の、いや最上の喜びでした。彼の書く言葉には輝きがあり、彼の文章には独特のリズムの快感があり、豊富な体験と数多くの成功と、それから惜しみなく愛の対象となったものからかちえられた言語の秘法の数々が、そこに、あったからです。一九八一年、小林さんが吉田と私の住む家に訪ねて来た時、私は「あなたのとっときの骨董は何ですか」とききました。小林さんは笑って「このごろの品では井戸だな」と言いました。私が『真贋』を訳して井戸茶碗に関心があるのを知っていたのです。「今度来たら見せて上げる」と、約束してくれました。でも、その機会はついに来ませんでした。

こんな月並みの言葉で、小林さんの想い出を終えるのは不本意なことです。でも、仕方がない。

C' est la vie !

＊『新潮』一九八三年四月掲載（吉田秀和訳）

兼好とモンテーニュ

七月のある暑い日、冷たいスープを一気に飲みくだそうとして、母に注意されたのはかなり前の話ですが、その母の声は今も昨日のことのように耳に残っています、「さあ、ちゃんと理性を働かせて食事をするのですよ」。「理性を働かせて」、これはその時だけでなく、何かというと、言われたものです。「理性をもって話しなさい」「理性をもって遊ぶように」、要するに何事にも理性をおきざりにしてはいけないのです。

私の育った家庭では、子供が何かをしたといって「だめです！」と一言で禁じられたためしはなかった。してよいことと悪いことの区別は、子供自身の理性の働きから生まれてこなければならなかった。当時ほんの子供だった私が、ナチのあの情緒優先の行き方にひきずりこまれずにすんだのも、この市民的啓蒙主義的躾《しつけ》のおかげだと思います。それに私は自然科学畑出身の父との接触から、事に当たるには感情で動くだけでは満足でないと考える人間の実例、その意味、その価値を知ったのでした。

そうこうするうち、私は日本で暮すようになりましたが、日本こそまさにこれとは正反対の国、感情に強いアクセントを見出す国です。ここから過去をふりかえると、私には、なぜ両親が一度も「さあ、しっかり感じながら、やりなさい」といってくれなかったか不思議な気のする時があります。私たちの国では「感じることは誰だってできる。だが、思考することは誰にもできるとは限らない」という見方が一般化していますが、これは片手落ちというものではないでしょうか。私が日本で学んだように、感受性だって、合理性に劣らず、努力と習練の賜物なのです。

こういったことを考えてみようとする時、いつも相談にのってくれる本が、私には二冊ある。徒然草とモンテーニュのエッセーです。モンテーニュを開くとヨーロッパが話しかけてくるし、徒然草からは日本の声が聞こえてくるような気がします。時も所も違うとはいえ、この宏量で偏見の乏しい二人の人物はお互い気が合ったにちがいない。私はよくこの二人が対座し、閑談するさまを空想します。その席に酒の盃が欠けてはならないのはことわるまでもないでしょう。

モンテーニュが言います、「プラトンもそうだが、古人の書物は転々と話題をかえて平然としている。そこにはまるで風の去来に任せるとでもいった驚くべき閑雅の風情がある。少なくともはたからはそう見える」。兼好は我が意を得たりとばかり、うなずく。あるいは、「楽想の動きは芸術の掟によるけれど、私のそれは偶然の導くがまま」。あるいは「何かを見落したとあれば、後戻りしてみる。これが常に私の道。直線であれ曲線であれ、予め定まった道筋をゆくのは私のとらぬところです」。モンテーニュはといえば、彼は例の兼好の絶妙の書き出しに心からの賛同を惜しまない。その後も彼は幾度となく賛成する。だが、そのうち考えこみ、こう自問する、「うまい！　これこそ至妙の筆。だが私には、この本の全体がどんな構想によって書かれたものか見当もつかない」、と。

実は、これはX教授の言葉を拝借したものです。大学生当時、ドイツ語の抄訳で徒然草を初めて読んだ私は、感激の余り、自分の大発見か何かのように、X先生にその小冊子を届けました。そのあと、先生は私に本をかえしながら、以上のようにおっしゃったのです。X教授は骨の髄から西洋的な考え方をする方で、私は後にも先にも、あんなに精緻厳密清潔に概念を扱いながら、ものを考える人に会ったことがありません。

それにしても、兼好とモンテーニュの間には強い親近性があり、この二人はどちらをとるときめてかからねばならぬというものではない。私に特に魅力があるのは、二人の間の違いで、この二冊を読む時、私はそれぞれ別々に反応せずにいられません。兼好を読んでいると、私は何度も「そう、本当におっしゃる通りですわ」と声を出さずにいられなくなる。兼好が「某とかやいひし世捨人の『この世のほだし持たらぬ身にただ空の名残りのみ惜しき』と言ひしこそ、誠にさも覚えぬべけれ」というのを読むと、私の心も空の美しさのほかの一切はどうでもよくなってしまう。こうして段から段に、行から行に、共感を唆《そそ》られずにいられないのはなぜでしょうか。兼好も反省熟慮する。しかし彼はその反省について書いたりしない。彼は観察する。しかし観察そのものを記述しはしない。記述はするのだが、それは単なる記述ではなく、体験したことを書きおろすのです。何かを書き表す彼のやり方は体験に根をおろしている。兼好を読むとは彼の体験を共にすることに他ならない。

モンテーニュは違う。彼は言う、「私は何も教えない、私は物語る」と。事実、モンテーニュも兼好に劣らず、いきいきと、目に見えるように物語るすべを心得ている。だが彼の場合、読者は彼の物語るものをすべて文字通りとるに当たらないのです。「真偽は別として、この物語の示すものは次の通り……」、この種の文章を前にすると、私たちはただそうだ、そうだといってすまされなくなる。むしろ与えられたものを手がかりに、自分の理性で考えを進めてゆくことになる。私は「なるほど」と相槌をうつかわりに、小首をかしげ、ためらいながら「そうかしらね……」と呟き、検討し、その結果「どうしてそうか」が納得できた段階に至って、初めてほっとするのです。

そういえば、日本で暮している と、この「なぜならば」の一語ほど違和感を覚えさすものはほかにあまりない。私は日本に来た当初、自分のやったこと、感じたことにいつも理由を説明しようとしたものです、「なぜかというと……」。ところが、そのたび私は相手の微笑に突き放される。その微笑は「いつもいつも理由をきかせてくれなくても結構です。大切なのはこうした、こう感じたということで、その理由じゃない」と語っていたのでした。

モンテーニュが伝達しようとしているのは生まの体験ではなくて、経験なのです。経験とは理性の篩《ふるい》で濾過され、秩序づけられ、登録された体験です。晩年のモンテーニュが「さて、私はもうこの種の肉欲は身内に感じなくなった。したがって今は、それがまだあると仮定した上で考えるわけだが……」と言う時、彼は以上の事情をはっきりさせているわけで、この人は、瞬間瞬間の感情でなく、理性の光に照らして考えようとせずにいられないのです。

経験とは建築用の石であり、私たち西洋人はそれを一つ一つ積み重ねて家を建て、そのことを通じ、己が人生を築いてゆく。私には、西洋人とは、何をしようと、どこにいようと、絶えず石を積み、石を重ねて家を建てる人種のように思われます。逆に人生の川、時間の川に沿って生き、そこを流れる水と共に歩むというのが、体験に基礎をおく日本人の生き方のように見える時があります。すべては流れる。ただ現在だけがしばしばやすらう。その瞬間が美しければ、そこに最高の充実を見る。

こういう日本人は多くを忘れる術を心得ている。私には、それは流れを川上に押し戻すのと同じくらいむずかしい。「経験をうまく忘れられたら」と嘆いたのはニーチェでした。

＊『新潮』一九七九年十月掲載

（吉田秀和訳）

現代日本のエッセー

何年か前、西ドイツのある高級紙が読者に推す世界文学百冊という連載の企画をした時、日本からは一冊もとり上げられなかった。それは何も翻訳のないせいではない。日本文学はドイツではまだエキゾティシズムの対象（俳句）だったり、何か途方もなく遠いもの（小説）だったりしている。私の同胞は名月や蝉の話でなく、現実のドイツと違う現実の日本とぶつかると、すぐ自分たちの知らぬ国の話として敬遠したがる。昨年〔一九八一年〕自分で現代日本のエッセーを翻訳出版〔"Blüten im Wind"（風の中の花）〕した私は、この相も変わらぬ壁にぶつかり、少々うんざりしながら、どうして、こうなるのだろうか？　と考えてみた。

そうはいっても、私のこの本は日本に関し新しい情報を提供するものとして、放送に新聞雑誌に、予想もできないほどとり上げられ、それも賞めるとまでいかなくとも、肯定的積極的評価を受けたのは、ありがたいことだった。

　批評が好意的だったのは、まず現代ドイツのものに較べ、感覚的で具体的で抒情的な文章が気に入ったからで、人々は、これを読んで、たとえばウィーンの文化欄の記事のような——日本のそれと似てなくもない——自分たちの国のエッセーの伝統を思い出したらしい。それに、どんな主題であろうと、いつも自然が取り入れられている点も大変日本的と受けとられた。ある評は「この本は従来われわれの知らなかった日本の文学生活の一面を伝えるものである」としながらも「筆者たちはよく仲間うちの話を持ち出して来るが、これはわれわれには奇異な感じがする……時には、彼らはお互いのために書いているように見えることさえある」とあった。（これは当たらずといえども、遠からずではないでしょうか）。

　まじめな批評家は、この本の文章を、真正面から現代文学の一環に取りこんだ上で、ドイツ的観点からどう評価すべきかを考えていたが、そうすればするほど、積極的に受け入れる手がかりを見つけるのに手こずっている様子が目に入るのである。ある日本文学研究家は「これは現代日本文化及び精神生活に親しもうと思う人に推薦するに値する本である」といいながらも「われわれから見れば、この本に露呈されている問題は、いみじくも、現代日本の精神生活の問題点と重なる」とした上で、その理由は「ここに選ばれたエッセーにおける問題の見方、把え方が一面的だからで、審美的、郷愁的回想に偏っているため、この本は、同種のもの（「西洋のもの」という意味）に比し、やや影が薄い」と断じている。「影が薄い、迫力に欠ける」というのは、私も何人かの知人の口からきいた言葉だった。

私もドイツ人なので、この批評はよくわかる。これは、たとえば墨絵の隣りに西洋の油絵を並べるようなもので、一目見ただけでは、油絵の色の方が迫力があるのは事実だろう。だが、「だから墨絵は影が薄い」といえるだろうか。本誌の読者には釈迦に説法だろうが、私としては、この点は大いに異論がある。具体的に論じるために、大岡昇平の『雪の思い出』を上げてもいい。これは二・二六事件を扱ったものだが、郷愁的回想でも、影が薄いものでもない。私にいわせれば、選挙の投票用紙に記入するのと同じで、誰がやっても、これ以上具体的、簡潔で本質だけに限って書けるものではない。

「二・二六事件を白い雪を蹴立てて行く軍靴のイメージと結びつける人がいるが、私にとっては異様にひっそりしたアパートと、鉄条網と泥濘の記憶である。」

ここには二つの光景、いやロートレックの二つのポスターといっても過言でないほどの高度の集約化が行われているではないか。そうして読者は、この二者の間で択一を迫られる。

ドイツ人の目には、これがはっきり見えないのか。そうかもしれない。だが問題は西洋の習慣と違う「時間のとり方」にあるのかもしれない。日本のエッセーを読む人には、速くしたり遅くしたり、テンポを変えて読む工夫が必要となる。この文体に慣れていないドイツ人には、一層それが要る。ここには独特の省略法、縮小法が施されているので、文章に本来あるべき大きさや多層性を取り戻せるよう、よりゆったりした空間を与えてやる必要があるのだ。

こういう審美上の問題を扱う場合、評者の芸術的感受性が関係するのはもちろんである。だからエッセーの強度に審美的側面を重視する人（こういう人は今のドイツでは少数派だ）は「この簡素な本の中でも、文学はもちろん、自己表現、自然現象、音楽、陶器、能、美術などが忘れがたい仕方で扱われている。それらは一つの世界の断片の美であり、これを通して、これまで夢にすぎなかった未知の世界が一挙に多幸で親しみ深いものとして現れてくる」と感激的に書いている。この人は高橋たか子の「想像力のはたらきは悪事にも似ている」という警句を目ざとくつかみ出し、これを「驚異的」と呼んでいる。

批判的意見が、往々にして、私たちの蒙を啓くに役立つのは事実だから、批判の中からもう一つ取り上げてみよう。この批評が（私も本の序文で指摘したけれど）、日本の随筆を西洋人がなかなか理解できなくする上で決定的な役を演じているらしい点にふれているからだが、筆者に言わせると、

「私たちの目の前におかれたのは教養ある風流人のもの静かな独り言であり、ここには寸鉄人を刺す警句、奇策縦横の議論、思わず腕まくりして売られた喧嘩を買う気にさせるような挑戦といったものは期待すべくもない。」

たしかに同じ『真贋』のような主題でも、ベンヤミンが扱ったら『複製芸術論』にみられた方法

論的精密さで構築された論文が生まれたに相違なかろう。が、小林秀雄はそうしなかった。では、さきの評は客観的妥当性をもっているというわけだろうか。イエス、そうしてノー。私としては、ここでもう一度「どうして？」と反駁せずにいられないのである。

先日アメリカの女流詩人メイ・サートンの『孤独日記』の中で、次の文章にぶつかり、はっと思った。「私は自分が何かについて考えたことを見つけるために小説を書き、何かについて感じたことを見つけるために詩を書く」。鍵は、ここに、ある。

私たち西洋人が散文（小説はもちろん、エッセーはなおさら）に期待するのは思想の分析であって、日本のエッセーのような「あるものについて感じたことの発見」にあるのではない。感情の動きを感情独特の多層性や飛躍性の中で再現する上での精密さ、的確さの追求。これはともかく過小評価されやすい。視点や焦点の急激な転換や交代は読者を混乱さす。私たちは、思考に当たっては、飛躍とか前後の脈絡なしに新しい話題にとび移るといったことは堅く避けるよう訓練され、教えられてきたのだ。

私は今度の翻訳で日本について多くを学んだ。中でも、飛躍も多ければ魅力も多く、しかも賢明なエッセーの文体というものを身につけるということのむずかしさについて。

＊『新潮』一九八三年二月掲載

（吉田秀和訳）

「関係」こそ主人公

「お姉さん、と友子はよろめきながらねむっている高子を起した。駅の前にバスは止っていた。姉の手をひきながら、友子は駅へ走りこんでいった。」

富岡多恵子の小さな傑作『結婚』はこう終わっているが、この物語を読んだ人なら、この結びがみせかけにすぎず、二人の姉妹の話がこれで終わったとはとても思えないだろう。それどころか、新しい展望を開く転換点に達したとさえいえないこともわかるはずである。この話では、高子の離婚が成立するわけでもなければ、友子の結婚の見込みが立ったわけでもない。さればといって、二人の内面生活に変化が生じた気配もあまりない。物語の進行する間に立てられたあれこれの計画も、結局は放棄され、何かが変わった形跡は全くみられず、要するに万事がもとのもくあみなのである。

こうして発端が開かれていたのと同じくらい、終わりも開かれたまま終わる（ついでながら、この物語の何気ない始め方はいかにも現実にありそうな姿という意味で、見事に成功した書き出しだと、私には思われる）。

いうまでもなく、この「開かれた結び」は日本の短篇小説によくあるもので、少しも珍しくない。ただ、このことは、私たち、日本とは違う文学の伝統の中で育った人間にとっては、たとえ、これまでのきまりをつぎつぎ打破してきた現代小説の実験に多かれ少なかれ慣れっこになった場合でも、厄介なことは厄介なのだ。「いっぱい喰わされた」とまでいわなくとも、バスでうっかり乗りすごした時のような座り心地の悪さを感じさせずにおかないのである。

原因と結果の因果律を信じ、どんな巧妙なトリックがこらしてあるにせよ、とにかく物語というものは終わりに向かって論理的に発展するもの、いい直せば、終点に立ってふりかえれば、全体が納得できるように書かれているという考えに慣れた読者にとっては、日本の小説家は、読者をコンパスなしに航海に送り出す人のようにみえてくる。

ではは日本の小説のプロットは本当に目標をきめていないのだろうか。これに答えるのは――西洋文学の影響で、日本文学には和洋混交のさまざまの形態があることを別にしても――簡単ではない。ただ一つ、確実と思われるのは、日本の小説は求心的遠近法でなく、相対的遠近法とでもいうべき法則に従って書かれているらしいという点である。

これは日本の小説文学の最も特徴的現象の一つと、照応する。というのは、川端康成の小説ではじめて気がついたのだが、ここでは人物より人物相互の関係の方が語られるのである。私のこの印象がそう間違いでもあるまいというのは『雪国』のつぎの問答でわかる。

（駒子は少女のころから読んだ小説をいちいち書きとめ、そのための雑記帳が十冊になった）

「感想を書いとくんだね？」

「感想なんか書けませんわ。題と作者と、それから出て来る人物の名前と、その人達の関係と、それくらいのものですわ。」

私たち西洋の文学なら、当然発動機《モーター》になるはずの「人物」は、ここではとかく脇におかれ、そのかわり人物相互間の関係が中心の座を占める。かつての私は、これは特に川端文学に当てはまるものと思っていたが、その後あれこれと読み進むにつれて、この種の重心の移動は、たとえ全部といえなくとも、非常に多くの日本文学の特徴なのだとわかってきた。

富岡の『結婚』もそうだし、谷崎の『細雪』もそう。人物は影の中にひたされ、明確な輪郭づけを持たないので、読者がもっと明るい光を当てようとするが、そうなると、ごくごくありふれた外観に還元されてしまう。少なくもその正面からみた姿はそうだ。『結婚』でいうと、書かれているのは姉が「痩せて初老の姿」をしており、妹は中年肥りで「全体がふやけた」という程度。あとは二、三の伝記的事実が寸描されるだけ。

より複雑な性格を与えられた物語の場合は、それを照射する光に応じ、外見はギラギラ光ってくるのだが、登場人物の性格がわかりにくいのは同じで、つかもうとすると、水中の魚みたいに指の間から滑りおちてしまう。際立った性格づけがないから、読者の記憶に残りにくく、西洋の意味での物語構成の素材になりにくい。

反対に、関係の方はうっかりさわるとやけどしかねないほど熱っぽく語られているから、はっきり覚えていられる。このことは、関係そのものがどういう具合か、必ずしもきちんと定義づけられていないだけ一層驚くべきことになる。たとえばジェーン・オースティンの『エマ』は、個性より関係を主な対象とした小説とされているけれど、この種の西洋の小説での関係というものは、誇り、利己、献身といった具合に明確に限どりされた性質や能力として提出され、そういうものとして筋の中で発展させられる。一方、日本のそれは関係それ自体が一人歩きしてゆくといってよいほど複雑で多種多様に解釈できる構造物となっているのである。だから、やや誇張していえば、読者は関係それ自体を一つの自立した世界として体験することになる。関係は霧の中のようにものと形の区別もはっきりしない影深き領域に住まい、そこで生起する人間同士（日本人同士）の接触は極力ナマの、そうして間接的なそれに変質されてゆく。私には、この種のことはイメージとしてでなければ書けないので、もう一つ別のイメージを使わせて頂けば、日本の物語の登場人物たちは、その背面で、あらゆる方向に走っている細い糸からなる網に結びつけられていて、その中の一本の糸にさわっただけでも、網の全体がゆさぶられ、震動しだすのである。

日本の小説に緊張感が生まれ、ドラマが発生するのはまさにこの点からである。このドラマは目立たないようでいて、実は密度が高く、時には高圧の電線のように、線の一部が切れると、とたんにすべてをはねとばすほど強力だ。日本の小説家はこの複雑を極めた人間関係を――もっとも人間関係というものはどこでも単純ではないけれど――一幅の絵のように集約的に表すのに長じていて、彼らの芸術的想像力はこの一点に集中しているとさえいえる。富岡の物語の中のトマトを盛った大皿を落す情景もその一例で、長年にわたって姉妹の心中に鬱積していた対抗心、愛と怨み、怒りと宥恕などのどろどろした情念の世界が、ここに至って、悪夢のような情景となって出現する。これはこの小説のクライマックスであり、したがって読者の心に強く残る。しかし、話の筋としては、それがあったからといって、何一つ解決も前進もしないのである。

人間関係のかくも複雑にからみあった日本文学の世界では、話の筋を、遠近法的因果律、過去から現在を経て未来へと一方的に進む時間軸に沿って展開するのは不適当になりやすい。この小説文学の終わり方が西洋のそれと違うのもそこに起因する。日本の現代小説に時間の軸を縦横に横断して出入りする手法がさかんにみられるのも、西洋近代文学の影響もさることながら、上述の原因による点が大きいのではないか。これが目下私の到達した仮説である。

＊『新潮』一九八五年四月掲載

（吉田秀和訳）

女の文学雑感

日本の戦後女流文学を読みだしたころは、私はよくその作家たちを the angry young women と呼んだものでした。そのうちにドイツの出版社からこの人たちの文学について書くよう注文されたこともあり、読書をつづけてゆくうち、私はむしろ彼女たちの言い分に賛成する側になりました。はじめの躓《つまず》きの石はエッセーでした。当時の女流作家の書くものは、エッセーとなると、とかく気負いすぎたり、逆にシニックに見せたりするものが多く、それが気になって読んで楽しめなくなるのです。エッセーは読者にもいっしょに考えるよう求めるものですが、そうしようと思っても、こちらの足をすくうようなものにぶつかるので困ってしまいました。

「両性の区別、つまり性交での男女の至上の正味の相違は、相手の性的歓びの象《かたち》を識ることにおいて、それぞれの性的構造上、男性は具体的に識り、女性は抽象的に識るということである（中略）具体的に識る男性はおのずから次々にちかづいた女性を識りたい傾向をもつ。抽象的に識る女性のほうは、同じ男性に尽きない興を再新させていける傾向をもつ。」

（河野多恵子『性別としての女性』）

これは、男女の違いを異論の余地なく浮かび上がらせようと考えるあまり、戯画化された例です。私も女ですが性を抽象的に識るなどということはないし、それは別としても、だから女性は一夫一婦的傾向が強いという論理にはついていかれません。エッセーでは、この種の戦術は禁物です。こんなことをすると、薄い焼物の茶碗に熱すぎるお湯をつぐのと同じように、全体にひびが入り、文学的価値が失われてしまう。

そうはいっても、彼女らのエッセーを一度読んだあとは鉤針でも呑みこんだみたいで、そのままではすまされない気持になったのも事実です。私だって世の男性の愚かしくも不公正な優越気取りに対する反感、反発は身に覚えがあり、彼女らの憤慨には同調せずにいられません。それだけに一層、どうしてこの人たちのエッセーが私にちぐはぐの感じを与えるのか、考えてみないではいられなくなるのです。

そのうちにだんだん、これは純粋に文学的問題なのだとわかってきました。内容と形式の不一致が原因なのです。エッセーの定義はおくとして、およそエッセーぐらい散文の中で形と内容の微妙なバランスを必須とするものはないでしょう。エッセーには形式上の規則は一つもないけれども、観想的、座談的、反逆的その他どんな姿勢のエッセーにせよ、そこに盛る内容がまだ充分に発酵しきっていない場合とか、終わりまで徹底的に考えぬかれていない場合は、まだエッセーにしてはいけないのです。「お前のいうのは西洋のエッセーにしかあてはまらない」などとおっしゃらないで下さい。それどころか、このことはまさに日本のエッセーにこそぴったりだと思うのです。お断りしておきますが、ここでエッセーというのは、私の読んだ本に出版社のつけた呼び方にならったまでで、多くは伝統的な「随筆」の名をつけて差し支えないものです。いずれにせよ日本の文学者はこれまで何世紀にもわたり、エッセーに形を与え、隅々まで磨きこんできました。明治以後、小説の方は外国文学からたえず何かを採り続けてきたのに、エッセーは綿密な注意、献身的手入れで日本文学の花園で大切に培養されてきた結果、今では日本散文文学の最も精妙な成果を生んだジャンルになったといっていいでしょう。永井荷風、小林秀雄……、いや、例を上げるまでもないでしょう。その上日本では伝統的に、女性は感受性のこまやかな存在と見なされてきたし、彼女らが文学の園への入場を認められた時も、多くは感受性が切札になったといういきさつもあって、女性にとっては、この分野で筆をとるのは誘惑的でもあれば、自然でもあったに違いありません。これに加えて日本では、エッセーは作家の価値を計る上での目立たないが正確なものさしであると、暗黙の中に、認められてもいました。エッセイストとは、いわばこの文学王国における特権階級《エスタブリッシュメント》的存在に他ならないといっても御賛成頂けるのではないでしょうか。だからといって、私は何もエッセーは保守的消極的なものにのみ適するというのではありません。この国のエッセイストの中にも重要な改革者が、昔も今も見出されるのは私も存じています。ただ私はエッセーを現代における反抗の武器に使うのはどうかと思わずにいられないのです。少なくとも男性優位の現体制に適応する準備のできていない人には不向きなのではないか。革命を望む人にとっては、エッセー的表現はあまりにも長い伝統で鍛えられ、多くの教養の重荷を背負いすぎてやしないか。こう考えると、現在の不平等が喚起する社会的憤《いきどお》りの中に強力な起爆剤をみる女流作家のエッセーが多く失敗に終わるのは不思議でなくなります。

文学の別のジャンルなら、戦後女流作家に革命を起こす能力のあることは、彼女らの小説における性的革命を見ても明らかです。ただそうなると、小説に向かない素材をどう扱うかという問題が依然未解決のまま残ってしまう。

彼女らを一口に angry young women と呼ぶだけでは充分ではない。鬱積する怒りをもち、悩んでいるのは事実だが、そのもう一つ奥では、この苦悩を柔らげる力がある優しい人間らしい理解といたわりを渇望しているのです。

「体より心が交わって融けあうことを桂子はねがっていた。その心を柔らかい舌のように動かして相手の心をさぐるのは、はじめてのくちづけのときから桂子のしたことで……。」

（倉橋由美子『夢の浮橋』）

「大人の眼を盗んで、いたずらを楽しんでいる子どものように、二人とも互いの体を息を弾ませて抱き合った。人の体がこんなにも暖かく柔らかいものだったか、と高子は感嘆せずにはいられなかった（中略）。卑小で醜悪でさえある肉体なのに、それが生きているというだけのことで、どうしてこのように深みを感じさせるのだろう。」

（津島佑子『寵児』）

しかし「男」にはこれを理解する力が、用意がない。

「人間の肌に接することができた喜びが強かっただけに、性欲を昂ぶらせている長田に深い失望を感じずにいられなかった。高子には自分の快感を男女間の肉欲と結びつけることはできなかった。もし、長田に望むものがあるにしても、それは性交ではなかった。」

失望と焦立ちにかわり、大庭みな子の『三匹の蟹』では虚しさの中での和みに達する。

「男は女に飢えてはいなかった。ただ、そうすることを愉しんでいた。男の感じている虚しさと哀しさは由梨に伝って、そこで優しい和みのようなものになった。」

男女を問わず、理解を求めるものは、自己憐憫に終わりたくないなら、相手を理解する努力なしにはすまされない。理解は一方的には成立しないのです。今上げた引用は女流作家たちに底流する中心主題を示すだけでなく、彼女たちがエッセー以外の新しいジャンルを創りだすとしたら、その道、方向がどこにあるかを暗示してはいないでしょうか。それは男女間の対話の道であり、そのためには女性は自分の殻に閉じこもらないで、男の内側に浸透してゆく想像力を養い発展させてゆくべきだし、その方向に横たわるジャンルこそ、小説と並んで、彼女らにうってつけなのではないでしょうか。

＊『新潮』一九七九年三月掲載
（吉田秀和訳）

津島佑子の世界

私も、映画『羅生門』に感心した一人です。たしか一九五二年ロンドンで見、その翌年ベルリンでも見ました。そのころこれは一度見たら忘れられない映画としてヨーロッパ中で評判になり、どこでも話題にのぼりました。今でも『羅生門』といえば、ある特定の小説技法を指すのに便利な略号として残っています。つまり、これはある作者が物語を書くに際し、作者自身、というより何人かの登場人物に自分のみた「真相」をつぎつぎ語らせる。その結果は、時と共に真相はますます藪の中に深入りするばかりとなり、結局何一つ解明されず謎のまま残ってしまう。他殺か自殺か、他殺とすれば下手人は誰か。それに答えうる唯一のものは死んだ当人だけだが、彼にしても果してわかっていたかどうか。

正直いって、私は前からこの考え方に親近感を抱いていました。たしかに人生は相対的であり、少なくともある作家の言うように「現実は、果して、いかに現実的であるか?」を問うのは決して無意味ではないのです。

今度私が日本の女の作家の短篇集を編集、ドイツ語に翻訳出版するに当たって、自分が翻訳する分として津島佑子の『我が父たち』を選んだのも、そのためといえます。津島はこの中で三人の人物に語らせ、そのたびに真相をめぐって違った展望が生まれるようにした。芥川と違い犯罪小説ではないのですが、一種の推理小説である点は同じです。

登場する家族の成員は祖母と母とその三人の娘。女ばかりで男はいないが、「あの男」はどこかにいるに違いない。物語が始まるのは祖母が死んで間もなく。それを契機に、母と娘たちは自己のアイデンティティを求め出す。その際下の娘二人にとっての前提は「父とは何者か」という問題です。この二人には父親とは大いなる未知数に他ならないのですから。芥川の場合、犯人探しの背後には「真実とは何か」の追求、その発見への憧れがあったように、この津島の物語では不在の父の探求と父への憧憬がある。そうして話は「父親探し」として芥川と同じ展開をみせたのち、万事未解決のまま終わってしまいます。彼女の父親探し、父への憧れは、父なしではそもそも彼女の人生が成立し得なかったことにつながるわけですが、芥川の犯人探しも「人生における真実の探求」「生きるにたる現実の存在」なしには生き難いと自覚した人間の憧れと切り離せないものでした。

映画『羅生門』は芥川の短篇『藪の中』に基いたものですが、その洗練された作法は彼の独創ではなく、西洋文学からの借法だったことが、後年の研究で明らかになりました。では、ここにみられる相対的思考を典型的に日本的と受けとったのは私たちの思い過ごしでしょうか。たしかに『藪の中』は津島と比べてみても構成ははるかに緊密だし、推理の仕方も細部に至るまで西洋の影響を示しています。といっても、私は最も根本的なところでこれはひどく日本的な作品だと考えるのです。この点も津島の短篇を手にとってみるとよくわかる。たしかに津島の推理は芥川と違う。また彼女は芥川みたいに「現実とは何か」と問いはしない。というのも彼女にとっての現実とははっきり定義できない何物かだからです。ここでの現実は、人物たちを雲のように取り巻いているのですが、雲とは元来常に形を変えてやまない存在です。したがって、それは夢のようなものといってもよく、事実この短篇の中に長い夢が挿入されているのは偶然ではない。ここでは現実とは可能性に他ならず、可能性とは考え出されたものなのだから、現実とは考え出されたもの、逆にいえば、考え出されたものが現実だということになる。津島の質問は「現実はいかに現実的か」というより、「いかに現実は非現実的であるか」、いや「非現実はいかに現実的か」なのです。彼女の文章にやたら仮定法が使われ、もってまわった言い方が多いといわれるのもそのためです。登場人物たちは自分の考えをのべ、解釈を下す必要に迫られると、はっきりいわず「とも考えた」とか「かもしれない」といいたがる。それでいて物語自体には、類の少ないくらいこまごました現実が書きとめられ、こまかな心の動きの隅々にまで光りが当てられる。これは、今いった現実即可能性、可能性即現実という事情があればこそで、こまごました現実をとり上げればとり上げるほど、幻想的可能性が自由に翼をひろげることになるからでしょう。ただし、いくら自由といっても、例の「かもしれない」という条件は逃れられないのが、ここでの彼女の世界なのです。

津島の世界はそれほど相対性の中に完全にとどまっており、しかもここにはさまざまの矛盾や非論理が入り乱れている。西洋の読者がこの短篇を読んで面くらい、これは自分と全く別の世界だと匙を投げてしまうのも、きっとこの相対性のためでしょう。私がこれをみせたあるドイツの出版社は「くりかえして三回ていねいに読んだが、まるでわからない。同じ作者のほかのものを選んでくれないか」といってきました。私は「それはしたくない」とことわったけれど（その後別の出版社がみつかりました）、私の考えでは、この小説こそ典型的に日本的な文学であり、その点で芥川の『藪の中』と濃い血縁でつながるものです。

津島の文学の世界は、私が日本でふだん始終体験するもの――絶対的な言い方をできるだけ避けてまわり、時には完全に拒絶さえする――にぴったり合うのです。真理とは（この国では）いつも主観的、つまり相対的真実を出ない（と考えられている）以上、それが現実とのかかわりあい方を決定しないはずはない。西洋の思想家や文学者はくりかえし「現実の相対性」を証明してきたし、現在は以前にまして、それを力説している。遅くともロマン主義以降、存在と外見は昼と夜のように截然と区別される別世界ではないとされるようになった。しかしこの思想は西洋では生活の領域全般にまで絶対的な支配力をふるうとまではなっていません。イギリスを除くヨーロッパ文化には絶対性を指向する思考と信仰のモデルがあり、これは今も根強く生きています。そのため、西洋では文学が生きるのは容易な業ではない。というのも、とどのつまり、文学とは可能性の思想の生き物なのですから。私たちの風土は文学に向いてない（だから逆に、そこで生きぬいた文学には時にすごいものがみつかる）。特に今の西洋人が求めているのは「情報」であり、情報とは正しく確実な知識を前提とする（ただし、賢明な西洋人なら、「これが現在のわれわれの夢、われわれの祈りだ」というでしょう）。

つい先日もあるドイツ人司書が日本学の書棚の前で、胸をはって「これでとうとう本当の日本研究関係の本の整理は全部すみました。それ以外のものはこのあとでだんだんと……」というので、私が「それ以外というのはどんな本のこと？」とききますと、「たとえば文学とか何とかの類いの雑書」という返事がかえってきました。

＊『新潮』一九八七年二月掲載

（吉田秀和訳）

〝幸福のかけら〟——現代日本の女性文学はドイツでどう読まれたか

日本というとすぐ「経済大国」というイメージが浮かぶようになって以来、ドイツでも、この国に対する関心は高まる一方。ここ数年のマスコミの扱いはまさにブームといっていい。だが同じ日本ブームでも、今度のはかつて今世紀初頭にあったものとは大違いです。当時の日本熱が美的エキゾティシズムに集中していたのに反し、今は一にも二にも「日本の成功の秘密は何か」「日本社会の仕組はどうなっているのか」「それはわれわれの役にも立ち得るか」といったものばかり。完全に即物的な関心でしかない以上、求められるのは客観的情報に限定される。といったわけで、熱狂的日本フィーバーにもかかわらず、日本の文学への興味は継子扱いも同然。その上、日本文学は特に情報量の多い文学とはいえないのだから、ますますそうなるわけです。

こんな状況の下で、いま日本文学を翻訳してドイツの出版社に原稿を送るとどうなるか、その話をしてみましょう。具体的にいうと、私は現代日本の女性の書いた小説から十一の短篇を選び、私のほか五人の日本研究家の協力を得て翻訳したものを複数の出版社に送ってみた。翻訳ばかりでなく、かなりくわしい手引きと著者一人一人の略歴や著作といった註もつけ加えました。（とり上げた作品は河野多恵子『骨の肉』、円地文子『冬紅葉』『夫婦』、吉行理恵『井戸の星』、富岡多恵子『結婚』、佐多稲子『自分の胸』、宇野千代『幸福』、高橋たか子『誘い』、津島佑子『我が父たち』、大庭みな子『梅月夜』（『楊梅洞物語』の一部）、有吉佐和子『油煙の踊り』の十一篇です。）

日本は今「はやっている」から、頭からことわってきた出版社は一つもない。しかし数週間たって来た、正式の返事を読むと、事態は全く変わっています。その間に、ベストセラーとまでいかなくとも、この本である程度の儲けがあるという見込みは夢でしかないとはっきりしたからです。ある出版社曰く「御送付の作品は私にはひどく fremd〔奇異でなじみがたい、異様でよくわからない〕、といったほどの意〕でしかなく、先を読む気になれない」。もう少し好意的なのは「宇野、高橋、大庭、河野、富岡は、われわれヨーロッパ人にもそう fremd でもない問題を扱っているので気に入ったが、ほかのはどうも……」。第三のは「女性の作品なのに、女性のおかれた社会的立場にふれたものがほとんどないのに失望」（つまり「文学」でなく「情報」がほしい）。結論はいつも fremd, fremd ばかりで、これは見知らぬ人をみると誰彼の区別なく吠えたてる犬を思わせます。その後、本が出てから、『フランクフルト・ルントシャウ』という新聞の書評の中に「この本の作品はどれも実に達者にかかれているが、ヨーロッパの読者とすれば、多分、焦立たしい思いに駆られずにはいられまい。というのも、この本は読者が『日本はわれわれとこう違うはずだ』と考えたがっているのとは、別の形で違っていることを示しているのだから」とあったが、これがポイントなのだろう。

ある編集者と何回か手紙のやりとりをしているうち、私は、日本の文学作品を前にした時西洋人の感じる困惑にはどんなに深い根があるか、わかってきました。どうも、ヨーロッパ人はものを判断する時、大昔のアリストテレスの組み上げた枠組のそとに出るのがむずかしいらしいのです。もちろん、今アリストテレスの『詩学』の方式で書いている作家なんかいません。たいていの人はあの本を読んだことさえないでしょう。しかし、ひとたび新しい未知の芸術にぶつかった場合、私たち西洋人は、知らず知らずの間に「作品は一つの内的必然性から生み出された統一体でなければならない」という考えに従って、判断せずにいられなくなるのです。

ところで、私の本は『十一軒目の家』という題でミュンヘンのユディツィウム出版社から出ました。社主が文句なく気に入ってしまったからです。以来、この本は多少の話題を呼び、書評のほかにも、実にさまざまな反響がよせられました。「女の描き方は、現代ヨーロッパの女の文学のそれより、概してより正直で、より明確だと思う」という声がある一方、まさにこのヴェール一枚残さず何も彼も明けっ放しにぶちまける態度が一種のショックを呼ぶ場合もある。ある芸術家の夫妻は——二人とも教養の高い人ですが——河野の『骨の肉』にはすっかり腹を立て、「唾棄すべき作品！

本当に気持が悪くなった。少しはヨーロッパの読者のことも考えるべきなのに、選りに選って、これを巻頭にもってくるなんて!!」と書いてきました。

前にあげた書評は評論家ヴーテノウによるものですが、彼はこうも書いている。「この本の短篇にはグロテスクなもの、時にはほとんど惨酷で血腥《なまぐさ》いというほかないものまで、ひどく開けっ放しの態度で提出されるのも珍しくない。といっても、これはセックスを露骨に扱うというのとはまるで違うのだ」。

また「この本の中の女性たちは、多くの場合、身勝手な男性の愛の経験に失望した時でさえ、冷静に、誇り高く、悠然と、自主性を失わずに、行動する。時にはまた少々惨酷で、何の幻想も抱かぬ冷厳さで。彼女たちの理解の方が男性より事態をよりよく把握しているのは明らかである」といい、そのあと宇野の小説『幸福』に出てくる「幸福のかけらを一つ一つ拾い集める」という言葉を引きながら、たしかに「ここにあるのは、かけら以上の何物でもなく、幸福の全体像、幸福のもつすべての力というものは、どこにも見当らない」として、「この本の全体に『幸福のかけら』という題をつけても間違いではなかったろう」と結んでいる。

ごらんの如く、日本の文学作品が全く理解されないというわけではないのです。また、ある人は「ヨーロッパ的な意味では、これは全然『物語』とは呼べない。むしろ、想い出の輪、白昼夢の連鎖であって、その中でいくつもの時間が互いに位置を変え、重なりあったり、ほどけたりしはじめる。

勝手気儘で意識の支配の及ばない連想にブレーキをかけるのは、こういった時間の彷徨の中に、くりかえし戻ってくるモチーフでしかないのだ」といってます。

以上を要約するのはドイツの代表的日刊紙FAZ（Frankfurt allgemeine Zeiting）の書評でしょう。「この短篇集は、これまで文学の世界地図の中に空白状態で残っていた地方を埋めるための必要不可欠なものであるばかりか、性の区別で文学を区分けしようとすることがいかにむだな話であるかということを――『女流文学短篇集』という趣旨に正面から反撃するような文学的芸術的質の高さでもって――立証するためにも欠くべからざる本である」。

結局、この本は単行本で出て何カ月もしないのに、ポケットブックにして出したいという出版社からの申し出がつぎつぎに来ました。日本文学にはもっとチャンスがあるはずなのです。この上は、私たちの国（ドイツ）の出版社にも日本語の読める人がふえて、作品の質の判断が今よりよくできるようになればと思います。

＊『新潮』一九八八年七月掲載

（吉田秀和訳）

バルバラの肖像

バルバラと「縫いぐるみ奥さん」——姉エヴァは語る

エヴァ＝マリア・クラフト
（Eva-Maria Krafft　前バーゼル美術館学芸員）

私たちの母方の祖母はシュッツ家の生まれ。両親はハレ（Halle）で「皇太子（Zum Kronprinzen）」というホテルの持主でした。

最初の住まいはベルリンのフリーデナウ・ヘトヴィック通り（Friedenau Hedwigstraße）十二番地にありました。バルコニーつきの四部屋という小さな借家。でも、住み心地は悪くなかったわ。子供にそれぞれ自分の部屋があったくらいですもの。一九三三年にシュヴァルバッハ通り（Schwalbacher Straße）七番地の大きな住まいに引っ越しました。この家はまだ残ってます。私の友人がわざわざ行って確かめてきたのですよ。下の方は小さな住まいだけれど、私たちのは屋上に建て増ししたものので、とてもきれいだった。食堂の私の椅子のうしろの壁に母の水彩の肖像画がかかっていて（…）

バビー（Babi）が生まれた時〔一九二七年三月十三日〕、父は専門技師の免状をもった炭鉱の鑑定家でした。炭鉱の守護聖者は聖バルバラなので、子供にバルバラという洗礼名をつけたわけ。でも、誰もバルバラなんて呼ばなかった。ベルベル（Bärbel）とかベールヒェン（Bärchen）とか。その後、私はバビーシュ（Babiche）と呼んだけれど、あとでもっと縮めてバビーにしたの。バルバラは私をスィック（Thick）と呼んでました。これはディック（Dick）〔英訳の「肥った」〕を彼女流に翻訳したもので、彼女は私のことをいつも、ディッケ（Dicke）というの。何しろ小さくて、まだ学校に上がってなくて英語を習ってなかったんですが。私をディッケというのは当たり前といえば当たり前。私は四つ年上だから、少しは彼女よりがっちりしていたし、彼女が二つの時は、私はもうがっちりしていたし、あの人は本当に虚弱児だったの。一歳の時、重い肺炎になり、本当ならもう一度天国にいってたはずだったのよ。

二歳になっても、歩けないと称して、滑ってました。これはいかにもバルバラらしい話で、あの人は片脚を曲げたままにして、もう一方の脚で漕ぐみたいにしていくんです。ドアはみんな開けっ放し、そうでないととても通れないと思っていた。ある年、夏の休暇旅行で農家に泊まっていたんですが、そこではもう漕ぐわけにいかないでしょう？　で、農家の傭人が彼女に歩くことを教えたの。彼女は牛小屋でも何でも見たがりました。

ちょうど学校に上がった年に、私たち一家は大きな住まいに移りました。彼女は、廊下に出てから、「今日は（学校に）どんなふうに行かなくちゃいけないの？」って、きくんです。毎朝。学校にゆく時は三通りあって、急いで行くか。ブラブラしながらゆくか。ゆっくり歩くか、っていう具合。ご存じでしょうが、彼女はいつだって遅れて来たものでした。学校のこともあんまり真面目に考えてなかった。私とは正反対。彼女のは片手間の遊びなんです。

誕生日には籠をほしがりました、いっぱい果物を入れた籠を、ね。それを持って、学校に行くんです。学校の鞄は家におきっぱなし。万事、こんなふうでした。でも、学校は楽しかった。読み書きが習えて。私たち、子供の本を二冊持ってました。『Ho-Ming』と『Jung Fu』あるいは『銅細工師のフー』。とてもきれいな良い本でしたよ。この二冊を二人でとっかえひっかえして、読みました。バビーはこれにすっかり夢中になってしまって、それ以来、すっかり中国気違いになっちゃったの。たしか、八歳の時だったと思います。それからはもう手当たり次第集め出し、ベッドの上に大きな中国の地図を拡げたり――中国のものは何でもほしがるようになりました。両親は私たちにきれいな仮面の祭りをしてくれ、彼女は中国の男の子みたいにして歩き廻る。こんな帽子を冠り、こんなズボンをはき、上っ張りをきたりして……そんな中、バビーはシャム猫を拾ってきました。あとでメーメー（妹妹）という名をつけましたが、これは「小さい妹」という意味だそうです。ほかに、どんなものを集めていたか、私にはわからないわ、何しろ私たち別々の部屋をもらっていたのですから、当然、住み方も少し変わってくる。私は座って、学校の宿題をもそもそやっている。彼女は友だちをつれてきて、遊んだり何かして。宿題は、朝、服をきる合間にやる。それから例のズボンをはいたまま、外を歩きまわる。それでも、何とかやれてたと思います。大人になってからも、勉強はしてましたからね。

私は自分が父親っ子だったとは言わない。でも、私は彼に似ていた。残念ながら、性格もそうで、神経質で興奮しやすい。一九三六年、はじめてオペラにつれてってもらいました。バビーの時はもうだめでした。あとあとまで、私はいつも可哀そうに思ってました。十三歳で、すごいお出かけをする。本当にうれしかった。タクシーにのって、オペラにゆく、きれいな服をきて、ね……でも、彼女にはもうできなかった。でも、あとになって、オペラでも音楽会でもヒデ[1]にたっぷり楽しませてもらいました。

私は全くの音痴。バビーはリコーダーを教わりました。[2]父はとても音楽的でピアノを弾いた。でも家庭音楽はやらなかった。

バルバラは万事につけて私と大違い。私はどちらかというと、父に近い。でも、父はバルバラの風変わりな考え方は、もちろん、認めていました。母にとっての彼女は、幼い時から、心配の種。何しろ、よく病気したのでね。二十歳で、すごく重いジフテリアを患ったし……そう、あれは一九四七年、ベルリンでのことです。大きな学校みたいな建物で、彼女は最上層に寝かされ、私たち、一、二カ月、全然会うことも、話すこともできない有様でした。何しろ、あれは臨時隔離病院みた

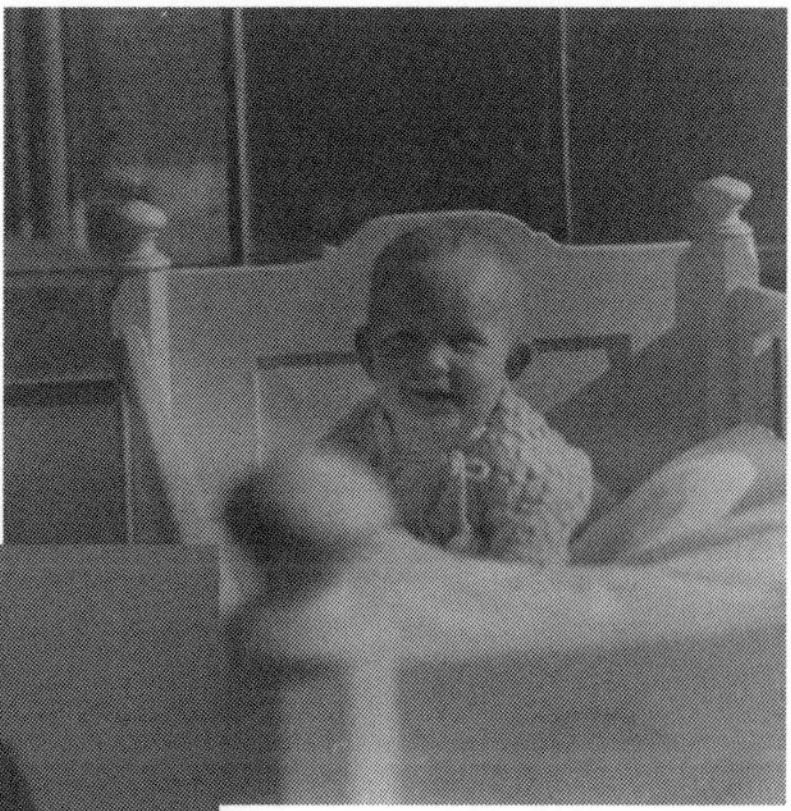
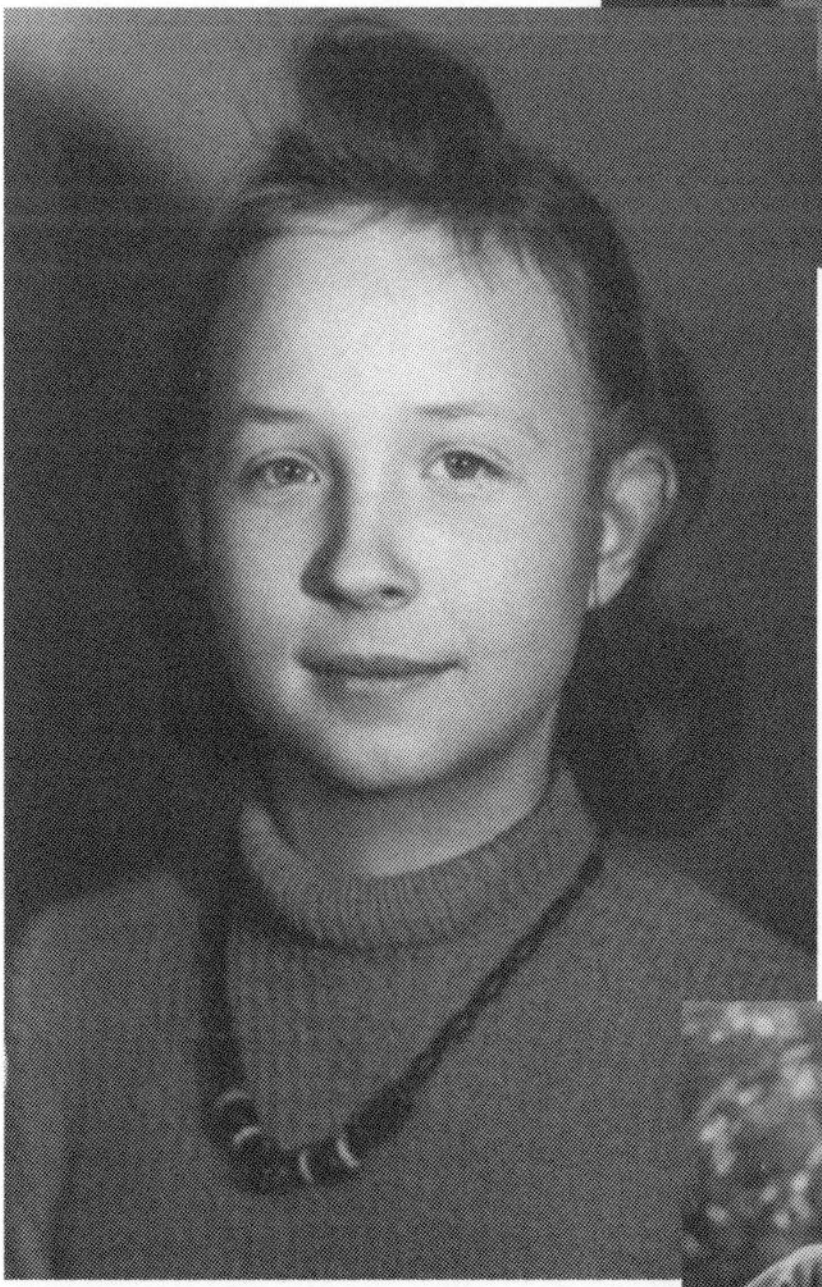

いなもので、（本格的な）伝染病用の施設ではなかった。そこでは、よくテーブルの上を渡って散歩させられたなんていってました。病気となると、あの人は、いつだって重いのにかかるんです。

ヒデのところには、母の書いたバルバラ用のノートブックがあるはずです。母は私たち二人にそれぞれ専用の日記をつけていました。ここにあるのは私用ので、私は、その中でバルバラが出てくるところには小さい紙片をはさんでいます。これで重宝しているのは、私たちの誕生日や祝日の頁。母はいつも私たちのためにお祝いしてくれました。お人形の結婚式だとか、お人形の洗礼、それから有名な仮面舞踏会。それに母はいつも詩を書きこんでました。私はそれが大好き。それをみるたび雰囲気が思い出されてくる。子供のころは、お手伝いさんがいたので、遊び相手になってもらった。それで、私が奥様、バビーはお手伝いさんの役。でも、彼女はそんなこと全然気にしない。むしろ、おもしろがっていましたわ。そうして、私のことを **"Gnädige Frau"** じゃなくて **"Genähte Frau"**[3] と呼んだものです。（…）

十二歳で彼女はオーストリア[4]にいった。三九年の冬か、四〇年の春か、はっきり覚えていません。一方、私はベルリンの両親の許に残っていたので、二人は離ればなれになったわけです。だから、子供のころの話は、私はもうできないのです。

彼女はいちばん仲の良い友だちといっしょにいったのですが、その子はルネ・イリング[5]（**Renée**

llling）といって、美しいとはいえないまでも、とても気立ての良い子でした。ルネのお母さんという人は映画の台本を書いたり何かしていましたが、バビーには、それも信じられないくらいおもしろい話なのでした。

オーストリアでは、そのお友だちといたずらばかりして、学校もよくさぼったので、[6]父は「これじゃ、いけない」といって、母といっしょに、彼女を遠い親戚の住んでいるハレにいかせました。そこには祖母の兄弟がいたのです。農産物商で、花の種子など扱っていました。そこでは彼女は自転車で通学しました。住んでた町はエルムスレーベン（Ermsleben）ですが、そこには学校がないので、クェートリンブルク（Quedlinburg）の学校まで通ったのです。

一九四五年、戦争が終わった年、彼女も学校を卒業しました。そのころ私はもうベルリンの美術館に勤めていたのですが、彼女は変則的な非常（臨時）高校卒業資格がとれたのです。それから、すぐ国家勤労奉仕挺身隊みたいなものに編入されました。私も同じころ勤労奉仕隊入りのはずでした。でも、運良く、長いこと、入らずにすんでいました。ということは両親がうまい具合に、そう計《はか》らうのに成功したというわけです。なぜか知りませんが（エルムスレーベンにもクェートリンブルクにも、奉仕隊がありませんでした）。それで父はバルバラをつかまえて、ベルリンの私のいる奉仕隊に押しこんだのです。どうやったのか、そんなこと、わかりません。何しろ、戦争末期、ごたごたの最中の話です。私が覚えているのは、〔自分が〕奉仕隊の病棟の係になったということです。そこに新入りがあるというのでみたら、バルバラが潜りこんでいたというわけです。考えてもごらんなさい、とてもびっくりしましたわ！

一週間すると、前線が真近まで迫ってきた。勤労奉仕隊はベルリンの東にあったのですが、前線はもうほとんどオーダー河すれすれまで来た。野営地にはバルバラがいて、私にベッドをつくってほしいという。でも、そのうち、砲撃の轟音が聞こえてきちゃった。私は言いました、「みんなで力を合わせて、何とかきりぬけなくちゃ」って。私たちの隊はナチに無理矢理かき集められたもの。もう解散だ。そうしたら、隊長――女の人でした――が恐くなったとみえ、「証明書がとれそうよ」と言いました。そこで四月二十日、ヒトラーの誕生日、ベルリンの東で――戦争の地図を一度みてごらんなさい、私たちはたしか六人か七人の小さな部隊――皆で国鉄（S. Bahn）の駅まで車で運んでもらいました。車といっても、馬車のことよ。友だちの一人が馬車を動かせたの。

それから、汽車にのって、やっと（ベルリンに）潜りこめたの。危うく戦車で封鎖される間際のこと。今でも、食糧品をつめこんだ小さな鞄を持った自分の姿を思い出します。こうしてバビーと私は、五時ごろから家に向かって歩き出したの、くたくたに疲れて。家についたら、誰もいない。父は当時ベルリンの高等工業学校[7]（Technische Hochschule）の先生で、学校にいる。母はハンブルクにいて、子供たちの来るのを、首を長くして、待っていた。そこに私たちが家に帰ってきてしまった。

ソーセージの尻尾ぐらいしか食べもののないところに。父は、私たちを見ても大して喜ばなかった。だって、こうなった以上、父が自分で私たちの世話をしなければならないことがはっきりしたんですものね。ところが、父はもともとそんなことしたことがない人だった。それで、私たちは自分でやりくりしたの。でも、それも間もなく終わり。終戦は私たち、母のいないベルリンのシュヴァルバッハ通りの大きな住まいで、父と一緒に体験しました。住まいは壊れはしたが、全焼したわけではない。それを少し応急処置し、できることはみんな自分でやった。ある時は、私が少しばかり豚の焼肉をとってくるとか、それから乾した馬鈴薯の皮を一袋手に入れて、それでメンチボールをつくったりして。気分はそう悪くなかったわね。父はとても神経質で、すぐカッとなりやすい人で、心配してましたがね。ロシア軍の占領が夏いっぱいは続いた。その当時のことなんか、考えられないことがいっぱい。でも、戦闘部隊と占領部隊とではいろいろ違うの。戦闘部隊というのは、本来、暇なんかまるでなく、ずっとさっぱりしていて、子供の泥棒みたいなもの。そんなわけで、私たち、何にもされなかった。それに、同じ建物の中に白系ロシア人が住んでいて、彼女がロシア人と話をつけてくれたし、隊長さんが私たちのところに泊まったので、警護は充分。それで、夏いっぱいの暮しは、私たち三人で何だかんだやったのですが、本当にてんやわんやだったわ。何しろ母はアメリカ軍の占領地帯にいたし、私たちはロシア人のところでしょう、ロシア人がいなくなった後は、私たちもアメリカ地帯になったの。そこに、母が大きなリュックサックを背負って歩いてやって来たのですが、私たち、もちろん、そんなこと全然知らなかった。私たちの方も、何にも知らせを出さなかったし。そう――心配だったわ、この一時しのぎの暮しで、一体どうなることだろうって。私たち家族は、入口のベルはいつも二回鳴らすことにしていたの。そうしたら、ある日、二回鳴ったの。とたんにバビーが大声で「あっ、ムッティー！」〔8〕と大声で叫んだわ。

五月八日（ドイツ降服の日）のあとは、職場探しに大わらわ。ロシア人は証明書を見せろという。バビーはヴォルフ〔9〕の本屋に勤めました。戦前から得意先の一人だった父が彼女をつれて、そこにゆき「ヴォルフさん、ロシア人が労働証明書をみせろという。ベルベルをやとって、何か仕事させてくれませんか。何より印鑑の捺してある証明書を出してくれませんか」と頼んだの。私もマルクブランデンブルク州立美術館で同じようにしてもらった。違いは、私の方は前にも美術館で見習いとして働いた経験があったという点。そのあとは、私の大学入学の問題。バビーも大学に入りたがった。それで、年は違うけれど、二人は同時に大学で勉強しだしたの。私は美術史〔10〕。バルバラは中国学。中国の話が消えたと思ったら大間違い。小さい時からの彼女の中国熱はちっとも変わってなかったのよ。そうしたら、私の父は――どこの父親だってみんな同じだと思うけれど、「お前はまず、それで食べてゆけるものを勉強しなくちゃいけないよ」という。それで彼女はまず図書館の司書を志した。でも運もよかった。当時のベルリン国立図書館の館長はヴォルフ・ヘーニッシュ（Wolf Hänisch）

という人で、この人は中国専門の学者でした。ヘーニッシュの父親も中国学者、母親は中国人、そうして彼自身は国立図書館の館長さん……そういうわけで、本当にもう――。

バビーは司書の勉強をして、試験にもめでたく及第して、見習いとして採用されました。そこですぐヴォルフ・ヘーニッシュについて、中国語を勉強し出したの。私は一月大学生になってハンブルクにいきました。そうしたら、間もなく、誰がハンブルクに来たと思います？　もちろん、バビーよ。それも、いわゆる炭鉱飛行機にのって！　というのは、あのころは、西の方からベルリンまで石炭を運んできては、帰りに西に出る人をのせてゆくという飛行便があったんです。ハンブルクでは、いっとき、二人である宿の食堂に住んでいました。住むところがないので、ある家の食堂を占領しちゃったの。ベッドが一つ、それから藁《わら》蒲団が一つ。これは毎朝片づける。それから子供用の小さなテーブルが一つあったわ。でも長く続かなかった。喧嘩し始めたのよ。彼女は世界経済研究所というところの臨時傭いの司書になった。ということは、彼女はお金がとれたわけ。私の方は大学生。勉強はできるけど、文無し。それで喧嘩になったの。そのうち、彼女はとてもきれいな部屋をみつけました――それも、あろうことか、ブランケネーゼ[11]に。これは郊外の屋敷風の住宅で、庭もついてるという具合。週末には、私が彼女を訪ねていったの。とても、いい時代だったわ。そのあと、彼女も大学で勉強しだす。私はフライブルク（の大学）にゆく。バビーはまた英国にもいって、勉強する。というわけで、二人は別々に暮すようになりました。

彼女はいつも中国に行きたがっていた。初めは、日本の話なんて全くなかった。でも、そのころの中国には行けなかったので、日本にきめたの。日本と中国では大変な違いだけれど、どっちも極東には違いない。私の父は、腹の底ではあんまり気乗りしてなかった。彼にしてみれば、そう簡単に娘を日本に行かせたくない。嫌々承知させられたようなものでした。でも、彼女がマニラについた時、[12]父は死にました。ずっと前から心不全だったのです。彼女は日本の文部省の招聘留学生としていったのですが、支給されるお金は充分でなく、うちで幾分足さなければならなかった。そこに、父が突然死んだので、ますますむずかしくなり、彼女はあれこれ自分でやりくりしなければならなくなった。初めは、かなり苦労したと思いますよ。そのあとは在日ドイツ大使館の職がみつかり、[13]それからグロースマン[14]の下で文化研究所につとめるようになり、彼とはとてもうまくいっていました。グロースマンのところでは、私も何回かベビー・シッターをやったことがありますよ。[15]

＊この文章は、ペーター・カピッツァ氏がミュンヘンからバーゼルにエヴァ＝マリアを訪ねて、談話を速記したものを整理してつくった原稿によったものである。本来の原稿には詳細な註がついているが、ここでは、原稿とともに一部省略した。

（訳者付記）

〔1〕エヴァもバルバラも、バルバラの良人・吉田秀和のことをこう呼んでいた。

〔2〕「一九三六年のベルリン・オリンピックの開会式には、エヴァ＝マリアはベルリンの女子生徒の輪踊りに参加した。ナチ嫌いの母は、娘の晴れの舞台を参観するのを断ってしまった。」

〔3〕Genädige Frau は日本語の「奥様」とでもいったものにあたる丁寧な呼びかけの言葉。genähte は nähen（縫う）の過去分詞。似たような音の言葉の遊びである。

〔4〕ザルツブルク近郊のバート・アウスゼー（Bad Aussee）。

〔5〕彼女はのち政治家でハンブルク市長になったり大臣になったりしたドホナーニ（von Dohnányi）と結婚した。指揮者のクリストフ・ドホナーニはその弟。

〔6〕私がバルバラからきいた話では、「オーストリアの学校ではとても良い教育を受けた。先生も優しい、良い先生がいた」という。一九六八年ごろ私はバート・アウスゼーまで彼女と一緒にいって、その先生にも会った。たしかにやさしい老婦人で非常に懐しがっていた。

〔7〕これは、戦後、Technische Universität さらに Freie Universität となった。バルバラの父は、そこの教授となった。

〔8〕ムッティー（Mutti）は子供が母親を呼ぶ時の呼称。

〔9〕ヴォルフ（Wolff）はベルリン有数の書店。店主アンドレアス・ヴォルフ（Andreas Wolff）の娘は、のちにヴァーゲンバッハ（Wagenbach）出版社を興し、特にロシア文学関係の美しい装丁の本を数多く出して有名になった。

〔10〕エヴァ＝マリアはフライブルク大学のシュッハルト（Schuchardt）教授について美術史を修め、学位をとったあとはハンブルクの国立美術館の無給嘱託（Volontee）を経て、バーゼル国立美術館の学芸員を長くつとめ、停年退職した。

〔11〕ブランケネーゼ（Blankenese）はハンブルク郊外の高級住宅地。

〔12〕彼女はハンブルクからイタリアのトリノに汽車でゆき、そこから海路日本に来た。

〔13〕初め在日ドイツ大使館の文化部に勤めた。そのあといったんハンブルク大学に戻って中国学研究室の助手をつとめたあと、再度来日、東京ドイツ文化研究所所長代理となる。これについてはつぎのレナータ・フランケの記事参照。
〔14〕ベルンハルト・グロースマン（Dr. Bernhard Großmann）は文化研究所の二代目の所長。
〔15〕バルバラはエヴァ＝マリアを二回日本に招待している。

（吉田秀和訳）

バルバラとフランケ教授——変わらぬ友情

レナータ・フー＝シェン・フランケ
（Renata Fu-sheng Franke　ヴォルフガング・フランケの娘）

一九五〇年、ヴォルフガング・フランケ（Wolfgang Franke）が中国人の妻と二人の子供をつれ、多年にわたる中国滞在からドイツに帰り、ハンブルク大学の中国語、中国文化の研究室の教授に就任した時、そこにはティレマン・グリム（Tilemann Grimm）、バルバラ・クラフト（Barbara Krafft）、アンネローゼ・ヴェントフート（Annerose Wendhut）という三人の学生がいた。彼らはすでにかなりの中国学の基礎知識を身につけていたので、フランケはこの三人の学生をよろこんで引き受け、数年ののちには無事学位を授与したのだった。彼の自伝にはこう記されている。「一九五五年、ついにバルバラ・クラフトも王世貞（一五二六—一五九〇）に関する論文を書いて、学習を終えた。これは明時代の精神史への一つの寄与である。彼女はベルリンの出身で、まだ比較的若かったが、ナチを嫌悪、高校卒業試験に及第すると直《ただ》ちに中国学と日本学を修めようという固い決意を抱いて、大学での学習を志したのだった。彼女は恵まれた才能の持主で、開放的だが、自分の信念をもっていて、私とは気心が合った」と。この記事に対して、バルバラ・吉田＝クラフトは二〇〇〇年二月八日付の手紙で、つぎのように書いてきた。

フランケ先生[1]、あなたの自伝の第二巻はもう手に入りました。文字通り、とるものもとりあえず読み出したのですが、私もあなたがハンブルクに着いた時のことをはっきり覚えています。私たち学生も、大きな好奇心にかられていたのです。御本のすぐ始めのところで、私のことを、あんなに好意的に書いて下さっているのを読んで、まだ全部読んではいませんが、とりあえずお礼申し上げたいと思いペンをとりました。私についてお書きになったことの中で、二つの点を特にうれしく拝読しました。一つは、どんなに私がナチを嫌っていたか（今でも、ナチ嫌いはちっとも変わっていません）ということ。二つ目は、私が自分の意見を持っていたというお言葉。ベーネル[2]のところでは、これがほとんど許されなかったので、欲求不満になってしまうのです。このことを、あなたがあんなに解放的に受けとめて下さったので、あなたのことを考える時は、いつもありがたく思っていました。あなたには――私の父の言葉遣いを真似ると

――決して「膝を屈して接する」必要がなかった。それどころか、あなたはそういうことが大嫌いでした。〔…〕あなたのことでは、思い出すことがたくさんあります。あなたがベルリンに滞在していた時のことも忘れられません。御一緒に中国美術展にいったこと（あれは私の最初の経験で、あすこには実にたくさんの宋時代の感銘深い絵画がありました――私の思い違いでなければ――特に鹿の絵を覚えています（本当はカタログで確かめるべきでしょうし、カタログは今も持っているのですが）。そのあと、あなたは東ベルリンでも、中国にいる親戚の方のために農耕用具の買物をなさった。こういったことは、私には、いろんな意味で、教えられるものが多かったのです。でも、一番はっきり覚えているのは、私が（一九五九）〔二度目に〕日本にゆく汽車にのった時、あなたにお別れの挨拶をしたら、とても親切に、にこやかなほほ笑みをたたえて「いつでも帰ってお出で」と約束して下さったことです。この寛大さ――しかも、私がこの時研究室の助手を自分の都合でやめさせて頂いた件で、あなたを困らせたばかりのところだったのに――。私は、これを忘れられないし、いつも感謝の念でいっぱいです。それに、私はあなたがもう一度東アジアに行きたいという私の願いを、じかに肌身でわかって下さったと感じたのでした。

一九六四年の私の結婚式〔京都にて〕に、あなたが出席して下さったのも本当によかった。というのも、私の母は、私の夫になる吉田が気に入っていたのですが、式に出られなかったのですから。

五〇年代、非社会主義国の学生は中国で勉強できなかったので、彼女は学位をとったあと、ヴォルフガング・フランケの推薦を受けて日本で研究を続けざるを得なかった。一旦日本にいったあと、バルバラ・クラフトは博士を授与してくれたフランケのすすめに従い、彼の助手としてドイツに戻り、一九五八年から九年にかけての一年たらずの間つとめた。その後、再び日本に行き、そこが彼女の第二の祖国となった。のちヴォルフガング・フランケは日本を訪れ、その機会に彼女の夫の吉田秀和と親しく交友を結ぶに至った。またバルバラ・吉田＝クラフトとの定期的な文通を介して、遠く離れ離れになってはいても、二人のお互いの接触は失われることはなかった。

一方、ヴォルフガング・フランケは、中国学の教室の学生が少なかった当時は極めて個人的な接触を維持できたけれども、学生が増えるにつれて、それが不可能になった。しかし、バルバラ・クラフトはフランケ一家全員と接触をもち、彼女や同窓の人々は時には彼の二人の子供（レナータとペーター）のお守りをするようなこともあった。バルバラ・クラフトは二〇〇〇年三月二十九日付のフランケあての手紙で、そのことにふれている。当時、フランケはマレーシアのクアラルンプールにいたのだが、ちょうど八十八歳の停年を迎え、ドイツに帰国したところだった。「ベルリンに帰るのは、ある意味では楽ではないかもしれませんが、あすこにはナータ[3]と孫がいる。ナータにくれぐれもよろしくお伝え下さい。彼女は今でも私の思い出の中に生きています。あなたのハンブルクの家での子守りのこととか（赤ん坊をお風呂に入れるのは、私にとってあの時が最初で最後でした）。ナータは自分もまだ小さい癖に赤ん坊の世話をする私を助けようとやってきて、幼い弟の耳を吸ったりして、おとなしくさせようとしたものでした（…）」

バルバラ・吉田＝クラフトと私たちとの間には、もう一つ共通点がある。それは少し普通ではないかもしれないが、私たちは両家ともハンブルクのオールドルフの墓地に一家の墓を持っている点で、この墓のことはバルバラ・吉田＝クラフトの二〇〇一年三月三十一日付の手紙に出て来る。

オールドルフの墓地に墓がある理由は簡単に説明できます。父――と、そのまた父がハンブルクの生まれだったからです。私の母はベルリンに生まれ育ちました。祖父はハンブルクに傘とステッキの小さな製作所をもっていました（クリングストレーム・ウント・クラフト（Klingström & Krafft）という名）、これはお洒落な傘と杖だけ扱っていたもので、のち伯父が相続しましたが、例のハンブルクの焼夷弾大空襲の時、すべて失われてしまい、その名前も、伯父の死後、父が一九四六年（だと、私は覚えていますが）イカサマ師に売ってしまったのです（その代金を私たちは一度も見たことがありません）。そんな訳で、オールドルフの墓には、私の祖父母、両親、父の二人の兄弟たちが眠っているのですが、墓にはまだ空きがあり、ちょうど今墓地管理のヤコプセンに墓地管理料の支払いをすませたばかりです。私があすこを詣でたのは一九五四年から翌年にかけてのことでした。

私ども一家の墓には、オットー・フランケ（ヴォルフガング・フランケの父で、彼もまた中国学者だった）も納められており、バルバラ・クラフトは若い娘のころ、祖父の死ぬ二年前、彼を訪ねたことがある。祖父は一九四六年八月五日、息子（ヴォルフガング・フランケ）が十三年にわたる中国滞在から祖国に戻る前に死んだ。オットー・フランケを訪ねたことは、バルバラ・クラフトには強い印象を残したようで、二〇〇〇年四月十日の手紙の中で、彼女はこう思い出している。

バレンシュテット（Ballenstedt）を訪ねた時の思い出を書くようにとのことですが、私の不確かな記憶を辿れる限り、よろこんでそうしたいと思います。年とともに、思い出も夢のようなものになってきていますが、これは目の覚めたあとの夢とでもいったようなもので、体験した時の感じは前と同様具体的なのですが、いざ、その時見たものを書き記そうとすると、すっと消えてしまう。何しろ、私は当時とても若かった。十六か十七になったばかりで、この訪問を前にかなり興奮していました。そんなわけで、今はどこにその家があったか、何という名の通りだったか、家の外観はどんなふうで、どういうふうに部屋の中に入っていったかなど全然覚えていません。そう、部屋には旧式な家具がおいてあったけれど、細かい点はほとんど注意して見もしませんでした。ただ、あなたの御両親も――私たち同様――亡命者同然の暮しをしていました（私の母と私は当時エルムスレーベンの祖母の兄方の家に住んでいたのですが、これはクエートリンブルクの方に向かって、バレンシュテットより一駅手前のまちです）。しかし、私がはっきり覚えているのは、あなたのお父上から受けた印象で、それは「ドイツの学究というのはこういう人なんだな」ということです。私はその後、こういう印象の人には二度と会ったことがありません。ランツフート教授[4]は、私の誰より尊敬している先生ですが、あの方でさえ、こうではなかった。たとえば、あなたのお父上の截然たる個性というものは、彼にも、ありませんでした。（…）

私がどんなに中国に憧れているかを知っておられたので、多分、お父様は私に大学で勉強する可能性について話しておいて下さったのでしょう。私はもともと十五か十六になったら、ベルリンで中国語の勉強を始めたいと考えていた。それで、私の父はベルリンの老ヘーニッシュ教授につけさせたいと考えていたのですが、一九四三年のハンブルク大空襲の直後ベルリンの学校も閉鎖になり、私たちはとるものもとりあえずベルリンから逃げ出さなければならなくなったのです。

季節は初夏だったはずで、だとすれば、私の訪問は一九四四年のことになる。はっきり覚えているのはお別れの情景。部屋の窓から広い原が見渡せ、太陽が傾きはじめ、空は真赤に彩られていました。地平線の彼方に大きな風車があり、お父上はそれを指して、自分の図書はあの建物の中にしまってあるのだといわれました。彼は私に、中国にいる私の息子はあちらで自分の文庫を立ち上げたんだといわれました。その時、私はお父上の声が少し悲しみの色を帯びたような気がしました。でも、これは私の気のせいかもしれません。その時ちょうど、お母様がお見えになりましたが、その顔、目つき、真面目さと善良さ――こういうものは今の女性にはもうみられない種類のもので、――忘れられません。お父上は私に論文の別刷を下さいました。「中国史を学ぶとはどういうことか。(そうすると、)終わりはどういうことになるか」。この題はシラーからとったものでしょうが、私の思い違いかもしれません。この別刷も茶箱の中に大事にしまってあるのですが、今は重くて私には動かせません。以上が私の記憶しているすべてです。ひとつひとつの記憶もそうだし、全体としても貧弱なもので失望なさったと思います。でも、私はありのまま、飾らず書きました。私はこの二月中旬以来ずっと病気で、来るべき数週間にどうなってしまうか、誰にもわからないような状態におります。(…)

バルバラ・吉田＝クラフトと大学時代の教師ヴォルフガング・フランケとの結びつきは、彼女が

1959年頃、東京ドイツ文化研究所にて

一九五二年から四年にかけて、ロンドンのオリエンタル・スクール（School for Oriental studies）に留学した時、そこでの勉強の有様を詳しく書いたことから始まった手紙のやりとりによく出ている。彼女はまたフランケやハンブルク大学の研究室が図書や刊行物を入手できるよう、できるだけ配慮していた。これはその後日本に行ってからもくりかえされることになるのだが。日本からの最初の長い手紙は一九五五年十月十七日という日付をもっていて、バルバラ・クラフトは、その中で航海の様子や日本での最初の経験を書いている。手紙はまずこんな調子で始まる。

> フランケ先生[5]。手紙がこんなにおそくなって申し訳ありません。しかし、ここについてからの数週間は大学に顔を出したり、そこの教授の方々にお目にかかったり、日常生活のあれこれを習ったりで、大忙しでした。それに、ご存じの通り、ここで新しい生活に入る直前に、父の死の報せがあり、大きな打撃を受け、新生活に暗い影が射すことになったのです。特に一人残された母のことを考えると、安閑としていられない気持になります。でも、そのほかの点では日本はとても気に入りました。そうして、可能な限り、幸せに感じています。

アジアの生活が基本的に快いものだというのは、ヴォルフガング・フランケも同感で、一九五六年一月十五日の返事の中でこういっている。

クラフトさん、〔6〕十月十七日の詳しい手紙、とてもうれしく拝見しました。特にあなたが現地の生活に気持よくとけこめたという点。これをきいて、私も自分が一九三七年、中国につくと即座に居心地よく感じ、以来ヨーロッパに憧れたことなんか一度もなかった、むしろ、逆だったということを思い出しました。

一九五七年四月十四日、ヴォルフガング・フランケは彼女に大学の助手をつとめるよう提案した。バルバラ・クラフトはしばらくためらったあと、結局は受諾したのだが、その理由を一九五七年六月十七日の手紙でこう書いている。

私がここの生活にどんなに執着しているか、他ならぬ先生にはいちばんよくわかって頂けると思います。日本の友人たちはとても身近かに感じられるので、これを諦めるのは、ある意味で、とてもむずかしい。というのも、ここでの生活の仕方に対する愛というものこそ、つきつめたところ、私の学問の勉強をしたいという意識をかきたてた最初の衝動だったのですし、この点は今もなお私という人間の根本的要素なのですから。といっても、私は決して大使館の職に恋々としているわけではありません。ここでの仕事は私の性に合わない。私はやっぱり勉強に専心したい。ですが、それは経済的に許されません。お願いですから、どうぞわかって下さい。ここで、もう一度、じっくり考えてみて――先生に「はい」とお答えする前に、自分の決心を迷わず持ち続けていられると感じておきたいのです。心から感謝申し上げ、御理解頂きたいと願っております。

彼女の望んだ理解は、その後バルバラ・クラフトが東京のドイツ文化研究所の職につくため、わずか一年たらずの助手勤務をやめた時にも、得られたのだった。一九五九年五月二十五日、東京から出した手紙にこうある。

日本についた時、私は長い――長い旅路から帰ったような気がしました（…）。私はたちまち我が家に暮しているような気分になりましたし、研究所の椅子の座り心地は大使館とはまるで違っています。本当にうれしい！

こうして、日本に戻ると同時に、彼女の生涯の新しい頁が開かれ、そこでは彼女は次第に日本文学に専念するようになった。日本の最も高名な中国学者の一人、吉川幸次郎には、彼女がまだドイツにいた時からすでに関心を持っていたのだが、一九五八年、ＯＡＧ（Ostasien Gesellschaft 東洋文化研究協会）の会報に一文をよせ、その中で吉川幸次郎の論文「中国文学の新しい展開」と題されたものを翻訳し、註釈をつけて発表した。彼女はその後、一九六八年十二月二十日の手紙の中でこう書いている。

二番目のうれしい経験は、私の小さな吉川の論文の訳を彼の全集に収録したいと先方から要請して来たことです。もちろん、少し恥かしいようなものではありますが。でも、このことは吉川があの時、私が彼の明時代の詩について書いた最初の論文を、みつけて、どんなに喜んだかを物語るものです。

一九六三年一月三日のフランケあての手紙では、バルバラ・クラフトは吉川幸次郎が改めてまた三回にわけて発表した、中国のさまざまな時代にわたる詩風の変遷に関する論文について詳しく書いている。この長い手紙に対し、フランケは一九六二年一月二十三日、好意的な提案で応じている。

詳細を極めた手紙、ありがとう。あすこで述べてある吉川の考え方に対するあなたの考えを、も少し敷衍して、小さな論文の形で書き、当地で発表したら、どうかしら？　四枚か五枚のもので充分。吉川について、もっと論じたかったら、ＯＥ（Oriens Extremus）の極東関係の新刊物の批評欄にのせてもいいし、もっと自分の考えが書きたかったら、ＮＯＡＧにしてもいい。それとも、ゆっくり書く時間がとれないの？　君だったら、片手間の仕事としてやれるんじゃない？

結局、バルバラ・クラフトはそれをやるところまでいかなかった。

しかし、中国の詩芸術に関する日本の研究をしておいたら、彼女の明時代の精神史についての学位論文から、日本の詩歌研究への橋渡しとなったはずである。死ぬ直前まで、彼女は倦むことなく文学の翻訳にたずさわり、発表をつづけていたのだから。こうして、バルバラ・吉田＝クラフトは、日本人と結婚して、身をもって国際的文化を体験しただけでなく、自からの訳業を通じて、外部にも、それを伝達していたのである。自国の詩歌を知り、理解することを学んだ人は、異国の文化への最も麗わしい通路の一つともなりうる。この異国を知り、異国のものを伝える能力こそ、バルバラ・吉田＝クラフトと私たちのような異文化を包含する一家[7]とをつなぐ共通の糸なのであって、それがあればこそ、私たちはお互いの心情を通い合わせ、喜びをもって彼女を偲ぶことができるのである。

一九六二年一月三日。

フランケ先生。昨日、吉川幸次郎の論文を読んだところです。これは長いこと読みたいと思っていたもので、去年の夏、『朝日新聞』に三回にわけて掲載されました。この中で吉川は再び中国の文学の各時代における詩風、詩人の姿勢などの相違をたどろうとしているのですが、今度のは唐代と比較しながら宋時代を扱っています。彼はまず一つの映像を持ち出し、唐代の詩は酒の如く（つまり、いつも高揚状態で書かれ）、これに対し宋代は茶の如くであるといっています。宋の詩は、高揚はなく、あったとしても、それは少なくとも抑制されたものです。宋代の詩は万人の持っているような感情を形にしたものであり、万人が経験するような主題を扱っています。これはその自制、観察、省察性といった点で美しく、日常生活のものを取り扱おうという願いから来たものです。宋代の詩の妙味は人生への近さにある。そういうものは、以前の唐代の詩には決してなかったのです。

彼は、この考え方の例証として、欧陽修（Ou-yang Hsiu）の二つの詩をとり上げています。一つは欧が友人から贈られた一本の筆を扱ったもの、もう一つは彼の母を診た医者にあてたもの。また吉川は秦観（Qin Guan）の詩を上げていて、これもまた医者にあてたものです。ほかに同じ医者に参寥（San Liu）から贈られた詩も出て来ます。参寥の七言絶句の風景詩も幾つかあげられています。以上を総括して、吉川はこうした詩はやや「理屈っぽい」が、同時に大変リアリスティックだともいっています。もし、この「理屈っぽい」というのが宋詩の弱い面だとしても、逆に宋詩には別の特殊性もあり、それはつまり生活に近い現実味がある点で、この現実的精神性は二つの点をもつ。①は批判的精神で、殊に政治に対する批判性として表れており、吉川はその証拠として、王安石（Wang An-Shin）の詩の例を引いています。（その際、彼はこれが王だけでなく、ほかにも同様の発言をしている者のあることを力説しています。）②宋精神の特殊性の第二点は、日常生活の些細な喜びを特に好んで詩の題材にとったこと。このあと、吉川は蘇東坡（Su Tung Po）の「小児」という題の詩の註釈を持ってきて、全文を終えています。

吉川の論文は、今度のも、とても刺激にとんでいます。私としては、彼が論拠とした例をみて、詩は宋に至って始めて現実的になったという意見には賛成しかねます。リアリスティックというなら、唐詩——たとえば杜甫だって、そうではないでしょうか？　どうしても、そういいたいのなら、むしろ、より自然主義的だといった方がよくはないだろうか、と思います。また私は、彼が例に引いた風景詩など本来ちっとも「理屈っぽく」はないと思う。「理屈っぽい」というのは、いずれにせよ、貶価的な註釈でしょう。なるほど、観察は極めて正確で、ごく細かい点まで行き届いてはいる。けれども、この「分析」のおかげで、ほとんど印象主義的といってよいような詩——精確な観察と現実味をもった雰囲気とが、幸い、うまくとけあっているところの詩——が成立しているのです。

これらの詩を読んでいて、私は、以上のような印象を受けました。でも、私は、もちろん、吉川と議論をたたかわすほどよく勉強しているわけではありません――残念ながら。それに、何といっても、彼は新しいメトードを試みていると、私には思えるのです。彼は、多分、有名には違いないが、知名度において劣る詩人たちの、それほど高く評価されてこなかった「退屈な詩」を読んでいるのではないでしょうか。そうして、その助けをかりて、一つの時代の一般的傾向を見出そうとして試みている。この辺のことは、ボン出身のシュルテ[8]さんが、吉川のところで勉強したのだから、きっと、もっとよく知っているはずです。

私は、久しぶりに、やっと、こんなに気持良い時を過ごすことができて、興奮しています。これは日本の正月休みのおかげ。今年はちょうど、私たちのクリスマス休暇とつながるので、研究所は一月八日までずっと閉まっている。それで、私も、やっと一息つけるのです。箱根にきたのは十二月二十六日。ここは冬はとても静か。ホテルは西洋風。暖房があるので、とても楽です。だって、日本の旅館は寒い時はすごく辛いことがあるのですもの。もっとも、そんな時は一日中ずっと蒲団の中で寝てすごせるのは事実ですが。今年は年末にここに来て、ずっと同じ部屋にいられる。それに、このホテルの様子はようく知っているので、家にいるのと同じようにして過ごせます。着替えはほとんど何にも持って来てないし、食事は、いわゆるグリルでとって、食堂には一度も顔を出さないでいられます。その代り、本と食料品をつめこんだ重い鞄を二つ持ちこむ。ここの朝食はとてもたっぷり（ジュース、コーンフレイクス、目玉焼、ベーコン、トースト、マーマレード、紅茶)。私は朝寝坊なので、これでお午過ぎまでもつ。そのあとは、部屋にお茶を注文し、持ってきたものをそっと食べる。夕食はごく簡単にすます。こんな具合でやってますが、とても満足しているし、安くすむ。そうでもしなければ、日本のホテル暮しは、私たちの国より相当高くついてしまう。去年ヨーゼフ・ニーダム[9]の著作集の始めの二巻を買ったので、それを読んでます。そのほか中国研究の最近出た本、貝塚茂樹『諸子百家』(岩波書店刊)も持ってきました。でも、これは全然おもしろくないので、途中で読むのをやめました。(…)

グロースマンさんとは仲よくやってます。ロエル[10]さんももちろん良い点がありました。でもグロースマンさんは文化全般にわたって活発な興味を抱いている人です。大使館とはそんなに接触はありません。あすこの人たちもずいぶんかわりました。研究所には、大小ときまぜ、たくさん――たくさんすぎるくらい、仕事があります。(…)私の日本語はだんだんよくなってきてます。でも、日本語を本当に勉強するには時間がたりない、残念です。書き物机の前に、真面目に座れる時は、「心は常に高く鼓動する」のですけれど。

私の部屋の窓からみえる外の風景はこんな具合[11]、私の心の中も。

新年に当たり、くれぐれも、御健勝と良いお仕事をお祈りします。

バルバラ・クラフト

〔1〕原文は Lieber Herr Franke. 訳者はこれをどう訳すのが正しいのか迷ったが、とりあえずこう訳した。
〔2〕原語は Benl. 当時のハンブルク大学の日本学の教授。日本ではベンルとカナ書きする人もいるが、ベーネルと発話する。古典と、井上靖、太宰治ほかの近代日本文学の作品の訳多数。
〔3〕ナータ（Nata）はレナータ（Renata）の愛称。
〔4〕ランツフート（Siegfried Landshut）はハンブルク大学の政治学の教授。
〔5〕原文は Lieber Herr Professor Franke.
〔6〕原文は Liebes Fräulein Dr. Krafft.
〔7〕父ヴォルフガングが中国人の妻と結ばれていたように、レナータもアラブ系の男性と結婚している。
〔8〕ヴィルフレート・シュルテ（Wilfred Schulte）は論文「曹丕（一八七―二二六）の生涯と詩作」によって、ボン大学で一九七三年博士号をとった。
〔9〕Joseph Neadham "Science & Civilisation in China" Cambridge University Press Vol I 1954, Vol II, 1956
〔10〕ロエル（Röhl）は文化研究所の初代所長。のち、ハンブルクの地方裁判所の判事になった。
〔11〕ここに風景画の絵はがきをつけそえてあった。

（吉田秀和訳）

お昼は「榛名」で

ユルゲン・シュタルフ
(Jürgen Stalph　ドイツ日本研究所所員)

彼女は匂いがスミレ色でありうることを知っていた、バラ色とかオレンジ色にも。彼女は――自然のものにせよ、こしらえものにせよ――こと、情趣に関するものについても、限りなく精通していた、美について、優雅について、軽妙について、それから感動の何たるかについても。純学問と同じく、文学の場合、肝心なのはただ一つ、それが唯一独自のものたるか否かにかかるということもよく心得ていた。彼女はあの微妙な――本来、本質的にみても芸術に属すべき要諦、想像力と知識とが相会するところ、大を小となし、小を大に拡げる時、初めて到達しうるところのものについても心得ていた。一言でいえば、彼女は言葉が自分の裡に隠しもつ秘奥を知り、構成することの苦しみと喜びをわきまえていたのである。

こういったことが、私たちの話題にのぼったことは一度もなかった。と、私は危うく書くところだった。在りようはその逆。ほかのことは一つとして話題にならなかったのだ。今いったようなものが、前もって打ち合わせも何もしないで踏み出した第一歩になり、しかもそれはいろんなものの中にみつかるので、そこから無理をしないで自然に枝葉が伸び、つぎつぎと拡がっていったのである。私たちの交友関係の土台はこんな具合だった。

では、何の話をしたのか。たとえば、雪の話（彼女は雪を愛した。雪は、私の頭の中では、いつまでも彼女の住む鎌倉の一角、雪ノ下の花咲く白と結びついているのだった）。私たちは話した、見るものすべてを手で触ってみなくては気がすまなかったという快活な若い娘のこと。この話を彼女は少なくとも二度読んだという、十八歳の時と六十八歳の時と。それからベルリンについて。また、かつて蝶採りの網を手にあすこに住んでいた魔法使い[1]のこと（彼女も私も、この人を高く評価していた）。また、私たちは竹林の枯れた葉群れを吹きぬけてゆく風の強さを測ってみたりもした。風が通うと、そこに妙《たえ》なる音が生じる。尺八の名手が最高の目標として精進するのはまさにその音なのだ。私たちのおしゃべりはゼノ・コジーノ（Zeno Cosino, こよなく驚異的な本）から、果物の汁を入れたオートミール（彼女の十八番）に及んだ。荷風の話（荷風は、いつでも好きな時に、濁点や半濁点[2]の道伴れなしに日本の文芸学の冷蔵庫から抜け出してきていいことになっていた）。また想い出を語る術《すべ》について。また新しい発見のための方法としての翻訳について。律動と小節と拍節について。表現の厳密の有益性について。（これに関しては、出たとこ勝負のやっつけ仕事をしてはすぐ忘れてしまう輩《やから》は皆目わかってはいないのだ。これは、よく、話のとば口になり、いつもくりかえされる話の種子にもなるのだった）。最後に私たちは、彼女の外出先がどんどん近くに限られ、その度数も減ってゆく話とか、恐るべきは何と何とかだといった話もした。でも、こういう話はこの辺で打ちどめにしよう。

彼女ははるばる銀座まで出てきたのだった。そうして真昼はいつも暑かった（私は自分の記憶が間違うことを知らないではないが、彼女は私に会う時は頑として真夏を指定してくるのだった）。私たちは「榛名」で逢った。あたりの喧騒から逃れた閑静なフランス料理のレストラン。赤い絨毯、赤いビロードを張ったソファと椅子。暗い腰板を張った壁、一対のアール・デコのランプ。横広の正面の窓はステンド・グラス張りで、その色が窓外のどこか偽物めいたリンデの樹を視界から遮断し、人工の照明なしにすまないような仕組みになっていた。正直いって、私は最初びっくりし、少々心細く思った。しかし二度目——いや、最初の一、二時間を一緒に過ごしたあとは——もう、これは単なる外枠でしかなく、これ以上は何もいらないとなれば、これ以上の場所はほかにあるまいとはっきりわかった。テーブルはお互いをほどよく隔て、従業員たちは控え目で、食事はうまく、音楽は聞こえないほど静か。

彼女は壁を背に座る。小さく、愛らしく、とても病気とは見えないので、私は愚かにも気がつかずにいた。六〇年代か七〇年代の初めの東京で有名だったという綺麗な帽子を冠っていてもよかったはず。だが、これは余談。わざとらしい想い出になってしまう。そんなことをしても、残されたものを再び現実に変身さすのに何の役にもたたない。いや、私の記憶では、彼女は帽子を冠っていなかった。彼女は「榛名」で、私の向こう側に座っていた、小さく、愛らしく、はっきり目覚めて。そうして、私の今より千日若かったころの愚かな所業の数々に、じっくり耳を傾けていた。

バルバラ・吉田＝クラフトはたくさんの「美しい昼の時」を私と頒《わか》ちあった。「榛名」で。そうして、これまで上げた話題で、私から持ち出したもの以外の多くは、彼女からじかにきかされたものばかり。その一部は、文字通り、彼女の現代日本の随筆とスケッチを集めた『風の中の花』の中にある（私は不覚にも余りにもおそくなってからこの本を手にとった）。それから、一部は、OAG百周年記念号（一八七三―一九七三）所載の『川端康成、伝統主義者？』の中に。そのほかの人の書いたもので簡単に見当のつくのはウラジーミル・ナボコフ、J・L・ボルヘス、それからヴァージニア・ウルフゆかりのもの（こんなわけで、私自身はほとんど手ぶらで立っていたも同然だった、と恥かしながら、断っておく）。

この中で特定できるのはナボコフの『想い出よ、語れ』（ディーター・E・ツィンマー（Dieter E. Zimmer）

の出した全集第二十三巻、中でも二二六頁と四五七頁）と彼の短篇『チョーブの帰還』（"Tschorbs Rückkehr"第十三巻）。ボルヘスではほとんど手つかずのままの一行（「役に立つ厳しさ」）。これはフィッシャー文庫のフィクション部門『秘められた奇蹟』（"Das Geheime Wunder" 一三八頁）からの引用。最後にヴァージニア・ウルフは二つの理由からふれておく必要があるだろう。理由の一つは彼女の評論『近代の小説』（"Modern Fiction"）の中で、ナボコフの世界の大と小の比率をめぐる観察（『微妙な点』"die feine Punkt"）をすでに先取りしていたこと。もう一つは、私がこの論文を最初に読んだのが『普通の読者』（"The common Reader", レオナード・アンド・ヴァージニア・ウルフ出版、一九二九）の中でだったということ。バルバラ・吉田＝クラフト——吉田夫人——はこの本を私にプレゼントしてくれたのだが、これは彼女が選んでくれた多くの本の最初のものであった。これも彼女のやり方である（私を愚かな行いから守るための）。彼女はとても賢かった。

〔1〕ウラジーミル・ナボコフ（Vladimir Nabokov）は少年時ベルリンに住んでいた。彼はまた蝶の採集で知られる。

〔2〕原語は **diakritisch.** 日本語の濁音、半濁音、ドイツ語のウムラウトなどのように、同形の文字を他と区別して発音させるための符号。ここでは「半学問のペダンチックな論議にとらわれず」といったほどの意味で使われている。

（吉田秀和訳）

私のこと、何かきれいに書いて

ペーター・カピッツァ
（Peter Kapitza　ユディッィウム出版社社長）

私たちの間では手紙のやりとりは、七〇年代までは必要がなかった。秀和がまだ八百長騒ぎで相撲に愛想をつかす前、当時東大の講師をしていた私は、東京場所になると、彼とバルバラに誘われ、蔵前国技館のあの狭いけれど貸切りの桟敷に一緒に座る贅沢を何度か満喫したものだった。あれは結構楽しかった。その代償は（私が自分から買って出たのだが）まだすっかり出来上がっていない状態のバルバラの原稿を（翻訳であれエッセーであれ）読むことだった。バルバラがそういうことをしてほしがったのだ。まだ出来上がりきってない過程にあるものに批評を加えてほしいというのである。肝心なのは、いつも、もっぱら作品に関することだけ。たとえば議論の展開がうまくできていたり、しゃれた言い回しがあったりして、それを賞めると、彼女はいかにもわが意を得たりとばかり微笑みを浮かべ——そういう時は両眼をつむって——ありがとうということもないわけではなかったけれども。だが、彼女の自分を見る目は厳しかった。

「最後の仕上げのここで手を抜いちゃったら何にもならないわ……なるほど、あの人は少し柔軟性に欠けているし、あきれるくらいいい加減な日本語で書くものだから、それを訳すのは恐ろしく手間がかかる仕事になりかねない。でも、だからといって、まずい翻訳をしてよいということには絶対にならないの。それに私は今何とか油ののってきたところだから、この調子でどうにか行きたい（…）余った最後の時間は全部これに注ぎこむ。あなたにクリスマス・ケーキを焼いてあげるとかいろんな約束はしたけれど、あれはとり消します。[1]」（一九八六年十二月一日）

これを書いているのは、私たちが共同で本を作っていたころの話で、バルバラは翻訳兼編集責任者として、私は専門を（それまでの）本を読む仕事[2]から本を作る仕事に鞍替えしてまもなくのことだった。彼女は、出版社を設立してやっと二、三年したばかり（一九八三年秋）の私のところにやって来た――乱暴といってもいい原稿を手にして。それは手書きの書きこみのやたらとあるタイプ原稿で、現代日本の女性作家の短篇小説を翻訳したものだった。八〇年代は、日本を一般的に扱ったものよりも、むしろ女性の書いたものの方が受け、それだったら何でもよかった時代だった。そんなわけで有名な出版社がためらったり、どっちつかずの返事をしたりしたあとを受けて、私は彼女に、「それまでの当社の方向とは違う企画ではあるけれど、ここはひとつ、ユディッウム[3]で引き受けようじゃないか」といったのである。バルバラは、この本をユディッウムと共同で出すという

写真・©木之下晃

ことでOAGの承諾をとって来た。こうして、驚くべきことが起こった。私たちがこの本に『十一番目の家』("Das elfte Haus")という題をつけて出したところ、これが文句なしの成功になったのである。マスコミからはたくさんの賞め言葉をもらい、dtV[4]は文庫本にして出すという有様。時は満ちたり。はじめのころはおっかなびっくりだったが、結局はこの成功のおかげで、我が社は日本専門の出版社として企画を拡大してゆく方向に大きく舵《かじ》をきることになった。

とはいえ、私たちのやったことはボーデン湖を馬で乗り切ろうとするようなもので、あとからみれば、全く当たり前と思われる成功も、当時としては見通しの立てにくい冒険だったのだ。あとからの想い出話で金色に輝くメッキで飾るようなことは考えもの。『十一軒目の家』が成功になったについては、バルバラ、君が自分自身と翻訳に協力した人たちとに対し、とても厳格だったことに負う点が少なくないのだ。彼女の厳格さときたら、細かい――それこそ微小極まる点から、校正刷の隅々に至るまで目を光らせ、手を加えることを怠らなかったので指を傷つけてしまったくらいなのだから。そうして、最後には烈しくやりあった表紙の装丁[5]まで、君の考えに合わないものは何一つないというところまで漕ぎつけたのだ。君は本を手にした時、はじめてホッとし、それから手放しの喜びようで、こう書いてきたものだ。

「シャッポを脱ぎます……もちろん、こうしてみると、仕上りはとても、とてもきれいなものになったし――本は今こそ始めて文学の書物として読まれるに耐えるものになった――感動しました。どうもありがとう。」
（一九八七年三月八日）

このあと、君とユディッィウム社との関係はずっと長いこと続いてきた。君の仕事への倫理感、君の自他に対する厳しさ、そうして君のものごとを見る力、時が来れば——一緒に楽しむこともできる能力。

「加藤周一が昨日電話をかけてきて、あの川端の小さな本[6]のことをとても賞めてくれたので、素人として、すごくうれしかった。彼は立て続けにしゃべりまくり、くりかえし、くりかえし、納得のゆく言葉で、何度も言ったの、『私のあとがきはどの行をとっても同感だ。川端について全く新しい見方がある。本全体としても、感心しました、感心しました』と。誤解しないでね。あなたも出版社として、この小さな本のためにとても役に立った。これは言っておきます。さもなければ、自慢話に終わってしまう。」
（二〇〇一年四月十四日）

バルバラの流れるような筆蹟。これはどんなお手本にも合わないもので、紙はあらゆる方向からの書きこみで潰され、読むものは紙をとっかえひっかえ、向きをかえて読まなければならない。これは一つの世界を建設するようなもの。彼女の手紙をみていると、まず紙をよく吟味して選び、上下左右至るところを文字で埋めてゆく書き手の姿が目の前に浮かんでくる。とどのつまりは、紙面の全体が一分の隙間も残さず書き潰される。そこの書きこみ、ここの抹消、あっちにも書きたしという具合。そうこうやっているうちに、製図板の上にぐるりととりかこまれた世界が浮かび上がってくるようなもので、――誰一人予想できなくとも無理はない話なのだが――さんざん探しまわった末みつかったところには家が一軒立っていて、それが私たちに向かって「よく来たわね」といわんばかりに手招きするのだ。バルバラの手紙の世界。風の吹き通う、風の中で揺れている鷽鳥《うそどり》の巣。

そうして、ある閑雅に恵まれた日に、この人からの手紙のひとひらを読むと、網の目のように張りめぐらされた筆の流れの中から、いつもいきいきとした、人を受け入れ、対話に誘いこまずにおかない、返事を求めずにいないバルバラの声が、まぎれもなく彼女の声が、きこえてくるのである。どんな手紙もただ読んでいるだけでなく、書いている声を響かせさえしてやれば、そこには、すぐ、潜やかな低音として、友情の祭典への招待が秘められているのだ。

〔1〕「自分の原稿の校正をするのは、私には、いつも、タンタルスの苦しみ以外の何物でもない。どんな行も生れ損ないみたいな目で私をじっと睨んでくるの。」
〔2〕カピッツァは元来ドイツ文学者で、一時東京大学独文科の教授をつとめていた。
〔3〕ユディツィウム社（**Iudicium**）は、現在ドイツで代表的な日本関係の出版社。筆者ペーター・カピッツァはその社長である。
〔4〕ドイツ最大の文庫本の一つ。文庫本は **"Frauen in Japan"**（『日本の女』）という題で出た。
〔5〕「さて、いよいよ表紙の話。これがどうも心配だわ。はじめ私は偶然電気の光でみたの。そうしたら、障子の絵は灰色と黒の組み合わせみたいに見えたの。黒はとても良い感じだった。でも、昨日みたら、障子の模様が――ごめんなさい――ひどく低俗な「青」じゃない。これは灰色と全然合わない。灰色が

鈍くなって死んじゃう。それに、この青はそれ自体きれいじゃない。下絵はどれも何だか冴えがない。だから、とかく、学校の教科書みたいになってしまう。障子を使うというアイディアは残したい。もっと温かい灰色にしたらどうかしら。吉田の全集の新しい巻につけた帯とつけ合わせてみました。私の意見では、ここにはより明るく、心持ちオレンジに近いブラウンが合う。色を書くのはむずかしい。装丁をする人が自分で色彩感覚をもっていなかったら、むり。それに印刷すると、下地の紙如何で、もう一度、色が変わってしまう。黒と灰色だって、よく想像してみることができる。けれども、灰色に死んだ色が加わると、全然だめになっちゃう。一度、ブラウン系統で試してみるべきよ。ただ、お願いだから、厭らしいくらいしつこい緑色は使わないで。見たとたん、ヴィルヘルム・ブッシュを思い出しちゃうわ。赤も危険な色ね。日本には目も覚めるような色の組み合わせがある。私のいうのは日本の伝統的な色のつけ合わせ方で、たとえば歌舞伎でよくみられるそれ。要するに、彼にもう一度何かやらしてみて、それをすぐ送って頂戴。」（一九八七年一月六日）

〔6〕**Kawabata Yasunari : drei Erzählungen**（川端康成『小品三篇』）**Iudicium 2001.**

（吉田秀和訳）

バルバラの小石

加藤周一
（評論家）

私は今彼女を思い出したことを思い出す。

北米のロングアイランドの林の中で私は彼女を思い出した。ふと足もとを見ると、親指の先ほどの乳白色の小石があり、その磨かれたような表面が晩《おそ》い午後の光にしっとりとかすかに輝いていた。すると突然彼女を思い出したのである。彼女はその時私からは遙か彼方に、――北米の大陸を横切り、太平洋を越えた彼方、鎌倉の住宅街に住んでいて、さりげない小石を集め、その色や形を楽しんでいた。そういう人物を私は他に知らなかった。

もちろん路傍の小石に市場価値はない。しかしそれを拾い上げ、見つめ、指先で愛撫する人にとっては、限りない価値があり得るということを私に教えてくれたのは彼女である。

小石を置いた大ぶりの皿に「水を入れると色が鮮やかになります」と彼女はいった。そこに薄陽がさせば、底に沈んだ石の色はさらに鮮やかになり、微風が水面を掠めれば、多彩な反映はかすかに揺れる。微妙な差異……どの石にも名前はないが、どの石にも歴史はある。人の一生の何百倍何千倍の年月をかけて、海の水がそれぞれの石の角をとり、表面を滑らかに磨いたにちがいない。由比ヶ浜に立って実朝が見つめていた同じ海の波、オデュッセウスが人魚の歌を聴いた海や、コロンブスの船隊が新世界へ向かって進んだ海の波が、彼女の皿のなかの小石を作ったのである。

私は足もとの小石を拾って上衣のポケットへいれる。そうして思い出したことは、その時々にちがっていたはずだ。彼女の部屋の障子を透してのやわらかい光や、足の裏に感じる畳の肌触りの記憶、また彼女が愛した——そしてドイツ語に訳した——日本の女流作家や永井荷風や川端康成の日本語散文の行間に滲む微妙な味、あるいは鎌倉のいくつかの食堂の好みなど。しかし今私がもっとも強く思い出すのは、それらすべてについて彼女が語った語り口である。

彼女の意見には明瞭な輪廓があった。その意見に同意をもとめる時の、まっすぐにこちらを見つめ、あらかじめ同意を期待して微笑んでいるかのような、しかし決して右顧左眄しない眼。そして確乎とした、しかし攻撃的でない、包みこむように友好的な、語調、——殊《こと》にたとえば日本語の会話での「ネ」（接尾語）の独特な、念をおすというよりも誘うような、繊細な響き。鎌倉から遠く離れて、その声を私は何度思い出したことか！　もう二度と見ることのできないその眼の中の微笑、もう二度と聞くことのできないその声の響き、それを今私は思い出す。私の机上にも、二つ三つの小石がある。孤独な、短いわれわれの人生の記念碑のように。

（原文のまま）

バルバラのえらんだ土地

矢島　翠
（評論家）

鎌倉駅から鶴岡八幡宮に向かう若宮大路のにぎわいを右手へそれると、別世界のようにひっそりとした小路に入る。雪ノ下、と名前も古雅なその一郭にある日本家屋に、バルバラ・吉田はながく暮した。そして、小津映画を思い出させるたたずまいの家のなかで、日本語とドイツ語をこまやかにむすびつける仕事をした。

ドイツ語のわからない私に、バルバラははじめのうちは英語をまじえて、しかしある時点から不意に、という感じで苦もなく流れ出すようになった日本語で、話した。私の記憶のなかでは、そこにドイツの話——国ないし民族としての全体について——は、ほとんど出て来ることがなかった。

また、日本暮しを体験した外国人にありがちな、そして日本人の聞き手がしばしばそれを誘い出しがちな、日本と日本人についての断定的な好悪の意見も、聞くことがなかった。バルバラの知性も繊細な神経も、自分の接する人びととものごとに、国や民族という硬い大きな網をすっぽりとかぶせて裁断することを、許さなかったように思える。異なることばと文化をへだてる、時には人をかぎりなく魅惑し、時には人を救いがたく絶望させる距離そのものよりも、彼女の関心が向かったのは、その距離を前提とした上で、それぞれに独自な人生を生き、それぞれに独自な表現を見出し得た人びとの仕事にあった、といえるだろう。

人は自分の生まれる環境をえらぶことはできない。偶然に生まれた時代と、場所と、人間関係のなかで、自己をつくりあげていくことを強いられている。

「偶然生まれた国は愛するにたらず」

ある明治の気骨ある理想主義者は、そうまで言い切った。

でも、人は自分の死ぬ場所をえらぶことができる。

いくつもの偶然のかさなりのなかで自己をきずきあげ、生活と仕事において愛する対象を確実に胸にいだくことのできたバルバラは、日本の土地に眠っている。南紀勝浦の吉田家の墓所で、太平洋の波を見おろしながら。

（原文のまま）

言葉の「ちょっとした手直し」の話

ドリス・ゲッティン
(Doris Götting　ドイチェヴェッレ放送前コメンテーター)

私がバルバラ・吉田＝クラフトと知りあったのは八〇年代初め。当時私はラジオ日本のドイツ向け放送の編集にたずさわっていました。一九八一年、彼女の『風の中の花——現代日本の随筆とスケッチ』〔1〕が出ました。これは近代日本の有名無名の著者たちのテクストを独訳したものですが、とても気に入ったので、その本の全部で十篇の中から少し選び出し、週末の連続放送の中で、ヨーロッパのドイツ語圏内の聴取者に紹介したいと考えたのです。それには当然出版社や編著者の許可が要るわけですから、私はまず彼女に電話で連絡をとり、ラジオで朗読する企画の話をしました。彼女は私の提案を喜んで受け入れてくれたので、私は連続放送を始める準備や何やらを話し合うためNHK放送局まで来てもらいました。その時の話し合いで、私たちは文学の一範疇としての日本の随筆のこと、どこがどんなにヨーロッパのエッセーという考え方と違うかといったことで活発な意見を交わしました。彼女は現代日本の随筆と、ヨーロッパ人のそれ――特にモンテーニュのエッセーを例にとって――、一方の物語性、他方の断片性などといった点にふれながら、両者を比較し、随筆というものは、日本と西洋とが、文学のほかのどの領域よりも、多分、いちばん近よっているところだろうといったりもしました。

とはいえ、彼女の考えでは、それ以上に目につくのは両者の違いです。何よりもまず日本の随筆とは何を目的にしたわけのものでもないのに、西洋のエッセーでは――「蛇行型思考」の楽しみは手放さないものの――考えはある一定の目標を目指して進められてゆくのだから、この点で両者ははっきり対立することになる。その背景には、書くということに対する全く違った姿勢があるのだ、と私のスタジオのお客さんはいうのでした。日本の著者の場合は「筆から」考えが流れ出てくる。そこから、随筆、つまり「筆に任せて」ということが、エッセーの根本的理念そのものになってしまっている。これに対し、ヨーロッパのエッセイストは議論をたたかわせ、分析をする。日本の人は内なる気分に耳を傾け、瞬間瞬間の雰囲気に自分を任せる、政治的テーマについて書いている時でさえ。そのほか――これも日本の随筆の特徴なのだが――詩作の場合は厳格な形態のきまりが支配しているのに対し、随筆という種目では、逆に、開かれた形が支配的である。それに随筆と物語（小説）の間にも絶対に越えられない境界線が引かれているというわけでもなく――筆の流れるがままに動くように――考えたものを自由に書き下ろしてゆけるという点が、多分、この随筆というジャンルが、日本では今日に至るまで、千年の長い年月にわたる伝統として、途切れることなく、人々に愛されてきた理由なのだろう、と、彼女はいうのでした。

私たちはスタジオでの会話の中で、翻訳の話もしました。しかし、この点は、放送時間がなくなったので、それ以上深入りできないまま終わってしまった。いずれにせよ、バルバラ・吉田＝クラフトとの最初の出会いでは、彼女の大きな個性――マイクを前にした私たちの意見の交換の仕方の精神的な新鮮味と活発さなどが印象的で、これがその後の私たちの友情の土台になり、そうして、この友情は彼女が二〇〇三年十一月に死ぬまで、ずっと続いたわけです。バルバラ・吉田＝クラフトには、まず、一九八二年の春の随筆連続放送の進行を支えてもらっただけでなく、その後も私が何かききたくなったり、話を少し短くしたいと思ったりした時は、いつも電話で相談にのってもらいました。

私は、彼女から、著作家たちについてのいろいろと興味深い話をきかせてもらったので、朗読の前にそれをごく手短にまとめて紹介することもやりました。そんなことをしているうちに、ついには、彼女を鎌倉のお宅を訪ねるよう招待されるまでになったのです。私が喜んでお受けしたのはいうまでもありません。鎌倉の家では彼女の良人の吉田秀和にも紹介されました。でも、彼の声は、

NHKの日曜毎のモーツァルトの音楽と生涯についての放送を通じて、私にはずっと前から馴染みのものでした。

私たちはお茶をのみ、バルバラはお菓子を焼いてくれました。吉田夫妻と同席するのは本当に愉しかった。何しろ、二人とも、客のことを始終あれこれと世話しなければならないという感じを少しも持ってないのですから。私たちは本や音楽の話などで一時間ほど過ごしましたが、そのうち吉田秀和は原稿を書くため席を立つ。バルバラは家事をやる。私は、その間、彼らの美しい庭にいって座ったり、本を読んだりして、時を過ごすという有様なのです。誰一人、毎日やっていることに邪魔が入っているという感じを持つ必要もない上に、お客さんとしての気分をたっぷり楽しめるので、何とも快い気持でした。夕方になると、バルバラが軽い食事の用意をしてくれたので、私たちはまた一緒にテーブルを囲んで顔を合わせました。食事の後、家の主はまた仕事に向かい、バルバラと私は、近くの神社の境内まで歩いていって、暮れゆく春の月の夜の静けさを満喫しました。そうしていると、私たちの間には年齢の違いを越えて共通する点がいっぱいあるのもわかってくるのでした。

この最初の訪問のあと、私たちはそんなにたびたび会ったわけではありません。時々電話した程度。でも、私が一九八三年ケルン放送局に戻った時からは手紙の交換が始まり、それがバルバラ・

吉田＝クラフトとの親交を深める上で大きな役目を果しました。慇懃な呼びわけから始まって、まもなく私たちは名前で呼びあう仲になりましたが、親しいDu[2]になったのは、それからまだ数年たってのことです。そのうち、バルバラはだんだん仕事の話をするようになって来ました。それも当初は政治の話とか、スイスの新聞『ノイエ・チュルヒャー・ツァイトゥング[3]』の文化文芸欄への彼女の寄稿原稿のことでした。バルバラはその前から私に読んでみてほしいといって原稿を送ってきたのでしたが、そのうち、私たちの文通はだんだん彼女の文学作品の翻訳の話に集中するようになり、まもなく、彼女はまだ生成状態の原稿を私にあてて送ってくるようにさえなってきました。彼女は、長い間、ドイツを離れているので、日常生活での普通の言葉遣いなどの点で、おかしなことが生まれて来たのではないかと心配して、それについての私の意見を知りたがり、いくつもの言いまわしやまとめ方を書いて、その中から選ぶとか、文体上のまずい点を手直しするとかも求めてくるようになったのです。そうして、挙句の果ては、私のように日本を研究したのでも何でもないものに向かって、翻訳の過程に積極的に参加させようとするところまできました。そんな時、彼女は翻訳のナマのものをそのまま清書して私に送ってくるのでした。そんなわけで、私は彼女の現代日本女性作家の短篇小説を集めた『十一番目の家』に収められた小説についての仕事とか永井荷風の『濹東綺譚』、宇野千代の『或る一人の女の話』、あるいは川端康成の小品三篇を集めたもの、それから『まさに春だったから――日本のユーモアとアイロニー』などの訳業にもずっとつきあわされるようになったのでした。こういうつきあいの続いた末、バルバラが、すでに病に冒されていたにもかかわらず、永井荷風の『断腸亭日乗』の中から一九三七年の分をとり出してきて、一言半句省略することなく完訳するという仕事にとりかかった時、またしても、私の協力を求めてきたのでした。これは彼女にとって最も重い、最も力の入った仕事になったのです。バルバラ・吉田＝クラフトは最後の最後までこの仕事と取り組み、校正はもちろん、本文の組み方、活字の色から造本装丁の隅々に至るまで、死を目前にして、ついにやり遂げるところまでいったのですが、本が出版発売されたのは死後まもなくのこととなりました。

私たちの長年にわたる盛んな交流――そこには原稿、ファックス、紙片、時には小さなプレゼントなどのやりとりから、私が日本に来るか、彼女がドイツを訪れた折の短い期間を利用しての、共同作業のために費やされた多くの時間などもあったのですが――ある時、私が鉛筆でいっぱい書きこみをした原稿を彼女から送り返されてきたことがありました。その中に「お直し」[4]という言葉がみつかりました。言い得て妙とは、まさにこのこと。私が彼女の文章にちょっちょっと書きこんだものがぴったりだった時など、彼女はひどく喜びました。その気持の表現がこの言葉になったのです。彼女の縫った翻訳という着物に私が少し鋏を入れたら、それがぴったりで、おかげで文章が軽妙になった。しかも彼女の翻訳のスタイルがそのため不必要に口当たりの良いものになったり、まして文意を損ったりしないですんだというわけです。この種の「手直し」はよく「縮み換え」なんて言われる場合もあったけれど、私たちの共同の仕事っぷりを言い当てたものとして即座にとり上げられ、その後は始終使われることになりました。とはいえ、彼女が私から得たものより、私が彼女から与えられたものの方が、多分、多かったと思います。だって、文学の翻訳という仕事にかかわらせてもらったおかげで、私のような「門外漢の読者」には、普通なら閉ざされているはずの戸口を通って――たくさんの言葉、文章、文体などの古道具がいっぱいつまった裏口のようなものを通ることによって――日本文学に近づく通用門、あるいはその道程ともいうべき作家の何人かに近づく道が開かれたのですから。私は彼女には邪魔なガラクタを片づける手伝いを少しばかりしたおかげで、バルバラの役に立ったのですが、これを通して、彼女の翻訳の作業場をのぞくことにもなったのです。

以下、私がお目にかけようと思うのは、彼女の私あての手紙の中から選び出された、ごく少しの文章ですが、その大半は最後の仕事『荷風の日記』にまつわるものです。ここには、彼女の特異な、尋常ではない本質、感受性、機智、自他に対する誠実さ、厳密さ、時には舌鋒の鋭さ、そうして何よりも彼女の驚異的多読ぶりなどが反映されています。これらの手紙を読むのは――時にはずいぶん長いこともあり――決して簡単ではなかった。というのも、その大部分はごく薄い和紙[5]に手書きされたもので、ごく柔らかで軽く撫でるような筆跡で書かれていたからです。そのことで、彼女はよくあやまっていましたが、だからといって読みやすくなるわけではありません。私はある時、ミュンヘンに住む筆跡学[6]にくわしい友人に、彼女の手紙を見せたことがあるけれど、その人はそこに高い知性と思考の軽妙さと並んで、もう一つ上げるにたる大きな特徴として明朗闊達さということを指摘していました。

二〇〇〇年十月三十日　信濃・大町

長いこと音沙汰がないし、私も御無沙汰。お元気かしら。(…) 私たち、明日、家に帰ります。残念。でも（ここは）毎日静か。五月いっぱい荷風の日記（一九三七年の五月の分）の翻訳に没頭できました。二月以来ほとんど翻訳に手がつけられない状態[7]だったの。ユディツィウム社[8]から小さな本が出ます。もちろん、あなたに一部届くはず。クリスマスには多分届くのじゃないかしら。(…) 良き温かき希望の数々をもって、あなたを抱擁します。心から。

バルバラ

二〇〇一年八月二十四日

親切な挨拶をもらって、とても、とても、うれしかった。その手紙は那須（七月二十五日）から鎌倉に（八月十日）回送されてきたの。今年中に二番目の小さな本の原稿（短い、ごく軽いテクストの）

を終えるつもり。ボハチェク[9]と共同の仕事。彼は二番目の小品を訳し、ほかに二人で共訳したのが一つ。あとはすべて私の訳で、原稿はもう出来上がっています。どんなものになるか、お楽しみ。

荷風の翻訳も進んでます。そこで、あなたに大きなお願い。最初の十枚を送るから（全部でもう九十五枚、つまり全体の三分の二の訳はすませてあるの）、どうか、この十枚に一度目を通して頂戴。そうして下されば、これから、さきの仕事がずっと楽になる。ここで、テクストの解説を少ししておきましょうね。

日記は――ほとんど四十年という長い間書き続けられた――荷風が目に入れてもいいくらい可愛がっていた仕事で、戦禍にもあわせなかった――初めから発表を考えていたものです。テクストにじっくり目を通していると、毎日こまごましたことが根気よく書きつらねてあるけれど、よく考えて構成されたものという感じがする。つまり、一日一日の記事が前の日のそれと関連している。これは文学作品なのです。私はこの構造の基本は、いってみれば、連歌みたいなものだと考えてます。連歌というのは、鎖のようにつながって書かれてゆく詩で、一行一行つぎつぎとつながりながら、各行、何かしら向きを換えてみる。このテクストを旅行（普通の日々）の報告と呼ぶこともできるでしょう。そうして、こんな場合の常として、本当にあったこととそうでないものとの境界ははっきりしなくなる。ものごとを一歩退いて冷たくみている眼差しも、このことの証拠の一つともいえます。エトランジェ（異邦の人）としての荷風。すべて、こういった理由からみても、抜粋にしてしまったら、この日記の真の姿を偽ることになってしまうと思えるのです。三年ほど前、ためしに抜粋して、二十頁ほどやってみたのですが、そんなことをしたら、何にもならなくなってしまうことがよくわかった。それやこれや、この日記（おそらく二十世紀の日本の日記の中で最も重要なものでしょう）のある年を全部そのまま訳してみせれば、最大の特質をとり出すことになると考えたの。一九三七年という年は『濹東綺譚』の出た年であり、またこれは（日本にとっての第二次世界大戦の）本当の戦争の始まった年でもあった。荷風はおよそ軍国主義的なものは大嫌いだった。この戦争だって、唾棄すべきものとみていたのです。事実、一九三七年は、彼の日記全部を通じて最も内容の豊かなものの一つだった。荷風は好んで江戸時代の風変わりなテクストを引用したりしてますが（これが彼の心を把え――話がとかく横道にそれやすい構文という点でも、疑いなく、彼の心を把えていたのですが――）それはまた、とかく単調になりがちな日記のテクストに活気を与えるものでもあったのです。でも、これを翻訳するのは固い胡桃《くるみ》の殻みたいな、えらく手間のかかる、むずかしい仕事になってしまう。私も百パーセント噛み砕いたとは、とてもいえない。四季折々の天気の記入はもちろん日本人がみんなやってることで、ここは特にきれい。もちろん「晴、快晴」といった紋切り型の言い方が出てくる（これは何世紀来、今日に至るまで使われているもので、誰が書いたって同じ）。

『濹東綺譚』の文体は御承知の通り。日記の文体が物語のそれと違うのは当然の話。これはもっと

1979年、初の中国。北京の骨董店にて

がっちり切り縮められたもの。でも、天気の記載だろうとより抒情的な箇所だろうと、いつも漢字混じりの規則正しい言葉遣いで、文法通りの正確な表現。

日本語（文章語）のテクストがいつもそうであるように、主語が直接出て来ないことはしょっちゅうある。というのは、普通——荷風ではほとんどいつも——ごく少数の重要な箇所は別として——私（ここでは余）——という漢字は使われない。しかし、私たちは主語のない普通の日本語の文章でも、「私」という言葉を使って訳すので、私もここではその慣行に従った。といっても、どんな場合も「私」と書きこむことにすると、絶えず「私」「私」「私」と続くことになり、それでは原文の味が損なわれてしまう（サイデンステッカーも『源氏物語』の翻訳で、これと同じ問題にぶつかりさんざん手こずった）。やたら「私」が出てきたら、美しくないでしょう。といって、いつも、ただ「行く」「食べる」「散歩する」と書くのも（日記をつけるとなると、こうやるヨーロッパ人も多いけれど）間違いでしょう。そんなことをすると、単調になってしまうが、荷風の原文は絶対にそうではない。といって、テクストの簡潔さをただ真似るのも、文章のリズムの上からいってまずい。それで、私はしばしば現在形を避けてみた。荷風は非常にしばしば個々の文章を非常に同じような構文で綴る。たとえばそれぞれの文章が when で始まったり、あるいは because となったり。概していうと、荷風のテクストは、おそらく発言性の強烈な中国文学からとった詩的な言葉遣いのせいだけでも、美しいものですし、全体は、いつも流れるようなリズム、ないしはきれいに進んでゆく旋律性さえ具《そな》えている。

こんなわけで、私は、あなたにぜひぜひ私の訳を読んでみて、スタイルの点で何とか読むに耐えるものとして成功しているかどうか指摘してほしいの。もし、この点で問題があるのなら、それは最初の十頁の中に隠れているはずだし、それまでにだめだったら、この先のテクストだってだめなはず。注意しなければならないものがあったら、この先翻訳を進めるに当たっても気をつけなければならない(訳のすんだ部分だって、今ならまだ、手を入れられる)。

いずれにせよ、私はあなたの提案を尊重できるはず。なお、原文はごくわずかの例外を除き、現在形をとっている(私とすれば、過去形の方がやりやすかったでしょうが)。でも、結局、私も現在形を守りました。私がいつもやってるように、角ばった括弧で囲んだところは、原文にないもので、翻訳のためつけ加えたか、註釈の用意のため、私が書き添えたものです(このテクストには註釈が必要で、そのためにはグリンダ(Reinhold Grinda)さんにお願いできるかもしれない。この人は若い日本研究家で、これまで荷風に熱心に取り組んでこられた)。荷風が小さな活字で組ましたものは括弧に入れ、西洋の年号は、あとで翻訳の時私が入れて括弧で囲む。印刷の時は、いろいろわかりやすいようイタリックで組んでもらうなどします。ごくわずかですが、私がもう一つ別の訳し方の可能性を書きこんだところもあるけれど、悪い方を削って下さい。

ドリスさん、たくさんお手数をかけて、ごめんなさいね。でも、日本の事情に詳しく、しかもちゃんと原稿に手を入れられる人となると、あなたしかいないの。あなたなら、原稿をみるといったって、何も彼も簡単にありきたりの言葉で入れかえてすましてしまうような人とは違う。荷風は違う国の、違う世代の人。それに、ごめんなさい、私はこんなに簡単に書き出してしまったけれど、あなたは求められれば、ひとに力を貸してくれる人。だから、私はあなたに書いているのです。というのも、目下の私は、これまでみたいにずっと仕事を続けていけるかどうか――そうすべきかどうか――少し心許なくなってきているのです。

今は具合が悪くて、そんなことやっていられないというのなら、どうか、一筆して下さい。こんなに突然やってきて、こんなこと言われたら、さぞ迷惑でしょう。この仕事、最後までやり通せるかどうか、何度も自分に問いただしてみています。でも、いままでは、ずっと喜びのもとでした。これをやっていたおかげで、日本の文学について、うんとたくさん勉強できたし、今は多分その秘密についても少しはわかるようになった。私が一番強くひかれるのは荷風の文体で、これはドガの場合と同じ（あの人もどうやら〔荷風みたいに〕ポルノグラフィーが少々お好きだったらしい）。荷風についてのある本の中で、日付の上に点（私の原稿では星印）がついているのは女と寝た時の印だとあるのを見ました。けれども、本当かどうか、私にはわからない。もちろん、有り得ないことではない。でも、そうではないかもしれない。

あなたの葉書はローゼ・ヘンペル（Rose Hempel）のコレクションからの品。彼女は一九五五年、私と一緒に日本に来た。何て勤勉な人だったんでしょう。コレクションをしてたなんて！（…）お身体大切に。心からの感謝と、たくさん、たくさんの願望をもって、抱擁します。

あなたのバルバラ

吉田からもくれぐれもよろしく。

追伸〔手書きの書きこみ〕この手紙、読みやすいようタイプしました。私の筆遣いはどんどん醜く読みにくくなってくる。原稿は別便で送ります。

（！）忘れたけれど、荷風は「食べる」ということをいろんな字をあてて書いてます。ある時は、はっきり古風な、そうして少々「気取った」文字で〔これは「餐す」とあるのを指す〕私はそれを**speisen**と訳した。でも、こう訳すと少し滑稽に響くかしら。荷風は、この字を友だちと一緒に食事をした時、またはレストランで食事をした時だけ使ったらしいけれど、いつもそうしたとも限らない。あなたの考えをきかせて下さい。荷風は、単調を避けるため、この字を使ったに相違ない。

二〇〇一年十一月六日

一昨日新しいテクストを用意して、あなたに送ったばかりなのに、もうその続きで、迷惑をかけます。昨日〔病院で〕とても悪い知らせをもらわなかったら、もっときれいで読みやすいテクストを作って送ったでしょうに。私はとても悲しい。あと、時間がどのくらい残されているか、わからない。もう長い間荷風をやってきて、ほとんど予定した通り終わりまでやれるところ（あと十頁だけ）まで来たのに。これまでやったものがむだだったと考えるのはとてもむずかしい。今、こうしてあなた――私の救い手――に急がせるみたいになるのは、本当に、心苦しい。だからって、だめなものはだめ。わかって頂戴、これは試みなんです（…）。一二九頁までタイプしたけれど、あと五〇頁残ってる。もう一度、目を通して……。

二〇〇一年十一月二十二日
親切な手紙ありがとう。とても、うれしいわ。私を助けるため、できることは何でもすると書いて下さったからというだけでなく、本当に長い手紙を書いて下さって。ほとんど私を訪ねて来てくれたのも同様。昨日、鉛筆で荷風の最後の頁を訳しました。もちろん二番目の部分はもう一度チェックして、櫛を通さないといけないけれど――。

二〇〇一年十二月一日　日暮れ前の最後の日の光の中で膝の上で書く、
（…）今日、また新しい一束――このあともうじき送れると思ってます。今日のは、まず、あなたが目を通してくれた頁まで（七九頁）調べて、同じ間違いをするのをできるだけ避けるための一区切り。実際、昔三十年前「随筆」の仕事をしてたころに比べると、このごろは言葉がなかなか筆に(それから唇に)のぼって来ないの。二行飛ばしちゃったのね、ごめんなさい。あなたは気がついていたと思うけれど、私は徹底して原文に密着して翻訳してます――これはわざとそうしているので、こうやった方が書き直して良くすることができるから。荷風の文体はもちろんモダンではない。けれども、だからといって、わざと昔風に訳そうというのも、きっと、間違いです。先日の『ツァイト』[10]紙に『モビー・ディック』(Moby Dick,『白鯨』)の翻訳をめぐって実例つきのおもしろい書評が出ていた。その要旨――良い翻訳者はどんな具合にやってるか――私はとてもおもしろいと思った。特にナボコフ(Vladimir Nabokov)を訳すぐらいの人だったら、自分の経験から書くぐらいのことはできる。いずれにせよ、この記事、肝に銘じました。あなたもきっとこの書評よんだでしょう。

ところで、前やったところ(四月二十五日)について若干の註釈。

(1)『ドゥーデン』[11]にある **Mätress** とか **Geliebte** とかの言い方は荷風にはあてはまらない。まして荷風は **Geliebte** と結婚したわけではないのです。昔風の **Mätresse** の方がまだ当たってるけれど、荷風が家に入れた芸者は、あとで追い出されてしまった。[12]

(2) **Menschenmauer** と飛行機に出てくる箇所のコピーをもう一度同封します。厄介なのは、これは朝日新聞が所有してた飛行機をヨーロッパに飛行させた件をめぐっての話だからです。[13]

(2a) 八日月。(本来なら、八夜月といったっておかしくないんだけれど。)

（3）この俳句に出ているのは、庭というにもたりないほどの庭[14]とでもいった意味。それで私は「いささかの（bescheiden）」と逃げたわけ。コピー送ります。日本語では「何もなき」とある。

（4）「風のかおり」[15]。原文には「風のかをり」とある。これはむしろ花とか土とか、何かの香りを運んでくる風とでもいったこと。

（5）「人情本数十篇この日を以て悉く通読し終わり」[16]。この「数十」というのは、たしかにanglizismus〔英語特有の言葉遣い〕でしょうが、さればといって、zig Lieberoman[17]と訳すわけにもいかない。あるいは「数ダース」とでもやる？

（6）前には「人間の群れがあっちこっちと波のように揺れる」[18]と訳しました。でも今度の訳（波の如く）の方がいい。原文では「布地を織るように」とあるのですが、逐語訳したら、文章の構造からも、不必要にわかりにくくなる。

（7）「烟」の代りに蒸気[19]。中国語辞典をひくと、おもしろいことに「烟」の意味として、最初に「蒸気」と出てくるけれど、なぜだか、私にはわからない。

（8）私はやっぱりhinein spähen としておきたい[20]。

ドリス、ごめんなさいね。つい夢中になって、私の気のついたこと〔をそのまま書いてしまったので〕、言葉が過ぎたかもしれない。返事がめんどうだったら、そのままうっちゃっといて下さい。私はあなたの愛情、援助、理解にとても感謝しているのです。あなたのこういったものは、私にとっては、散歩に出た時の荷風にとっての杖と同じです。（…）もし荷風が終わりまでできたら（あとがきも入れて）とても幸せ。だから、いつも感謝、感謝。くれぐれもよろしく。風邪ひかないで！

心から、あなたのバルバラ

二〇〇一年十二月二日

第一降臨祭の今日、翻訳原稿全部終わりまで読み直したもの、送ります。テクストに没頭して下さるあなたに、くりかえし感謝します。あなたは日本と日本の文学、日本の考え方、見方を知っている上に、テクストを完全にドイツ色で塗り潰す誘惑に陥らないし、訳文が耳に馴れない、ごつごつした響きのものになってはいけないことも心得ている。それが私の好きなところ。この国でも、冬が早く来て、銀杏は金色に色づき、半分は褐色になったけれど、まだ残っている藤の葉群れには四十雀《しじゅうから》や雀たちが跳ねたり踊ったりしています。こうしたものを、私は窓から、ベッドから、眺めています。夕方、コピーやにゆく道で、光輝くような満月、荷風のテクストそっくり（…）。このあとのテクストは、前のほど、御苦労をかけずにすみますよう。感謝の心と、たくさん、たくさんの望みの念をもって、あなたを抱擁します。

あなたのバルバラ

Frau Mutter と訳したのは、日本語で「お母さん」じゃなくて「母上」とあるので、その訳です。

これはずっと堅苦しい言い方。

二〇〇二年一月七日

一月三日、年始の郵便物といっしょに、もう、あなたの手紙がついた。本当にびっくり。ところが、その二日あと、クリスマス・プレゼントの小包が来ました。何という気前の良さ！　私の原稿をみてくれるだけでも大きなプレゼントなのに！　左の脚の腫れはますます大きくなる。でも、もちろん、私は一月二日には机に向かってあとがきを書き出しました。第一稿の半分ぐらい来たあと、ちょうどむずかしい箇所にぶつかってしまい、一日か二日休んだ方が良いかしらと思っているところです。

①俳句〔21〕のこと、ありがとう。二番目の訳の方がずっと好き。

Der Regen hörte auf, voller Düfte der Wind—Farbe des Mooses.

雨はれて風のかをりや苔の色

②「風のかをり」というのは風のもってくる香りのこと（吉田の説）。この「の」というのは、しばしば、曲者。時には **in**（の中の）とも訳せる。その時は「風の中の香り」ということになる。（…）そう言いたければの話だけど。

③月のため——とってもおかしい。最初読んだ時は全然気にならなかったけれど、ある日、突然、

何かが気になって「どうして、こうなるの？」と考えてしまう。よくあるでしょう？　三―八―日の月という言い方は、もともとよくあるもので、私は気に入ってます。何よりも、きれい。

④イシグロの本[22]――もちろん、ざっと読んだことがあるけれど、その時はひとにかしてもらったの。今ではよく覚えていないわ。けれども、御注意ありがとう。私にあの本を貸してくれた、ここの友だちにきいてみましょう。（…）

⑤出て来た作家たちに関する情報、ありがとう。あなたのいう通り、荷風はアンリ・ド・レニエ（Henri de Regnier）を愛読してました。彼の詩を訳しもしたし。私もレニエの詩は二つか三つ知っているけれど、小説は一つも知らない。明治以後の日本文学を研究するためには、こういうことはみんな知らなければならないでしょう。でも、私はフランス語をごく、ごく、ごく少ししか読めない――残念だけれど。

⑥**Druseln** というのは、私たちの家で――少なくとも私の父が――よく使っていた言葉。これはドゥーデンにある通り、北ドイツの言い方で、うとうとして、軽く眠ることを指す。たとえばソファで眠る時。**döse** と訳すのはどうかしら。**dösen** は、〔同じうとうとでも〕**einnicken** じゃないのだから。

⑦**ausruhen** というのも、私はいつも苦労します。荷風は、ここでは、どんな時も同じ字（憩う）を使っている。だから、私たち安易に変えてはならない。たとえ、意味するもののニュアンスは同じでなくとも。[23]

荷風が玉の井遊廓にいたとしたら、それは本来だったら娼妓と寝たということでしょう。rasten という方がきっといいのでしょう。でも、rasten というドイツ語は、時々、文章の響きを汚くしてしまうことがある。（私の友人で詩人のイギリス人はドイツ語の Wurst（ソーセージ）という響きを嫌って、何かというと、からかっていました。これもその類いのもの。Rast を Halt にしてみたらとも思っているけれど、どうかしら？　おそくとも二月には、この箇所お目にかけます。それに私は近いうち、コンピューターに全部打ちこんでくれる人をみつけるつもり。タイプじゃどんな出版社だって受けとってくれないし、私としても、きれいに打った原稿で読む必要がある。

申しおくれましたが、私の大好きな荷風のことで、こうして議論ができて、心から感謝しています。彼はおもしろい、非常に賢明な人で、文筆家であり、何はともあれすごくきれいな文章を書ける人だった。残念ながら、小説のための良いテーマをみつけることができなかった。だから、今からみると――たとえば晩年の漱石とか晩年の谷崎みたいなわけにいかなかった。これは一つの問題ね。またこれは、彼が近代文学として肩入れし勉強もしていた十九世紀後半のフランス文学とも関係する。イギリス文学は退屈だと思っていた。

今日はここまでにします。明日はまたあとがきにとりかかる。仕事は少しずつしか出来ない――けれども、私はいつだって、喜んでやってます。（…）今は最後の頁の荷造りをする日をわくわくしながら心待ちにしているところ。こう書いたからって、急がせているととらないで下さいね。このつぎがんセンターの医者のところにゆく日は二月九日だってことは書いたかしら？　それまでにあとがきは一応書き上げておきたい。どうしても必要な註については、今も、純粋な事項の註は日本学者のグリンダさんに頼んだらと思ってます。細かいことについての彼の知識たるや、本当に大変なものです。私は、こうやって欄外にごたごた書きこんでいるけど、読めるでしょうか？

あなたを抱擁、感謝します。

あなたのバルバラ

二〇〇二年一月十七日

（…）ハガキどうもありがとう。あなたの知人には、あとがきにかまけていたので、まだ連絡していません。これまでに七枚。私の言わなければならないことの半分。急がなくっちゃ。一昨日はひどい痛み、（…）本当に辛い。私が仕事をしたいのは、虚栄心からではありません。私は、ただ、荷風が好きで、この何か月は、彼のことをやっているのが救いだったのです。

もちろん、ほかの何より大事なのは、吉田に何かしてやれること。でも、多分、荷風は出るでしょう。カピッツァ[24]のとこで、あの小さな川端の本同様。（…）東京に来たら、すぐ報《しら》せて下さいね。（…）

二〇〇二年五月一日

国際文化会館[25]にようこそ。私たち、ここ三週間ずっとここに泊まりきり。あなたが楽しい旅行ができ、この計画を立ててよかったと思ったら、本当にうれしいわ。疲れているでしょう。（病気はしないですんだでしょうね？）今夜はぐっすり眠れますよう。明日、朝食の時、食堂でお会いできるのを楽しみにしています。

あなたのバルバラ

二〇〇三年一月二十日

静かな良いクリスマスを過ごし、正月も比較的機嫌良く迎えられました。あなたのこと、何度も思った、特にモンテーニュのCD[26]をきいている間。私は概してテクストはきくより読む方が向いているのですが（それにCDの再生機は私だけ好き勝手に使うわけにもいかないし）、モンテーニュの文章は、きいている方が深く入ってくる。新しい経験。モンテーニュは、これまでも時々読んできました。どうも、ありがとう。あなたは、いつも、何かしら新しい良いものをプレゼントして下さる（あなたのくれた拡大鏡もいつも手許において使っていることはいうまでもないでしょう。これがなかったら、字引は読みにくくて、とても難儀したでしょう）。この最後の三日間、ほとんど印刷するばかりの荷風の校正を読んできて、今こそ、テクストがしっかり手に入ったと感じていました。

良い気持。（…）

例の小冊子『まさに春だったから』[27]にはとてもいろんな反応がありました。「皮肉なユーモア」という題のある書評――書評らしい書評はこれ一つ――から、この短文集をよく味わって、わかってくれたもの、超傲慢な判断を下したものに至るまで（…）。でも、私はこの小冊子が好き、とっても好きといって良いくらい。（…）

二〇〇三年五月九日

お互い、ずいぶん長いこと、御無沙汰。そちらでは、もうライラックが咲いてるでしょうね。その香りも。（こちらの）気候はとても不順。でも、不順なのは気象だけじゃない。（…）私の容態も、ひどく不調。（…）吉田は苦労しながら、心をこめて、炊事をしてくれてます。荷風はもうすぐ終わりになると思う。表紙はＯＫ。そのためのアイディアも整っている。元気でいてね。とりとめもなくて、ごめんなさい。あなたが生きている証《あかし》がほしい。あなたを愛し、抱擁。良いことがたくさんありますように。

あなたのバルバラ[28]

〔1〕"Blüten im Wind—Essays und Skizzen der japanischen Gegenwart". (『風の中の花――日本のユーモアとア

イロニー』）Herausgegeben und überragen von Barbara Yoshida-Krafft, Tübingen（Erdmann）1981.

〔2〕ドイツ語では、人とのつきあいで、親しくなると、それまでの呼びかけの Sie から Du に変わる。

〔3〕『ノイエ・チュルヒャー・ツァイトゥング』紙（*Neue Zürcher Zeitung*）。ヨーロッパ有数の高級日刊紙。土曜日曜の文化学術特集号が特に注目される。

〔4〕お直し（Abnäherchen）。洋服など買った時、着る人のため、少し手直しをすることがある、縫い直しまではいかないが。それを指す言葉。

〔5〕私の知る限り、彼女は和紙ではなくて、中国産のごくごく薄い紙を使って手紙を書いていた。

〔6〕筆跡学（Graphologie）。筆跡をみて、その人の性格など占う術。

〔7〕二〇〇〇年の春、バルバラはガンと診断された。

〔8〕ユディツィウム（Iudicium）は、ペーター・カピッツァ（Peter Kapitza）が社長の出版社。バルバラの本の多くはここから出たし、荷風の日記も同じ。

〔9〕ヨーゼフ・ボハチェク（Josef Bohaczek）は、ウィーン生まれ、すばらしいドイツ語で書く人で、バルバラの親しい友人の一人。谷崎潤一郎『武州候秘話』その他の訳がある。

〔10〕『ツァイト』紙（*die Zeit*）。ドイツの高級週刊新聞。

〔11〕『ドゥーデン』紙（*Duden*）。ドイツ語の字典。

〔12〕四月二十五日「お栄とよぶ妾を蓄るに及び……」の「妾」の訳し方をめぐっての話である。

〔13〕四月九日「朝日新聞社飛行機の報告を見るもの堵をなす」の「堵」の解釈をめぐっての話。

〔14〕五月十日「何もなき庭も年経てわが楓」。

〔15〕五月十日「雨はれて風のかをりや苔の色」。

〔16〕四月二十三日。

〔17〕zig はドイツ語で十単位で数えるやり方。zwanzig（20）、dreißig（30）といった具合に。

〔18〕四月十八日「遊歩の人織るが如し」。
〔19〕四月十八日「貨物自動車の往来繁く塵埃烟の如し」。
〔20〕四月二十七日「帰途銀座に飾し不二地下室に入る。安東竹下歌川廣瀬の諸子在り」。バルバラのは「不二やの地下室をのぞいてみると」云々といったほどの独訳になっている。
〔21〕註〔14〕、〔15〕参照。
〔22〕カズオ・イシグロ（Kazuo Ishignro）の小説 "A Pale View of Hills"（『女たちの遠い夏』）London, 1982.
〔23〕荷風にたえず「憩う」と出て来るので、その訳し方についての話。
〔24〕ペーター・カピッツァのこと。ユディツィウム出版社の社長。註〔8〕参照。
〔25〕このころ、バルバラ・吉田＝クラフトと吉田秀和は、バルバラががんセンターでX線治療を受ける間、東京麻布にある国際文化会館に宿泊していた。そこにちょうどドリス・ゲッティンがドイツからインドネシアに旅行する途中でよって、数日間泊まっていったのである。
〔26〕Michel de Montaigne Essais. ハンス・シュティレット（Hans Stilett）独訳・編集のザンダー（Otto Sander）朗読。Eichhorn 社発行のCD。
〔27〕"Weil Gerade Frühling war, Heiter-ironlsches aus Japan"（『まさに春だったから――日本のユーモアとアイロニー』）Iudicium 2002.
〔28〕バルバラ・吉田＝クラフトはこのゲッティンあての最後の手紙を書いて二週間した五月二十三日、鎌倉の病院に入院。そのまま家に戻ることなく、十一月二十七日に死んだ。病名は骨盤内腫瘍（扁平上皮癌）。

（吉田秀和訳）

悼歌

浅井イゾルデ
（Isolde Asai　ドイツ語講師）

一

夜の床一つ創った
花薫り　あえかなる
ワルターへの想いはない
それには老いが重なり過ぎた

三年の時を大工仕事に
彼の人への想いを胸に

心せくまま　時に慌しく
迫り来る死の刻《とき》に追われ

許されたものは
ただ一つ夜《や》の同じ居
死者の床からの途《みち》の上
槌音高き柩《ひつぎ》に至るまでの

二

最後の課題
生が私に負託する
彼の人を柩《ひつぎ》に納める
百合の息吹きの重さかな

生が私に命じ下す
鴻毛《こうもう》の人の命の軽さかな

重い心で故園に連れ導く
最後の愛の勤め
運命が私に賜り与える
彼の人を葬り埋める
剰《あま》すなき生への絶望

（吉田秀和訳）

鎌倉訪問

チェーザレ・マッツォーニス
（Cesare Mazzonis　前フィレンツェ五月音楽祭マネージャー）

私たち（妻と娘とそれから私）にとって、吉田秀和とバルバラ・吉田＝クラフトとは日本の精神の「美しい」顔のようなものだった。一九八一年を皮切りに、私は初めはミラノのスカラ座の、その後はフィレンツェのマッジョ・ムジカーレ（五月の音楽祭）の芸術監督として、日本を何回か訪ね、そこで小沢征爾の紹介で吉田夫妻と知りあったのだった。[1]それからは日本に行くたび鎌倉にいかないことはなかった。鎌倉のさっぱりした気持の良い家にはバルバラがいて、日本の栗鼠《りす》は「まるで鼠そっくり」だといって嫌がっていた。それから私たちは水戸にも一緒にいって、出来て間もない水戸芸術館の音楽ホール（何年か後、妻はそこで演奏した[2]）をみたり、森の中の古い寺を訪ねたりした。また、吉田たちはトスカーナを愛し、トスカーナに来た時はいつも私たちと会った。フィレンツェ近郊の私たちの家に泊まってもらった日々は今も美しい思い出として残っている。

音楽、文学、政治……私たちは大いにしゃべった。やや皮肉っぽく、斜めに構えた秀和。世界政治の醜状によく腹を立てていたバルバラ。二人とも辛辣だった。

以前から日本の伝統演劇と文学には感心していた私だが、バルバラの翻訳とすすめのおかげで日本の現代文学についてもかなり多くを学んだ。(といっても、これは何も日本に限らない。ホフマンスタールとブルクハルトのすばらしい往復書簡集も、私は彼女に教えてもらったのである。)彼女は自分で序文も書いた翻訳書の数々をフィレンツェまで送ってくれた。彼女の最後の本、永井荷風の日記もここに届いている。

最後に会ったのは二〇〇三年の二月、東京と鎌倉で。その時はもう彼女の加減はよくなかった。でも私たちはその原因を知らなかった。そのあと、私がイタリアから電話した時、彼女は教えてくれた。そのまたあとで電話すると、彼女は「とても弱っていたので」事情を正直に話せなかったといって詫びていた。強い人だった。とても強い。私はたびたび病院に電話した。彼女はすでに苦しがっており、それもひどい苦痛に見舞われていることもよくあった。それでも、鋭さ、関心、機智、活発といったものは、いつだって、失われていなかった。私は彼女をとても愛していた。そうして、この機会を通じて、人間としての（彼女への）敬意は、私の中でますます大きくなった。

もう一つ思い出を話しておきたい。二〇〇三年三月、桜の満開を迎えていた鎌倉は、何日か少々の雪に見舞われたことがある。最後に、駅で別れの挨拶をしたあと、私がもう一度ふりかえってみたら、二人は美しい顔に微笑を浮かべて、こちらをみていた。秀和の茶色の目、バルバラの澄んだ目。そこには「精神」がいっぱいつまっていた。その時、私は突如として「こういうことはもう二度とあるまい」という苦くて甘美な感情に圧倒された。とたんに私は「何とバカな」と自分を叱りつけた。でも、どんなに叱ったにせよ、結局それはむだだったのだ。

〔1〕私の記憶はこれと違う。一九八七年五月、ミラノのスカラ座で浅利慶太演出の「蝶々夫人」の再演があった時、私たち夫妻はそれをききにいったのだが、その機会に浅利慶太の紹介で私たち夫婦は彼と知り合ったのだった。

〔2〕彼女はショスタコーヴィッチのピアノ協奏曲第一番のソリストとして出演した。

（吉田秀和訳）

あとがきにかえて

吉田秀和

生い立ち

バルバラ・吉田＝クラフト（Barbara Yoshida-Krafft）は一九二七年三月十三日、ベルリンに生まれた。父は遠距離暖房工学専門の技術家で、ベルリン工業大学の教授、母は学校の教師という中流社会の家庭に育った。そこには四歳年上のエヴァ＝マリア（Eva-Maria）という姉がいるが、男の兄弟はいない。

バルバラは小学校に入るか入らないかの幼い時から中国――遠い東の国――に強い関心を持つようになったという。そのきっかけがどういうものであったか知らないが、子供心にも関心の度合いはすこぶる高く、街でそれらしき人の姿を見かけると、どこまでもそのあとを追って行きたがるので、両親が中国の物語の本を買って与えると、夢中になって読み耽り、片時も離さず、持ち歩いたという。これはエヴァ＝マリアの回想にも出て来るし、私も彼女自身からきいた話で、その本*はいまだに残っている。

バルバラには考え方にせよ、特にはまた感じ方にせよ、一貫して変わらないといったところがあり、たとえば「紫」という色は子供の時から好きだったそうだが、七十六歳で死ぬまで、ずっと好きで通し、ちょっとした身辺の小道具から身につける衣裳の類に至るまで及んでいた。それはまた、『源氏物語』の中でも紫の上に関する巻への執着の深さなどにも見られた。それくらい、彼女のは、万事につけて、自分の好悪、判断でのぶれのない点で徹底していた。

一九五〇年、ハンブルク大学の中国研究の学科に入学、ちょうど着任そうそうのヴォルフガング・フランケ（Wolfgang Franke）教授について中国文学と中国語を学んだ。在学五年ののち、明の詩人で詩論家の王世貞を扱った論文で博士となったが、その間イギリスに渡り、ロンドン大学のアジア研究所（Oriental School）にも留学している。

当時ドイツの大学では専攻科目のほか副科を二科目学習するきまりになっており、彼女は日本学（日本文学と日本語、これは必修）のほか、政治学を選択した。日本学の専任教授はオットー・ベーネル（Otto Benl）。この先生とはどうやら肌が合わなかったらしい。このことは本書（三四〇頁）にあるフランケ教授あての彼女の手紙の一節からもうかがえる。

博士論文が受理され、日本流に言えば無事卒業となると、つぎは中国に留学したいと考えたが、当時のドイツは共産主義の中国とは国交がなく、行くことができない。それで、とりあえず日本の文部省招聘の留学生となり、日本に来て、東京大学の中国文学科の倉石武四郎教授の教室に顔を出すことになった。

一九五六年のことで、戦後日本のまだ貧しかったころの話である。文部省の招聘といっても、わずかな手当しか支給されない。そのころ私は今の桐朋学園大学の前身桐朋女子高校音楽科を齋藤秀雄や井口基成などと一緒に創ったばかり。そういう私のところにハンブルク大学に交換教授として赴任していた日本の独文学者から手紙で「何とか彼女の生活費の足しにでもなるような仕事を世話してくれないか」といって来たので、「じゃ、桐朋でドイツ語を教えて頂こうか」といって、来てもらうようにはからった。当時の桐朋では、私の一存で、高校といっても、できるだけ大学の若手の優秀な先生方をひっぱってきて英語、独語、仏語などを教えてもらおうと意気込んでいた。ヨーロッパの音楽を勉強する以上、生徒たちには、ぜひ外国語と外国文化の香りだけでも嗅がせてやりたかった。それで、丸谷才一や氷川玲二に英語、原田義人にドイツ語を受けもってもらったり、マルセル・グリリ（Marcel Grili）にイタリア語をしゃべったりしてもらっていた。そんなわけでバルバラにはドイツ語会話をお願いしたわけである。

が、これは長続きしなかった。当時の在日大使館の文化部長が彼女を引きぬいて、現地採用の文化部勤務に連れていってしまったからである。月給は、もちろん、これまでと比較にならないくらいだった。しかし、彼女は大使館勤めに馴染めなかった。それでも何年かは辛抱していたが、そこにハンブルク大学のフランケ教授から中国学研究室の助手の口がかかってきたので、ドイツに戻ることになった。しかし、ドイツに戻ってみると、何かが違う。東の国、それも今は日本の方が勉強するにも生きてゆくにも、ずっと自分に合うということがわかり、一年たらずで、また日本に帰ってきてしまった。それに、今度はちょうどドイツ外務省の事業の一環として、東京にドイツ文化研究所というものが開設され、そこの所長代理のポストにつくという具合だった。彼女がかつて在籍したドイツ大使館の文化部長ヴィルヘルム・レーア氏の推薦でもあったらしい。彼女は身体つきと同じように人とのつきあいにおいては優しかったが、前述のように、善悪好悪の判断となると厳しく、いったんこうと思うとめったなことではぶれがなかった。それがまた逆に、その人柄を信じ評価する人にも欠けなかった所以だろう。

日本に来た当初は大学の副科で習った語学力だけではいろいろ苦労することもあったが、中国学科で漢字をたくさん勉強させられたので、日本のまちを歩いている時も、新聞を読む時も、見出しや看板、標札の類いは漢字がほとんどなので、すぐ見当はつく。日本語の勉強、日本での生活には漢字の知識の有無が大きく影響すると、よくいっていた。

こうして、彼女の勉強の焦点は、いつの間にか、ごく自然に、中国から日本に移ってきたのだった。

女性文学の豊かさ

彼女は『源氏物語』が好きだった。まだ若くて、ヨーロッパにいた時から、例の有名なウェイリーの英訳で親しんではいたのだけれども（のちにはサイデンステッカー氏の訳も読んでいた）、日本滞在の年を加えるにつれて、つぎつぎと原文で古典を読む訓練、経験を重ねてゆくことになった。もちろん、古典の文章はむずかしい。しかし、ちゃんとした古典となると、すぐれた註解が加えられた著作物がいろいろ出版されているので、外国人にとっては註釈がなくて原文だけの現代文学よりも、読んで理解する上で、むしろ便利な点が少なくないという事情がある。そうやって、原文と註釈を両手に古典から入っていって、次第に近現代文学への道を辿ってゆくうち、彼女は、日本の文学では、古典から今日に至るまでの間、いかにすぐれた女性の文学が豊かに存在するかに、否応なく、気づかされてゆく。そうして、この事実がヨーロッパではほとんど知られていないことを残念に思うようになった。

もし、女性の手になる文学がなかったら、日本の文学はどんなに貧しいものになりかねなかったか！周知のように、平安期の文書でいえば、まず男性は専ら漢文で書いていた。詩作も漢詩体だし、公的な記録文書も——皆男性の仕事だったが——当然、漢文体で記述されていた。日本語で書くのは一種の閑つぶしにすぎない。男性としては、和歌だけが男の書く日本語として、公私に通用する文学として認められていた。逆に、女性は専ら公的でない私的で日常的なことを書くわけだが、その時、彼女たちは日本語を使った。だから、当時の日本語の文体の基本は、女性のつくり出したものということになる。反対に、男性である紀貫之が『土佐日記』を書いた時は、わざと女の人が書いたものであるかのように仮装してみせた。これはヨーロッパと正反対。ヨーロッパで小説というものが姿を現してくるのは十八世紀で、その書き手はこれまた女性だったのだが、彼女たちは男性のペンネームの下に隠れて執筆し、出版した。女が書いた小説ということが世間の人々に知られたら、まともに受けとられない危険が大いにあった。

日本文学の伝統は、ヨーロッパのそれとは大いに違う。そうして、現代でも、日本文学における女性の意義、彼女らの書くものの重要さは非常に大きい。日本の文学は男性だけでは成り立ちもしないし、それだけでは日本社会の真実の文学的表現としては充分でない、欠陥の大きいものにしかならない、ということに気づいた彼女は、その実情をヨーロッパに紹介することにも努力した（翻訳『十一軒目の家』につけたあとがき参照）。彼女の日本文学に対する大きな興味は、もともと日本の小説や随筆が好きになったからこそ生まれたのであるが、その過程の中での一つの考えの結集点がこの訳書の仕事だった。

彼女は、ほかにも、ドイツ語で何冊かの本を出したが、その中には永井荷風、川端康成、宇野千代その他何人もの小説の翻訳があった。そのほかにも日本の社会、家庭における女性の位置、その機能についての社会学的研究を何人ものドイツ人研究家と協力して行なった仕事もあるけれども、関心の中心はやはり文学にあった。今ふれた『十一軒目の家』は、本来の意味での彼女の仕事の出発点といってよかろう。この本の題は宇野千代の短篇小説『十一軒目の家』からとったもので、ほかには円地文子、富岡多恵子、大庭みな子、高橋たか子らから、津島佑子その他のもっと若い世代の短篇に至るまでがとり上げられている。翻訳は日本文学を専攻しているドイツ人仲間がそれぞれの考えに従って手分けして行い、バルバラは自分で翻訳する以外にも、編集者としてそれをまとめ、註釈をつけた上で、今いった日本文学における女性作家の仕事の特性と重要性、意義についての小文を書いて序文とした。日本文学における女性の創造の重要性ということは、今ではもう誰も知っている話であるが、当時はドイツを始めヨーロッパでは知らない人が圧倒的に多かった。この本の反響は大きく、単行本が出るとつぎつぎと書評が書かれ、間もなく文庫にも入れられたくらいである。

日本の「随筆」と西洋の「エッセー」

バルバラが日本文学について注目したもう一つの点は、その中での「随筆」の重要性だった。日本でも外国でも、随筆といえばとかくエッセーと言いかえられることが多いけれども、この二つは元来まるで違うものである。ヨーロッパではエッセーとは思想を語るものだが、日本での随筆は——たとえ、書き手本人は思想を語っているつもりでいる時でも——ヨーロッパ人からみると、語られているものは思想と呼ぶのにふさわしいものとは限らない。考えとしてきちんとまとまったものであるよりは、日本人が心の中に抱いている一種の感慨のようなものの表白にすぎないことが多い。しかし、日本人にとっては、これは心の中にある大事なものの核心のような存在、そうしてそれを簡潔な表現によっていきいきと書きとめた時に随筆が生まれる。この場合、これを書きとめる文体の質が極めて重要になる。日本では、随筆家といわれるほどの人はすべてすぐれた文体の持ち主であることを求められる。ヨーロッパでは、「文学」といえば、まず詩と、それから小説が最も重要なジャンルであるが、日本では文学の中での随筆の重要性は質量ともに極めて大きくなっている。随筆は、日本人の「心」を文字によって形にしたとでもいうべき役割を果すことを、冥々裡に期待されている……。

つづめていえば以上のように考えた彼女は、多くの随筆を読み漁ったのち、その中から自分で選び、自分でドイツ語に移し、序文と註をつけた随筆集『風の中の花(Blüten im Wind)』という題名の本を出版している。これは彼女の手になる最初の本だった。

川端文学、日本のユーモア

といって、日本の小説を軽視していたわけではない。川端康成は若いころから大好きで彼についての小論を発表したほか、晩年健康がとかく不安定になってからも、あまり有名ではないが彼女が特に好んでいた短篇を三つ選んで翻訳して小さな本とした。これは川端康成の『三つの短篇小説』として二〇〇一年に出版された。私見では、これを通じて、彼女は川端の文学について、重要なことを指摘している。

バルバラは、初めのころは、川端のスタイルにアール・ヌヴォーの特質が強度に認められる点を指摘していた。しかし晩年になるにつれて、彼女の川端への認識は深まっていった。一言でつくせば、川端は、彼女にとって、ポー（E. A. Poe）――彼女が直接ポーの名を川端と結びつけていたわけではないが――につながるような、ある一つの日常でない世界へつれてゆく文学の入口にいる人であった。それはまた人間精神の深所にあり、不気味で、理解しがたいもの、妖怪じみたものの生息する小世界とのつながりの暗示者のようなものであったように思われる。

また、ドイツ人を始めヨーロッパ人の間では、日本人にはユーモアが欠けているという話が広く信じられているが、彼女はそれを斥け、ささやかな反証として、仄かなエロティシズムの漂ったユーモアの味に満ちた小品を選んで小冊子として発表した。翻訳には彼女自身のほかにヨーゼフ・ボハチェク（Josef Bohaczek）氏も加わっているが、ここには芥川龍之介、薄田泣菫、井伏鱒二等々のごくごく短い文章が納められていて、『まさに春だったから（Weil gerade Frühling war）』という題名の下に、彼女が死ぬ前年二〇〇二年に出版された。

永井荷風の翻訳

しかし、彼女の訳業で最も大きな部分を占めていたのは永井荷風で、彼の代表作『濹東綺譚』の翻訳には全力を傾けたし、それについで、これまで荷風で欠くことのできない著作『断腸亭日乗』

の中から一九三七年という年を選んで、その全文を一字も剰《あま》さずドイツ語に移し変えるという作業には文字通り死力を尽して従事した。その翻訳から校正、活字選びから装丁に至る一切の仕事に、死の床についてもなおかかわり続け、ついに死期が迫って、非常な苦痛に嘖《さいな》まれ、起き伏しの自由もままならなくなった最後の日々に至ってもなお、彼女はこれに精魂を傾けつくしていた。

元気で歩けるころは玉の井の事情に通じる人にお願いして、現地に赴き、懸命に調べられる限りは調べてもいた。女の人が生きるため、ああいう場所に生き、社会の中でほかに補いようのない仕事をしている人たちに対する共感をもったことも理由の一つではあったろうが。

ついでにいえば、彼女は心底からのナチ嫌いで、どんな時もヒトラーとその一味に票を投じたことのない両親を終生誇りにしていた。荷風の日記を読んでいても、そこに自分のナチ嫌悪に通じるものをみていたに違いない。『断腸亭日乗』で、日本が英米に宣戦布告した一九四一年十二月八日の項に戦争のことが一行も出て来ない点には、大変強い感銘を受けていた。あすこには、銀座にいって友人と一緒に夕飯をとったとか、吉原にいって泊まったとか、そういうことは出てくるが、真珠湾攻撃のことには一行も費されていないのである。

同じことは戦争終結の日の項についても当てはまる。しかし、戦争が次第に深刻化する中で、まちを歩いていると、応召してゆく者とその家族をとりまいて、皆が旗をもって行進する有様とか、女の人たちの悲しい顔とか、こういうことはちゃんと書きとめている。その反面、日本人はむしろ戦争になってから晴れ晴れとうれしそうな顔を見せるようになった、「日本人はどうやら戦争が好きらしい」という辛辣な指摘があったりもする。『濹東綺譚』とともに、こういう日記を書きつづけていた荷風にも、彼女は注目しないではいなかった。

彼女はこういう荷風の日記をどうしても訳したいと考えた。調べてみると、外国語にもいろいろな訳で出ている。しかし、それらはすべて抄訳である。これではいけない。『断腸亭日乗』は一つの完全にまとまった文学作品としてコンセプトされている。構成においても、構文においても、どの細部も全体との関連の下に存在するよう構想されていて、「誰とかと飯を食べた」といった他人からみてどうでもいいようなことも、荷風にとっては、いつどこで誰と何をしたかというのは本当に大切なことだったのであって、それを省いてしまうのは、荷風を裏切ることになる、と彼女は考えた。そうかといって、あの大部の著作を翻訳するのは自分の手に余る。

こう考えた末、彼女は一九三七年という年をとりあげ、ここに出るものは一字も余さず訳すことにした。この一九三七年という年は、それまでは「事変」であって、日本本土から遠いところで大砲の打ち合いをやっているといった感じだったものが、次第に変わってきて、ついに真実身近かなものとして、庶民の生活に戦争の影が大きく射しかけてきた年である。この年になって、とうとう、お米屋さんの丁稚もお風呂屋の三助も「兵隊にとられ」、あたり近所から姿を消してゆくようになる。戦争の風が身近かに吹きよせるようになる。そのことが荷風の日記を読んでいると、自分のことのようにわかってくる。だから、その年を選ぶ。

それに、一九三七年は荷風の最良の小説『濹東綺譚』の書かれた年でもあった。彼女は荷風がこの小説を書いたことと日本が本当の戦争に入ったこととの間には深い関係があると考えていた。

バルバラは二〇〇三年十一月二十七日に死んだ。彼女は『断腸亭日乗』の一九三七年の項の翻訳、それから校正までは全部済ませた。私には彼女がベッドの上で腹這いになって動けないまま、それでもなおペンを持つ腕を左右にふりながら仕事をしていた姿が今でもまだ見える。それから出版社ユディツィウムの社長ペーター・カピッツァが親切に計らって、いつも特別の航空便で送って来たり、最後には自分でドイツから日本までわざわざ持ってきてくれたりしたおかげで、いくつかの装丁見本の中から自分の好むものを選びだし、それが現物となって送られてきたものを手にとって、しっかり見届けることまではできた。本が完成品として送られてきたのは、彼女が死んで、少しあとのことだったが。

バルバラ・吉田＝クラフトは日本が未だ残している独特なものを始め、いろいろな点で、日本が気に入っていたのだが、反面、この国にはどうも好きになれないもの、批判的にならざるを得ない点も感じてはいた。ただ、全体として、彼女はヨーロッパ精神の持ち主で故郷に深く根を下ろしていると同時に、幼い時からの「東の国」に対する愛と関心を強く持ち続けていて、その点でも終生一貫したぶれがなかった。

そういう人なので、ある日、私に向かってこう言った。「こうして何十年か日本に住んでいる間に、私の生まれたドイツはずいぶん変わってしまった。私は今のドイツには住みたくもないし、住むことはできないだろう。死んだら、骨はあなたの祖先の眠る墓に埋めてほしい」と。

実際、その通りにした。墓は和歌山県南部の海沿いの小さな田舎町、那智勝浦の町はずれ、川関というところにある小高い丘の南向きの段々の一つにある。その前の田畑を隔てた道とさらに入ってゆくと熊野神社の手前、那智の滝という大きな滝が見えてくる。逆の方向は太平洋に臨み、その海辺には囲碁の黒い石の材料である那智黒という石が――かつては――散在していた。墓地に立つと、目の前の村落と田畑を越えて、その浦の潮の香りが、遠い潮騒の響きとともに、かすかに感じられてくる。

＊“Jung Fu wird Kupferschmied” 及び “Ho-Ming, Eine Kleine Chinesin studiert” Elisabeth Foreman-Lewis Verlag Anton-Pustet, Salzburg, Leipzig.

# 謝辞

本書を出版するに当たっては、本来ドイツ語を原文とする文集なので、当然すべて日本語に移しかえた。その作業は、濱川祥枝氏と吉田が分担した（訳に当たったものの名は、各文の後ろに記入してある）。煩わしい仕事の労をあえてとって下さった濱川氏には、あつく御礼申し上げたい。また、吉田の場合、翻訳の際必要とした多数の資料の照会に当たっては、新潮社出版部の水藤節子氏に御協力を仰いだ。彼女の協力がなければ、どのくらい仕事がむずかしくなったか計り知れない。何年にもわたって、いつも快く労をとって下さった彼女に深く御礼申し上げます。

また巻末の著作目録は山形大学で教鞭をとっておられるラインホルト・グリンダ氏が作製されたものである。氏がこの驚くべき詳細を極めた労作を自発的に申し出て下さり提供して下さったことに対しては、感謝の言葉もない。

最後になったが、編者はバルバラの死の直後、彼女の友人たちが故人の思い出のためによせられた文集から、著者の面影を読者に親しく知って頂くために役立つと思われたものを、ここに日本語に訳して収録させて頂いた。その執筆者の皆さんにも心から御礼申します。
　この本が出るについては、特に藤原書店の店主藤原良雄氏、それから編集担当に当たられた山﨑優子氏、両氏のなみなみならぬ協力には感謝しなければならない。また、この他にもいろいろの方々の協力があって初めて可能になるものでした。いちいちお名前は記しませんが、厚く御礼申し上げます。

（二〇〇六年九月六日、吉田秀和）

　以上の謝辞を書いたあと、九月二十五日に濱川祥枝氏は脳出血のため急逝された。藤原書店からの通知で、このことを知った私は余りのことに言葉を失った。今はただ、そのことを記して、これまでの御協力に改めて心から感謝申し上げるとともに、御冥福を祈るばかりである。
　上記、濱川氏の急死によって、校正その他の仕事が全部取り残されてしまったので、急遽吉田がそれを代行した。その際、吉田は自分の判断で訳文に若干の変更を加えたことをおことわりしておきます。

（二〇〇六年十月一日）

バルバラ・吉田＝クラフト年譜（一九二七―二〇〇三年）

一九二七年　三月十三日、**バルバラ・吉田＝クラフト（Barbara Yoshida-Krafft）、ベルリンのシャルロッテンベルクに生まれる。**

父はカール・クラフト（Karl Krafft）、一八九二年四月十四日ハンブルク生まれ、一九五五年八月四日ベルリンで死去。有資格技師（または公認技師、Diplom Engineer）であり、ベルリン高等工業学校、のちベルリン工業大学の教授であった。

母はゲルトルーデ・フーデ（Gertrude Fude）、一八九〇年十二月三十日ベルリン生まれ、一九八〇年十月十九日ベルリンで死去。

姉はエヴァ＝マリア・クラフト（Eva-Maria Krafft）、一九二三年三月二十四日ベルリン生まれ。フライブルク大学で Doktor Philosophie 授与、主任教授はシュッハルト教授（Prof. Schuchhardt 古代ギリシア彫刻専門の美術史家）。ハンブルク美術館勤務を経て、スイス・バーゼルの国立美術館（Kunst Museum）の学芸員職を停年まで務める。

バルバラの幼年時代から少女時代を経て大学入学当初については、エヴァ＝マリアの回想がある（本書所収）。それによると、バルバラの東洋および東洋人についての並々ならぬ関心は幼少のころからはっきりしていた。ために両親は子供向けの中国の物語を買い与えるなどしていたという。

一九五二年　**ハンブルク大学入学。専攻は中国学（Sinologie）。**

この年はちょうどヴォルフガング・フランケ（Dr. Wolfgang Franke）が同大学の教授として赴任してきた時にあたり、当初は彼の下に新しく三名の学生が入学してきた。また中国学専攻のほか、必須の副科として日本学（Japanologie）、主任教授はオスカー・ベーネル（Dr. Oskar Benl）。もう一つの副科として政治学を学んだ。政治学の主任教授はジークフリート・ランツフート（Dr. Siegfried Landshut）。ランツフートは一八九七年八月七日ストラスブール生まれ、一九六八年十二月八日ハンブルクで死去。一九二〇年代における政治学の創始者の一人に数えられ、特にカール・マルクスの初期（『共産党宣言』以前）の論集の編纂（序文・注釈つき）は画期的業績とされている。

　日本学のベーネル教授の講義については、彼女は必ずしも満足していなかったようであるが、政治学者ランツフート教授には「自分は彼によって考えること――理論的に筋道を立てて考えることを学んだ」と敬意をもって、のちのちまで語っていた。学生数が少なかったためもあろうが、フランケ教授とバルバラらとの関係は単に学習の域を越えて、家庭的雰囲気をもつ親密さをもっていて、彼女の職歴にもみられるような暖かい理解にみちた援助から、その後は終生に及ぶ交友関係として持続された。これについての詳細はフランケ教授の娘レナータ（Renata）の回想を参照（本書所収）。

　この間彼女は数次にわたりイギリスに赴き、ロンドン大学School for Oriental Studiesに通い、学習に励んだ。

一九五五年　明の詩人・評論家の王世貞に関する博士論文を提出。同年中合格。Doktor Philosophieを授与される。

同年八月、日本国文部省招聘留学生として来日、当初は東京大学中国学専攻の倉石武四郎教授の教室に出席。

　彼女の本来の志望は中国への留学にあったが、当時の西ドイツは中国と国交がなく、いわゆるハルシタイン宣言によって東ドイツと国交を結んだ国は認めないということになっていたので、彼女は中国に入国する許可を得られなかった。ゆえに差し当たりまず日本に来て、中国文学の研究を続けることを考えたのであった。

　当時の文部省の招聘留学生に対する手当は月額二万円。生活費としても充分とはいえない額であった。そのため、当時ハンブルク大学に交換教授として滞在中だった独文学者で東京大学教養部助教授原田義人から、私立桐朋学園女子高校附属音楽科の学科主任吉田秀和にあてて、何らかの便宜を計るよう依頼があり、吉田は彼女が同音楽科でドイツ語会話の講師として何がしかの給与を得られるよう取り決めた。
　その間、彼女は在日ドイツ大使館文化部勤務のヴィルヘルム・レーア（Dr. Wilhelm Löer）の知遇を得た。たまたま文化部職員に欠員があったので、レーアは彼女を大使館勤務の現地採用にとり上げることにした。彼女の大使館在職中の生活と意見の一端については、前述のレナータ・フランケが、回想の中でバルバラ自身の手紙を引用しながら、紹介している（本書所収）。
　しかし、彼女にとっては、大使館での仕事が必ずしも自分のすべてを打ちこめるものとは言いがたいと感じだしたころ、たまたまハンブルク大学のフランケ教授から、同大学中国学研究室の助手として勤務する意志の有無を問い合わせる報に接したので、帰国することにした。

一九五七年　大使館勤務を辞し、ドイツに帰国。ハンブルク大学中国学研究室助手となる。
　ヨーロッパに戻ってみると、改めて東洋、特にこの間の数年の日本での生活で次第に精神的にも感覚的にも拡がり深まってきた東方文化への興味と親近感の強さに抑えがたいもののあるのを意識するようになり、改めてフランケ教授の好意ある理解と寛大な処置に訴えて、日本への再入国を望むようになった。
　そこに在日ドイツ大使館の——その間に文化部長に昇進していたレーアから、新たに外務省直轄の東京ドイツ文化研究所（Deutsche Kultur Institut in Tokyo）に勤めるよう勧誘があったので、同所の所長代理として、二度目の日本での生活を開始することにした。

一九五九年　五月、再来日。
　同研究所での職責であったさまざまの行事を通じて、次第に日本の知識人、芸術家などとの交友関係が生まれ、日本文化と社会の理解を深める一方で、乞われるままに、いくつかの小論文や記事を発表するようになり、やがてこれは二〇〇三年の彼女の死に至るまで、彼女の人生を通じての仕事となるに至った。その詳細は著作目録（本書所収）にみられる通りである。

一九六四年　吉田秀和と結婚。
一九六五年　ドイツ文化研究所を退職。
一九六五―六九年　『鑑』（OAG刊）編集委員会委員。
一九六六―六九年　東京都立大学講師。
一九七二年　東京都目黒区より、鎌倉市雪ノ下に転居。
この間、在日ドイツ人の組織した学術研究一般啓蒙運動、親睦団体といったさまざまの目的を兼ね備えた団体、東洋文化研究協会（Ostasiatische Gesellschaft　略称OAG）の理事として、さまざまの事業に参画する一方で、それまでの執筆活動をさらに精力的に継続・展開した（評論、研究、随筆、翻訳など）。
一九七六―七八年　OAG理事。
一九八〇―八七年　OAG理事。
一九九〇―九一年　OAG出版物編集委員。
一九九二―九六年　OAG顧問。
二〇〇三年　十一月二十七日、鎌倉市内の病院で死去、享年七十六歳八ヵ月。死因は骨盤内腫瘍。

（作製・吉田秀和）

＊本目録の著者にとって，バルバラ・吉田＝クラフトさんは，荷風研究家としての大先輩，自分の研究の恩人でした。お目にかかれたのはわずか数回でしたが，その時々の話を思い出して，故人のおもかげを偲びながらこの目録を纏めました。（Als meinen Gruß RJG）

〔追記〕Barbara Yoshida-Krafft に関する文献としては，以上のほかに彼女の死後，知人，友人らの追悼文をまとめた“Passacaglia für Barbara” München, Nov. 2004があり，本書「バルバラの肖像」に収録した文章は，すべてそこからとったものである。（吉田秀和）

[10]「大岡さんの目」,『大岡昇平集18』月報18，岩波書店，1984年3月，3〜5
[11]「日本の小説の中の時間」,『図書』421号，1984年9月，2〜9
[12]「『関係』こそ主人公」,『新潮』82-4，1985年4月，236〜237
（富岡多恵子の小説をめぐって）（本書所収）
[13]「津島佑子の世界」,『新潮』84-2，1987年2月，192〜193（本書所収）
[14]「日本の随筆」(*Japanese Zuihitsu, translated from German by René Rentzell*)，新日本製鉄株式会社広報企画室編『日本の心　文化・伝統と現代　*Essays on Japan from Japan*』丸善，1987年，149〜153
[15]「『幸福のかけら』──ドイツ人の読み方」,『新潮』85-7，1988年7月，228〜229（本書所収）
[16]（「アンケート　昭和文学　私の一篇」への返答），『新潮』1989年2月，臨時増刊『この一冊でわかる昭和文学』435
（永井荷風『濹東綺譚』について）
[17]「私の選んだ文庫ベスト3──宇野千代『おはん』『或る一人の女の話・刺す』『残っている話』」,『毎日新聞』42158号，1993年8月2日

＊上記の著作目録の作製に当たっては，以下の文献を参照した。
[1] Veröffentlichungen（*Passacaglia für Barbara*，2004）
[2] Neue deutschsprachige Veröffentlichungen zur japanischen Literatur（Komp. Wolfgang Schamoni，*Hefte für Ostasiatische Literatur*,）
[3] *Verzeichnis des deutschsprachigen Japan-Schrifttums 1980-1997*（Komp. Peter Getreuer，Susanne Formanek，Karina Kleiber，Gabriele Pauer；fünf Bände；Wien 1989-2002），*Zeitungs-Index*，『雑誌記事索引』
[1] には，Torikaebaya monogatari の書評もあるとのことだが，未確認。なお，上記の参考書には，*Neue Zürcher Zeitung* に掲載された文章について，二つの違う日付・番号付けの場合があるが，それは恐らくこの新聞のスイス版と国際版（Fernausgabe）との違いによるもので，いずれも両方とも上げた。
＊ OAG の松本さんと，Deutsches Institut für Japanstudien の図書室の方々の御協力に厚くお礼申し上げます。

2005年11月，山形にて
ラインホルト・グリンダ
（Reinhold J. Grinda，山形大学ドイツ語講師）

der Erzählung 'Kozō no yume' von Tanizaki Jun'ichirō. Wiesbaden : Harrassowitz, 1994 (Japonica Insula 2). *Neue Zürcher Zeitung* 216, nr. 181 (8. August 1995 'Wiederentdeckt—Eine Erzählung von Tanizaki Jun'ichirō') ; *OAG* (Dezember 1995), 16-23.

[10] Mori Yōko : Sommerliebe. Berlin : edition q, 1995. *OAG* (November 1995), 26-28.

[11] Mishima Yukio: Liebesdurst. Frankfurt a. M.: Insel, 2000. *OAG-Notizen* 2/2001, 34-37.

2. 日本語で発表されたもの

（[1] および [14] 以外の訳者は吉田秀和。吉田はまた [9] の大岡昇平の翻訳にも協力。屋海五郎《おくみごろう》・新宮太郎《しんぐうたろう》として発表されたものもあるが，いずれも吉田のペンネーム）

[1]「戦後のドイツ支那学の状況」，『読書春秋』7-2，1956年2月。（筆者名はバルバラ・クラフト）

[2]「さかさまに立ってみせた伝統主義者」，『新潮』68-3，1971年2月，「三島由紀夫　人・文学・思想」，176～181（本書所収）

[3]「古事記への道」，『芸術新潮』22-2，1971年2月，「ドイツ画家『古事記』を描く」，92
（ヨエルク・シュマイサー Joerg Schmeisser の古事記絵について）

[4]「川端康成」，『新潮』69-3，1972年3月，「提言　現代日本文学について」，220～229（本書所収）

[5]「女流文学雑感」，『新潮』76-3，1979年3月，186～187（本書所収）

[6]「兼好とモンテーニュ」，『新潮』76-10，1979年10月，174～175（本書所収）

[7]「現代日本のエセー」，『新潮』80-2，1983年2月，232～233（本書所収）

[8]「セ・ラ・ヴィ」，『新潮』80-5，1983年4月，「小林秀雄追悼記念号」，264～268（本書所収）

[9]「風の中の花――『現代日本随筆選』序」（大岡昇平訳），『文学』52-2，1984年2月，86～96
（*Blüten im Wind* 序の日本語訳。大岡「訳者附言」，吉田＝クラフト「日本の読者へ」付）

（川端康成「写真」1924年の，1966年執筆の独訳。その後，Das Foto として ... *weil gerade Frühling war* に収録）

［7］Nagai Kafū : Feinschmecker. *Neue Zürcher Zeitung*, 216, nr. 183（10. August 1995），43.
（永井荷風「美味」1908年の独訳。その後... *weil gerade Frühling war* に収録）

D. **書評**　（以下，対象となった題名および著者のみを記す）

［1］Robert S. Elegant : Chinas rote Herren. Frankfurt : Verlag Frankfurter Hefte, 1952. *Nachrichten der Deutschen Gesellschaft für Natur- und Völkerkunde Ostasiens NOAG* 79/80（1956），166.

［2］Irmela Hijiya-Kirschnereit : Selbstentblössungsrituale. Zur Theorie und Geschichte der autobiographischen Gattung 'Shishōsetsu' in der modernen japanischen Literatur. Wiesbaden : Steiner, 1981. *OAG-Buchbesprechungen*（28. März 1983），1-6.
（その後，Bernhard Grossmann u. a., *An ihren Büchern sollt ihr sie erkennen* —Gesammelte Rezensionen. Tōkyō : OAG, 1983. 271-278に収録。また英訳は，*Monumenta Nipponica* 39，i（Spring，1984），94-97に掲載）

［3］Sakanishi Hachiro : ISSA. Nagano : Shinano mainichi shinbun sha, 2. Auflage 1982. *OAG-Buchbesprechungen*（27. Juri 1983），4-5.

［4］Engelbert Kaempfer zum 330. Geburtstag. Lemgo : Wagener, 1982.（Lippische Studien Band 9.）*OAG-Buchbesprechungen*（3. Oktober 1983），1-4.

［5］Ralph-Rainer Wuthenow : Die erfahrene Welt. Europäische Reiseliteratur im Zeitalter der Aufklärung. Frankfurt a. M. : Insel, 1980. *OAG-Buch-besprechungen*（2. November 1984），1-5.

［6］Shiga Naoya : Erinnerungen an Yamashina. München : C. H. Beck, 1986. *OAG-Buchbesprechungen*（28. Oktober 1986），10-19 ; *Bochumer Jahrbuch Ostasienforschung*（*BJOAF*） 10（1987），362-368.（本書所収）

［7］Natsume Sōseki : Der Tor aus Tokio. Zürich, München : Theseus, 1990. *OAG-Rundschreiben*（April 1993），11-13.

［8］Jürgen Berndt（Hg.）: Als wär' s des Mondes letztes Licht am frühen Morgen. Hundert Gedichte von hundert Dichtern aus Japan. Berlin : edition q, 1992. *OAG-Rundschreiben*（November 1994），12-19.

［9］Matthias Hoop : Doppelspiel der Narration : Text, Autor und Protagonist in

ausgabe 86（15. April 1994）, 48 ; bzw. nr. 88（16. /17. April 1994）, 68.（本書所収）

［15］Vom Zauber des Mischwaldes. Die späte Entdeckung des Schattens in der japanischen Literatur. *Neue Zürcher Zeitung*, 219, nr. 298（21. /22. Dezember 1996）, 54.（本書所収）

［16］Der Erzähler und seine Signale. Zu Tayama Katai: Futon. *Asiatische Studien / Etudes Asiatiques* 51, i（1997）, 421-451.（本書所収）

［17］Das *zuihitsu*—Der japanische Essay. *Japan : Der andere Kulturführer*, Hg. Irmela Hijiya-Kirschnereit. Frankfurt a. M.: Insel, 2000. 28-46.（本書所収）

C. 翻訳（日本語原文からドイツ語に翻訳したもの）

［1］Ein Aufsatz von Yoshikawa Kōjirō : Über eine Weiterentwicklung der chinesischen Literatur in anderer Form. *Nachrichten der Deutschen Gesellschaft für Natur- und Völkerkunde Ostasiens NOAG* 84（1958）, 19-23.
（吉川幸次郎「進歩の一形式——宋以後の中国の進歩について」1958年の独訳。訳者のまえがき）

［2］Isoda Kōichi : Das Dilemma des Wohnbewußtseins. *Wohnen in Japan*, Hg. Renate Herold. Berlin: E. Schmidt, 1987.（OAG-Reihe Japan modern, Band 3.）97-114.
（磯田光一「住居感覚のディレンマ」1982年，連載「戦後史の空間」の一部。訳者のまえがき，注釈）

［3］Ōoka Makoto : Gedichte—von Zeit zu Zeit. *Süddeutsche Zeitung*（10. November 1988）, Sonderbeilage, Ⅵ.
（大岡信「折々のうた」）

［4］Uno Chiyo : Zu grell geschminkt.（Deutsch von BYK und Josef Bohaczek.）*Neue Zürcher Zeitung*, 212, nr. 33（9. /10. Februar 1991）, 67-68.
（宇野千代「脂粉の顔」1921年の独訳。その後... *weil gerade Frühling war* に収録）

［5］Ibuse Masuji : Erste Liebe. *Neue Zürcher Zeitung*, 215, Fernausgabe 16（21. Januar 1994）, 30 ; bzw. nr. 18（22. /23. Januar 1994）, 61.
（井伏鱒二「初恋」1929年の独訳。その後... *weil gerade Frühling war* に収録）

［6］Kawabata Yasunari : Die Photo. *Neue Zürcher Zeitung*, 215, nr. 226（29. September 1994）, 47, bzw. Fernausgabe nr. 227（30. September 1994）, 35.

wabata bis Ōe. *Mitteilungen der Deutschen Gesellschaft für Natur- und Völkerkunde Ostasiens* 58（1974 ; *Sechs Vorträge im Jubiläumsjahr 1972-73*）, 40-81.

[4] So schön wie vor 100 Jahren und noch schöner. *Festschrift. Das Neue OAG-Haus 1979.* Tōkyō : Deutsche Gesellschaft für Natur- und Völkerkunde Ostasiens, 1980. 46-49. Die Schriftstellerin. *Die Frau*, Hg. Gebhard Hielscher. Berlin : Erich Schmidt, 1980.（OAG-Reihe Japan modern, Bd. 1.）185-220. Reaktionen auf die Rezension von 'Die Frau', hrsg. von G. Hielscher. OAG-Buchbesprechungen（24. April 1981）, 6-8.

[5] Den Geist des Dienens keinen Augenblick vergessen : Training der Neu-einzustellenden in den Groß betrieben. *Japaninfo* 2, xiv（13, Juli 1981）, Dossier ; sowie 17, xii（1996）, 15-16.

[6] "Sehr geehrter Herr Kollege Roboter". *kosmos*（Stuttgart）77, ix（1981）, 67-73. Wem der Fuji-san im Traum erscheint : Die jahrhundertealte Tradition des japanischen Neujahrsfestes. *Japaninfo* 2, xxvi（21. Dezember 1981）, Dossier.

[7] Japaner lieben deutsche Musik, als wäre sie ein Stück auch ihrer Heimat—Japans Musikkultur heute ist überwiegend westlich. *Japaninfo* 4, ii（Januar 1983）, Dossier.

[8] Literaturpreise in Japan. *Neue Zürcher Zeitung*, 211, nr. 59（13. Marz 1990）, 25.

[9] Nagai Kafū : Bokutō-kitan ; Furansu-monogatari ; Sumidagawa. *Kindlers Neues Literatur Lexikon*, Band 12. München ; Kindler, 1990. 186-189.（本書所収）

[10] "Nach Frankreich würde ich gern gehen..." *Neue Zürcher Zeitung*, 211, nr. 224（28. September 1990）, 39-40.（永井荷風について）

[11] Eleganz und Nüchternheit. *Neue Zürcher Zeitung*, 212, nr. 31（8. Februar 1991）, 39.（宇野千代について。本書所収）

[12] Wandlung, Einverwandlung. Europäische Einflüsse in einer Erzählung der japanischen Meiji-Epoche. *Neue Zürcher Zeitung*, 213, Fernausgabe 12（17. Januar 1992）, 37-38 ; bzw. nr. 14（18. /19. Januar 1992）, 69-70.（田山花袋『蒲団』について）

[13] Maskenspiele. Kritik in Japan. *Neue Zürcher Zeitung*, 214, Fernausgabe 120（28. Mai 1993）, 40 ; bzw. nr. 122（29. /30. Mai 1993）, 68.

[14] Erbgut in der modernen Literatur Japans. *Neue Zürcher Zeitung*, 215, Fern-

［6］…*weil gerade Frühling war.* Heiter-Ironisches aus Japan. Auswahl der Beiträge: BYK. Herausgegeben, mit einem Vorwort versehen und aus dem Japanischen übersetzt von Josef Bohaczek und BYK. München: Iudicium, 2002. 101 Seiten.
『まさに春だったから——日本のユーモアとアイロニー』（バルバラ・吉田=クラフト選・序文／ヨーゼフ・ボハチェック，吉田=クラフト訳）内容は以下の通り。
永井荷風「美味」1908年［Feinschmecker］
芥川龍之介「女体」1917年［Frauenkörper］
井伏鱒二「平野，あるいは被った被害」1933年［Hirano oder: Ein Unglück kommt selten allein］共訳
宇野千代「脂粉の顔」1921年［Zu grell geschminkt］共訳
井伏「初恋」1929年［Erste Liebe］
川端康成「写真」1924年［Das Foto］
吉田秀和「冬の朝」1977年［Ein Wintermorgen］
芥川「谷崎潤一郎氏」1923年［Herr Tanizaki Jun' ichirō］
荷風「墓詣」1909年［Friedhofsbesuche］
薄田泣菫「春の歌　二」1924年［Frühlingslied］吉田=クラフト訳
他に，序文，作者紹介，原文の初出一覧。
［7］Nagai Kafū: *Tagebuch. Das Jahr 1937*. Übersetzt von BYK, mit Erläuterungen von Reinhold Grinda. München: Iudicium, 2003. 263 Seiten.
（永井荷風『断腸亭日乗』1937年度分のドイツ語完訳。他に，訳者の序文，注，あとがき）

B. ドイツ語で雑誌・新聞に寄稿したもの

［1］Wang Shih-chen（1526-1590），Abriß seines Lebens. *Oriens Extremus*, 5, ii（1958），169-201.
（1955年にHamburg大学で提出された博士論文「Wang Shih-chen —Ein Beitrag zur Geistesgeschichte der Ming-Zeit」の最初の部分を改訂・加筆したもの）
［2］Kawabata Yasunari—ein Traditionalist? *Mitteilungen der Deutschen Gesellschaft für Natur- und Völkerkunde Ostasiens* 53（1973；*Jubiläumsband 1873-1973*），171-187.（本書所収）
［3］Tradition und Modernität in der japanischen Literatur der Gegenwart—Von Ka-

吉田「中原中也のこと」1962年［Nakahara Chūya — ein Dichterporträt］
以上17篇の独訳アンソロジー。他に，編集翻訳者のはしがき，筆者紹介，注釈，原文目録。

［2］*Das elfte Haus.* Erzählungen japanischer Gegenwartsautorinnen. Herausgegeben und eingeführt von BYK. München : Iudicium, 1987. 303 Seiten.
『十一軒目の家——現代日本女流作家短篇集』。内容は以下の通り。
河野多恵子『骨の肉』Wolfgang E. Schlecht 訳
円地文子『夫婦』1962年［Das Ehepaar］Barbara Yoshida-Krafft 訳
吉行理恵『井戸の星』Jürgen Stalph 訳
富岡多恵子『結婚』Wolfgang E. Schlecht 訳
佐多稲子『自分の胸』Hilaria Gössmann 訳
宇野千代『幸福』Naitō Michio 及び Friedl Itō. Pokorny 共訳
円地文子『冬紅葉』1959年［Ahorn im Winter］Barbara Yoshida-Krafft 訳
高橋たか子『誘い』Edith Rau 訳
津島佑子『我が父たち』1975年［Unsere Väter］Barbara Yoshida-Krafft 訳
大庭みな子『梅月夜』Jürgen Stalph 訳
有吉佐和子『油煙の踊り』Wolfgang E. Schlecht 訳
他に，序文，注釈，作者紹介，あとがき。後に，Frauen in Japan（『日本の女性たち』）という題名で，dtv から文庫本として1989年に出版された。

［3］Nagai Kafū : *Romanze östlich des Sumidagawa.* Aus dem Japanischen übertragen und mit einem Nachwort versehen von BYK. Frankfurt a. M.: Insel, 1990. 168 Seiten.
（Japanische Bibliothek シリーズの一巻。永井荷風『濹東綺譚』の独訳）

［4］Uno Chiyo : *Die Geschichte einer gewissen Frau.* Erzählung. Aus dem Japanischen übertragen und mit einem Nachwort versehen von BYK. Frankfurt a. M.: Insel, 1994. 164 Seiten.
（Japanische Bibliothek シリーズの一巻。宇野千代『或る一人の女の話』の独訳。他に，訳者のあとがき，注釈。文庫本は Suhrkamp Taschenbuch Verlag から2004年に出版された）

［5］Kawabata Yasunari : *Drei Erzählungen. Sprachlos—Ein Mädchen mit Duft—Was ihr Mann nie tat.* Aus dem Japanischen übersetzt von BYK. München : Iudicium, 2001. 61 Seiten.
（川端康成「無言」1953年，「匂う娘」1960年，「夫のしない」1958年，の独訳。他に，訳者のあとがき）

著作目録

Schriftenverzeichnis Barbara Yoshida-Krafft

1. ドイツ語で発表されたもの

（1950年代の文章は，いずれも，Barbara Krafft という名前で発表された）

A. 単行本　（a 著作　b 訳書）

［1］*Blüten im Wind.* Essays und Skizzen der japanischen Gegenwart. Herausgegeben und übertragen von BYK. Tübingen : Erdmann, 1981. 240 Seiten.
『風の中の花――現代日本の随筆とスケッチ』。内容は以下の通り。
津田青楓「長生き談義」1973年［Plauderei eines Langlebigen］
大久保喬樹「バガテルのコスモス」1974年［Kosmeen im Parc de Bagatelle］
川端康成「行灯」1964年［Im Schein der Öllampe］
高橋和巳「文学の苦しみ」1968年［Leiden der Literatur］
三島由紀夫「十八歳と三十四歳の肖像画」1959年［Mit 18 und mit 34 Jahren zwei Porträts］
大岡昇平「雪の思い出」1967年［Erinnerung an Schnee］
福田恒存「悪魔」1955年［Teufel］
武満徹「一つの音」1971年［Ein Ton］
吉田秀和「ラインの乙女たちの歌」1964年［Gesang der Rheintöchter : an einem Regentag］
宇野千代「阿吽の呼吸」1978年［Der richtige Moment］
大庭みな子「『源氏物語』の思い出」1973年［Erinnerungen an die 'Geschichte vom Prinzen Genji' ］
高橋たか子「小説の舞台となる家」1971年［Das Haus als Schauplatz der Erzählung］
池田満寿夫「明日を作る」1969年［Das Morgen gestalten］
加藤周一「ターナーと英国」1955年［William Turner und England］
小林秀雄「真贋」1951年［Echtes und Gefälschtes］
生島遼一「実感的能楽論」1966年［Über Nō als empirisches Erlebnis］

著者紹介

バルバラ・吉田＝クラフト

(Barbara Yoshida-Krafft)

1927年ベルリン生。52年ハンブルク大学入学、中国学専攻。55年、明の詩人・評論家の王世貞に関する博士論文で博士号取得。同年8月、日本国文部省招聘留学生として来日、東京大学中国学専攻の倉石武四郎に師事。57年、帰国しハンブルク大学中国学研究室助手となる。59年5月再来日、以降東京ドイツ文化研究所において日本文化と社会の理解を深め、日本文化、日本文学についての文章を発表。2003年没。

永井荷風『濹東綺譚』(1990)、『断腸亭日乗』(2003)の他、川端康成、宇野千代、現代日本の随筆、現代日本女流作家の短篇集などの訳業がある。

編者紹介

吉田秀和（よしだ・ひでかず）

1913年東京生。音楽評論家、水戸芸術館館長。東京大学仏文科卒。1990年度朝日賞受賞、2006年文化勲章受章。2004年に『吉田秀和全集』全24巻（白水社、第1期10巻が大佛次郎賞）が完結。

訳者紹介

濱川祥枝（はまかわ・さかえ）

東京大学名誉教授。ドイツ文学。訳書にシラー『ヴァレンシュタイン』（岩波文庫、2003年）。2006年没。

日本文学《にほんぶんがく》の光《ひかり》と影《かげ》――荷風《かふう》・花袋《かたい》・谷崎《たにざき》・川端《かわばた》

2006年11月30日　初版第1刷発行©

著　者　バルバラ・吉田＝クラフト

発行者　藤　原　良　雄

発行所　株式会社　藤原書店

〒162-0041　東京都新宿区早稲田鶴巻町523

TEL　03 (5272) 0301

FAX　03 (5272) 0450

振替　00160-4-17013

印刷・製本　中央精版印刷

落丁本・乱丁本はお取り替えします

定価はカバーに表示してあります

Printed in Japan

ISBN4-89434-545-5

〝言葉〟から『論語』を読み解く

論語語論

一海知義

『論語』の〈論〉〈語〉とは何か？　孔子は〈学〉や〈思〉、〈女〉〈神〉をいかに語ったか？　そして〈仁〉とは？　中国古典文学の碩学が、永遠のベストセラー『論語』を、その中の〝言葉〟にこだわって横断的に読み解く。逸話・脱線をふんだんに織り交ぜながら、『論語』の新しい読み方を提示する名講義録。

四六上製　三三六頁　三〇〇〇円
（二〇〇五年一二月刊）
◇4-89434-487-4

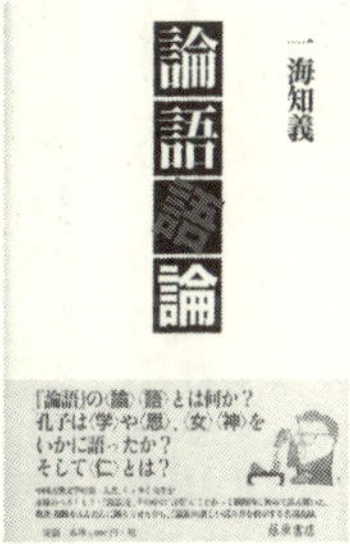

中国文学の碩学による最新随筆集

漢詩逍遥

一海知義

「詩言志――詩とは志を言うものである」。中国の古代から現代へ、近代中国に影響を与えた河上肇へ、そして河上が愛した陸放翁へ――。中国・日本の古今の漢詩人たちが作品に託した思いをたどりつつ、中国古典の豊饒な世界を遊歩する、読者待望の最新随筆集。

四六上製　三二八頁　三六〇〇円
（二〇〇六年七月刊）
◇4-89434-529-3

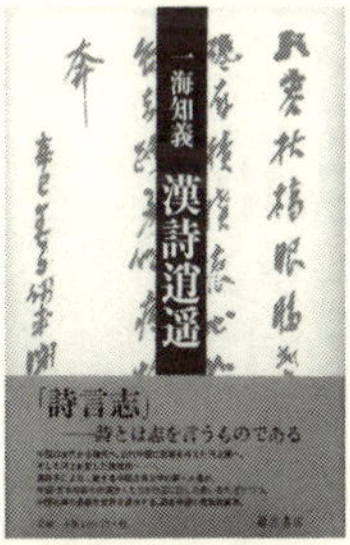

真の戦後文学論

戦後文壇畸人列伝

石田健夫

「畸人は人に畸にして天に侔《ひと》し」――坂口安吾、織田作之助、荒正人、埴谷雄高、福田恆存、広津和郎、深沢七郎、安部公房、中野重治、稲垣足穂、吉行淳之介、保田與重郎、大岡昇平、中村真一郎、野間宏といった時流に迎合することなく人としての「志」に生きた戦後の偉大な文人たちの「精神」に迫る。

Ａ５変並製　二四八頁　二四〇〇円
（二〇〇二年一月刊）
◇4-89434-269-3

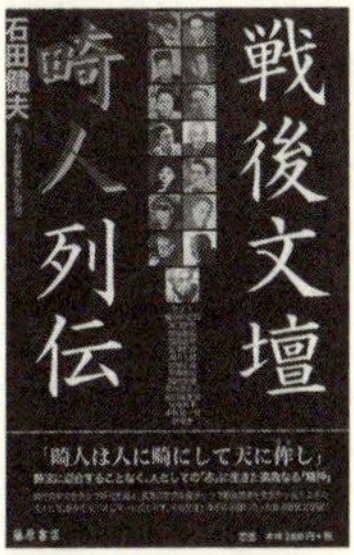

豊饒なる書物の世界

午《ご》睡《すい》のあとで

松本道介

辛口の文芸評論家が鋭利な斬り口で書く読書エッセイ。永井荷風、夏目漱石、金子光晴、阿部昭、幸田文、野呂邦暢、渡辺京二、司馬遼太郎、室生犀星、三島由紀夫、太宰治、トーマス・マン、ゲーテ、カフカ、カミュ、ウォーレス、『老子』、『平家物語』、『万葉集』、『古今和歌集』他。

四六変上製　二一六頁　一八〇〇円
（二〇〇二年九月刊）
◇4-89434-301-0

1989年11月創立 1990年4月創刊

一九九五年二月二七日第三種郵便物認可　二〇〇六年一一月一五日発行（毎月一回一五日発行）

月刊

機

2006
11
No. 177

発行所　株式会社 藤原書店 ©
〒一六二―〇〇四一　東京都新宿区早稲田鶴巻町五二三
電話　〇三・五二七二・〇三〇一（代）
FAX　〇三・五二七二・〇四五〇
◎本冊子表示の価格は消費税込の価格です。

編集兼発行人
藤原良雄
頒価 100 円

現在トルコ最高峰の作家O・パムク氏、遂にノーベル文学賞受賞！

オルハン・パムク氏ノーベル文学賞受賞！

スウェーデン・アカデミーは10月12日、二〇〇六年のノーベル文学賞を、現代トルコ最高峰の作家オルハン・パムク氏(54)に授与すると発表した。オスマン帝国末期の細密画師を描いた歴史ミステリー『わたしの名は紅』は世界的ベストセラーとなり、その邦訳を機に04年秋に初来日。「9・11」以降のイスラム過激派をめぐる情勢を見事に予見したとされる邦訳第二作、『雪』も大きな話題を呼んだ。

今号では、受賞発表直後の13日夜にトルコのニュース番組内で、電話インタビューに応えたパムク氏の声を、編集部で構成し収録する。

編集部

● 十一月号 目次 ●

■まずは、ノーベル文学賞受賞おめでとうございます。

ありがとう。けど、まだノーベル賞に慣れないんだ。大きな喜びと興奮で、少しふらふらしている。受賞した喜びがまだ実感できないんだ。けれども、よく考えると、これはとても大変な出来事だよ。トルコにとっても、トルコ文学にとっても、トルコの文化にとっても、わが国の歩む道にとっても、トルコのEU加盟への道にとっても、とても大きな出来事だ。誰もが喜ぶべきことだと思っているよ。

発表の後、エルドアン首相とギュル外務大臣（副首相）が電話をしてきてくれて、トルコにとってすばらしいことだとお祝いの言葉をいただいたよ。

■トルコでの受賞は初めてです。

責任重大だよ。これまでトルコでノーベル文学賞を受賞した者はいなかった。今回この賞を母国トルコにもたらしたことで、私は非常にうれしく幸せに思っている。私には子どもみたいに喜んでしまうところもあるんだけれど、これには大きな責任を感じているんだ。これからは、誰もが私の発言に注目するようになる。もっと批判すべきこともあるし、トルコがしなければならないこともある。何れにしろ、これからは私は、トルコで初めてノーベル文学賞をとった作家と呼ばれるようになるんだ。それを考えると少し恐いよ。重過ぎる荷が私にのしかかる。けれども、誇りも感じているんだ。これが私にとって大きな幸せで、トルコにとっても大きな幸せであることを願うよ。

■この受賞で変わることはありますか？

この受賞は私にとって、またトルコにとって大変な名誉であると思っている。けれども心配無用。この賞が私を変えることはないよ。私はこれまで通り大いに働くし、いい小説を書くために身を粉にするつもりだよ。いいものが書けなければ、自分が不幸になる。いいものを書いた時は幸せになるしね。これまでと同じ倫理観と同じ決意で、いい小説に一生をささげるつもりだよ。

■あなたの反政府的な姿勢が今回の受賞の理由のひとつになったと思われますか？

わからない。どんな動機で私にこの賞をくれたのかは知らない。私の三十二年間の作家生活に対して与えられたものとみているよ。私は政治的な問題に立ち入るべきではないと思っている。今日はお祝いの日であるべきだ。私の作品が認められたことを名誉に思って、受賞の喜びを味わいたい。トルコ文化とトルコ文学のなかで、これまで朝から晩まで泳ぎまわって、格闘したことが認められてうれしいよ。今この状況で、政治的だとか、そうではないとか、そういったことを考えたくないよ。

■フランスのアルメニア人虐殺を否定する者を処罰する法案についてですが。

この問題はあまり大げさに扱うべきではないよ。フランスの伝統は、自由主義、批判的思考だ。今回の決議は、残念ながら自由主義的思考を支持するフランス文化に反するもので、とても遺憾だよ。フランスにはふさわしくない。

フランスが禁止令を決議したといって、トルコも禁止令を決議すべきではないと思っている。ほかの人々が、ほかの国で、間違ったことをしたといって、誰もが自分の思ったことを言える国を造ろうという考えをわれわれも止めるべきではないよ。だから、今回酷い誤りを犯しているフランスの決議を私は大げさには言わないよ。一匹の蚤のために自分たちの布団を焼くのはよそうよ。

▲オルハン・パムク氏

■ご自身も起訴されたトルコの刑法三〇一条についてはどうですか？

三〇一条は廃棄されなければならない。この条例によって被害を受けたのは私だけではないんだ。多くの作家、新聞記者、出版者が被害を受けている。いま彼らの声が社会でこれまで以上に大きくなりつつある。困難な日々ではあるけれども、私自身もひどく難しい時を過ごしたんだ。けれども、これでトルコにデモクラシーが根を張るだろうし、私もそのために努力していると思っているんだ。

（和久井路子訳）

初めてその全体像を描く！

『別冊「環」⑫ 満鉄とは何だったのか』、今月刊！

転勤の歳月

山田洋次

お洒落でエキゾチックな街々

父親は蒸気機関のエンジニアで、満洲のあちこちの都市を転勤しながら暮らしていた。ハルビン、関東軍総司令部のあった長春（旧新京）、瀋陽（旧奉天）、そして大連など、どの都市も記憶は鮮明に残っている。

街路樹と石畳とロシア教会の街ハルビン。白系ロシア人の建てた家を満鉄が強引に買い上げて社宅にしたのだろう、大型の壁ペチカのある家に畳の部屋はなくて、ぼくたち家族は西洋人のようにベッドで寝るまでは靴のままで生活していたものだ。街を歩けば眼につくのは背の高い金髪のロシア人か日本人、まるで北欧の都市のようにお洒落でエキゾチックで、その街外れの七三一部隊で世にも残忍な殺人が行われていることなど夢にも思わなかった。

満鉄社員の暮らしぶり

瀋陽の機関区に勤務していたときは、父親にせがんでしばしば機関庫を訪れたものだ。お目当てはむろん特急「あじあ」号。一二三等車、食堂車、荷物郵便車などの六両編成、機関車から一等展望車まで濃いグリーン色でまとめられ、車輪部分には現在の新幹線と同様のスカートをはいたスマートな流線型、自動ドア、空調完備。最高時速一三〇キロ、長春―大連間七〇一キロを八時間半で突っ走るこの超特急は満洲の少年たちの自慢だった。そして当然のように「あじあ」は日本人の列車であり、中国人（当時は「満洲人」といったが）がこの贅沢な列車に乗るなんてと考えていたし、中国人にはとても乗れない料金でもあった。そして、客車を掃除したり、機関車の石炭ガラを真っ黒けになって捨てる仕事をするのは中国人の労働者であることに、ぼくたちはまったく考えが及ばなかった。

転勤が多い家庭には家具というものがあまりない。支那カバンといって大人が楽に入れる大型の鉄製のトランクが三個か四個、それに衣類を詰めればそれで終わり。新しい土地に着くと満鉄の貸家具倉庫というのがある。そこに一家で出かけて揃っている中から好きなのを選び、用意された社宅に運ぶのだが、重い家具を汗をかきかき運搬するのは中国人の仕事だった。チップを渡すと丁寧に礼を言う姿を大連で記憶しているが、その中国の青年がいったいどんな思いで、どれほど悔しさを込めて贅沢きわまる満鉄社員の暮らしぶりを観察していただろうか、と想像できるようになるのは、あれから十数年、敗戦後の引揚げというつらい体験を経たあとだった。

▲山田洋次氏

各都市には「満鉄消費組合」というのがあって、満鉄社員は日々の買い物をほとんどここで済ませていた。それは繁華街の中心地に聳えるデパートのような建物で、品物は良質で廉価、社員の家族は通帳を提示して買い物を済ませ、支払いは月給で清算されるシステムになっていた。母親が勘定場に赤い表紙の通帳を差し出すと店員がレジスターのボタンを押し、慣れた手つきで数字を書き込む仕草をよく覚えている。

流暢な日本語の八路軍将校

敗戦は大連でむかえた。父はたちまち失職、銀行も郵便局も閉鎖だから収入が突如途絶えてしまう。学校もいつ再開されるかわからないといった状況の中でぼくたちが住んでいた煉瓦作りの広い社宅は市政府に接収になる。その通達にきたのは八路軍の粗末な木綿の制服を着て大型のピストルを腰に下げた若い将校だったが、驚いたことに彼はなめらかに日本語を話した。母親がたまりかねて「あなた、どうしてそんなに日本語がお上手なの?」と尋ねると、将校は笑いながら「ぼくは京都大学で勉強しましたから」と答えたのでまた驚いた。何故この人が、遠い中国の奥地から戦い続けてこの街にたどり着いたのだろう八路軍の将校が、京都大学にいたのだろうか?

その疑問が解けたのは、それから何年もたって、E・スノウやA・スメドレーの著作を読んでからだった。あの将校は、あれから新中国の出発や文革という波乱の時代をどのように過ごしたのだろうか? 今でも存命なのだろうか? 中国に旅するたびにぼくはしきりに彼のことを想い出す。(やまだ・ようじ/映画監督)

〈鼎談〉満鉄とは何だったのか

小林英夫＋高橋泰隆＋波多野澄雄

小林　鉄道会社でありながら鉄道会社でなかったというところに、満鉄のおもしろい性格があるのではないか。ミニ国家とでも言うべきさまざまな国家機能を持った鉄道会社だったという点に大きな特徴があるのではないかと思います。日本の政治が満鉄の中に、ある面では拡大化され、ある面では矮小化された形で表現されてくる。そういう意味でも会社の性格は、一種の日本の出先の小国家だった。そして、単に満洲における会社であったにとどまらず、広い意味での日本の大陸政策の一環を担った会社であったと思います。国策の推移に従って活動の領域も微妙に変わっていく。さらには、ヨーロッパに開いた最も近い窓であって、ヨーロッパの文化がここに一番早く到達し、一番早く花開いた地域でした。

▲小林英夫氏

▲高橋泰隆氏

高橋　満洲は日本が占領して満鉄が経営を始めて、一九四五年にいたる間に、中国の中では鉄道の最も発達した先進地になりました。この鉄道の過疎地、後進地から先進地になった。従来の満鉄論では、やや軍事的であるとかコンツェルンであるとか、鉄道会社としての側面をあまり検討しないままに論じられてきましたが、もう一度、鉄道の発展という点から、また鉄道会社という点から、満鉄はどんな会社であったかを見る必要があるのではないか。

波多野　ロシアから譲り受けた鉄道ではあるけれども、それを基盤にして満洲における経営をどのようなものにするかというときに、後藤新平にしても児玉源太郎、あるいは後の原敬にしても、基本的には軍や外交機関が前面に出るよりは満鉄を押し出しながら満洲経営を進めていく。軍や外交機関の後を追うのではなく、むしろ満鉄が前に出ながら日本の満洲進出を担っていく。したがって、その後政府あるいは政党の政争の中に巻き込まれていかざるを得ない。政友会ならば、産業立国論という政策の中で満鉄が改めて議論されることになっていくのではないか。

▲波多野澄雄氏

（構成・編集部）

※全文は別冊『環』⑫に掲載

（こばやし・ひでお／早稲田大学教授）
（たかはし・やすたか／玉川大学教授）
（はたの・すみお／筑波大学教授）

伝説の組織の全貌がいま、ここに明かされる!

満鉄調査部とは何だったのか

小林英夫

満鉄が調査活動を必要とした理由

日露戦争後の日本の大陸政策を考えるとき、満鉄の活動を無視することはできない。そして満鉄は、創立当初から調査活動を重視した会社として知られている。初代総裁後藤新平は、調査活動の重要性を強調し、創立当初から調査部をつくり運用したのである。満鉄調査部が成立したのは日露戦争後の一九〇七年四月のことであり、満鉄成立翌年のことであった。

ではなぜかくも早期に設立されたのであろうか。多くの論者はその理由を後藤の個性に求める。たしかに後藤の調査好きはつとに知られた事実であり、後藤なくしては満鉄調査部の早期成立はなかった。しかし初代総裁後藤新平、二代中村是公がそのポストを退く過程で、調査部は急速にその影響力を低める。調査部が再び重視されるのはロシア革命以降のことである。その後は、満鉄調査部事件勃発によるその事実上の「解体」に至るまで、重要な位置を維持し続ける。

したがって、後藤もさることながら、調査活動の必要性を認識せしめた最大の理由は、満鉄が置かれていた地理的・政治的な位置にあったというべきだろう。日露戦争の結果満鉄沿線は日本の領有圏に入ったとはいえ、中国東北はなお列強の争奪の対象地であった。調査・情報網を張り巡らし、国際情報をいち早く捕捉することなくしては満鉄の安定的運営は不可能だった。

そして、ロシア革命とソ連の出現、中国本土でのナショナリズムの高揚は、ソ連調査、中国関内〔万里の長城以南〕のナショナリズム調査の重要性をクローズアップさせた。一時低迷していた満鉄調査部も、急速に調査部門を拡大・強化する。その後、満鉄調査部は、幾度も国策策定調査を担当し、その名を世界にとどろかせたのである。この種の調査活動は、一九四五年八月に日本が敗北し、ソ連軍の手で満鉄が解体されるまで継続した。

国策立案機関としての機能強化

一九二〇年代後半になると新たな課題

がもち上がる。総裁となって田中義一立憲政友会内閣から満鉄に送り込まれた山本条太郎は、経営の刷新を図って事業に役立つ調査活動の活発化を提唱、推進する。東北軍閥・張作霖との交渉で新線の拡張が不可避となったことも調査の必要性を高めた。そして一九三一年九月の満洲事変の勃発とその後の満洲国の出現は、武力中心で国策（経済）立案能力に乏しい関東軍のためにその代替機能を調査部に課すこととなった。やがて日中戦争へと戦火が広がるなかで、満鉄調査部は軍の調査部としての役割を担って活動を展開し、日中戦争の拡大と軍の発言権増大のなか、次第に国策立案機関としての機能を強化し、規模を拡大していった。

▲満鉄経済調査会のスタッフ

しかし、元来、軍や内閣直属の機関がなすべき調査課題を、株式会社の調査機関である満鉄調査部が行うこと自体に大きな限界が存していた。一九四二年九月に満鉄調査部事件が勃発しその後検挙者が増加するなかで、調査部は活動停止に追い込まれていくことになる。そして、敗戦と同時に満鉄は解体され、満鉄調査部もこれまた解散を余儀なくされる。

満鉄調査部の背負った宿命

成立以来一貫していることは、初期においては中国東北における国際政治の不安定性のゆえに、ロシア革命後は仮想敵国ソ連に接する国防第一線の地域ゆえに、調査活動が会社生存の第一条件となったことである。満洲国および満鉄は調査なくして生存を継続できない状況にあったというべきだろう。満鉄調査部はそうした宿命を帯びて生まれるべくして生まれてきたのである。後藤は、そうした状況を直感的によりよく認識していた人物の一人であったといえよう。

本書では、一九〇七年から四五年まで四〇年間近くに及ぶ満鉄調査部と、その戦後の歩みを考察し、日本の国内政治との連繋を考慮しつつ、その実態に迫ってみることとしたい。

（こばやし・ひでお／早稲田大学教授）

銀行の役割とは何なのか？　『環』27号〈特集・誰のための金融か〉、今月刊！

「銀行」とは何か

松原隆一郎

企業と同時に誕生した金融

現在存在する「金融」は、「企業」の出現と同時に出現したものだと思います。

企業は、設備投資を行い、正社員を雇うため、事業の初めからある程度お金がかかってしまう。アイデアだけは持っている、しかし初期投資が必要というときに、こうした企業に融資する金融の役割が求められたわけです。とくに産業革命以降、起業家が出現し、経済の担い手、供給側の中心になる中で、金融のありようもかなり変質しました。

けれども、新商品については、どう市場評価されるのか金を貸す側も専門家ではないからよくわからない。ここに貸す側と借りる側の間にリスクの差が生じます。企業が新商品をつくるような場合は、その商品の評価はとくに難しい。こうしたところでいかにお金を貸したり借りたりするかが問題になります。

株式市場と銀行システムの違い

最終的に貸せる側と借りたい側がうまくマッチングすればよいのですが、このマッチングがなかなか難しいのです。戦後日本においては、基本的に銀行を中心にマッチングのためのシステムが組織化されました。証券市場もありましたが、それは銀行のシステムとは切り離されていた。

証券市場で株を発行してお金を調達する場合は、企業の抱えるリスクをすべて貸す側に押しつける恰好になる。最終的な貸し手がリスクを負担できるだけの情報力や分析力を所持していることが、株式市場が成立するための前提となります。だからこそヨーロッパでは、プロしか株式市場に入れない。そうした制限を外してしまったのがアメリカです。「自己責任」などと言って、全くわからないことについてギャンブルをさせて、失敗したらリスクを庶民に押しつける。

リスクの高い案件を処理するために専門家だけでやりとりをしようというのが、本来の株式市場です。ここにはお金の貸し手と借り手の間に立って調整するようなブローカーやリサーチャーが存在し、最終的な貸し手は、彼らからかなりの情報を得る。時に「インサイダー情報」に限りなく近いものだったりする。

金融自由化の帰結

これまで長い間、証券市場が特殊な空間として分離され、プロ以外は入れなかったのも、それだけこの手のギャンブルはリスクがあまりに高過ぎるからです。お金というのは、もう少しよく分かるものに対して貸すべきもので、こうしたギャンブルはまともなお金の運用ではないというモラルが、国民の側にも政府の側にも存在してきました。ですから証券市場は広く開放するようなものではないと、手数料なども高いまま放置されていた。一般の人々が証券市場に参加するようになった決定的なきっかけは、手数料が下がったということだったと思います。

▲松原隆一郎氏

こうした観点から見れば、現在のような金融市場の自由化は過剰と言うべきです。素人が参加すればするほど、儲ける人がいる。儲けるのは基本的にプロです。いち早く情報を得て、いち早く儲けて逃げる。全体として、情報を持たないような人が食い物にされるようなシステムになっている。プロは、企業について見誤らないのではなく、何よりも素人の投資家の行動に関して見誤らない。彼らは素人の投資家から儲けているのです。

そうした株式市場以上に、これまで銀行システムの方が企業が置かれていた立場にある程度フィットしていたのは、企業自身もある程度リスクをとるべきだという意識があったからだと思われます。一般の人々から広く安定的に集めたお金を企業に貸す際、借り手の企業側も、自ら抱えるリスクをある程度「担保」という形で引き受け、固定的な金利をとられるのが、銀行というシステムなのです。

しかしそうしたシステムがうまく機能したのは、それなりに経済成長率が高かった間で、現在のように成長率が低くなればうまく機能しないという問題も出てきます。全体として収益率が下がっているときに、借り手の企業が元々リスクを負っている上に、さらに「担保」までとられてやっていけるのかという問題です。そこで金融市場の自由化という議論が、借り手企業の負担を少しでも軽減しようという発想から出てきました。

そもそも金融業において収益率は、実際どの程度あるものなのか、あるべきなのか。特段優れた情報を持っていないとすれば、収益率は平均でしか分からないし、原理的にそれは経済全体の成長率と同じになるはずです。その意味で日本の株式市場は、トータルとしてはすでに儲からない構造になっている。儲かるのは、インドや中国など全体として成長しそうな国の市場です。日本国内の株で儲けようというのが土台無理な話である。

銀行改革のあり方の問題

何とか企業の負担を軽減しようと金融の自由化が進められてきたわけですが、それも現状では、全体の構図としては、本来、金融のプロがもう少しリスクを負うべきなのに、そうしたリスクを一般庶民が負わされる恰好になっている。そして銀行の方は、リスク負担や責任の所在が曖昧にされたまま、いつの間にか空前の収益を上げている。一般庶民からすれば、所持するお金を元に経済成長率くらいの収益は欲しいと考えるものでしょう。ところが貯蓄しても金利は低く、儲けようとすればリスクが相当かかる。それに比べて銀行はほとんどリスクを負っていない、それでいて担保をとっている、と頭に来てしまう。

結局、そういう銀行も行き詰まりを見せ、改革が不可避の課題となってきたのですが、その改革も、銀行にリスクを負わせる方向には向かわず、「金融の再編」や「大銀行の合併」で問題の解決が図られた。つまりこの間、大銀行は、経営や融資のあり方を自ら問い直すことなく、合併させられるかどうかだけを気にしてやってきた。不良債権問題も、公的資金の投入によって解決される。これでは、銀行は全くリスクを負わず、責任もとっていないのではないか、と一般庶民が不快感を覚えるのも当然でしょう。

金融機関は半ば公的な存在

では公的資金の導入は間違っていたかというと、そうではない。結果論から言えば、成功した。一銀行の倒産が全体としての金融危機につながる危険性があるからです。相互に連鎖するのが信用のメカニズムですから、そのメカニズムの全体をやはり何らかの形で守らざるを得なかった。

ではなぜ銀行は責任をとらないで済むのか。銀行の場合、一銀行の倒産が金融システム全体の問題になり得る。その意味で、金融機関は、本来からして半ば公的な存在であるのです。

（まつばら・りゅういちろう／東京大学教授）

国民にとって「銀行」とは何なのか？

学芸総合誌・季刊
環 【歴史・環境・文明】
2006 年秋号 vol. 27
KAN : History, Environment, Civilization
a quarterly journal on learning and the arts for global readership

〈特集〉**誰のための金融か**

菊大判 328 頁 3360 円

日本文学の核心に届く細やかな視線

日本文学の光と影

吉田秀和

永井荷風をドイツ語に翻訳

バルバラ・吉田＝クラフト（一九二七—二〇〇三）の訳業で最も大きな部分を占めていたのは永井荷風で、彼の代表作『濹東綺譚』の翻訳には全力を傾けたし、それについで、これまで荷風で欠くことのできない著作『断腸亭日乗』の中から一九三七年という年を選んで、その全文を一字も剥さずドイツ語に移し変えるという作業には文字通り死力を尽して従事した。

元気で歩けるころは玉の井の事情に通じる人にお願いして、現地に赴き、懸命に調べられる限りは調べてもいた。女の人が生きるため、ああいう場所に生き、社会の中でほかに補いようのない仕事をしている人たちに対する共感をもったことも理由の一つではあったろうが。

『断腸亭日乗』

彼女は心底からのナチ嫌いで、どんな時もヒトラーとその一味に票を投じたことのない両親を終生誇りにしていた。荷風の日記を読んでいても、そこに自分のナチ嫌悪に通じるものをみていたに違いない。『断腸亭日乗』で、日本が英米に宣戦布告した一九四一年十二月八日の項に戦争のことが一行も出て来ない点には、大変強い感銘を受けていた。あすこには、銀座にいって友人と一緒に夕飯をとったとか、吉原にいって泊まったとか、そういうことは出てくるが、真珠湾攻撃のことには一行も費されていないのである。

同じことは戦争終結の日の項についても当てはまる。しかし、戦争が次第に深刻化する中で、まちを歩いていると、応召してゆく者とその家族をとりまいて、皆が旗をもって行進する有様とか、女の人たちの悲しい顔とか、こういうことはちゃんと書きとめている。

その反面、日本人はむしろ戦争になってから晴れ晴れとうれしそうな顔を見せるようになった、「日本人はどうやら戦争が好きらしい」という辛辣な指摘があったりもする。『濹東綺譚』とともに、こういう日記を書きつづけていた荷風にも、彼女は注目しないではいなかった。

一九三七年という年

彼女はこういう荷風の日記をどうしても訳したいと考えた。調べてみると、外国語にもいろいろな訳が出ている。しかし、それはすべて抄訳である。これではいけない。『断腸亭日乗』は一つの完全にまとまった文学作品としてコンセプトされている。構成においても、構文においても、どの細部も全体との関連の下に存在するよう構想されていて、「誰とかと飯を食べた」といった他人からみてどうでもいいようなことも、荷風にとっては、いつどこで誰と何をしたかというのは本当に大切なことだったのであって、それを省いてしまうのは、荷風を裏切ることになる、と彼女は考えた。そうかといって、あの大部の著作を翻訳するのは自分の手に余る。

バルバラ・吉田=クラフト
（写真・© 木之下晃）

こう考えた末、彼女は一九三七年という年をとりあげ、ここに出るものは一字も余さず訳すことにした。この一九三七年という年は、それまでは「事変」であって、日本本土から遠いところで大砲の打ち合いをやっているといった感じだったものが、次第に変わってきて、ついに真実身近なものとして、庶民の生活に戦争の影が大きく射しかけてきた年である。

それに、一九三七年は荷風の最良の小説『濹東綺譚』の書かれた年でもあった。彼女は荷風がこの小説を書いたことと日本が本当の戦争に入ったこととの間には深い関係があると考えていた。

バルバラは二〇〇三年十一月二十七日に死んだ。彼女は『断腸亭日乗』の一九三七年の項の翻訳、それから校正までは全部済ませた。あとは本として出るだけ。

私には、彼女がベッドの上で腹這いになって動けないまま、それでもなおペンを持つ腕を左右にふりながら仕事をしていた姿が、今でもまだ見える。

（よしだ・ひでかず／音楽評論家）

手料理、「もてなし」の達人、その極意とは。

「伊都子の食卓」を授《さず》かる

窪島誠一郎

無演出の気品と素材

岡部伊都子さんの新刊書『伊都子の食卓』を授かる。

ふろふき大根、かぶらむし、柿の葉ずし、生湯葉《ゆば》、凍《こおり》豆腐……こうならんだだけでツバが出てきそうな四季折々の京の食膳だけれど、岡部さんはそこにもう一味、岡部さんが少女期をすごした大阪や、その後転じられた神戸付近の庶民的な惣菜を加えられている。幼い頃母親がつくってくれたというおむすびやアツアツのでんがく、叔母さんが得意だったという長茄子や鱧《はも》の皮をまぶした五目ずし、千切り大根の煮つけ、白天入りのおから汁などなど、素の食材のまんまを生かしたレシピが岡部家の定番料理だったようだ。何章目かに書いておられるけれども、「このごろは無演出、無装飾の気品と素材だけで構成される味を大切にしたいと考えている」という、いわば岡部さんの人生訓、食膳訓ともいえる教えが万遍なくちりばめられているのがこの本なのである。

夏の一日のおもてなし

もう何年か前になる夏の一日、私も一度だけ、まだ出雲路にお住まいだった頃の岡部さんにお招きいただき、岡部さん直々の手料理のもてなしをうけた思い出がある。細かなメニューは忘れてしまったけれど、その朝神戸からとどいたばかりという極上のお肉に旬の京野菜の付け合わせ、鱚《きす》だったか鱵《さより》だったか、カラリと揚げられた白身魚の天麩羅は、食前酒に出していただいた良質の冷酒にぴったりと合って、それこそ頬が落ちる思いだった。しかも、膳を整えおえた伊都子さんが、私の前に素敵な和装で正座されて話の相手をしてくださるものだから、すっかり甘えて長居してしまって。

ただ、その日の私には大切な役目があった。岡部さんの戦死されたお兄さんの博さんの形見の品々と、十六歳の「伊《イ》都《ツ》ちゃん」に求愛の告白をされて出征、やはり南方で若く戦死された隣家の帝大医学生滝川龍嗣さんの遺品や手記がいっぱいつまった二つの文箱を、私の信州の美術館（戦没画学生の遺作があつめられている）でお預かりすることになっていたのだ。その文箱は、現在京都衣笠にある立命館大学国際平和ミュージアムの「いのちの画室《アトリエ》」の特設コーナーに展示されている。

「食卓」にゆれる戦火の影

もちろん「伊都子の食卓」にも、博さんや滝川さんの思い出がたんと出てくる。たとえば入営前の博さんと心斎橋筋を歩き、「そごう」のパーラーでオレンジジュースを飲んだ日のこと。戦争がはじまってまもなく、前線へ配属される航空隊に博さんを兄妹三人でたずね、宵の銀座でわかさぎの天麩羅を堪能した日のこと。灯火管制の予行演習の夜、心斎橋を隣の兄ちゃん滝川さんとその母上の三人とで散策し、喫茶店に入って真っ赤な西瓜をほおばった日のこと……どれにも伊都子さんの「食卓」に明滅していた戦火の影がゆれていてやるせない。

▲岡部伊都子氏

「食卓」への祈り

それと、泡盛の古酒《クース》を塩がわりに使った豚料理、粟《あわ》ごはん、八重山のかぼちゃ、本のあちこちでさりげなく沖縄の食材や料理が紹介されているのは、岡部さんが沖縄戦で戦死した許婚者にささげるオマージュでもあるのだろう。「こんな戦争で死んではいけない」といっていた許婚者を、泰然と「私なら天皇陛下のために死ねる」と送り出した軍国少女岡部伊都子の、日ごとの「食卓」に手を合わせる祈りは、亡きひとがむかえることのできなかった「戦後」への自責の祈りでもあるといえるのかもしれない。

「伊都子の食卓」は、そんな伊都子さんが今生で出会った愛する人々すべてと囲む「食卓」でもあるのである。

（くぼしま・せいいちろう／「信濃デッサン館」「無言館」館主・作家）

リレー連載　今、なぜ後藤新平か　15

後藤新平、大人の魅力

東洋大学総長・元財務大臣　塩川正十郎

外交についての円熟した意見

後藤新平は、東京をヨーロッパ等の都市に相当する近代的で風格の都市にしようと壮大な計画を創作したが、当時の農村社会の日本では理解されなかった。また、封建思想から脱却した鋭い政治感覚を持ち、その発想と識見は今でも論文として、または書簡として要路に披露している。

卓越した政治家でありながら政党政治を厳しく批判していたので、政界で真価が認められていない。特に原敬首相とは、同郷であるにもかかわらず、信念として正論を述べて権力の笠を使うことなく、是々非々を明確にしていた。

特に私が大きい関心を持ったのは、日露戦争後のポーツマス条約の談判に際して対露交渉が難儀な事態になっているとき、彼が「わが国の要求を貫徹することは重要な使命であるが、賠償の要求に拘わってすべてを白紙にしてはならぬ。この交渉は、まとめることの方が重大である。もし談判が決裂すれば米国大統領ルーズベルトの面子をつぶすことになり、それによってうけるわが国の損失は計り知れない」と主張していることである。外交についての円熟した意見に敬意を表したい。私の後藤新平に関する知識はこの程度であるが、かねてから魅力のある人物だと尊敬していた。

▲塩川正十郎氏

都市計画研究者も高く評価

本年五月、藤原書店社長藤原良雄氏から平成十九年は後藤新平生誕百五十周年に当たり、それに向けてシンポジウムを開催するので、パネラーとして出席してほしいと要請があった。良い機会だと思って伝記や書簡集を手当たり次第読んでみた。あらゆる部門に精通したすごいマルチな英傑で、現代に生きていたならば、わが国のみならず、現代の世界に必要な人物であった筈である。

東京の都市改造、特に大震災後の復興も素晴らしいものである。山手線の内側では何処からでも皇居の緑が見えるようにして、官庁や大学を配置して公園化する。一方山手線の各駅を拠点に住宅やビジネスセンターを分散させ、その間を縦横に幹線道路を交差させる。将来の東京の膨張を考えた構想である。雄大で創造的な計画を二度提案したが、その計画案は未来志向型で理想を追求したものであったことと、当時のわが国の経済や財政力にとって余りにも負担が大きいことから、現在われわれが活用している昭和通りの建設以外は採用されなかった。

しかしながら、現在の都市計画研究者が、後藤新平の計画に大きい関心を持ち、東京という都市の機能と環境を考えた都市造成研究の資料として、高く評価していることは事実である。

科学者であり行政官

後藤先生の出自は医者であるから、科学の理解者であると同時に行政官としての経験もあるので、住民の生活や習慣を把握することに正確であった。

台湾統治で行政に住民の風俗、習慣を採用して同化に務め、合理的な政策を同化姿勢で執行することによって、住民を納得させて信頼を得ていた。満鉄総裁として未開地の行政を指揮したのもこの理念にもとづくもので、満州の経済開発の基盤づくりに成功している。

要するに、行政の対象となる住民や土地柄もよく識って、その潜在能力を活用したのである。かかる政治姿勢は役人の卓上プランでは発想されない住民との深い体当たりの接触があってのことであり、また体験を政策として措置するのに独創的な能力を駆使したことによるものと思う。役人のペーパーだけで仕事をした人ではない。いまの行政官の仕事は、国民の生活実態を把握して行っているものではない。卓上プラン、この継続である。

いま後藤新平が生存しておれば政治の着眼は変わっているであろうし、想像力豊かに改善を進め、世の中が変わっているかもしれないと空想し、期待している。

（しおかわ・まさじゅうろう）

リレー連載　いのちの叫び　94

大国　ごめん蒙る

小沢昭一

「日本の名随筆」百巻(作品社)の中に『貧　小沢昭一編』(一九八九)もありますのは、私がそれ以前に(一九七六)、「貧主主義」と題して貧称揚のコラムを新聞に書いてボヤいていたからでしょうか。当欄は「いのちの叫び」とありますが、叫ぶのはニガテで、専らボヤキ専門ですが。

年寄りの私は、昭和のはじめの頃の生活を思い出しては心を癒す。ハイ、「昔はよかった」の老人の繰り言です。

私、東京の場末の一介の写真屋の小伜。まだ自然いっぱいの中で、毎日遊んでばっかりいる子供でした。横丁で原っぱでとび廻る。池や川や森や林で、虫や魚を捕る。また近所の寄席へもぐりこむ。たまには親に連れられてジャズを、あるいはロッパや藤山一郎を観にいく。という、楽しい毎日が続きました。

しかしやがて戦争が激しくなる。みんな軍国少年として教育されて私も軍隊の学校へ進む。しかし間もなくわが家は空襲で焼け出されて敗戦。焼土の中で軍国少年のマインドコントロールは解けました。解放、自由を貧苦のドン底の中で頂戴し、でも今後は文化国家だと聞いて胸をふくらませたものです。

しかし、軍事大国を目指して瓦解した日本は、文化国家の掛声もすぐ消え、次は経済大国を目指してヒタ走り。その結果は、今日、ご存知のとおりの荒廃です。

どうも大国志向が、世の中、人間をダメにすると私は信じているのです。天井じゃありませんが、上、並の、並の小国を目指してはいけないのでしょうか。〃清貧の思想〃って程のものでなく、小国だった並貧の昔を「あれで十分、生き甲斐もある、結構楽しい」というのが、私の、民主主義をもじった貧主主義なんです。便利文明追求の大国では人間力が衰え、心も亡びる。……いえ、便利の恩恵にも浴しているので「叫び」はしませんけれど。

(おざわ・しょういち／俳優)

リレー連載　いま「アジア」を観る　47

日本という先例

辻井 喬

「アジア」にはいくつもの国があり、いくつもの宗教、言語、そしてたくさんの人種が住んでいる。「アジア」とは大きな大陸と半島とたくさんの島々を含む地域の総称にすぎない。しかし、もし今「アジア」に共通する現象、それを束ねる言葉があるとしたら、それは「危機」という言葉だろうか。

　その危機を醸成しているのはグローバリゼーションと呼ばれる経済を中核にする動きである。政治的にそれは強大な軍事力を背景とするアメリカの単独行動主義であり、文化的には各国、各地域、各民族の固有の文化の衰退という動向だと言えるだろう。

　経済発展に価値判断の基軸をおく立場からすれば、インド、中国、韓国を先頭にする産業化の成功が従来の各国の社会構造を変えつつあるのであり、それを危機と見るのはおかしいという意見が出そうである。しかし僕は、それは強いて問題を単純化している楽観論であると思う。なぜなら、経済の発展が水準の高い固有の文化によって支えられない場合、その国に生れるナショナリズムは得てして排外的な国粋主義へと傾斜してゆくからである。

　水準の高い文化とは、国際性と倫理性を備えた文化ということである。わが国の場合、敗戦によって一挙に覆ったナショナリズムはこの二つの要素を欠いた文化によって加速されていた。その加速が可能だったのは、すでにその頃、わが国は大正時代の底の浅いモダニズムの浸透のなかで伝統が真の創造性を失い、儒教的性格の強い倫理観は社会的規範としての力を失っていたからだ。

　社会を本当に近代へと変革する意志を持たないモダニズムは、単なる様式として以上のものではなかったのだ。それは敗戦後の消費社会の性格にも影を落していると思われる。これらの日本の変化と欠点は、経済成長の軌道に入った際にいろいろな国が抱えるべき問題点を暗示しているのである。

（つじい・たかし／詩人・作家）

Le Monde

■連載・『ル・モンド』紙から世界を読む　45

ふつうの国へ

加藤晴久

「対立陣営から〈タカ派〉とみなされている安倍氏は保守政治家一族の一員である。母方の祖父は岸信介。一九三二年に日本がつくった傀儡国家〈満州国〉の高級官僚、真珠湾攻撃の挙に出た東条英機内閣の商工相だった。米軍占領下、戦争犯罪人として逮捕されたが、一九四八年、冷戦が始まりつつあった状況で、日本の保守勢力を再建しようとしたアメリカの秘密諜報機関の勧告で釈放された。一九五七年から六〇年まで首相の座を占めた。CIAとつながり、米国との安全保障条約改定調印を推進したが、これは戦後最大規模の反対運動を巻き起こした」

「安倍一族の系図には松岡洋右《ようすけ》も登場する。満鉄総裁を経て、一九四一年、ヒトラー、ムッソリーニと枢軸国条約を締結し、日本のアジア進出のために尽力した外務大臣。やはり戦争犯罪人として逮捕されたが、判決前に獄死した」

「このような一族の遺産を安倍氏は積極的に受け容れている。米国との関係についても、一九四七年制定の平和主義憲法の改正についても、祖父の思想からつよい影響を受けていると言われている。氏は戦争責任について立場を鮮明にすることを避けている。しかし、〈自虐史観〉に染まっていると歴史教科書を糾弾し、戦争犯罪人を裁いた東京国際軍事法廷の判決に疑問を呈する国会議員グループの一員であった。戦死者たちの霊魂とともに、戦犯たちの霊魂をも祀っている靖国神社に定期的に参拝している。首相就任後については態度を明らかにしていない」

『ル・モンド』紙（〇六・九・二二付）の記事の一部を訳出した。

新首相はチャーチルを尊敬しているそうだ。ナチス・ドイツとの戦争を主導したイギリスの首相と日本のアジア侵略の首謀者のひとりとを矛盾なく両立させる特殊な精神構造の持ち主が首相になりうる国。できることなら、自由と人権と平等と相互扶助の普遍的価値をイギリスやフランス、また今日のドイツと共有する、そして共産党独裁国家・中国のモデルになるような、ふつうの民主主義国になってほしいものである。

（かとう・はるひさ／東京大学名誉教授）

triple 8 vision 66

縁人（ゆかりんちゅ）

吉増剛造

『機(き)』、「機(はた)」の韓国語、ロシア語、そして中国の言葉(何処か奥地の少数民族の方々の耳、……)に、さらに大昔の西夏や楚の国にも、響いていたであろう物の音、そのとき宙に、舞っていたであろう、糸の埃《ほこり》や土の色香が、急に知りたくなっていたのは、済州島《チェジュド》が生れの、政治思想家李静和《リジョンファ》さんの〝耳の宇宙が、……〟(〝耳の宇宙が、……〟よいのでしょうね)小誌『機(き)』編集部を経由して、伝えられて来ていたからだった。〝再《リ》=記憶《メモリー》〟という大切な思考の手繰り(てさぐり、……)と摩《さす》り方を、李静和さんから学んでじつに久しい。何処にも寄港する港のない巨船(フネ、……)の姿とともに、……。〝機《はた》〟は、おそらく、きっと、〝耳の宇宙、……〟の途上では、〝端《はた》、傍《はた》、……〟、あるいは〝凧《はた》、……〟でもあるのだろう、〝はし(箸、橋、……)〟もまた、……。

〝はたはた、……〟。

〝急に知りたく、……〟の根には、戦後の貧しい機屋《ハタヤ》の息子だったわたくしの〝耳の宇宙、……〟もまた、ここには襲なっていたのであって、杼《ひ》(舟形に、横糸を容れたもの。シャットル)を、初めて手にしたときの驚きに〝幼い手の感触の宇宙、……〟をも、ここで(ここに)もまた、思い起させようとしていた。さらに、『機』(二〇〇五年八〜九月号 本欄の52〜53回)でも、この〝仕草〟に驚愕をしつつ、ジョン・キーツの掌の感じを読みながら、触れたことがあった、幼いサミュエル・ベケットの、たとえば〝気にいった石を海岸で見つけると、波による摩滅や移り気な天候から守るためにその石を家へもって帰った……そして石が傷つかないように、そっと庭の木々の枝に乗せておいた〟(『ベケット伝』白水社刊)、石を掌に乗せて、木の枝に運んで行く、幼いベケットのこころの空気と汐の香りを、こうして、うん、『ゴドーを待ちながら』の〝*waiting for*……〟の、瞠目すべき途上感、途中の感じの〝時(とき)の泡(あわ)〟をも、幼い手《て》や掌の感触に、襲ねようとしていたのだった。杼《ひ》(舟形に、横糸を容れたもの。シャットル)への決して消えようとはしない驚きが、〝時(とき)の泡(あわ)〟を、じっと見詰めていたのかも知れなかった。小石を、汐の香に濡れた小石を、大事にしよう。はたはた。はたはた。

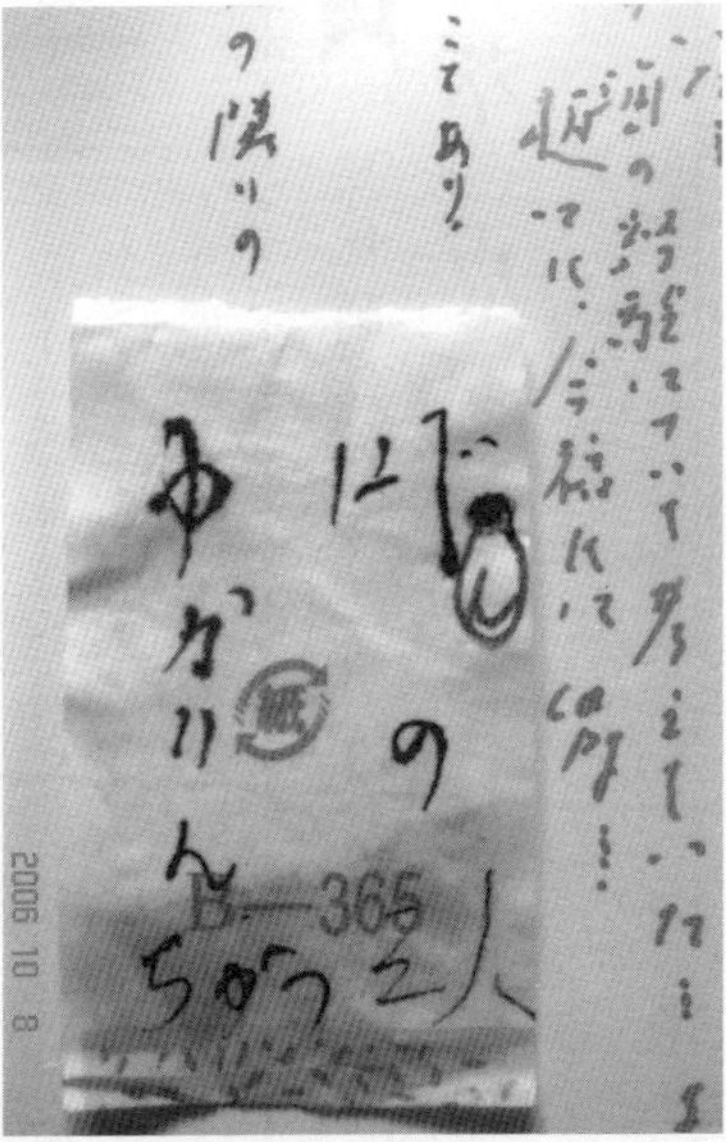

〝耳の宇宙、……〟には、「音に貴賤なし」(武満徹さん、……)どころか、もっともっと深いところからの機《はた》の音が〝耳の傍《かたわ》らに、……〟聳《そばだ》つのを待っているのであって、その土の音に、耳を澄ます。それはもう、別人の耳である。

はたはた。

奄美に、円《いん》という、とっても耳目を驚かす集落があって、奄美の写真家濱田康作さんが、耳打ちをした。〝円《いん》には、ゆかりん人《ちゅ》(縁人(ゆかりんちゅ))が三人、あの方が、そのおひとりです〟と。驚いて、バス停で、その人を見た。いつまでも、待って居られる方々のおひとりだった。

(よします・ごうぞう／詩人)

連載

萃点

帰林閑話　144

一海知義

今年亡くなった鶴見和子さんに、『南方熊楠・萃点《すいてん》の思想』という労作がある（二〇〇一年藤原書店刊）。

「萃」は『易《えき》』の卦《け》、すなわち「当るも八卦、当らぬも八卦」といわれる、八八《はっぱ》六十四卦の一つである。

孔子が『易』に加えた解説「彖伝《たんでん》」によれば、「萃は、聚《あつ》まるなり」。

「点」は、焦点、接点の点だから、「萃点」は集中点、すべての物の集まる場所、ということになる。ただしこの言葉、中国の辞書にはなく、熊楠の造語らしい。

熊楠の思想を、鶴見さんは仏教の「曼《マン》陀羅《ダラ》」図にたとえて、次のようにいう。

南方曼陀羅の特徴は、「萃点」にある。（中略）真言曼陀羅は、大日如来をまん中において、諸仏、諸神をそれぞれの位置におく配置図であった。熊楠は大日如来の居場所を「萃点」（あつまるところ）とおきかえることによって、矛盾対立するものも含めてあらゆる異なる要因、文化、思想、個体等々が交流し、影響しあい、またそこから流出する場として設定し直した。

ところで今から二年前、憲法第9条、戦争放棄を定めた9条を守ろうと、井上ひさしさんたち九人の人々が呼びかけた「9条の会」が結成された。

その結成総会で、呼びかけ人の一人である作家の大江健三郎さんは、次のように訴えた。

「萃点という言葉があります。世の中にはいろんな考えや動きがあるが、まとまってくる一点があるという意味です。この会が、9条を守ろうという人々のさまざまなタイプの声が動いていくあいだに、重なっていく場所——そういう萃点の一つになればと希望しています」。

「9条の会」はその後全国各地に生まれ、二年後の今、その数は五千を超えた。九人の代表を萃点として。

（いっかい・ともよし／神戸大学名誉教授）

（ツタンカーメン王の黄金のマスク／エジプト・アラブ共和国、カイロ：エジプト考古学博物館）

連載・GATI 82

ツタンカーメンのネメス（頭巾）を飾る聖獣

―― エジプト統治のシンボル、コブラと禿鷲／「龍と蛇」考 ❹ ――

久田博幸
（スピリチュアル・フォトグラファー）

エジプト王朝で興味深い王《ファラオ》といえば、鉄の帝国ヒッタイトと戦ったラムセス二世、王朝内で唯一人、一神教を信仰したイクナートン《アメンホテプ四世》、そして、多くの謎に包まれたツタンカーメンを挙げる。

特にツタンカーメン発掘の経緯は不思議《ミステリアス》なドラマでもある。考古学者ハワード・カーターが英国人後援者《パトロン》カーナヴォン卿の最後の支援という条件のもとに、これ以上の出土はないといわれた王家の谷で王墓を発見。墓は僅かな盗掘はあったものの、三千年以上の時を経ながらもほぼ完全な形で出土した。

発掘後にカーナヴォン卿が急死したり、発掘関係者の一連の死が王《ファラオ》の呪いという怪しげな風説を煽った。また、ミイラの傷が王《ファラオ》暗殺説の物議を醸したが、発掘時につけられた傷であることが証明された。

ツタンカーメン王が被る頭巾の額にはエジプト統治の象徴、聖蛇《ウラエウス・コブラ》と禿鷲《はげわし》が並んで飾られている。聖蛇は下エジプト（ナイル下流域）の王権守護のウアジェト女神、禿鷲は上エジプト（ナイル上流域）の王権守護のネクベト女神を表す。王《ファラオ》がエジプト全土の聖なる統治者である証《あかし》である。

十月新刊

『苦海浄土』三部作の要を占める作品

苦海浄土 第二部 神々の村 完結！

石牟礼道子　解説＝渡辺京二

第一部「苦海浄土」、第三部「天の魚」に続き、四十年の歳月を経て完成した、三部作の核心、初の単行本化！「水俣病とは何であったか、そのことをこれだけの振幅と深層で描破した作品は、これまでもこれからもあるはずがなかった。」（渡辺京二氏）

四六上製　四〇八頁　二五二〇円

提唱者自身による平明な解説書

入門・世界システム分析

I・ウォーラーステイン
山下範久訳

われわれが前提する認識枠組みをその成立から問い直し、新たな知を開拓してきた「世界システム論」。その誕生から、分析ツール、そしてその可能性を、初めて総体として描く。明快な〈用語解説〉と関連基本文献を網羅した〈ブックガイド〉を収録。

四六上製　二六四頁　二六二五円

〝学問の都〟ベルリンから何を学んだのか

言語都市・ベルリン 1861-1945

和田博文・真銅正宏・西村将洋
宮内淳子・和田桂子

25人のベルリン体験と、象徴的な50のスポット、在ベルリン日本人発行の雑誌などから、日本人の「ベルリン」を立体的に描出する。

A5上製　四八八頁　四四一〇円　口絵四頁

詩と自筆の絵で立体的に構成

竹内浩三集

竹内浩三文と絵　よしだみどり編

人間の暗い内実を鋭く抉りながら、天賦のユーモアと底抜けの明るさで笑いとばすコーゾー少年に、何度読んでも涙と笑いが止まらない!!

図版多数　新発見の八篇の詩収録

B6変上製　二七二頁　二三一〇円

本ぎらいのあなたに贈る必読書

ペナック先生の愉快な読書法

■読者の権利10ヵ条

D・ペナック　著者来日記念
浜名優美・木村宣子・浜名エレーヌ訳

〝デキの悪い〟高校生が、読書によって豊かな人生を歩むには？「こりやまったく偉い、正しい考え方です」と、あのリンボウ先生が激賞。

四六判　二一六頁　一六八〇円

いま、琉球人に訴える！

琉球の「自治」

松島泰勝

琉球の「自治」は可能なのか？　琉球弧のそれぞれの島が、「自立」しうる道を、基地・開発・観光のあり方から問い直し、琉球人の覚醒を提言する。

四六上製　三五二頁　二九四〇円

読者の声

ハルビンの詩がきこえる■

▼ご本を一気に読ませていただきました。私は十八歳で旧満州新京（現長春）より帰国しました。ハルビンのスンガリーには、夏休みに泳ぎに、川遊びにと、両親に連れて行ってもらいました。小学校のクラスメイトにお母様がキレイなロシア人だった人がいらして、ピロシキなどごちそうになった思い出がありますが、小卒以来の足どりが判りません。加藤様の記憶力にはびっくりでした。

（愛知　遊免千鶴子　77歳）

鞍馬天狗とは何者か■

▼リベラルであること、あり続けることの難しさ。自らを律する、生き方を貫くことのつらさは、時代背景を考えると相当なものがあったろう。さらにそれが戦後あらわになっていく知識人の心中の葛藤は、想像するだにつらい。今日においても装いを変えた圧力の中での首尾一貫性とは何かを考えさせられる。

（埼玉　図書館員　若園義彦　59歳）

乳がんは女たちをつなぐ■

▼知人の鈴木博信先生より、「素晴らしい本だよ」と紹介されました。読み始めて、がんを宣告された人の側に立ったこれ程の本は、今迄なかったのでは？と思わされました。早速、乳がん患者である姉に贈り、知人にもすすめさせていただきました。「手をつなぐこと」、それが治すこと、それがエネルギーになること、本当にうれしく、素晴らしいことだと思わされました。

（東京　会社員　三輪敏子）

レーニンとは何だったか■

▼「革命」とは、人を酔わせるが、結局のところ権力の非合法奪取を飾る言葉でしかない。「理想」や「ユートピア」も同じだ。そうした言葉を巧みに操って「ソ連」という作品を造り上げたレーニンの、目的のためには手段を選ばぬ革命家ぶりを容赦なく描いている。

（東京　会社員　阿部陽一　46歳）

米寿快談■

▼両親の年代に近く、金子・鶴見両氏の頭脳の切れの良さに感服しました。『日経』紙の紹介記事の旨さで読む気になりました。藤原書店にはやや偏見を持っていましたが、自分の度量といいますか、考えの浅さを今更ながら恥入っている次第です。

（千葉　菅澤幸雄　65歳）

▼鶴見和子さんに関しては、以前より『歌集 花道』やリハビリテーションを語った『回生を生きる』等、読んでましたが、今回の『米寿快談』を手にして、又、新たな気持ちになりました。金子兜太さんとの対談はとても参考になり、嬉しかったです。

（福島　主婦　物江利子　70歳）

▼息もつかずに……という感じで読了しました。金子、鶴見両氏のまさに……快談でした。そして読み終えた朝の新聞紙面で鶴見和子さんの訃報に接し次の句が浮かびました。

八月や悠然と鶴見和子逝く　合掌

（埼玉　自営　青山和子　62歳）

開かれた歴史学■

▼今後も真理を探究する硬派の出版を続けて下さい。期待しています。

（千葉　地方公務員　道上文　46歳）

セレンディピティ物語■

▼王様の息子を思う心と喜びをおさえての厳しい問題提示。本当の子育てと国育を感じました。ぜひ、たくさんの人に読んでもらいたい一冊です。（沖縄　主婦　伊波和子　42歳）

いのちを纏う■

▼日本の文化を大切にしなければいけないと思うようになりました。和服にすごく関心があるのです。

（神奈川　左官業　**田中賢司**　51歳）

▼かねてよりラジオの「私の本棚」で志村先生のことは存じておりまして、今度深夜の読書案内で知り、求めました。先生の生き方に感銘を受けました。御本にもありますように着物を着る人が少なくなったのは残念です。志村先生の御嬢様が継いで居られる由、心強く感じます。

（広島　**中元照子**　82歳）

▼我々日本人が失いつつある事（知識）を思い起こすきっかけとなる良い本でした。くり返し読んでみたいと思います。ありがとう。

（千葉県　教師　**長田修**　57歳）

〈中国語対訳〉シカの白ちゃん■

▼犬や猫を飼った経験はありますが、嬉しい事もありましたが、悲しい事もありました。「シカの白ちゃん」の話を聞けて心が和みます。中国語を横書きにして、すごくいいと思います。中国人を理解したいと思います。

（北海道　**藤原智以**　50歳）

遺言のつもりで■

▼五月の新聞広告でこの本の出版を知り、早速取り寄せ、すごく感動しながら読みました。岡部さんの本はこれまでにもかなり読んできましたが、それらの集大成のようにも思えました。

（東京　**相馬正一**　77歳）

▼内容のある著書を出版しておられるのがよいことだと思いました。

（京都　介護師　**井口ひろ子**　69歳）

環24号〈特集・アメリカをどう見るか〉■

▼四〇九頁から四一〇頁「実現性の最も高かった革命路線」、後半の叙述迫力に満ちて感銘を受けた。渡辺京二氏の「反乱する心情」全体から受けた感動でもあった。

（東京　**飯野博**　78歳）

曼荼羅の思想■

▼鶴見和子さんのインタビューを読んで、興味を持って購入しました。装丁も品良く、何より文字が読みやすかった。内容に引かれたけど……最近の本の雑な作りと内容のうすさにがっかりしていたので安心して読めました。蔵書として大切にしたい一冊です。

（福岡　**佐野和枝**　52歳）

※みなさまのご感想・お便りをお待ちしています。お気軽に小社「読者の声」係まで、お送り下さい。掲載の方には粗品を進呈いたします。

書評日誌（九・一～九・三〇）

(書) 書評　(紹) 紹介　(記) 関連記事
(TV) 紹介、インタビュー

九・一　(紹) 日中文化交流「米寿快談」（「本・評と紹介」）

九・二　(記) 共同通信社配信「鶴見和子さん追悼記事」（「追想メ・モ・リ・ア・ル」／「着物姿で研究にまい進した上智大学名誉教授　鶴見和子さん」／「近代化テーマに追究」／松本正）

九・二～四　(書) 共同通信社配信「鞍馬天狗とは何者か」（「自由主義と戦争協力の間」／川西政明）

九・三　(書) 朝日新聞『知識人』の誕生」（「ドレフュス事件で浮上した新階級」／巽孝之）

(書) 日本経済新聞「レーニンとは何だったか」（「スターリンへと続く罪悪指摘」／袴田茂樹）

(紹) 読売新聞「わたしの名は紅」（「FOREIGN BOOKS」／山崎佳代子）

(書) 京都民報「漢詩逍遥」（「中国文学の本質まで迫る」／筧文生）

九・四 〔記〕朝日新聞（夕刊）「鶴見和子さん追悼記事」（「惜別」／「社会学者・上智大学名誉教授 鶴見和子さん」／「枠にはまらぬ好奇心」／松井京子）

九・五 〔紹〕朝日新聞（夕刊）「環20号〈特集・「情報」とは何か〉」（「思想の言葉で読む 21世紀論」／「全体知」／「紋切り型欲する情報社会」／清水克雄）

〔紹〕エコノミスト「鞍馬天狗とは何者か」（「書評 著者インタビュー」／「鞍馬天狗を生んだリベラリストの葛藤」／小川和也 聞き手・中村貴美江）

九・七 〔記〕婦人公論「鶴見和子さん追悼記事」（「カンボジアの布に命の輝きを見て」／「追悼 鶴見和子さん、最後まで貫いた精神の勁さ」／大石芳野）

九・八 〔記〕週刊読書人「鶴見和子さん関連記事」（「風来」）

〔記〕公明新聞「強毒性新型インフルエンザの脅威」（「流行時の緊急対応を」／「党対策本部 新型インフルエンザ 田代氏招き議論」）

〔記〕南陀伽紫蘭新報「いのちを纏う」（「鶴見和子 魂はきものに宿る」）

九・九 〔記〕熊本日日新聞「環26号〈特集・「人口問題」再考〉」（「石牟礼氏ら三人の公開座談会を掲載」／「学芸総合誌『環』」）

九・一〇 〔書〕朝日新聞「鞍馬天狗とは何者か」（「チョンマゲをつけた市民精神」／野口武彦）

〔書〕毎日新聞「環26号〈特集・「人口問題」再考〉」（「『生きる主体』としての人間へ」／中村達也）

〔紹〕毎日新聞「ハルビンの詩がきこえる」

〔紹〕しんぶん赤旗「強毒性新型インフルエンザの脅威」（「ほんだな」）

〔書〕時事通信社配信「漢詩逍遥」（「中国古典の面白さ満載」／加藤徹）

九・一七 〔書〕朝日新聞「強毒性新型インフルエンザの脅威」（加藤出）

〔紹〕朝日新聞「中世の身体」（「話題の本棚」／「豊饒なる文化は現代の礎か」／米原範彦）

九・二一 〔記〕日本経済新聞（夕刊）「鶴見和子さん追悼記事」（「追想録」／「社会学者 鶴見和子」／「思想研究・生活 凛として」／郷原信之）

九・二三 〔紹〕産経新聞「強毒性新型インフルエンザの脅威」（「書店員のオススメ」／国友貴史）

九・二四 〔書〕北海道新聞「鞍馬天狗とは何者か」（「戦争協力の事実も発掘」／黒古一夫）

九・二五 〔紹〕日本農業新聞「強毒性新型インフルエンザの脅威」（「こころの一冊」／「国家的危機管理訴え」／金丸弘美）

九・二六 〔記〕朝日新聞「『お札』にみる日本仏教」（「単眼複眼」／「没後十年のB・フランクさんの『お札』展」／「信仰探った三五〇枚里帰り」／渡辺延志）

九・二七 〔記〕共同通信社配信「オルハン・パムク氏関連記事」（「ノーベル文学賞 受賞者予測オッズ」／「村上氏も候補に」／「34倍、18人気とか」）

九・二九 〔紹〕週刊ポスト「ハルビンの詩がきこえる」（「味わい本発見」／「主婦の感性で見つめた『中国の中のロシア』の激動期」／田畑光永）

九月号 〔記〕出版ニュース「脱デフレの歴史分析」（「ブックガイド」）

〔記〕FACTA「日本を襲ったスペイン・インフルエンザ」「強毒性新型インフルエンザの脅威」（「DEEP」／「『強毒型インフルエンザ』蔓延の恐怖」）

十二月新刊

＊タイトルは仮題

到達できない時と場所への希望

生きる希望

イバン・イリイチの遺言

イバン・イリイチ
［序］チャールズ・テイラー
臼井隆一郎訳

「最善のものの腐敗は、最悪である」——あらゆる「善意」の制度化が進展し、自律を欠いた依存へと転倒するキリスト教史として近代を捉える中で、人と人とのつながりを回復する唯一の「希望」とは何かを問いかける。最晩年のイリイチの到達点。

米国からの自立こそ「戦後」からの脱却

「帝国以後」と日本の選択

エマニュエル・トッドほか

世界の守護者どころか、その破壊者となった米国からの自立を強く促す世界の大ベストセラー『帝国以後』。「反米主義」とは似て非なる、最もリアルかつラディカルなこの問題提起を日本はいかに受け止めるか？北朝鮮問題、核問題が騒がれる今日、むしろこれらの根源たる日本の対米従属の問題に真正面から向き合う！

本誌の大人気連載が、単行本に！

いのちの叫び

「演劇は、いっとはなしに陰に隠れてしまった基本的な人間愛を、ふと目の前に引き寄せてくれる。」（森繁久彌）

「あの叫び声が、死体の肉の臭いともにある。」（金子兜太）

「眼の見えない民。まさに私だ。」（岡部伊都子）

「いろいろな生命の終わり方があるが、眠るように死にたい。その為には、憲法第九条と、九十九条である。」（永 六輔）

「六十年以上経った今も、過去の歴史はきちんと見つめたい。」（吉永小百合）

池澤夏樹／小沢昭一／加藤登紀子／鎌田實／金時鐘／櫻間金記／佐佐木幸綱／志村ふくみ／竹内敏晴／多田富雄／辻井喬／日野原重明／堀文子／増田明美／町田康／松永伍一／柳田国男他

"生命宇宙との交感の場"としての樹

〈石牟礼道子全集・不知火〉（全17巻・別巻一）

6 常世の樹 ほか

エッセイ 1973–74

「ひとつの恩寵のようなこの紀行文は、樹々を媒介にしてそれを育む水と潮のなかに自ら溶け入ってしまおうというほどの、聖なる憧れを映しだす。」（今福龍太氏）九州・沖縄の巨樹を訪ねる比類ない紀行文。

［解説］**今福龍太**
［月報］立川昭二／上條恒彦／加藤たけ子／羽賀しげ子

［第12回配本］

11月の新刊

タイトルは仮題

学芸総合誌・季刊
『環　歴史・環境・文明』㉗　06・秋号　＊
〈特集・誰のための金融か〉
菊大判　三二八頁　三三六〇円

別冊『環』⑫　満鉄創立百年記念出版
満鉄とは何だったのか　＊
菊大判　三二八頁　三四六五円

満鉄調査部の軌跡　1907-1945　＊
小林英夫
A5上製　三六〇頁　四八三〇円

満洲とは何だったのか〈新装版〉
三輪公忠／中見立夫／山本有造／和田春樹／小峰和夫／安冨歩　ほか
四六上製　五二〇頁　三七八〇円

日本文学の光と影　＊
荷風・花袋・谷崎・川端
バルバラ・吉田＝クラフト／吉田秀和編
濱川祥枝・吉田秀和訳
四六上製　四四〇頁　四四一〇円

伊都子の食卓　＊
岡部伊都子
四六上製　二九六頁　二五二〇円

近刊

生きる希望　イバン・イリイチの遺言　＊
I・イリイチ／臼井隆一郎訳
[序]Ch・テイラー

好評既刊書

「帝国以後」と日本の選択　＊
E・トッド／榊原英資／小倉和夫／飯塚正人／池澤夏樹／佐伯啓思／西部邁／ウォーラーステイン／ドゥブレ　ほか

いのちの叫び　＊
森繁久彌／日野原重明／鎌田實／吉永小百合／永六輔／小沢昭一／町田康　ほか

〈石牟礼道子全集　不知火〉6（全17巻・別巻二）
常世の樹　ほか　エッセイ1973-74　＊
[解説]今福龍太　[第12回配本]

苦海浄土　第二部　神々の村　＊
石牟礼道子　[解説]渡辺京二
四六上製　四〇八頁　二五二〇円

竹内浩三集　＊　図版毎頁
竹内浩三・文と絵　よしだみどり編
B6変上製　二七二頁　二三一〇円

ペナック先生の愉快な読書法　＊
読者の権利10ヵ条　著者初来日
D・ペナック／浜名優美ほか訳
四六判　二一六頁　一六八〇円

言語都市・ベルリン　1861-1945　＊
和田博文・真銅正宏・西村将洋・宮内淳子・和田桂子
A5上製　四八八頁　四四一〇円　図版多数

入門・世界システム分析　＊
I・ウォーラーステイン／山下範久訳
四六上製　二六四頁　二六二五円

琉球の「自治」　＊
松島泰勝
四六上製　三五二頁　二九四〇円

西欧言語の歴史
H・ヴァルテール／平野和彦訳
[序]A・マルティネ
A5上製　五九二頁　六〇九〇円

「お札《ふだ》」にみる日本仏教　図版多数
B・フランク／仏蘭久淳子訳
四六上製　三六八頁　三九九〇円

黒衣の女　ベルト・モリゾ　1841-95
D・ボナ／持田明子訳
A5上製　四〇八頁　三四六五円　カラー口絵8頁

天皇と政治　近代日本のダイナミズム
御厨貴
四六上製　三一二頁　二九四〇円

〈杉原四郎著作集〉III（全4巻）
学問と人間　河上肇研究
杉原四郎
A5上製　五六〇頁　一二六〇〇円　[第3回配本]

学芸総合誌・季刊
『環　歴史・環境・文明』㉖　06・夏号
〈特集・「人口問題」再考〉
菊大判　三二〇頁　三三六〇円

ハルビンの詩《うた》がきこえる
加藤淑子著　加藤登紀子編
A5変上製　二六四頁　二五二〇円　口絵8頁

＊の商品は今号に紹介記事を掲載しております。併せてご覧戴ければ幸いです。

書店様へ

▼いつもお世話になっています。▼ノーベル文学賞受賞のオルハン・パムク氏の『わたしの名は紅』と『雪』、続々増刷中です。一時的に品薄となりご迷惑をおかけいたしました。各紙誌での紹介の通り、「グローバリゼーション」、「文明の対話」を考える上でも必読書です。文芸／人文／社会といったジャンルをクロスオーバーする棚作りはいかがでしょうか。▼今年は満鉄創立一〇〇年。それを記念し、別冊『環』で『満鉄とは何だったのか』を刊行。あわせて『満鉄調査部の軌跡』も刊行。『満洲とは何だったのか』（新装版出来！）や加藤淑子『ハルビンの詩がきこえる』（三刷）とともに「満洲フェア」を是非。▼『強毒性新型インフルエンザの脅威』、年末にかけて著者TV出演など話題目白押し。ご販売の絶好の機会です。在庫をご確認ください。（営業部）

鶴見和子さんを偲ぶ会

去る七月三十一日、88歳で逝去された鶴見和子さんを偲び、左記の通り「偲ぶ会」を開催します。多数の皆様のご来場をお待ちしております。

〈呼びかけ人〉（五〇音順・敬称略）
石牟礼道子　上田敏　大石芳野　緒方貞子　岡部伊都子　加藤周一　金子兜太　黒田杏子　佐佐木幸綱　志村ふくみ　高野悦子　多田富雄　ロナルド・ドーア　中村桂子　西川千麗　西川祐子　ヨゼフ・ピタウ　武者小路公秀　柳瀬睦男　藤原良雄

（日時）二〇〇六年十一月二十日（月）午後三時
第一部　**鶴見和子さんを語る**
第二部　**鶴見和子さんを偲ぶ**
（場所）東京會舘（千代田区丸の内）TEL〇三-三二一五-二一一一
（参加費）一万円
＊当日は平服でお越し下さい。
＊記念品としてDVD『**鶴見和子・短歌百選**』をお渡しいたします。
＊お問合・申込は実行委員会事務局　藤原書店内「偲ぶ会」係まで

出版随想

▼このひと月、身辺が俄に忙しく騒々しくなった。一つは、ノーベル文学賞騒動。二年前に出版したトルコの作家オルハン・パムク氏が受賞されたのだ。昨年から最有力候補と騒がれていたものの、アルメニア人虐殺に関する発言が本人の意図とは違って異国で報道され、〝国家侮辱罪〟で糾弾されていたので、審議は大もめだったと聴いてはいた。受賞決定の現在も、まだその犯罪は国家から解放されずあいまいな形になっているようだ。トルコとしても初のノーベル文学賞なのだから国をあげて喜べる日が、一日でも早く来ることを切に願う。トルコ国民のためにも、オルハン・パムク氏のためにも、ひいては東洋と西洋の文化の懸け橋のためにも。

▼二つめは販売部の新設である。小社は、〝少部数高定価〟路線でこの十六年間歩んできた。当初は、この路線も効を奏した。読者が居たのである。大書店にも生協にも。しかし、この数年、硬派の出版物を読む人がどんどん減ってきているのではないかという気がする。別の言い方をすれば、考える人が段々少なくなってきているのではないかと危惧する。出版は単なる消費ではない。大切な文化の再生産である。この出版という文化の灯が消えれば、国は滅ぶ。今、出版流通という面からみても、単なるモノを消費してゆく様相を呈している。この業界の特色は、〝多品種少量〟生産だから、日々、二〇〇品目を超える新しいモノが作られ消費されてゆく。しかもこの消費の過半数が一年足らずで断裁の憂き目に遭う。この過酷な状況が現在の出版業界である。この状況を切り拓くべく、小社も販売部を新設し、なるたけ読者の便宜を計りたいと願っている。

▼それから三つめが、〝いきが共有できる場〟としての空間の新設である。文化は、人間が作り出すことはいうまでもない。又人は一人で育つものではなく、関係の中で育つものだ。そういう関係の〝場〟を作りたいと願って〝催合《もあい》庵〟と名づけた。われわれは知らないことが沢山ある。多くの心ある人に教えてもらいたい。真に〝美しい国〟を作るにはどうすればいいかを考えてゆきたい。異国の方々からの声も積極的に吸収してゆきたい。（亮）